W0249275

BASTEI
LÜBBE
Paperback

CHRISTOPHER FOWLER

ÜBER DEN DÄCHERN VON LONDON

Roman

Ins Deutsche übertragen
von Harro Christensen

BASTEI
LÜBBE
Paperback

BASTEI-LÜBBE-PAPERBACK
Band 28 182

Erste Auflage: Oktober 1989

© Copyright 1988 by Christopher Fowler
All rights reserved
Deutsche Lizenzausgabe 1989
Bastei-Verlag Gustav H. Lübbe GmbH & Co., Bergisch Gladbach
Originaltitel: Roofworld
Ins Deutsche übertragen von Harro Christensen
Titelillustration: Salvator Faba
Umschlaggestaltung: Quadro Grafik, Bensberg
Satz: KCS GmbH, 2110 Buchholz/Hamburg
Druck und Verarbeitung: Clausen & Bosse, Leck
Printed in Germany
ISBN 3-404-28182-9

Der Preis dieses Bandes versteht sich einschließlich
der gesetzlichen Mehrwertsteuer.

SONNTAG, 14. DEZEMBER

1 Ursprüngliches Material

Ihn in den Glockenturm zu schaffen erwies sich als schwierig. Die Tür am oberen Ende der Steintreppe war durch ein Vorhängeschloß gesichert. Den Jungen in der Mitte, blieben sie stehen und warteten darauf, daß Chymes ihnen sagte, wie sie sich Zutritt verschaffen könnten.

»Die Tür muß von innen aufgebrochen werden.« Die leidenschaftslose Stimme verlor sich in den gewundenen Ziegelwänden des Turms, als hätten die Steine Chymes' Worte verschluckt.

»Wer von uns geht?«

Natürlich war es Dag, der im strömenden Regen von draußen auf den Turm steigen mußte. Er war der loyalste und der tollkühnste — und er war am besten zu gebrauchen.

Er griff an die glitschige Umfassung und hangelte sich um die Brüstung herum. Jetzt war er ganz oben, und am nächsten Bogenfenster trat er den Maschendraht ein. Unablässig trommelte der Regen auf das Dach, und die schutzsuchenden Tauben gurrten, als er vorsichtig in den quadratischen Glockenturm stieg. Hinter der verschlossenen Tür hörte er die anderen ungeduldig mit den Füßen scharren.

»Zur Seite!« schrie Dag und hob den Fuß gegen das Schloß.

»Verdammt noch mal, beeil dich!« kam die kaum verständliche Antwort von draußen. »Er wacht gleich auf.«

Dag trat einmal gegen das Schloß, dann noch einmal. Beim dritten Tritt splitterte das Holz, und die Tür sprang auf. Vor der jetzt offenen Tür standen Imperator Chymes und seine beiden Oberpriester mit ihrem Gefangenen. Sie zerrten ihn in den Raum und lösten seine Fesseln. Er mußte niederknien, und Chymes griff in seinen Mantel und zog einen kleinen Lederbeutel aus der Tasche.

»Reißt ihm das Hemd auf.« Chymes löste das Zugband des Beutels und schüttete den Inhalt auf den Kopf des Jungen. Das schwarze Pulver fiel wie Ruß, und wo es traf, blieb es kleben.

»So zerstören wir die äußere Form des Ursprünglichen Materials«, intonierte Chymes, während der Junge zu seinen Füßen spuckte und hustete,

»um die Unreinheiten der Seele aus dieser niederen Materie zu entfernen. Zuerst muß die Sublimierung erfolgen, dann die Oxydation der äußeren Form, um die Materie durch Feuer zu pulverisieren. Durch Pulver wird der flüchtige Geist fixiert und bleibt. Nur so kann er blühen und Früchte tragen.«

Dag und die anderen fühlten sich unbehaglich und schauten zu Boden; sie wußten nicht, wie sie sich in dieser Situation verhalten sollten. Chymes griff nach unten und hob fast zärtlich das Kinn des Jungen; es war, als spräche er zu seinem eigenen Sohn.

»Es ist Zeit für die Wiedergeburt. *Der geflügelte Merkur wird flankiert von Sonne und Mond.* Du bist endlich in guten Händen.«

Der Junge reagierte kaum. Er schwankte hin und her und schien seine Umgebung kaum wahrzunehmen.

»Schafft ihn zum Fenster«, befahl Chymes. »Wir müssen warten, bis der Sturm seine höchste Stärke erreicht.«

So saßen sie in dem gewölbten Glockenturm aus roten Ziegeln in der römisch-katholischen St.-Peter-Kirche (sonntags kantonesische und spanische Gottesdienste) und schauten zu, wie der Regen auf die Dächer der niedrigeren Gebäude herabplätscherte. Sie warteten auf den für die Hinrichtung bestimmten Zeitpunkt.

Als der Gefangene langsam wieder zu Bewußtsein kam, merkte er, daß sie ihn auf das schräge, steinerne Fenstersims gesetzt hatten. Seine langen, dünnen Beine baumelten herab, und unter ihm lag Soho Square. Kräftige Hände hielten ihn an den Schultern, damit er nicht fallen konnte. Die Knie seiner Jeans wurden dunkel, als das Wasser aus der Dachrinne auf ihn herabtropfte und sich mit dem Pulver vermischte, das seinen Körper bedeckte. Sein Mund war voll von saurem, schwarzen Schlamm, aber er hatte seine Gesichtsmuskeln nicht unter Kontrolle, so daß er ihn nicht ausspucken konnte. Die Drogen, die er vor einer halben Stunde in einem abgelegenen Winkel der Kirche hatte einnehmen müssen, fingen an zu wirken, und er spürte sie im ganzen Körper.

Er beugte sich vor und schaute nach unten. Die Tiefe war beträchtlich; er schätzte sie auf über vierzig Meter. Natürlich war das nichts, verglichen mit der Höhe der Bahn am alten Centrepoint, der jetzt verlassen dastand, nachdem es so viele gefährliche Unfälle gegeben hatte . . .

»Ich habe das Gefühl, daß es fast an der Zeit ist«, sagte die Stimme hinter ihm.

Der Junge mochte sich nicht zu seinen Bewachern umdrehen. Schwarzweiß gefleckt hob sich sein Gesicht wie eine Geistererscheinung vor der Dunkelheit des Turmes ab. Mit seinen knochigen Händen hielt er sich am äußeren Rand der Brüstung fest, während er auf seinen Tod wartete. Das Toben des Sturms erreichte jetzt seinen Höhepunkt. Es mochte an der Wirkung der Drogen liegen, aber er hatte keine Angst mehr. Wenn er jedoch zögerte, das wußte er, würde jemand vortreten und ihn vom Sims in die Tiefe stoßen. Wenn er keinen Mut zeigte, würden Chymes und seine Männer ihn nicht mit Würde sterben lassen. Demütungen waren für sie zu einem wichtigen Bestandteil jedes Todesrituals geworden. Langsam beugte er sich vor.

Er spürte die Kälte des Windes nicht mehr, der um den Turm heulte und das Kabel bewegte, das von einem der Pfeiler in die feuchte Dunkelheit hinabführte. Die Lichter der Londoner Straßen wirkten trübe, und der unablässig strömende Regen, der wütende Sturm und das Knistern statischer Entladungen übertönten jedes andere Geräusch. Gefesselt und mit Drogen vollgepumpt, saß er hoch über der Stadt, unfähig und unwillig, mit den anderen zusammen weiterzumachen. Ein solches Ende hatte er sich nicht gewünscht. Der Regen klebte ihm das glatte blonde Haar an die Stirn, und kalt strich ihm der Wind über die Haut, aber er spürte nur das Prickeln seiner Nerven und seinen beschleunigten Puls.

Er schloß die Augen und lauschte. Von unten klang der gellende Ton einer Taxihupe herauf, dann das Dröhnen eines Busmotors. Die Geräusche waren jetzt deutlicher zu hören, denn der Donner hatte nachgelassen. Er beugte sich vor und ergriff das Nylonkabel. Es war straff gespannt, aber glatt, und bewegte sich im Wind, wobei immer wieder Wassertropfen wegspritzten wie Klammern, die man von einer Wäscheleine schüttelt. Hinter ihm stieß Chymes einen Seufzer aus.

»Es ist Zeit, daß du uns verläßt, Bruder«, sagte er. Er trat aus dem Dunkel ans Fenster und musterte seinen Gefangenen aufmerksam.

Der Junge schaute in die Nacht hinaus und versuchte, das Ende des Kabels zu erkennen, obwohl er nur zu genau wußte, wohin es führte. Diese Bahn war anders als die anderen konstruiert und nur für diesen Augenblick angelegt. Und jetzt, wo es Zeit war, sie zu benutzen, wich seine Angst einem Gefühl freudiger Erregung. Es kam ihm so vor, als hätte er sein Leben lang in diesem Turm gesessen, und als er sich mit zitternden Beinen auf die Brüstung stellte, knarrten seine Kniegelenke wie aus Protest.

Aufgeregt traten auch die anderen vor. Dies war der Sturm, auf den sie gewartet hatten, ein Sturm, der die Stadt reinigen und zu einem Neubeginn führen würde.

Vorsichtig packte der Junge das Kabel mit beiden Händen und spannte die Armmuskeln an, wie er es schon unzählige Male getan hatte. Ein Stück von ihm entfernt hockten unter dem Gewölbepfeiler ein paar durchnäßte Tauben und schauten uninteressiert zu, wie er sich an die Metallhülse anschloß und diese am Kabel befestigte.

Während er tief durchatmete, zählte er in Gedanken bis zehn.

Gerade zur rechten Zeit rollte ohrenbetäubender Donner über die Stadt hinweg, und das entsprach genau seinem Sinn für Dramatik. Er brüllte einen wütenden Schlachtruf und stieß sich mit seinen Turnschuhen kräftig von der Brüstung ab. Dann sauste er über die Straßen Londons hinweg. Der eisige Wind, der auf seinen Körper traf, und der kalte Regen schärften alle seine Sinne. Er sah das Laub der Büsche im Park unter seinen Füßen vorbeiziehen, und wenn er seine Geschwindigkeit hätte verringern können, hätte er jeden Zweig und jedes Blatt einzeln erkennen können.

Im Glockenturm war Chymes ans Fenster geeilt, um die Abfahrt des Jungen zu beobachten. Er und seine Männer schauten zu, bis die am Kabel hängende Gestalt im Regen verschwunden war.

Die nassen Ziegel des Bankgebäudes an der Ecke der Greek Street kamen rasch näher und glitten rechts an ihm vorbei. Seine Geschwindigkeit verringerte sich, als das Kabel einen flacheren Winkel bildete und er sich einem Verbindungspunkt näherte, der fast wie die Station einer Drahtseilbahn auf dem Dach des Prince Edward Theatre in der Old Compton Street eingerichtet war. Tief unten stiegen gut gekleidete Paare aus Taxen aus und gingen über das von Neonleuchten erhellte Pflaster auf die beschlagenen Scheiben der Restaurants in Chinatown zu.

Zischend glitt die Metallhülse das Kabel entlang, und die kleinen, innen angebrachten Rollen vibrierten an seinen Händen, als er über Soho auf das Dach einer Bank am unteren Ende der Regent Street zuraste. Seine Armmuskeln verkrampften sich und schmerzten, als er sich seinem endgültigen Ziel näherte, weil er es nicht gewohnt war, ohne Gurt zu fahren. Als er über den Verbindungspunkt Air Street am Dach des Regent Hotels hinwegsauste, bemerkte er überrascht, daß er beträchtlich höher über dem Boden war als zu Beginn seiner Fahrt. Er wäre stolz gewesen, wenn er selbst diese Bahn gebaut hätte, denn die Abschwünge und Neigungen waren so sorgfältig geplant, daß er während der ganzen Fahrt ständig an Höhe gewann und schneller wurde.

Als er über dem Piccadilly Circus zwischen den Gebäuden entlangschoß, sah er die Leute unten stehenbleiben und nach oben schauen, weil sie gemerkt hatten, daß sich über ihnen etwas bewegte. Vor ihm erschien eine riesige Wand aus pulsierendem Licht, die immer größer wurde, bis sie sein ganzes Gesichtsfeld ausfüllte. Er schrie sein Entsetzen in die Nacht hinaus, und in Erwartung des Aufpralls hob er die Beine, als könne diese unnütze Geste die Wucht der Kollision verringern.

Mit fast 100 Stundenkilometern prallte er auf die Leuchtreklame wie ein Insekt auf eine Windschutzscheibe. Für Bruchteile von Sekunden hing seine Gestalt vor den flackernden Neonstreifen, aus denen die riesige Coca-Cola-Reklame bestand. Sein Körper prallte von der Wand ab, als die Röhren unter grellen Blitzen explodierten und die Scherben sich wie ein

Lichterregen auf das Pflaster ergossen. Er stürzte ab wie ein brennender Komet, und sein Körper war in elektrische Flammen gehüllt, die zischend erloschen, als er auf den regennassen Steinen auftraf.

Wenn sein zerschmettertes Gehirn noch einen Gedanken gehabt hätte, wäre es die glückliche Erkenntnis gewesen, daß er endlich an den Ort zurückgekehrt war, den zu betreten man ihm so lange verwehrt hatte. Endlich hätte er sagen können, daß er wieder beide Füße auf dem Boden hatte.

MONTAG, 15. DEZEMBER

2 Das Newgate-Vermächtnis

Exakt um Viertel nach drei bemerkte Robert die Wasserspeier. Fünf von ihnen waren über den Fenstern angebracht. Sie spien kein Wasser, und sie trugen auch nicht zur Verschönerung des Hauses bei; sie hockten nur dick und breit auf dem schmalen Vorsprung, der um das Haus führte, und ihre breiten Mäuler grinsten in grotesker Heiterkeit. Ihre dunkelgrauen, steinernen Leiber waren glatt und glänzend, untersetzt und mit Klauen versehen, aber sie hatten keine Flügel. Sie trugen Punk-Frisuren. So kam es Robert jedenfalls vor, denn von ihren Köpfen ragten Haarbüschel empor. Ihre Mäuler glichen geschlossenen Schnäbeln, und ihre Augen hatten wenig Charakter, aber sie blickten auf vage Weise freundlich, wie die eines Schweines.

Robert war sicher, daß er sie noch nie gesehen hatte, und er wußte nicht, warum er sie jetzt plötzlich bemerkte. Er hatte die Füße auf den Schreibtisch gelegt und schaute in den strömenden Regen hinaus, während er den Telefonhörer in der Hand hielt und auf das Freizeichen wartete. Manchmal fragte er sich, ob überhaupt jemand arbeitete, wenn es in London regnete. Vielleicht saßen sie alle nur da und schauten aus ihren Bürofenstern und wünschten, sie seien woanders. Vielleicht warteten sie nur und hatten dasselbe Gefühl der Unzufriedenheit wie er.

»Die Leitung ist immer noch besetzt. Wollen Sie warten?«

»Ja, ich warte.« Dies war schon die sechste Buchhandlung, die er in der vergangenen Stunde angerufen hatte. Mußte er denn sein ganzes Leben an irgendeinem verdammten Telefonhörer verbringen? Er schaute auf die Wählscheibe. Memory Search. Memory Recall. Garantiert benutzerfreundlich. Wie er diese neue Technologie haßte. Dank diesem ausgeklügelten Telefonsystem brauchte er sich die Telefonnummern seiner Freunde nicht mehr einzuprägen und konnte sie außerhalb der Dienststunden auch nicht mehr anrufen.

Die Wasserspeier schienen in sein Büro zu starren wie kleine steinerne Spione, die prüfen wollten, ob er auch vernünftig arbeitete. Nicht, daß es mit der Arbeit heute klappte. Was als eine ganz einfache Aufgabe begonnen hatte, verwandelte sich in eine irritierende Sackgasse. Er kippte seinen Stuhl nach hinten und reckte sich. Vom Schwimmtraining am Anfang der Woche hatte er immer noch Schmerzen in Armen und Schultern. Ich bin zu jung, um keine Kondition zu haben, dachte er. Im Hörer knackte es.

»Ich verbinde.«

»Danke. Hallo?« Robert nahm die Beine vom Schreibtisch und setzte sich aufrecht hin. »Vielleicht können Sie mir helfen. Mein Name ist Robert Linden. Ich suche ein Exemplar des Buches von . . .« Er schaute auf seinen Notizblock ». . . Charlotte Endsleigh. Der Titel heißt *Das Newgate-Vermächtnis*. Ich glaube, das Buch wurde vor etwa drei Jahren veröffentlicht. Danke.«

Wieder mußte er warten, diesmal fast fünf Minuten. Robert zündete sich gerade eine Zigarette an, als die Frau wieder am Apparat war. Sie kannte das Buch, aber sie konnte ihm kein Exemplar zur Verfügung stellen. Ob er es schon in einer Bibliothek versucht habe? Robert gab zu, daß er nicht auf den Gedanken gekommen war, eine öffentliche Bibliothek aufzusuchen. Er bedankte sich und legte auf. Hinter ihm betrat Skinner, einer der Direktoren der Gesellschaft, den Raum.

»Noch kein Glück gehabt mit dem Buch?« fragte er beiläufig. Er mußte vor der Tür zugehört haben, und das irritierte Robert.

»Nein. Ich will nicht das Interesse der Leute wecken, sonst fangen sie an, Fragen zu stellen.« Er tat so, als ordnete er einige Papiere auf seinem Schreibtisch und wünschte Skinner zum Teufel.

»Schön. Wenn das Buch so gut ist, wie Sie sagen, und wenn Sie ein Exemplar erwischen können, erkundigen Sie sich, wieviel Zeit für eine Option bleibt, und akzeptieren Sie. Wir können bis Ende der Woche ein Angebot machen.«

Skinner hatte die ärgerliche Angewohnheit, ihm ständig seine Arbeit zu erklären. Robert warf einen Blick auf den elegant gekleideten Mann im Türrahmen und hustete auf seine Zigarette.

»Sie sollten versuchen, sich das Zeug im neuen Jahr abzugewöhnen«, sagte er. »Das sollten Sie sich zum Vorsatz machen. Was unternehmen Sie zu Weihnachten? Fahren Sie nach Hause?«

»Nein«, hustete Robert und schlug sich auf die Brust.

»Eine zu weite Reise?«

»Könnte man sagen.« Robert sah keinen Grund, ihm zu erklären, daß seine Eltern ihm ziemlich gleichgültig waren.

»Hmm.« Skinner begriff, daß er nicht nach seinen eigenen Plänen gefragt werden würde. »Ich fahre mit Trish zum Skilaufen«, sagte er von sich aus. »Sie würde es nicht ertragen, über Weihnachten in London zu bleiben.«

»Ich kenne ihre Ansichten«, sagte Robert. »Wenn man die vielen armen

Leute auf den Straßen sieht, bekommt man Schuldgefühle, wenn man es sich erlauben kann zu feiern, nicht wahr?«

Skinner sah ihn ein wenig verunsichert an. Trish kann es nur nicht ertragen, wenn sich nicht alles um sie dreht, dachte Robert. Allerdings ist sie eine sehr attraktive Frau. Bei Skinners negativer sexueller Ausstrahlung war die Zuneigung, die zwischen den beiden vermutlich doch existierte, für alle im Büro unfaßbar.

»Hoffentlich amüsieren Sie sich gut«, sagte Robert. »Denken Sie zu Weihnachten an mich und die Katze.« Vorzugsweise kurz bevor du versuchst, eine Erektion zu bekommen, dachte er und drückte seine Zigarette aus.

»Ja, und Sie bleiben am Ball«, schnaufte Skinner. »Denken Sie daran, daß Sie auf Provisionsbasis arbeiten.«

Als Skinner die Tür hinter sich geschlossen hatte, beugte Robert den Kopf über den Schreibtisch. Er haßte Skinner fast so sehr, wie er Telefone haßte. Der Mann behandelte andere Menschen so, als gehörten ihm einundfünzig Prozent der Aktien. Seine großspurige und phantasielose Lassen-Sie-uns-am-nächsten-Dienstag-Golf-spielen-Art, mit der er den Kunden gegenübertrat, gab Robert das Gefühl hoffnungsloser Unterlegenheit. Aber andererseits war Skinner der Finanzmann, während Robert wegen seiner kreativen Fähigkeiten eingestellt worden war. Und das war auch gut so, denn ein Sinn fürs Praktische ging ihm fast völlig ab.

Es war unbedingt nötig, daß er nachts wieder besser schlief. Erst kürzlich war er schweißgebadet aufgewacht, und die Reste dieses verdammten Traums quälten ihn noch in wachem Zustand. Aus Protest gegen Skinners Rat zündete er sich sofort wieder eine Zigarette an. Er gab einen Aktenvermerk über *Newgate* in den Computer ein. Dann machte er sich daran, einen Vertrag über den Erwerb der Buchrechte auszuarbeiten, wobei er von der Annahme ausging, daß a) er ein Exemplar auftreiben und daß b) das Buch noch lesbar war.

In ihrer nie endenden Suche nach verwendbaren Fernsehvorlagen besorgte sich die Gesellschaft regelmäßig Optionen auf die Arbeiten unbekannter Autoren, in der Hoffnung, einen Geldgeber für die Produktion einer Fernsehserie zu finden, die sie dann an eine Fernsehgesellschaft verkaufen konnten. Gelegentlich landeten sie einen Jackpot, aber der zeitraubende Prozeß war frustrierend. Manchmal war eine Arbeit nicht mehr greifbar, und manchmal erwies sich später, daß man nach dem betreffenden Buch kein Drehbuch herstellen konnte. Manchmal wieder verflüchtigte sich die Begeisterung der Geldgeber, sobald sie die Budget-Vorschläge sahen.

Robert suchte die Adresse der nächsten öffentlichen Bibliothek heraus. Dann ging er an die Kaffeemaschine, schenkte sich einen Plastikbecher voll und trat ans Fenster. Es hatte wieder angefangen zu regnen; die ersten Tropfen spritzten auf die Wasserspeier am gegenüberliegenden Gebäude und färbten ihre Gesichter. Er hatte sich für den Abend nichts vorgenommen, und auch für die bevorstehenden Festtage hatte er keine Pläne. So wie der Himmel jetzt aussah, würde es auch keinen Spaß machen, heute abend auszugehen. Als der Regen stärker wurde, verschwanden die Leute nach und nach von der Straße. Das Wasser, das aus den Dachrinnen floß, verursachte auf dem Pflaster ein Geräusch wie das Prasseln von Chips in heißem Fett. Fröhliche Weinachten, Leute, dachte Robert und verzog das Gesicht, während er seinen Kaffee austrank.

Die Bibliothek, ein kleines Gebäude aus roten viktorianischen Ziegeln, hatte den halbherzigen Versuch gemacht, ihr Äußeres auf den Standard der achtziger Jahre zu bringen. In den Schaufenstern lagen von Kindern aus der Umgebung gemalte Bilder. Eins von ihnen zeigte einen asiatischen Weihnachtsmann auf einem Skateboard, auf einem anderen hatte das Jesuskind Besuch von den ›Drei Weisen Frauen‹. In der Bibliothek konsultierte eine blasse junge Frau mit krausen roten Haaren und hübschen grünen Augen ihre elektronischen Verzeichnisse für ihn.

»Es steht hier«, sagte sie und tippte mit ihrem Bleistift gegen den Bildschirm. »Aber ich bin nicht sicher, ob wir noch ein Exemplar haben. Wenn ein Buch über einen gewissen Zeitraum nur selten entliehen wird, nehmen wir es aus dem Regal, um für neue Bücher Platz zu schaffen.«

»Bekommt der Autor jedesmal Geld, wenn ein Exemplar ausgeliehen wird?« fragte Robert. Die Bibliothekarin drehte sich zu ihm um. Sie nahm den Bleistift aus dem Mund und lächelte ihn an. Offenbar gefiel er ihr.

»Nein. Es gibt einen minimalen Betrag für die Bibliotheksrechte, und das wär's dann auch schon. Keine aufregende Summe.« Sie sprach mit einem weichen irischen Akzent. »Warum? Wollen Sie denn selbst ein Buch schreiben?«

»Ich? O nein.« Robert hoffte, daß das Buch nicht zu oft ausgeliehen wurde. Eine große Nachfrage würde die Verhandlungen um die Filmrechte erschweren.

»Wenn es nicht unter Romane allgemein steht, wurde es entweder gestohlen oder herausgenommen.« Sie beugte sich vor und zeigte ihm mit einer schlanken, sommersprossigen Hand die Richtung. »Wenn Sie Hilfe brauchen, pfeifen Sie. Sie können doch pfeifen, nicht wahr?«

»Danke.«

Robert ging in den hinteren Teil des Lesesaals vorbei an einem Raum voll älterer Männer, die mit Zeitungen raschelten. Es war typisch für ihn, daß er es nie merkte, wenn Leute, die ihn attraktiv oder interessant fanden, ihr Interesse an ihm zum Ausdruck brachten. Emmet . . . Endover . . . Endsleigh. *Das Newgate-Vermächtnis.* Er fuhr mit den Fingern an einem der unteren Regale entlang und nahm den Band in die Hand. Als er ihn aufschlug, klebten die Seiten noch zusammen. Auf dem Vorsatzblatt sah er ein kleines Schwarzweißphoto der Autorin: eine Frau in mittleren Jahren, rundlich, mit leicht ergrautem Haar. Eine Mutter. Er richtete sich auf und las den Klappentext.

Ein überraschender Romanerstling von einer der begabtesten neuen Autorinnen, die im letzten Jahrzehnt hervorgetreten sind — *The Guardian*

Entspricht der Klasse eines Evelyn Waugh — *Sunday Times*

Ja, aber würde man daraus eine TV-Serie machen können? Robert drehte das Buch in den Händen. Eine Sozialsatire, die in einem heruntergekommenen und überfüllten Gefängnis spielte. Es war eigentlich nicht das Zeug, aus dem Sendungen mit höchster Einschaltquote gemacht werden. Er erinnerte sich daran, wie er vor Jahren ein Exemplar in seinen Ferienkoffer gepackt hatte. Trotz der vielen Ablenkungen in einem Seebad hatte das Buch ihn tagelang gefesselt, aber er hatte es dummerweise in seinem Hotelzimmer vergessen und erst wieder daran gedacht, als Skinner ihn beauftragte, nach Büchern zu suchen, für die noch keine Optionen bestanden.

»Wenn Sie entleihen wollen, müssen Sie erst Mitglied werden.« Die grünäugige Bibliothekarin lächelte ihn an. »Obwohl das Buch nicht sehr gefragt war. Aber ich will Ihnen was sagen, stecken Sie es sich einfach unter die Jacke, das bleibt dann unter uns.«

»Das kann ich nicht tun, das wäre ungesetzlich«, sagte Robert und merkte plötzlich, wie kläglich sich das anhörte.

»Ich glaube, Sie leben nicht gern gefährlich«, sagte das Mädchen.

»Nein, wirklich nicht.«

»Schade. Da sieht man mal, wie das Aussehen täuschen kann.« Sie schob ihm eine Mitgliedskarte über den Schreibtisch, warf ihm noch einen kurzen Blick zu und beschäftigte sich dann wieder mit ihren Papieren.

Als er draußen stand, bekam Robert einen roten Kopf. Das Mädchen hatte ihm mehr als nur das Buch angeboten. Warum mußte er sich Frauen gegenüber immer wie ein kompletter Idiot benehmen? Als er zum Bus ging, hätte er sich für das Auslassen dieser Chance am liebsten in den Hintern getreten.

In seinem Büro war es ruhig, denn wie gewöhnlich hatten viele schon vorzeitig Weihnachtsurlaub genommen. Krachender Donner ließ ihn zusammenfahren. Die Wasserspeier am Gebäude gegenüber schienen sich in regennasses Ebenholz verwandelt zu haben. Sie sahen exotisch aus, als seien sie einem verrückten, unheimlichen Kriminalstück entsprungen.

Aber wenn er sich vorbeugte und den unteren Teil des Gebäudes betrachtete, war diese Illusion zerstört. Ein Immobilienmakler, ein Wettbüro, eine Bausparkasse; eine Anzahl von Plastikschildern gab über die Berufe der Bewohner Auskunft.

Robert blickte auf sein Spiegelbild im Fenster. Er sah das lockige, schwarze Haar, kurz, mit Gel nach hinten gekämmt und modisch abgetönt, wie es zunächst bei den Punks und jetzt bei den Yuppis ›in‹ war, engstehende braune Augen, abstehende Ohren und nach unten gezogene Mundwinkel. Dieses Gesicht schien dazu bestimmt, mißbilligend die Stirn zu runzeln, und das hatte er in der letzten Zeit auch wirklich oft getan. Vermutlich lag es daran, daß er es haßte, das Weihnachtsfest allein zu verbringen. Schließlich war Weihnachten das Fest der Gemeinsamkeit. Als jemand, der sein ganzes Leben in London verbracht hatte, mußte sich Robert betrogen fühlen angesichts der wenigen Freunde und Frauen, auf die er es gebracht hatte. Die Leute schienen ihn gut leiden zu können, aber sie blieben passiv. Robert hatte immer das Gefühl, daß nur er sich bemühte, mit den anderen in Verbindung zu bleiben. Anscheinend waren nur wenige bereit, sich auf eine Liebesbeziehung oder auch nur eine längere Bekanntschaft einzulassen.

Er blätterte das Buch durch und las hier und da einen Absatz. Einige Passagen waren genauso komisch, wie er sie in Erinnerung hatte. Hatte sie noch anderes geschrieben? In der kurzen Biographie waren keine weiteren Veröffentlichungen erwähnt. Erste Auflage 1985. Neuauflagen wurden nicht erwähnt. Von Gunner & Crowfield, ihren Verlegern, hatte er noch nie etwas gehört. Er ging an seinen Schreibtisch zurück und wählte eine Telefonnummer. Es dauerte eine Minute, bis er das Verlagshaus erreichte, und eine weitere, bis er mit jemandem verbunden wurde, der sich an das Buch erinnerte.

»Wissen Sie zufällig noch, wer ihr Agent ist? Könnten Sie das feststellen? Ja, ich warte.«

Er schaute zu den Wasserspeiern hinüber. Einer von ihnen hatte irgendein Kabel um den Hals. Telefon wahrscheinlich.

»Paul Ashcroft & Associates . . . recht vielen Dank.« Er notierte sich die Telefonnummer.

Wieder rollte der Donner über die Stadt hinweg. Er tippte die sieben Ziffern und erkannte sie als Bloomsburyanschluß. Es war unbehaglich warm in seinem Büro. Er klemmte sich den Telefonhörer unter das Kinn und öffnete seinen Hemdkragen. In seinem Kopf breitete sich ein Schwindelgefühl aus. Genauso war es in der letzten Nacht gewesen, bevor sich dieser Traum einstellte.

»Hallo. Vielleicht können Sie mir helfen. Ich möchte mit jemandem über Charlotte Endsleigh sprechen.« Er hörte das Knacken, als er weiterverbunden wurde. Draußen donnerte es wieder heftig. Er lehnte sich in seinem Stuhl zurück und spürte dabei ein Dröhnen im Kopf.

»Was kann ich für Sie tun?«

Es war die kultivierte Stimme eines älteren Mannes, vermutlich jemand von der Firmenleitung.

»Mein Name ist Robert Linden. Man hat mir gesagt, daß Sie eine Autorin namens Charlotte Endsleigh vertreten.«

Am anderen Ende der Leitung entstand eine Pause.

»Nun, das . . . das stimmt. Wir *haben* sie vertreten.«

»Ist sie zu einer anderen Agentur gewechselt?« Wieder zögerte der andere ein wenig.

»Nein, das nicht. Es ist alles ziemlich . . . hmm. Darf ich Sie fragen, ob Sie ein Freund von ihr sind?«

»Nein, ich arbeite für eine Filmproduktionsgesellschaft. Wir haben einen geschäftlichen Vorschlag, den ich gern mit ihr besprechen möchte.«

»Ohje. In Anbetracht der jüngsten Ereignisse wäre das wahrscheinlich sehr schwer zu arrangieren . . .«

»Unsere Büros liegen nicht weit voneinander entfernt. Vielleicht könnte ich Sie kurz aufsuchen.«

»Ja, das wäre wirklich besser.« Die Stimme klang erleichtert.

»Wenn Sie ein paar Minuten Zeit hätten, könnte ich sofort kommen.«

»Okay, Mr . . .?«

»Linden. Vielen Dank.«

Robert legte den Hörer auf und rieb sich die Augen. Bevor das Schwindelgefühl wich, sah er wieder das Gesicht des Mannes. Das Bild war verschwommen und undeutlich, und der Mann trat in den Schatten zurück, als die Erinnerung an ihn schwächer wurde, aber seine Augen waren noch gut zu erkennen, hell und grau und leer wie die einer Leiche. Sofort wußte er, wo er ihn schon gesehen hatte. In dem Traum, der immer wiederkehrte und der kein Ende hatte und keine Bedeutung . . . Er rutschte unruhig in seinem Stuhl hin und her und hätte gern genau gewußt, warum er solche Beklemmung empfand. Vielleicht hatte er das Gesicht in einem alten Film gesehen und war vor dem Fernseher eingeschlafen. Es konnte ein Dutzend Erklärungen geben. Dann wandte er sein Interesse wieder dem Buch auf seinem Schreibtisch zu. Er schlug es auf und betrachtete Charlotte Endsleighs Bild, nur um andere Bilder aus seinen Gedanken zu verscheuchen. Was für schändliche Dinge mochte die Frau wohl getan haben, daß sie am Telefon nicht enthüllt werden konnten?

In Gedanken versunken schaute er zum Fenster hinaus. Draußen schimmerte etwas durch den Regen, und für Sekunden sah er den Schatten einer

Bewegung. Rasch trat er ans Fenster, aber was immer es gewesen sein mochte, es war verschwunden. Das an dem Wasserspeier an der Ecke des Gebäudes angebrachte Kabel zitterte und schwang, als ob einen Augenblick vorher jemand daran gezupft hätte wie an einer Gitarrenseite.

3 Ikarus

LONDON STANDARD, MONTAG 15. DEZEMBER

Geheimnisvoller Todessturz eines unbekannten Jungen

EIN TEENAGER wurde gestern abend getötet, als eine Überbelastung in einer riesigen Leuchtreklame am Gebäude der Allied Assurance am Piccadilly Circus einen Kurzschluß verursachte.

Entsetzte Passanten schauten hilflos zu, als der Junge, dessen Name von der Polizei bis zur Benachrichtigung der Angehörigen zurückgehalten wird, von einer Coca-Cola-Neon-Reklame stürzte, nachdem diese in einer Flammenwand explodiert war. Die Elektro-Ingenieure, die das Gebäude betreuen, an dem das Unglück sich ereignete, bestritten heute, daß es sich um einen Fehler in der Verdrahtung der Anlage gehandelt haben könnte.

»Es muß sich um einen sonderbaren Zufall handeln, um jene Sorte von Unglück, das sich in Millionen Fällen nur einmal ereignet«, sagte Mr. Arthur Matheson von Triangle Displays, der Firma, die für die Konstruktion der Anlage verantwortlich war. »Es besteht absolut keine Möglichkeit, daß sich eine derartige Katastrophe jemals wiederholen könnte.«

Junge ›flog‹ in Leuchtreklame

Die Polizei kann sich nicht erklären, wie sich der Junge Zugang zur Außenwand des Gebäudes verschafft hat. Es steht noch nicht fest, ob er im Begriff war, sich am elektrischen System zu schaffen zu machen, als die Explosion erfolgte.

Einige Augenzeugen beharrten darauf, der Junge sei über ihre Köpfe hinweg in die Wand des Gebäudes ›geflogen‹, offenbar aus eigener Kraft. Im Laufe ihrer Untersuchungen fand die Polizei am Rahmen der Leuchtreklame befestigte Fragmente eines Nylonkabels, das das Opfer vielleicht benutzt hat, um sich daran hinunterzulassen.

Angesichts des Zustands der Leiche muß noch untersucht werden, ob das Opfer unter dem Einfluß von Drogen oder Medikamenten gestanden hat.

›Vampir‹-Detective übernimmt den Fall

Gegenwärtig leitet Detective Chief Inspector Ian Hargreave die Ermittlungen. »Im Augenblick haben wir keinen Grund anzunehmen, daß es sich um etwas anderes als einen Unfall handelt«, sagte er uns. »Aber wir schließen auch die Möglichkeit eines Selbstmords nicht aus.«

Leser des *Standard* wissen vielleicht noch, daß Ian Hargreave im vergangenen Sommer den berüchtigten und umstrittenen ›Leicester-Square-Vampir-Fall‹ bearbeitete.

Inzwischen wurde die Nordseite des Piccadilly Square abgesperrt, bis städtische Arbeiter die Trümmer beseitigt haben.

»Ich soll diese verdammte ›Vampir‹-Geschichte wohl nie vergessen«, sagte Hargreave und kippte seinen Stuhl nach hinten. »Immer wenn ich irgendwo zitiert werde, graben sie den Mist wieder aus.«

Er beobachtete mit Interesse, wie Sergeant Janice Longbright mit einem Bleistift im Mund auf einen niedrigen Aktenschrank stieg. Ihr glänzendes, kastanienbraunes Haar war in einem altmodischen Stil frisiert und fiel ihr ins Gesicht, als sie sich vorbeugte und nach einem Karton mit Briefumschlägen griff.

»Soll ich das für dich runterholen, Janice?« fragte er und lehnte sich noch weiter zurück. Sergeant Janice Longbrights Antwort war unverständlich. Als sie sich reckte, öffnete sie leicht die geschminkten Lippen und zeigte kräftige, weiße Zähne, mit denen sie in ihrer Konzentration auf den Bleistift biß. Hargreave bemerkte, daß sie wieder Strümpfe mit Nähten trug. Sie sah wie eine richtige Polizistin aus, groß, breit und sexy, wie eine Karikatur aus den fünfziger Jahren. Nichts an ihr schien in die Gegenwart zu gehören, aber ihm gefiel das.

»Würde es sexuelle Belästigung am Arbeitsplatz bedeuten, wenn ich dir sage, daß du hübsche Beine hast?«

Sergeant Longbright stieg vom Schrank herab und ließ einen Stapel Briefumschläge auf Hargreaves Schreibtisch fallen.

»Ja, das würde es«, sagte sie schließlich. »Ich laufe ja auch nicht herum und erzähle den Leuten, daß du hübsche Titten hast.«

»Heh, ich rede nicht mit anderen über dich«, protestierte Hargreave.

»Wirklich nicht?« Sie beugte sich über den Schreibtisch und senkte die Stimme. »Wie kommt es denn, daß alle hier wissen, daß wir miteinander schlafen?«

»Das vermuten die nur. Du weißt doch, wie sie sind.«

Hargreave wußte, wie empfindlich Janice in dieser Hinsicht war. Er achtete darauf, daß sie morgens immer aus verschiedenen Richtungen zur Arbeit kamen. Sie war eine gescheite und willensstarke Frau, der atmosphärische Veränderungen im Büro sofort auffielen. Und sie war ehrgeizig genug, um dafür zu sorgen, daß nichts ihre Beförderungschancen gefährdete. Wenn er sie so anschaute, konnte Hargreave sich nicht vorstellen, was sie in ihm sah. Er war mindestens zwölf Jahre älter als sie und nicht mehr ganz so gut erhalten. Er hatte Übergewicht, und die Haare fielen ihm allmählich aus. Er war schon fast ein älterer Herr. Aber der Schein trog; in seinen klaren braunen Augen lag immer noch jugendliches Feuer, wenn diese Jugendlichkeit auch nicht so leicht an seinem sonstigen Äußeren zu erkennen war. Eine katastrophale Ehe hatte ihn mißtrauisch gegenüber so attraktiven Frauen wie Janice gemacht. In seinen schlimmsten Alpträumen fürchtete er, daß sie ihn nur als Mittel benutzte, um Karriere zu machen, aber ein einziger Blick in ihre Augen sagte ihm, daß das nicht der Fall sein konnte.

»Wolltest du sonst noch etwas?« Janice sortierte die Akten und legte eine auf seinen Schreibtisch.

»Hmmm?«

»Du träumst.«

Hargreave fuhr hoch. Es gab heute sehr viel zu tun, und es war ihm klar, daß er bewußt den Arbeitsbeginn verzögerte. Er wußte kaum, wo er anfangen sollte. Weihnachten brachte in der Hauptstadt immer eine Rekordzahl von Handtaschen-, Laden- und Einbruchdiebstählen mit sich. Gestern abend waren einige seiner Leute in Knightsbridge in die Wohnung einer Araberin eingedrungen und hatten dort Diebesgut im Wert von über dreißigtausend Pfund gefunden, das meiste allein von Harrods. Und es gab Hunderte von ähnlichen, wenn auch weniger spektakulären Fällen von Ladendiebstahl, die zu bearbeiten waren, wenn die meisten auch zum Glück zu geringfügig waren, als daß er sich um sie hätte kümmern müssen.

»Du könntest Finch bitten, mich anzurufen. Er sollte, was den Jungen betrifft, inzwischen einen vorläufigen Befund haben.«

Janice nickte und wandte sich zum Gehen.

»Noch eins«, sagte Hargreave. »Vielleicht willst du an diesem Fall mitarbeiten.«

»Du meinst den Selbstmord am Piccadilly Circus?« fragte sie erstaunt. Hargreave bat sie im Zusammenhang mit seinen eigenen Fällen selten um Rat.

»Ich weiß nicht, es ist nur so ein Gefühl. Wir haben den Jungen ja noch nicht einmal identifiziert. Aber es kann kein Unfall gewesen sein, und es ist eine verdammt komische Art, Selbstmord zu begehen. Wußtest du, daß sie um seine Hüfte gewickelt zwölf Meter feines Nylonkabel gefunden haben? Bleib also in der Nähe, okay?«

Während Janice lächelnd den Raum verließ, schaute er durch die Glaswand des Büros, hinter der ein besonderer Einsatzraum hergerichtet worden war, damit der vor Weihnachten erheblich größere Arbeitsanfall bewältigt werden konnte. Finger fuhren über die Tastenfelder der Geräte, und grün reflektierten die Gesichter das Licht der Monitore. Jemand hatte den halbherzigen Versuch gemacht, mit ein paar Mistelzweigen ein wenig Feststimmung in den Raum zu bringen; die Zweige waren mit Klebeband über den Bildschirmen angebracht. Hargreave rieb sich mit dem Zeigefinger über den melierten Schnurrbart und schaute zu, wie Ausdrucke von Tisch zu Tisch gereicht wurden.

Selbstmorde waren grundsätzlich irrational, aber dieser ergab überhaupt keinen Sinn. Beim zweiten Klingeln nahm er den Hörer ab.

»Hier ist Finch. Ich bin mit dem Jungen fast fertig. Ich habe etwas gefunden, das Sie bestimmt interessieren wird. Haben Sie ein paar Minuten Zeit?«

»Gehen Sie nicht weg. Ich komme sofort.«

Als er sein Büro verließ, warf er einem der Beamten eine Aktenkarte aus Plastik zu.

»Würden Sie das bitte auf eine Diskette übertragen? Geben Sie dem Vorgang außer einer Aktennummer auch einen Code-Namen.« Er konnte Code-Namen besser im Kopf behalten als irgendwelche Zahlenreihen. »Nennen Sie es — ich weiß nicht, wieviel Buchstabe stehen zur Verfügung?«

Der Constable schaute von seinem Tastenfeld hoch. »Sieben, Sir.«

»Okay . . .« Er zählte die Buchstaben an seinen Raucherfingern ab. »Nennen Sie es *Ikarus.*«

»Sir?«

»Schlag's im Lexikon nach, mein Junge«, sagte Hargreave lächelnd. »Habt ihr in der Schule außer Computer-Technologie denn gar nichts anderes gelernt?«

Finch flößte ihm immer ein leises Grauen ein. Der blasse, ernste Mann mit den knarrenden Kniegelenken schien direkt einem Stahlstich entsprungen zu sein, auf dem die Aktivitäten von Burke und Hare dargestellt sind. Sein Laborkittel stank säuerlich nach Chemikalien, und als er von seinen Instrumenten zu der abgedeckten Leiche des Jungen ging, zog er eine Geruchspur hinter sich her wie eine stark parfümierte Frau. In der Kantine versuchten die meisten Leute seine Nähe zu meiden.

Hargreave stand hinter dem Spülbecken aus rostfreiem Stahl, während Finch sich die Hände abspülte und die Gummihandschuhe auszog. Für ihn war das Leichenschauhaus immer ein faszinierender Ort gewesen, voller grotesker Geheimnisse in zugeschweißten Plastiksäcken. Er schaute zu den Waagen hinüber, wo einige interessant aussehende rote Klumpen auf Finchs Instrumente warteten.

»Haben Sie ihn immer noch nicht identifiziert?« fragte Finch, als er vor der Leiche des Jungen stand und die Plastikdecke bis zur Brust herunterzog.

»Bisher noch nicht. Was ist mit den Zähnen?«

»Ein paar Füllungen, nichts Ungewöhnliches. Wir werden natürlich Röntgenvergleiche anstellen. Aber bis heute abend dürften wir schon weiter sein. Der Mageninhalt war sehr spezifisch. Sein ganzes System war mit Drogen vollgestopft, hauptsächlich Schlafmittel — wahrscheinlich auf Valiumbasis. Das dürfte die Selbstmordtheorie stützen.«

»Eigentlich«, sagte Hargreave, »machen mir ein paar andere Dinge viel mehr Sorgen als seine Identität.«

»Ich glaube, ich weiß, was Sie fragen wollen«, sagte Finch, und sein Mund öffnete sich zu einem breiten Grinsen. Bei dem langen Gesicht, das er hat, sollte er nicht zu oft lächeln, dachte der Inspector. Er wird die Leute zu Tode erschrecken.

»Er wurde nicht durch einen elektrischen Schlag getötet. Er ist voll von Glassplittern, aber *er* ist auf das Schild geprallt, nicht umgekehrt.«

»Sie meinen, das Schild ist nicht über ihm explodiert?«

»Nein, schauen Sie her.« Gesicht und Hände des Jungen waren so geschwärzt, daß sie fast nicht zu erkennen waren. Der Schädel war an mehreren Stellen gebrochen und mit Glassplittern gespickt. Der Unterkiefer lag flach am Hals des Jungen und war an den Mundwinkeln vom Oberkiefer abgetrennt. Finch zeigte mit seinem Bleistift auf die Überreste des Gesichts.

»Er muß mit unglaublicher Wucht aufgeschlagen sein. Das Nasion — die Nasenwurzel — wurde ihm ins Gehirn gedrückt, und auch einige andere Stellen an seinem Körper, insbesondere die völlig zerschmetterten Kniegelenke, zeigen, daß der Aufprall außerordentlich hart gewesen sein muß. Das zerbrochene Glas unter seiner Haut spricht ebenfalls für eine solche Kollision.«

»Wir haben es also mit jemandem zu tun, der sich aus freiem Willen gegen das Schild geworfen hat — oder sagen wir, er hat sich mit Hilfe des Kabels aus freiem Willen gegen das Schild geschleudert.«

»Entweder das, oder jemand hat ihn gestoßen«, sagte Finch nachdenklich.

»Warum sagen Sie das?«

»Nun, ich habe mir das Beste bis zuletzt aufgehoben«, sagte Finch und ließ wieder sein Grinsen auf Hargreave los. Der Inspector fühlte sich unbehaglich.

»Als die Leiche eingeliefert wurde, waren die oberen Kleidungsstücke, der Kopf und die Hände mit einer Schicht aus feinem Staub bedeckt, der wie Ruß aussah. Zuerst hielten wir ihn auch für Ruß, aber dann machten wir einen Test und stellten fest, daß er eine andere Konsistenz hat als der Dreck, der von der Wand des Gebäudes stammt.« Er nahm einen kleinen Plastikbeutel von einem Rollwagen, der neben der Leiche stand, und öffnete ihn vorsichtig. Dann schüttete er sich ein wenig davon auf die Handfläche. »Sie sehen, er ist zu sehr geläutert. Eine Spektralanalyse ergab, daß die einzelnen Partikel von so gleichmäßiger Beschaffenheit sind, als seien sie einem Reduktionsprozeß unterworfen worden.«

»Sie meinen, es muß in einer Fabrik hergestellt worden sein?«

»Nein, nicht notwendigerweise. Es kann sich um eine natürliche Substanz handeln.« Finch schüttete das Pulver in den Beutel zurück. Die winzige Menge, die er sich auf die Handfläche geschüttet hatte, hinterließ einen unregelmäßigen schwarzen Fleck, der wie ein Muttermal aussah.

»Kiesel an einem Strand«, fuhr Finch fort, »sind Teil eines Reduktionsprozesses; sie sind einem endlosen Abschleifungsprozeß unterworfen, durch den sie Uniformität erlangen. Deshalb machte ich einige weitere Tests und verglich unseren ›Ruß‹ mit Substanzen, die in der Natur vorkommen, und der Computer lieferte dieses Ergebnis. Ich glaubte es zuerst nicht und machte einen Gegen-Test.« Er zog einen zusammengefalteten Ausdruck aus seinem Laborkittel und reichte ihn Hargreave, der den Ausdruck las, auf dem die Mineralstoffe aufgelistet waren, aber er begriff nicht viel davon.

»Es ist Schlamm«, sagte Finch triumphierend. »Eine seltene Art von schwarzem Schlamm, der nur von einem einzigen Ort stammen kann.«

»Aus der Themse?« fragte der Inspector zweifelnd.

»Aus dem Nil, Mr. Hargreave. Was dieser Junge im Mund hatte, findet man nur in einem ägyptischen Flußbett.«

4 Charlotte

Die Büros der Firma Ashcroft & Associates hatten jenes altertümliche, auf schmuddelige Weise respektable Aussehen, das Robert mit dem britischen literarischen Establishment assoziierte. Eine langweilig aussehende Sekretärin nahm ihn in Empfang und führte ihn endlos lange, schmale Korridore entlang und ebenso schmale, mit Bücherstapeln gesäumte Wendeltreppen hinauf.

Von Mr. Ashcrofts Büro aus konnte man den Feierabendverkehr nach Bloomsbury beobachten. Die Fenster waren fast undurchsichtig vor Dreck, und die Wände mit den grellen Umschlägen von Weihnachts-Bestsellern beklebt, dem modernen Äquivalent der Viktorianischen Penny-Shocker. Ashcroft selbst war ein lebhafter, kleiner Mann mit lachenden Augen, die die Farbe von altem Zinn hatten. Er ähnelte verdächtig einem Charakterdarsteller aus einem Werbespot für Bausparkassen. Vielleicht war es diese Ähnlichkeit, die dazu führte, daß Robert sich in seiner Gegenwart sofort wohlfühlte. Sie saßen einander an einem mit Verträgen und Manuskripten bedeckten großen, grünen Tisch gegenüber und tranken faden, schwachen Tee. Ashcroft stellte seine Tasse ab und sah Robert verständnisheischend an.

»Ich will Ihnen gern helfen«, eröffnete er das Gespräch.

»Das Problem liegt darin, daß Charlotte Endsleigh kürzlich gestorben ist.«

»Das tut mir leid«, sagte Robert. »Ich wußte nicht . . .«

»Sie sehen also, daß Ihr Anruf zu einem sehr ungünstigen Zeitpunkt erfolgte.«

»Bedeutet das, daß jetzt jemand anders die Rechte an ihren Romanen besitzt?«

»An ihrem Roman«, korrigierte Ashcroft. Er wühlte in den Papieren auf seinem Schreibtisch. »Sie hat nur diesen einen geschrieben. Er wurde von der Kritik begeistert aufgenommen . . . aber sie hat mit ihm keinen Penny verdient, so traurig das auch ist.«

»Aber ich dachte, er sei ein Erfolg gewesen.«

»Für die Sonntagszeitungen war er das auch. Aber vom großen Publikum wurde er nicht angenommen. Es hat nie eine Taschenbuchausgabe gegeben.«

»Und die Rechte?«

»Nun, sehen Sie . . .« Ashcroft beugte sich vor. »Da liegt ja gerade das Problem. Mrs. Endsleigh ist vor etwa zwei Wochen in ihrem Haus gestorben. Sie hatte das Pech, einen Einbrecher zu überraschen. Charlotte war schon lange geschieden und ein mutiges altes Mädchen. Sie versuchte, den Kerl hinauszuwerfen, aber er war schneller und schlug ihr den Schädel ein. Ein paar Tage nach diesem Überfall starb sie im Krankenhaus, ohne das Bewußtsein wiedererlangt zu haben. Sie werden verstehen, daß ich Ihnen am Telefon keine Einzelheiten erzählen wollte.«

Ashcroft öffnete die unterste Schublade seines Schreibtisches und nahm einen roten Aktendeckel heraus. »Sie hat eine Tochter, Sarah, die laut Gesetz über Mrs. Endsleighs Tantiemen verfügen darf — nicht, daß es sich um große Beträge handelt — aber ich glaube, daß Sarah sich mit ihrer Mutter nicht sehr gut verstand.«

»Sie meinen, daß sie nicht dazu bereit wäre, Charlottes Buch verfilmen zu lassen?«

»Nun, das kann ich natürlich nicht genau sagen.« Er senkte die Stimme und sprach jetzt in vertraulichem Ton. »Soweit ich weiß, ist sie eine kleine Radikale, Punk oder so. Sie hatte auch schon Ärger mit der Polizei . . . Drogen, glaube ich. Sie soll irgendwo in einem schäbigen Loch wohnen, wahrscheinlich nicht einmal unter ihrem eigenen Namen. Bisher haben wir sie jedenfalls nicht gefunden. Und da die Rechte am Buch ihrer Mutter jetzt technisch ihr gehören, sind wir in keiner sehr guten Position.«

»Sie haben wirklich keine Ahnung, wo ich sie vielleicht finden könnte?« fragte Robert. »Was ist mit ihrem Vater?«

»Der ist leider vor einiger Zeit gestorben. Wie scharf sind Sie denn darauf, die Rechte zu erwerben?« Er tippte mit dem Zeigefinger auf das Buch, das vor ihm auf dem Schreibtisch lag.

»Sagen wir mal, ich möchte ein gewisses Interesse zum Ausdruck bringen.«

Wenn der Roman beim Publikum durchgefallen war, das wußte Robert, würde man die Rechte spottbillig erwerben können, vorausgesetzt, man fand den Inhaber dieser Rechte.

»Nun, Sie könnten ja einmal die Wohnung aufsuchen«, schlug Ashcroft vor. »Ich will Ihnen auch sagen, warum — eine Nachbarin versucht dort im Augenblick, ihre Angelegenheiten zu regeln. Charlotte starb, ohne ein Testament zu hinterlassen, aber sie hoffen, daß sie unter ihren Papieren irgend etwas finden. Es könnte doch sein, daß sie für den Fall ihres Todes wenigstens für die Buchrechte eine letztwillige Verfügung getroffen hat. Ich habe zwar wenig Hoffnung, aber es wäre doch gewiß einen Versuch wert . . .«

»Sicherlich. Sie haben mir sehr geholfen. Ich danke Ihnen.«

»Es liegt in meinem eigenen Interesse«, sagte Ashcroft lächelnd und hielt ihm das Buch entgegen. »Ich war schon immer gespannt, wann irgendein gescheiter junger Mann auf die Idee kommen würde, *Das Newgate-Vermächtnis* zu verfilmen.«

Der alte Mann stand auf und brachte Robert zur Tür. »Lassen Sie es mich bitte wissen, wenn Sie Erfolg haben. Es wäre schade, wenn man fünfzig Jahre warten müßte, bis das Copyright erlischt, bevor man etwas damit anfangen kann. Aber da jetzt alle diese neuen Satellitensender nach Qualitätsprodukten schreien, glaube ich . . .« Er zwinkerte mit den blassen Augen, die Karikatur eines harmlosen alten Rentners, und reichte Robert die Hand. »Es freut mich, Sie kennengelernt zu haben, Mr. Linden.«

Der gerissene alte Bastard, dachte Robert, als er durch den Regen zur U-Bahnstation Tottenham Court Road ging. Er will, daß ich interessiert bleibe und die Dreckarbeit mache. Er will erst in der Verhandlungsphase einsteigen und dann abkassieren. Aber in einem Punkt hatte der alte Mann recht. Das Buch würde einen verdammt guten Film abgeben, und die neue Technologie bedeutete, daß die Chancen, eine solche Serie international zu verkaufen, ständig stiegen. Plötzlich fiel Robert ein, daß er das Projekt sogar ohne Skinner durchziehen könnte. Dann würde er selbst das Drehbuch schreiben, ein Budget aufstellen und das komplette Paket präsentieren.

In der Tasche seines Regenmantels hatte er einen zusammengefalteten Zettel mit Charlotte Endsleighs Adresse in Hampstead. Er schob den Ärmel von seiner Uhr zurück. Fast sechs. Er würde nach Hause gehen, in Hampstead anrufen, mit Glück die Nachbarin erreichen und dann für den nächsten Vormittag eine Verabredung treffen.

Robert stellte sich in die Schirme schüttelnde Schlange am Fahrkartenschalter und fragte sich, wie es wohl wäre, in einem heißen und trockenen Land zu leben. Seine Turnschuhe waren durchweicht und quatschten beim Gehen. In seinen radarförmigen Ohren, die so grausam den Elementen ausgesetzt waren, hatte er kein Gefühl mehr. London im Dezember. Ein wie im Traum vorüberziehender Tag. Er hatte die Stunden hauptsächlich damit zugebracht, Büroklammern in den Papierkorb zu schnippen, und den Abend würde er damit verbringen, trocken zu werden und sich warmzuhalten. Er haßte es, daß das Wetter ihm vorschrieb, wie er den Abend zu verbringen hatte, aber in Roberts Leben gab es viele Dinge, die er haßte.

Die Tür zu seiner Wohnung zu öffnen, diesen Augenblick fürchtete Robert jeden Abend erneut. Die Dreizimmerwohnung über dem Videoverleih in der Kentish Town High Street war nach den Worten des Hausbesitzers komfortabel möbliert. Das hieß, daß das riesige Sofa in der Mitte des Wohnzimmers eine Stahlfedersymphonie spielte, wenn man sich daraufsetzte, und daß die Stühle und Tische so aussahen, als seien sie schon mindestens einmal weggeworfen worden. Glücklicherweise brauchte er die Bude mit niemandem zu teilen, außer mit der abscheulichen, kahlwerdenden Katze seiner Exfreundin. Robert ekelte sich vor dieser haarenden Kreatur, die den größten Teil des Tages damit zubrachte, unter der Spüle zu hocken. Sie war ein Relikt aus der Vergangenheit, eine schmerzliche Erinnerung an das einzige Mädchen, das er wirklich geliebt und dann auf dumme Weise verloren hatte.

Nachdem er drei Jahre lang mit Anna zusammengelebt hatte, wurde ihm eines Tages durch Zufall bekannt, daß sie sich an den Abenden, an denen sie angeblich Fortgeschrittenenkurse in Frauenstudien besuchte, regelmäßig mit einem Disk-Jockey namens Darren traf. Damals, vor über einem Jahr, war er über ihre Verlogenheit bestürzt und auf naive Weise von seiner Schuldlosigkeit an der unvermeidlichen Trennung überzeugt gewesen. Es war ihm klar, daß diese Erfahrung seinen Zynismus im Zusammenhang mit Partnerbeziehungen bis zur Bitterkeit gesteigert hatte, aber er war gegen diese Empfindungen machtlos. Daher schien er zu einem Mann geworden zu sein, auf den nur negative Bezeichnungen zutrafen — mißtrauisch, unfreundlich, unpraktisch, desorganisiert.

»Wenn du da unten nicht rauskommst, bringe ich dich um und begrabe dich im Müllkübel.« Robert kniete unter der Spüle und hielt der fauchenden Kreatur fünf Minuten lang eine Dose Katzenfutter vor die Nase. Dann gab er auf und öffnete für sich selbst eine Dose Spaghetti. Während das Essen auf dem Herd warm wurde, trat er ans Fenster und zog den Vorhang zur Seite. Er fuhr sich mit seinen schlanken Fingern durch das Haar und schnaufte wütend. Vor ihm zog sich eine Lichterkette von Straßenlaternen zum Fernsehturm hinüber, dann weiter zum Fluß und darüber hinaus. Er hatte das unbestimmte Gefühl, daß irgendwo dort draußen hinter dem alles verdeckenden Vorhang aus Regen und Dunkelheit wilde Feste gefeiert wurden, konnte sich aber nicht vorstellen, daran teilzunehmen.

5 Rose

Vor zweihundert Jahren, als das Gebiet um Pall Mall und Haymarket aus mit Unrat übersäten Straßen bestand, wo Spitzbuben und Huren sich in den Kneipen und Freudenhäusern drängten, wurde entschieden, eine Straße zu bauen, die das Zentrum der City mit dem Marylebone Park verbinden sollte, einem größeren Waldgelände, das heute als Regent's Park bekannt ist. Während der Arbeiten an der Straße wurde der ursprüngliche Plan des Architekten erheblich geändert, und die Arbeiten fanden unter chaotischen Bedingungen statt. Trotzdem gelang es John Nash, in den langen Viertelbogen der neuen Straße ein solches Ebenmaß hineinzubringen, daß sie es mit ihren großartigen und eleganten europäischen Gegenstücken durchaus aufnehmen konnte. Während ein Jahrzehnt nach dem anderen verging, blieb Regent Street ein Modezentrum, eine Straße, die so sehr auf Kundschaft aus den besseren Gesellschaftskreisen angewiesen war, daß sie außerhalb der Saison praktisch verlassen dalag. Jetzt, am Ende der achtziger Jahre, um elf Uhr dreißig an einem naßkalten Montagabend im Dezember, lag sie ebenfalls verlassen da — und trotz der modernen Ladenfronten, der computergesteuerten Verkehrssysteme, der Busse und der Taxis blieb die elegante Einfachheit dieses hundertsiebzig Jahre alten Viertelkreises unbeeinträchtigt von der ihn umgebenden modernen Architektur.

Und genau das war der Grund, warum Rose versuchte, die mit einem Vorhängeschloß gesicherte Gittertür an der Feuerleiter hinter einem der Gebäude zu überwinden. Das fragliche Gebäude hieß Fordham House und war ein fünfstöckiger Büroblock am Piccadilly-Ende der Straße, und Rose hatte nicht erwartet, daß die Feuerleiter unten verriegelt und verschlossen sein würde. Sie hatte ihr Stativ auf dem Dach aufstellen wollen, um ein paar Mondscheinaufnahmen von der gebogenen Häuserreihe zu machen, aber zwei Dinge hinderten sie daran. Erstens schien es keinen Mondschein zu geben, und zweitens war da noch eine Kleinigkeit: ein zwei Meter vierzig hohes Eisengitter um das untere Ende der Feuerleiter herum. Rose stellte ihre Kameratasche auf das Pflaster und ging vor dem Gitter auf und ab. Es mußte eine Möglichkeit geben, auf das Dach zu gelangen.

Im vergangenen Jahr hatte sie kurze Zeit in einem der hier untergebrachten Büros als Sekretärin gearbeitet, und wenn sie während der Mittagspause auf der Dachterrasse ein Sonnenbad nahm, war sie von der Aussicht über London, die man von diesem Dach aus hatte, immer wieder sehr beeindruckt gewesen. Sie fand, daß dieser Standort der beste Ausgangspunkt für ihr neues Hobby war. Sie sah es schon vor sich: CITYSCAPE — *Eine Ausstellung von Photographien zur Erforschung unserer städtischen Umwelt, von Rose Leonard.* Sie schlang sich die Kameratasche wieder über die Schulter, stellte einen Fuß auf eine Gitterstrebe und fing an, sich hochzuziehen.

Sie war sicher, daß Rene Burri diese Schwierigkeiten nie gehabt hatte, wenn er Standorte für seine wunderbaren Stadtlandschaften suchte. Und ganz bestimmt hatte er sich nie Sorgen um das Geld zum Entwickeln seiner Bilder zu machen brauchen. Rose war sicher, daß sie ihre Bilder eines Tages selbst entwickeln würde, vorausgesetzt, sie verlor nicht das Interesse an diesem Projekt, wie es im Verlauf dieses Jahres schon beim Gewichtstraining und bei den kinetischen Skulpturen der Fall gewesen war.

Oben war die Gittertür mit schwarzem Fett beschmiert, damit sie sich besser öffnen und schließen ließ. Sie rutschte mit der Hand ab, das Gewicht der Tasche verlagerte sich auf ihrer Schulter, und sie stürzte auf das Pflaster zurück. Wenn sie auf ein Hindernis traf, dann stärkte das nur ihre Entschlossenheit, und sie verdoppelte ihre Anstrengungen. Allerdings war ihr klar, daß jeder Passant sie für eine Einbrecherin halten mußte. Schlimmer noch, die Polizei neigte dazu, schwarze Mädchen ohne Begleitung für Nutten zu halten. Wahrscheinlich hatten sie zuviele Polizeifilme gesehen.

Der Regen hatte endlich aufgehört, aber die Straße war noch naß. Als sie ihre Jeans abwischte, bemerkte sie zwei betrunkene Soldaten, die auf sie zusteuerten.

»Sollen wir dir hochhelfen, Süße?« Der größere von den beiden trat auf sie zu. Er hatte ein freches Zahnlückenlächeln, und seine Augen schienen am meisten an ihren Oberschenkeln interessiert zu sein.

»Ich habe mich ausgeschlossen«, sagte sie lachend. Konnten die beiden wirklich so betrunken sein, daß sie ihr glaubten? Sie waren es, und sie glaubten ihr. Nach ein paar peinlichen Minuten Konversation, die mit sexuellen Anspielungen gespickt waren, konnte sie die Männer dazu überreden, ihr über das Gitter und auf die Feuerleiter zu helfen.

Der größte Teil des Daches war noch so, wie sie ihn in Erinnerung hatte, geteert und mit Kies bedeckt, und vorn und hinten schmutzige kleine Glasaufbauten. Fünf Stockwerke tiefer floß der Verkehr durch das letzte Kurvenstück der Straße. Von den Querstraßen abgesehen, bildeten die Dächer der Häuser vor ihr eine ununterbrochene Linie. Das hatte sich, seit die Häuserreihe angelegt worden war, nicht geändert.

Als sie ihr Stativ auspackte und aufstellte, bemerkte Rose, daß die Straße nach Norden hin anstieg. Dort wurde sie von den höheren Gebäuden der Oxford Street durchschnitten. Unten erkannte sie das offene Areal des Piccadilly Circus, mit seinem ständigen Gewirr von Baugerüsten und provisorischen Konstruktionen, während weiter hinten die stattlichen Gebäude der Pall Mall den Blick auf die Fontänen im St. James's Park versperrten. Sie drehte sich um und legte eine Filmrolle in ihre Kamera ein. Kalter Wind fuhr ihr durchs Haar. Hinter der Regent Street war ein Teil Sohos zu sehen, ein wahres Labyrinth von Schornsteinen, Türmen und Dächern aller Art, flach abfallend, gegiebelt und quer durcheinanderstehend, aus jedem erdenklichen Baumaterial errichtet. Aber wo sie stand, waren die Dächer breit und stattlich, und alle sahen gleich aus, eine vielflächige Landschaft, die darauf wartete, auf Film gebannt zu werden.

Während der ersten halben Stunde bewegte sich Rose auf dem Dach von einem Ende zum anderen. Sie probierte verschiedene Kamera-Einstellungen und Belichtungszeiten aus; dann bemerkte sie das niedrige Steingesims am benachbarten Gebäude. In seiner Mitte konnte sie einen Art-Deco-Figurenfries sehen, den sie für eine Darstellung der drei Grazien hielt oder vielleicht die Nereiden, einem Meer von Steinen entsteigend. Warum bringt man eine so schöne Skulptur hier an, wo sie von der Straße aus kaum jemand sehen kann, fragte sie sich. Vielleicht gab es weiter unten noch mehr.

Der Abstand zwischen den beiden Gebäuden betrug etwa einen Meter, und er diente nur zur Markierung der Grundstücksgrenze. Sie beugte sich vor, und als sie in den fünf Stockwerke tiefen Ziegel-Canyon hinabschaute, fühlte sie sich desorientiert und schwach. Sie war es aber gewohnt, ihren Ängsten positive Handlungen entgegenzusetzen, und dies war eine gute Gelegenheit, ihre Höhenangst zu überwinden. Sie schob das Stativ zusammen und warf die Tasche zuerst hinüber. Dann sprang sie über die Lücke.

Das Gefühl der Freude, das ihrer sicheren Landung auf dem gegenüberliegenden Dach folgte, schlug um Längen das Vergnügen, das sie daran gehabt hatte, dieses Dach zu photographieren. Nachdem sie sich den Staub abgewischt hatte, schaute sie sich um. Es sah aus, als sei schon seit Jahren niemand mehr hier oben gewesen. Überall lag verdrecktes Baumaterial herum. Sie sah verrottetes Bauholz, Haufen von Ziegeln, Eimer mit getrockneter Farbe, verrostete Drahtrollen. Hier mußten vor langer Zeit Bauarbeiten geplant, aber nicht ausgeführt worden sein. Es gab sogar eine alte Baubude aus Wellblech mit einem Vorhängeschloß an der Tür.

Rose schaute über den Dachrand nach unten und sah, daß die Fenster des obersten Stockwerks verschmutzt waren und daß hinter ihnen leere Räume lagen. Sie fing an, den Fries zu photographieren. Ein Blick auf die Uhr zeigte ihr, daß es gerade Mitternacht geworden war.

Die Nacht war kühl und klar, und ganz allein stand Rose auf den Dächern von London. Es war ein friedliches Gefühl, sich hoch über der City zu befinden und doch Teil von ihr zu sein. Vorsichtig stellte sie ihre Kamera auf die vordere Einfassung und schaute noch einmal durch den Sucher. Aber diesmal sah sie nicht die verlassene Dächerlandschaft der City, sie sah etwas äußerst Seltsames. Sie sah Gestalten, die sich bewegten; einige rannten, andere sprangen, und wieder andere machten den Eindruck, als hingen sie an unsichtbaren Drähten. So sprangen und hüpften sie über die gewinkelten Dachaufbauten auf der anderen Straßenseite. Es waren vielleicht fünfzehn, ob jung oder alt, ob Männer oder Frauen war schwer zu sagen. Sie hatten sogar irgendeinen Hund bei sich, der sich stumm zwischen ihren Füßen bewegte.

Rasch nahm sie die Linse aus der Kamera und ersetzte sie durch eine 100-300 mm Zoom-Linse. Es erwies sich als schwierig, die Gestalten im Sucher zu behalten. Sie erreichten den Rand eines Gebäudes, und plötzlich waren sie auf dem nächsten, als wären sie hinübergesprungen oder geflogen. Aber auf der anderen Straßenseite standen die Gebäude viel weiter auseinander. Sie konnten unmöglich gesprungen sein. In einer Minute hatte sie einen 36er Film verschossen, aber ihr blieb keine Zeit, einen zweiten einzulegen. Zuerst schien es, als ob die Gruppe sich näherte. Dann merkte sie, daß sie sich in Richtung Oxford Street bewegten. Nicht mehr wie Menschen, sondern fast wie Affen sprangen sie dabei von Dach zu Dach.

Als es ihr einen Augenblick so vorkam, als kämen sie doch näher, hatte sie Angst, gesehen zu werden, und hockte sich hin. Der Wind trug ein Geräusch herüber, als sie vorbeikamen — eine Kadenz von halben Noten, die anscheinend auf einem Holzblasinstrument gespielt wurde und eine bizarre *pavane* bildete, die ihren Flug durch die sanfte Dunkelheit über der Stadt begleitete. Als der Klang verhallt war, stand sie aus ihrem Versteck auf. Die Gestalten waren genau so schnell verschwunden, wie sie gekommen waren, stellte Rose fest. Dann hörte sie nur noch den Verkehrslärm, in der Ferne das auf- und abschwellende Heulen einer Autosirene und das Rauschen des Windes, der nasse Zeitungen über die Dächer fegte.

Rose warf ihre Ausrüstung in die Kameratasche und sprang wieder auf das andere Dach zurück. Als sie die Feuerleiter herunterpolterte, hoffte sie inständig, daß das Filmmaterial, das sie sehr billig bekommen hatte, noch nicht so alt war, daß die Bilder nichts werden würden. Von innen über das Gitter zu steigen war viel leichter, als sie es sich vorgestellt hatte, denn sie konnte die Stufen der Leiter benutzen. Als sie wieder auf der anderen Seite des Gitters war, inspizierte sie ihren Pullover und ihre Jeans. Ihre Kleidung war mit feinem, schwarzen Staub bedeckt. Sie griff in ihre Tasche und entnahm ihr einen kleinen Make-up-Spiegel. Obwohl ihre Haut wie poliertes Mahagoni war, konnte sie die Rußstreifen im Gesicht und am Hals deutlich erkennen. Sie ging zur Bushaltestelle und fühlte sich plötzlich sehr müde. Sie sehnte sich nach Hause, um endlich ein heißes Bad nehmen zu können.

Im Nachtbus stieg sie auf das mit Grafitti beschmierte Oberdeck, und sie fing an, sich zu fragen, ob sie sich die ganze Episode nur eingebildet hatte. Sie war erschrockener und faszinierter gewesen, als sie zugegeben hätte. Sie konnte sich nicht vorstellen, was andere an einem so fremden und ungastlichen Ort zu suchen hatten. Der Vorfall hatte ihr den Gedanken ausgetrieben, noch weitere Aufnahmen in dieser Nacht zu machen. Vorsichtig nahm sie den Film aus der Kamera und steckte ihn tief in die Jackentasche. Sie war gespannt, ob die computergesteuerte Kamera bei dieser außergewöhnlichen Gruppe Einzelheiten registriert hatte, die ihr unvollkommenes menschliches Auge nicht wahrgenommen hatte. Aber das festzustellen war auch morgen vormittag noch Zeit.

6 Kröte

Auch in unserer Zeit bleibt London eine Stadt, die ihr Verhalten nach der Tageszeit und nach den Wochentagen ausrichtet. Das Parlament von England liegt im Schatten eines riesigen Uhrenturms, wie um die Leute unten im Gebäude an die Macht dieser ewig kreisenden Zeiger zu erinnern. Denn was immer man euch erzählen mag, London ist keine Vierundzwanzig-Stunden-Stadt. Es steht um sieben auf und schläft nach Mitternacht. Es steht am Samstag spät auf und schläft am Sonntag. Und um ein Uhr morgens an einem kalten Montag im Dezember halten sich nur noch Fremde auf den Straßen auf.

Die sternenlose Nacht, die so undurchdringlich über den feuchten äußeren Parkanlagen der City lag, wurde hier zu einem bläulichgrauen Dunst reduziert. Die natriumgelben Bänder der Straßenlaternen hielten die Dunkelheit in Schach in den leeren Alleen hinter dem Victoria Embankment. Vom Dach des Playhouse Theatre hätte man die Wagen der letzten Nachtschwärmer der City beobachten können, wie sie am Parlament vorbei über die Blackfriars Bridge nach Chelsea oder nach Battersea rasen. Aber hier war niemand an dem interessiert, was auf dem Boden vor sich ging, denn es gab weit ernstere Dinge zu bedenken. In dieser Nacht, der zweiten in einer Serie, die ein schreckliches neues Zeitalter einläuten würde, sollte der, den sie Kröte nannten, sein Urteil entgegennehmen.

»Ihr, die Jury, habt auf das Urteil ›schuldig‹ erkannt, und es ist an mir zu entscheiden, welche Buße Bruder Kröte tun muß, um der Jury Genüge zu tun.«

Das mit tiefer, monotoner Stimme vorgetragene Resümee hallte bis zu allen vier Ecken des Theaterdachs. Kröte saß mit gekreuzten Beinen am Fuße eines riesigen Schornsteinkastens. Sein dicklicher Körper war straff mit Packdraht gefesselt. Er hatte, seit die Plädoyers begannen, nicht mehr aufgeschaut. Selbst als die Mitglieder der Jury ihr Urteil verkündeten, hatte er den Kopf nicht gehoben, sondern nur einen erstickten Seufzer ausgestoßen. Trotz der Kälte der Nacht lief ihm unablässig der Schweiß in die Augen.

Um ihn herum und über ihm stand das übrige Gericht, vertraute, einst freundliche Gesichter, die jetzt aber unter schwarzen Seidenmasken verborgen waren, den Symbolen des Richteramts. Die Stimme, die jetzt die schmutzigen Ohren von Kröte erreichte, gehörte dem größten von allen, dem einzigen, der in ein weites Gewand aus schwarzem Leinen gekleidet war. Niemand neben sich, stand er ernst zwischen den Kaminkappen des Playhouse. Gelegentlich schoß eine glitzernde stählerne Hand aus den Falten seines Gewandes hervor und machte dem verängstigten Jungen gegenüber eine Geste.

Kräftige Arme packten Kröte und rissen ihn zu einer halb stehenden Position hoch. Er leistete keinen Widerstand, aber sobald sie ihn nicht mehr hielten, sank er gegen die rauhe Ziegelwand des Schornsteinkastens zurück. Der Draht, mit dem sie ihm Füße und Hände gefesselt hatten, machte es ihm schwer, das Gleichgewicht zu halten. Endlich hob er den

Kopf und schaute teilnahmslos in die Richtung, aus der die Stimme des Richters kam.

»Kröte, du mußt dir darüber im klaren sein, daß du eines extrem schweren Verbrechens überführt wurdest. Du hast mit verräterischer Absicht gehandelt. Die Information, die du weitergegeben hast, hätte unsere zukünftigen Pläne beeinträchtigen, ja sogar unsere Existenz gefährden können . . .« Die Stimme wurde kalt. Oben auf der Steineinfassung hob ein Windstoß das Leinengewand der Gestalt und ließ es mit einem gespenstischen Seufzer langsam wieder fallen.

»Immerhin sind wir jetzt schon gezwungen, hier zu leben, jenseits unseres angestammten Territoriums, als Rasse für sich. Und was ist das anderes als das direkte Ergebnis dessen, daß du eine lose und sündige Zunge hast.«

Kröte zuckte nervös zusammen, als in der Ferne gellend das Horn eines Flußschiffs ertönte.

»Aber du bist im Begriff zu erfahren, Bruder . . .« die Stimme klang jetzt etwas weicher, »daß selbst ich vergeben kann.«

Alle Augen wandten sich der weitgewandeten Gestalt auf der Steineinfassung zu. Auch Kröte versuchte vergeblich, sich aufzurichten.

»Was du getan hast, war natürlich Unrecht. Aber ich glaube, daß es in gutem Glauben geschah, ganz gleich wie irregeleitet die Absicht war. Aus diesem Grunde will ich Milde walten lassen. Du bist von Anfang an bei uns gewesen und hast dich hochgedient und geholfen, die Arbeit fortzusetzen, die von den Feinden Apollo und Diana für uns begonnen wurde.«

In Krötes Gesicht war verzweifelte, beflissene Dankbarkeit zu lesen. Tränen rollten über sein rundliches, mit Schmutzstreifen bedecktes Gesicht. Er hob den Kopf noch höher, denn die Hände, die ihm auf die Füße geholfen hatten, lösten jetzt die Fesseln an seinen Hand- und Fußgelenken.

»Angesichts deines Verbrechens kannst du jedoch nicht erwarten, daß du deine bevorzugte Position in unserer Gruppe behalten kannst. Ich gewähre dir deshalb noch heute nacht deine Bitte, zu den Insekten zurückkehren zu dürfen.«

Mißtrauen zog über Krötes Gesicht. Er rieb sich die wundgescheuerten Handgelenke, als ein breitschultriger junger Mann neben ihn trat und ihn sanft beim Arm nahm.

»Bruder Samuel wird dich zu den Leuten bringen, zu denen du so gern zurückkehren willst. *Verstoßt den Verächter, und der Streit hat ein Ende: ja, Zwist und Schmach sind vorbei.* Wir wünschen dir Glück in deinem neuen Leben, Bruder Kröte. Und nun gehe in Frieden.«

Kröte mußte unwillkürlich schluchzen. Er sollte also doch freigelassen werden. Er drehte sich zu den anderen um. Es war unmöglich, in den Gesichtern derer, die in seiner Nähe geblieben waren, etwas zu lesen.

»Allerdings . . .«

Dieses eine Wort durchschnitt die Luft. Krötes Herz setzte einen Takt aus.

»Du mußt mit dir nehmen das Symbol dieser zweiten Nacht. *Im Namen des Herrn des Universums und der Brüder des Ordens der Isis, geh: denn hier macht die Verwesung der Materie den Weg frei für die Seele.*«

Zwei Männer mit geschorenen Köpfen traten aus der Versammlung vor. Einer von ihnen trug einen einzelnen Motorradhandschuh aus schwarzem Leder. Gemeinsam trugen die beiden einen großen Messingkäfig. Nachdem sie ihn auf dem Dach abgesetzt hatten, nahmen sie wieder Haltung an. In dem Käfig raschelte und hüpfte eine schwarzglänzende Kreatur. In diesem Augenblick drehte sich die große Gestalt abrupt um und schritt durch das Gewirr von gewinkelten Platten und Steinen davon. Bald war er zwischen den dunklen Silhouetten der Schornsteine verschwunden.

»Es ist alles in Ordnung. Um Gottes willen, beruhige dich doch. Ich habe Anweisung, dich bis zum Trafalgar Square zu bringen.«

Bruder Samuels Worte waren kaum tröstlich in Verbindung mit dem kräftigen Griff, mit dem er Krötes Arm festhielt. Die Mitglieder der Jury hatten den Kreis verlassen und gingen in verschiedene Richtungen davon. Hinter Samuel und Kröte hoben die beiden Männer mit den geschorenen Köpfen den Messingkäfig an, trugen ihn gemeinsam und folgten ihnen in gebührendem Abstand. Krötes nervöses Watscheln wurde zu einem schnellen Trab, als Bruder Samuel immer schneller über das Dach vorwärtsdrängte. Eine Minute bewegten sie sich schweigend weiter, und nur ihre Schritte waren zu hören und das leise Geräusch des Windes, der sanft über die Mauerkronen der Gebäude am Flußufer strich.

»Müssen wir diesen Weg nehmen, Sammy?« fragte Kröte. »Kannst du mich nicht am Bahnhof nach unten gehen lassen?«

»Nein, Kröte. Unter der Charing Cross Bridge sind zu viele Insekten. Sie könnten dich sehen. Das weißt du doch selbst.«

Wenn Kröte etwas wußte, dann, daß unter der Brücke die Obdachlosen und die Alkoholiker Schutz suchten und nachts in Pappkartons dort schliefen. Auch eine vor ihnen hermarschierende Blaskapelle würde dort kein Aufsehen erregen. Er hütete sich allerdings, diesen Punkt zur Sprache zu bringen.

»Bis hierher soll ich dich bringen, Kröte«, sagte Bruder Samuel.

Die beiden hatten jetzt das hintere Ende des Theaterdachs erreicht. Seite an Seite gaben sie ein lächerliches Paar ab.

»Aber ich dachte, du wolltest mich zum Trafalgar Square bringen, Sammy.« In Krötes Stimme lag unkontrollierte Hysterie.

»Leider nicht, Bruder Kröte. Seine Befehle, verstehst du. Wenn es nach mir ginge, wäre alles anders . . .«

Die beiden Männer mit den geschorenen Köpfen blieben ein paar Meter hinter ihnen stehen. Der mit dem Motorradhandschuh bückte sich und öffnete die Tür des Käfigs. Vorsichtig griff er hinein. Es gab eine schnatternde Serie von Schreien, als er versuchte, einen riesigen Raben herauszuziehen. Er hielt ihn in Armlänge von sich weg und zog die Leine, mit der die Füße des Tieres zusammengebunden waren, ein wenig fester. Der Vogel wollte auf ihn zufliegen und schlug wild mit den kräftigen Flügeln, aber es gelang ihm, den Raben auf Distanz zu halten. Der andere entwirrte die Leine, die an den Füßen des Tieres befestigt war, und die beiden näherten sich Kröte.

»Nein!« Kröte wollte sich losreißen und wand sich verzweifelt in Bruder Samuels Griff.

»Er beobachtet uns vom nächsten Dach aus«, zischte Samuel. »Es *muß* auf diese Weise enden, begreifst du das nicht? Ein Blick von ihm, und wir werden alle getötet!«

Die beiden Männer mit den geschorenen Köpfen traten rasch vor und banden Kröte das Seil um den Hals. Dann zogen sie es vorsichtig fest, so daß der Rabe schließlich direkt vor Krötes entsetzten Augen angebunden war. Der Vogel kreischte, und in dem Versuch zu entkommen, krallte er sich in die dicken Wangen des Jungen und riß ihm karminrote Streifen ins Gesicht. Kröte riß die Hände hoch, um den Vogel abzuwehren, aber der hatte die kräftigen Flügel fest um Krötes Hals gelegt und stieß immer wieder mit dem Schnabel zu. Er hackte ihm in die Augen, bis er den Schnabel tief in beide Augenhöhlen getrieben hatte. Dann schlug er die Krallen in den dicken Hals des Jungen und versuchte, auch die Kehle zu erreichen. Der Junge sank auf die Knie und zuckte wild, um den Angriffen der kreischenden Kreatur zu entkommen. Seine verzweifelten Schreie waren von keuchenden Atemzügen und gutturalen Lauten unterbrochen. Endlich konnte Samuel es nicht länger ertragen, den Jungen so leiden zu sehen. Er trat hinter Kröte, und seine muskulösen Arme hoben Junge und Vogel hoch über die Betoneinfassung.

»Leb wohl, Kröte«, sagte Bruder Samuel laut. Laut deshalb, weil er wußte, daß jemand in der Nähe genau zuhörte. »Es tut uns allen leid, daß es so enden mußte.« Und damit ließ er ihn los und trat mit immer noch weit ausgebreiteten Armen vom Rand des Daches zurück.

In überraschtem Schweigen stürzten Kröte und der an ihm festgebundene Rabe vier Stockwerke tief, bis sie von der emaillierten Eingitterung vor den Büros der Prudential Insurance aufgehalten wurden. Hoch oben erschien zögernd Bruder Samuels Kopf über dem Rand des Gebäudes. Kurz betrachtete er das zuckende, rote Bündel, das von den Speeren des

Ziergitters aufgespießt worden war wie irgendein groteskes biologisches Präparat.

Von einem nahegelegenen Dach aus beobachtete eine Gestalt in wehendem Mantel das Ende des Dramas. Er nickte in schweigender Billigung, als der Körper aufhörte zu zucken und der Vogel, selbst im Tod noch gebunden, nach einem letzten lahmen Flügelschlag auf die Brust der Leiche sank. Dann intonierte er mit tiefer Stimme:

Ich bin Merkur, die mächtige Blume.
Ich bin der höchsten Ehren wert.
Ich bin die Mutter des Spiegels und der Erzeuger des Lichts.
Ich bin der heiße Löwe, der die Sonne in den Himmeln verschlingt,
der Zeuge ist der Entfaltung der Schöpfung der Welt!

Zufrieden mit den Ereignissen der Nacht, lächelte Chymes vor sich hin und schritt in die zunehmende Dunkelheit hinein.

DIENSTAG, 16. DEZEMBER

7 Zusammenfluß

Charlotte Endsleighs Wohnung lag eine halbe Stunde von der U-Bahnstation Hampstead entfernt. Am Morgen um sieben Uhr hatte es wieder angefangen zu regnen, und drei Stunden später fiel der Regen immer noch in Strömen auf das grüne Heideland oberhalb Londons. Als er das Haus, einen im viktorianischen Stil erbauten Wohnblock im niedriger gelegenen, weniger wohlhabenden Teil des Vororts endlich gefunden hatte, sah er aus wie etwas, das man gerade aus der Themse gefischt hatte. Er trat unter den Schutz des mit Türmchen versehenen Vorbaus und war erstaunt, als sich plötzlich die Haustür öffnete. Eine junge westindische Frau in einem grellbunten Morgenrock stand in der Halle. Aus dem Hintergrund ertönte *Princess Ida*

»Kann ich Ihnen helfen?« fragte sie und betrachtete mißtrauisch seine durchnäßte Kleidung. »Ist Ihnen überhaupt noch zu helfen?« Die abgeflachten Konsonanten ihrer Sprache verrieten ihre Herkunft aus Südlondon.

»Darf ich eintreten?« fragte Robert. Seine Turnschuhe quietschten, als er sie auf der Matte abtrat. »Ich bin völlig durchnäßt«, fügte er überflüssigerweise hinzu.

»Das sehe ich. Nein, Sie dürfen nicht.«

»Wissen Sie, ich suche Charlotte Endsleighs Wohnung . . .«

»Sind Sie Reporter? Einer von Rupert Murdochs Bande?«

»Nein, bestimmt nicht. Ich . . .«

»Die waren nämlich alle hier. ›Haben Sie Nacktfotos von der Tochter der Verstorbenen?‹, solche Sachen. Ich sagte ihnen, sie sollten verschwinden, die ganze Bande. ›Dunkle Brünette verweigerte Reportern den Zutritt. Weiß sie mehr über den Mord? Sollten wir das nicht erfahren?‹ Ich hätte fast erwartet, daß sie etwas Ähnliches am nächsten Tag drucken würden. Die Story kam aber nicht einmal ins Blatt. Soweit meine einzige Chance, berühmt zu werden.«

Robert fragte sich, ob er die Gelegenheit haben würde, irgendwann mal ein Wort einzuwerfen.

»Natürlich wird es Spaß machen zu versuchen, die Wohnung zu vermieten. Soll ich den potentiellen Mietern sagen, daß die letzte Mieterin unter unnatürlichen Umständen gestorben ist? Würden Sie das tun?« Sie sah ihn schelmisch an.

»Ich weiß nicht. Ich muß mit der Person sprechen, die Mrs. Endsleighs Nachlaß sortiert, wenn es sich machen läßt«, sagte Robert schnell.

»Aha. Nun, das bin ich.« Nachdenklich tippte sie mit einem falschen roten Fingernagel gegen glänzend weiße Zähne und musterte ihn mit einem Maß an Direktheit, das er charmant gefunden hätte, wenn sein Verhältnis zu Frauen nicht so gespannt gewesen wäre.

»Ich versuche, die Rechte an einem Buch zu kaufen, das sie geschrieben hat, und ich muß wissen, ob sie hinsichtlich dieses Buches Dispositionen getroffen hat. Sie können ihren Agenten anrufen, wenn Sie mir nicht glauben. Ich habe hier irgendwo seine Nummer.« Er suchte in den Taschen seines Regenmantels.

»Lassen Sie nur. Sie sehen geradezu lächerlich vertrauenswürdig aus. Ich denke, Sie sollten hereinkommen.« Sie lächelte freundlich und machte die Tür weit auf. »Nach dem, was hier geschehen ist, müssen Fremde gewöhnlich ein zweistündiges Examen ablegen, bevor ich sie einlasse. Aber Sie erinnern mich an diesen TV-Typ, den mit dem ehrlichen, verschämten Blick. Sie wissen doch, den Detektiv.« Sie schnippte mit den Fingern. Robert verzog erstaunt das Gesicht.

»Sie meinen den, der Anzüge von Armani trägt?«

»Genau den.« Sie sah Robert so unschuldig an, als ob sie ihm gerade eine gezinkte Karte austeilte. Sie hatte verführerische, vielleicht sogar gefährliche Augen in einem runden und angenehmen Gesicht. Ihr stark gekraustes Haar war zu einer Herrenfrisur geschnitten, aber gerade das schien ihre Weiblichkeit noch zu unterstreichen. Sie glitt an ihm vorbei und führte ihn in die Halle, wo hinten eine schmale, gewinkelte Treppe nach oben führte. Als sie nahe an ihm vorbeiging, roch er ihr Parfüm. Ein unangemessen leichter sommerlicher Duft, der das trübe Wetter draußen Lügen zu strafen schien.

»Ich kann Ihnen zeigen, wo alle Papiere aufbewahrt sind. Irgendeine vertrocknete Verwandte von Charlotte kam vor ein paar Tagen. Sie hat alles abgeräumt, was irgendeinen Wert haben könnte.«

»Komisch, wie Verwandte plötzlich auftauchen, wenn jemand stirbt«, sagte Robert, eher um etwas zu sagen als aus einem anderen Grund. Sie stiegen die trübe beleuchtete Treppe bis zum obersten Stockwerk hinauf und blieben vor einer zerkratzten braunen Tür stehen. Die junge Frau zog aus ihrem weiten Morgenrock ein paar Schlüssel.

»Ich bin Rose Leonard«, sagte sie und streckte die Hand aus. »Ich kümmere mich ein wenig um diese luxuriös ausgestatteten Schuhkartons.

Wenn Sie je das Bedürfnis haben, hier eine Wohnung zu mieten, gehen Sie zum Psychoanalytiker.«

»Ich bin Robert Linden. Freut mich, Sie kennenzulernen«, sagte Robert.

»Wie förmlich. Kommen Sie rein.«

Wie unglücklich der Junge aussieht, dachte sie. Er starrt mich an, als hätte man ihn gerade ausgeschimpft, weil er etwas falsch gemacht hat. Sie stieß die Tür auf, und sie betraten Charlotte Endsleighs Wohnung. Die Räume rochen muffig, und von der ganzen Einrichtung waren nur noch ein paar schäbige Möbelstücke übrig. An den Stellen, wo Bilder gehangen hatten, sah Robert blasse Rechtecke an den hafermehlfarbenen Wänden.

»Sie wollen wahrscheinlich wissen, was mit Charlotte passiert ist«, fuhr Rose fort, obwohl es ihr ganz gleichgültig war, ob er es wissen wollte oder nicht. Sie freute sich nur über eine Gelegenheit, das Thema erneut zu diskutieren. »Nun, es war entsetzlich. Überall Blut, Schreie in der Nacht. Das ist natürlich Unfug.« Sie legte ihm so schnell ihre warme Hand auf den Arm, daß er ihn überrascht zurückzog. »In Wirklichkeit hat niemand etwas gehört. Ich war nicht einmal hier, als es passierte. Sie haben den Kerl, der es getan hat, auch nicht erwischt. Ich meine, er könnte ja wiederkommen, nicht wahr? Ich habe unseren lausigen Hauswirt allerdings veranlassen können, mit Geld für eine vernünftige Alarmanlage rüberzukommen. Wir hätten ja alle in unseren Betten ermordet werden können.«

Rose führte ihn jetzt in einen Raum, der offensichtlich Charlottes Arbeitszimmer gewesen war. Auf der gegenüberliegenden Seite des Zimmers stand unter einer schrägen Decke vor einem kleinen Fenster ein Tisch mit Kartons, die Papiere enthielten. Irgendwo prasselte der Regen auf ein Oberlicht. Robert registrierte, daß nirgends eine Schreibmaschine stand.

»Sie würden es nicht glauben«, sagte Rose. »Die Frau, die hier aufkreuzte, hat alles mitgenommen. Bilder, das Silber, sogar das gewöhnliche Geschirr. Diese alte Diebin. Ich hoffe, daß niemand mit mir so etwas macht, wenn ich mal sterbe.«

»Schreibmaschine?« Robert ging zum Tisch und schaute aus dem Fenster. Der Regen schien etwas nachgelassen zu haben.

»Ja, sogar die Schreibmaschine. Ich konnte sie davon nicht abhalten. Immerhin gehörte die Frau zur Familie. Dennoch, es war einfach zuviel, besonders wenn man bedenkt, daß sie nur zwei- oder dreimal einen kurzen Besuch machte, solange Charlotte hier wohnte. Da drüben sind alle restlichen Papiere.« Sie zeigte auf die Pappkartons, die auf dem Tisch standen.

»Hat diese Dame auch Papiere oder Bücher mitgenommen?«

»Nein. Ich glaube, Sie hat sich an das gehalten, was sie verhökern konnte.« Rose stand an der Tür und schaute fasziniert zu, als Robert einen Hocker unter dem Tisch hervorzog und abstaubte. An seinen Bewegungungen ist etwas Unsicheres, dachte sie. Als ob er erwartet, daß jeden Augenblick etwas Furchtbares passiert.

»Sie haben nicht zufällig etwas gesehen, das wie ein Testament aussehen könnte? Keine schriftlichen Erklärungen an Verwandte?«

»Soweit ich weiß, ist sie nie dazu gekommen, eins abzufassen«, sagte Rose.

Das Thema langweilte sie offenbar. »Seit dem Mord macht hier ständig ein Polizist Dienst. Nicht viel älter als siebzehn. Sieht aus wie ein Besenstiel in Uniform.«

Robert leerte den ersten Karton aus. »Ich habe eigentlich ein schlechtes Gewissen, wenn ich in anderer Leute Sachen herumwühle«, gab er zu.

»Das hätte ich an Ihrer Stelle nicht. Das Zeug will doch bestimmt niemand haben. Letzte Forderungen, ein Haufen komischer alter Bücher und tonnenweise Illustrierte.«

»Was für komische Bücher?« Robert drehte sich zu Rose um. Eine Hand an der Hüfte, die andere am Türgriff, stand sie da und beobachtete ihn. Sie lächelte.

»Ich weiß nicht genau. Sachen, die heute niemand mehr liest. Unverständliche historische Nachschlagewerke und ähnliches Zeug.«

»Darf ich sie mir mal ansehen?«

»Ich kann darüber nicht verfügen.«

»Es wird nicht lange dauern.«

»Das glaube ich Ihnen gern. Dies ist ja nicht gerade die Eremitage, oder?«

Sie weiß offenbar immer alles besser, dachte er. Ihre aufdringlichen Blicke waren ihm auf die Nerven gegangen. Er drehte sich wieder um und begann, ganze Stapel unbezahlter Rechnungen, angefangener Briefe und unleserlich gekritzelter Notizen zu untersuchen. Als er sich wieder umschaute, war Rose verschwunden. Die Pappkartons enthielten wenig Hilfreiches oder Interessantes. Die Briefe der alten Dame waren hauptsächlich hastig notierte Gedanken und Beobachtungen, die für Freunde bestimmt waren, aber anscheinend nie abgeschickt worden waren. Er fand kein Schriftstück, in dem Familienangelegenheiten erwähnt wurden. Das restliche Papier bestand aus Werbung für Billigware, Rundschreiben und alten Illustrierten. Nach einer Weile legte Robert alles wieder säuberlich in die Kartons zurück und ging im Zimmer auf und ab. In der kalten, feuchten Luft mußte er plötzlich niesen, und als er sein Taschentuch herauszog, rollte ein Teil seines Kleingelds auf den Fußboden. Als er in die Knie ging, um es aufzusammeln, fand er den Umschlag.

Um Viertel vor elf ging er nach unten, klopfte an Roses Wohnungstür und wurde zum Kaffee eingeladen. Das Zimmer, in das sie ihn bat, war winzig, aber lustig in schreiendem Rot, Gelb und Blau angestrichen. Draußen hatten sich die Sturmwolken verzogen, aber hohe Hecken hielten das aschgraue Licht zurück.

»Ich möchte dies gern mitnehmen und zu Hause lesen.« Robert setzte sich auf die Couch und legte die Hand auf den dünnen, braunen Umschlag, der neben ihm auf der Couch lag.

»Das geht mich eigentlich nichts an«, sagte Rose. »Aber es wird schon okay sein. Was ist es denn?«

»Es hat nichts mit den Rechten an Charlottes Buch zu tun, aber es sieht so aus, als sei es der erste Entwurf für einen neuen Roman«, sagte Robert. »Ich fand es unter einem Tisch in ihrem Arbeitszimmer.«

»Hoffentlich können Sie etwas damit anfangen. Ich muß die Kartons irgendwo lagern.« Rose hatte sich umgezogen und trug ein riesiges T-Shirt und Jeans. Ihre Kleidungsstücke sahen alle so aus, als seien sie aus großer Höhe auf sie herabgeworfen worden, aber immerhin verrieten sie einen gewissen, wenn auch bizarren Stil. Sie trug keine Schuhe. Winzige lackierte Fußnägel waren zu sehen. Sie sah jetzt jünger aus, als sie ihm zuerst vorgekommen war. Vier- oder fünfundzwanzig, vermutete Robert. Wahrscheinlich hatte sie viele laute Freunde, schwarze und weiße. Wahrscheinlich verbrachte sie ihre Zeit damit, an den Abenden, an denen er zu Hause blieb, auszugehen und sich zu amüsieren.

»Ich bezweifle sehr, ob Sarah noch einmal kommt, um irgend etwas abzuholen.« Rose ließ eine beängstigende Menge Zuckerwürfel in ihren Kaffee fallen und fing an umzurühren.

»Sarah? Sie meinen Charlottes Tochter?«

»Richtig.«

»Haben Sie sie jemals gesehen?« Robert zog ein abgegriffenes Notizbuch aus dem Umschlag und blätterte in den handgeschriebenen Seiten.

»Nur ein paarmal. Und das hat mir auch gereicht.«

»Warum? Wie ist sie denn?«

»Schwarzer Lippenstift, purpurnes Haar, kreideweißes Gesicht. King's Road Typ. Wahrscheinlich braucht sie dringend einen Teller Hühnersuppe und ein paar Abende zu Hause. Die beiden Male, wo sie hier war, hat sie mit Charlotte einen Schreiwettbewerb ausgetragen. Wildes Zeug. Ich konnte sie von hier unten aus hören. Wenn sie schreit, fällt der Putz von der Wand.«

»Wann war sie zum letzten Mal hier?«

»Am Tag, an dem ihre Mutter umgebracht wurde.«

»Einen Augenblick«, sagte Robert und legte das Notizbuch zur Seite. »Mir hat man gesagt, daß Sarah verschwunden ist. Von ihrer Rückkehr hat mir niemand etwas erzählt.«

»Weil ich es selbst niemandem erzählt habe«, flüsterte sie, als handele es sich um eine Verschwörung.

»Warum denn nicht?«

»Weil sie mit ein paar sehr unangenehmen Typen aufkreuzte, die draußen herumlungerten und auf sie warteten. Wahrscheinlich standen sie unter Drogen. Den einen erwischte ich, als er an der Haustür herumschnitzte.«

»Warum haben Sie sich nicht an die Polizei gewandt?«

»Weil ich dachte, daß entweder sie oder die Brüder Grimm zurückkommen könnten, um mir Schwierigkeiten zu machen.« Rose schaute nach unten und zupfte sich einen Faden vom T-Shirt. »Ich muß mit diesem Haus ganz allein klarkommen. Ich bin es, die Ärger bekommt, wenn wir hier Vandalen haben.«

»Sind Sie nicht etwas zu jung für diese Aufgabe, besonders wenn Sie alles allein machen müssen?«

Rose schaute mit bemühtem Desinteresse zum Fenster hinüber. »Nun, früher waren wir zu zweit, aber er beschloß abzuhauen. Ich komme schon zurecht.« In ihrer Stimme lag jetzt Kälte, und Robert beeilte sich, das Thema zu wechseln.

»Sie wissen wohl nicht, wo ich Sarah finden könnte?«

»Nein. Sie kommt mir vor wie ein Mädchen, das überall auftauchen könnte, je nachdem, mit wem sie zusammen ist.«

»Okay, aber wenn Charlotte nun von einem der Freunde ihrer Tochter getötet wurde?« sagte Robert.

Rose zog die Nase kraus. »Kommt mir unwahrscheinlich vor. Wer wird denn seine Freunde veranlassen, die eigene Mutter umzubringen? Und warum sollte Sarah das tun? Das alte Mädchen war pleite. Sie konnte kaum die Miete bezahlen.« Rose zog die Füße auf das Sofa und schlang die Arme um ihre Knie. Ihre Bewegungen waren langsam und bedächtig, fast katzenhaft. »Mir war es immer peinlich, sie um das Geld zu bitten. Sie ging so gut wie nie aus, wahrscheinlich, weil sie es sich nicht erlauben konnte. Außerdem war uns das mit dem Einbrecher nicht neu.«

»Wieso?«

»Der Kerl hatte schon etwa sechs Wochen vorher eingebrochen. Er hat aus verschiedenen Wohnungen Sachen mitgenommen. Beide Male stieg er durch Charlottes Oberlicht ein. In dieser Straße wurde auch in einige andere Wohnungen eingebrochen. Aber erst *hier* hat er mehr getan als nur stehlen. Das arme alte Mädchen. Wahrscheinlich wäre sie noch hier, wenn sie sich nicht gewehrt hätte.«

»So direkt habe ich noch nie etwas mit einem Mord zu tun gehabt«, sagte Robert. Er stellte seine Kaffeetasse ab und lehnte sich zurück. »Ein Tag wie dieser macht meinen Job erst interessant. Ich habe ein Buch, das ich nicht auftreiben kann, und eine tote Autorin, und die einzige Person, die mir helfen könnte, ist vermißt.«

»Ich hatte schon immer den falschen Job. Was Sie brauchen, ist eine aufregende Blonde mit Schmollmund, die Ihnen zeigt, wo's langgeht.« Rose lächelte verschmitzt. »Wenn ich von einer höre, werde ich es Sie wissen lassen.«

»Ich wollte Sie noch fragen, ob *Sie* vielleicht einen gescheiten Vorschlag haben.«

»Ich weiß nicht, wie Sie Ihre Buchrechte bekommen können, wenn Sie das meinen.« Rose stand auf und glättete die Vorderseite ihres riesigen T-Shirts. »Vielleicht sollten Sie einfach weitermachen wie geplant und warten, bis Sarah sich mit Ihnen in Verbindung setzt, wenn sie es erfährt.«

»Das ist zu riskant«, seufzte Robert. »Wir hätten sofort einen Prozeß am Hals. Am besten vergesse ich die ganze Sache.«

»*Das* ist positives Denken.«

»Bei dieser Lage der Dinge wird mein Boß nicht noch weiteres Geld ausgeben wollen.«

»Zählt nicht auch persönliche Befriedigung?« fragte Rose. »Junge, Sie geben aber schnell auf. Kommen Sie, ich muß noch einkaufen. Sie können mich zu einem Kaffee einladen. Ach nein, Sie sind ja ein armer Mann. *Ich* werde Sie zu einem Kaffee einladen.« Sie zog Robert von seinem Sitz, und sie verließen gemeinsam die Wohnung. In Hampstead High Street gab Rose ihre Filmrollen in einem Photomat-Laden ab und versprach, sie in einer Stunde abzuholen.

In den folgenden sechzig Minuten erfuhr sie nur wenig über Robert. Er schien nicht gern über sich selbst oder über seinen Job reden zu wollen, nicht einmal auf oberflächliche Weise, aber gleichzeitig war ihm offensichtlich an ihrer Gesellschaft gelegen. Um die Unterhaltung nicht einschlafen zu lassen, erzählte Rose ihm von ihrem nächtlichen Erlebnis auf den Dächern der Regent Street. Die ohnehin schon vorhandene Falte zwischen Roberts Brauen vertiefte sich, als er sich etwas anhören mußte, das er für reine Phantasie hielt. Rose beobachtete ihn, wie er gespreizt ›Sweet'n low‹ in seinen Kaffee schüttete, und beschloß aufzugeben. Der Kerl war offenbar ein hoffnungsloser Fall, reine Zeitverschwendung. Als sie endlich beschlossen, die Wärme des Kaffeeladens zu verlassen, verkündete er, daß er ins Büro fahren wolle. Wegen Sarah Endsleighs Adresse werde er sich vielleicht an die Polizei wenden.

»Nun, ich werde Sie anrufen, wenn ich irgend etwas höre«, sagte sie halbherzig, als sie seine Visitenkarte in Empfang nahm und in ihr Portemonnaie schob. »Und Sie dürfen sich gern bei mir melden, wenn Sie irgendwelche Hilfe brauchen.«

Sie verabschiedeten sich vor der U-Bahnstation, beide überzeugt, daß sie einander nie wiedersehen würden.

»*Wie*viel?«

»Fünfunddreißig Pfund zwanzig Pence.« Die junge Frau hinter dem Photomat-Ladentisch prüfte uninteressiert die Quittung. »Das ist eine Menge Film. Und sie waren schon nach einer Stunde fertig.«

»Sie können mir doch für meine angeborene Ungeduld nichts berechnen. Mein Gott! Ich bin von Attentätern umgeben. Hören Sie, ich zahle eine der Rollen jetzt und hole die anderen später ab.«

»Sie können nicht nur für eine Rolle zahlen.«

»Warum denn nicht, zum Kuckuck?«

»Weil sie alle durcheinander sind.«

»Wessen Schuld ist das? Warten Sie!« Rose rannte aus dem Laden und die Straße zurück, bis sie Robert sah, der gerade die U-Bahnstation betreten wollte. Ihr Pfiff hatte zwar nicht die Frequenz, die sämtliche Autoalarmanlagen in der ganzen Gegend ausgelöst hätte, aber er war so schrill, daß alle Passanten in weitem Umkreis stehenblieben. Robert drehte sich um. Er sah eine Frau, die auf und absprang und deren weißes T-Shirt so groß war, daß sie aus dieser Entfernung wie ein Haferflockenpaket aussah.

»Robert!« schrie die Verrückte. »Ich brauche Ihr Scheckbuch! Ich zahle alles zurück.«

»Sind Sie immer so?«

»Wie denn?« Rose hörte kaum zu, während sie die Fotos durchging, die auf ihrem Schoß lagen. Sie saßen auf einer grünen Holzbank am Rand der Straße, die vom West End zu der Betonwüste des North Circular führte, und Lastwagen und Busse zischten an ihnen vorbei, um die nächste Steigung zu nehmen. Die Luft um sie herum war blau von den bleihaltigen Abgasen, aber Rose war so gespannt auf ihre kostbaren Aufnahmen, daß sie es gar nicht merkte.

»Sie sind wirklich gut geworden. Sehen Sie sich das an.« Sie reichte ihm die Aufnahme eines Dachs. Dann eine weitere Aufnahme eines Daches. Dann noch eine. Sie ist total verrückt, dachte Robert, wenn die Aufnahmen auch beweisen, daß sie die Wahrheit gesagt hat.

»Wo sind denn nun die wirklich interessanten? Ah!!« Triumphierend zog sie einen Satz Bilder aus dem Umschlag und breitete die Fotos auf ihrem Schoß aus. Auf den Aufnahmen waren deutlich sechzehn Gestalten zu sehen, die sich langsam von der Mitte der Regent Street zu ihrem oberen Ende hin bewegten, und richtig, bei ihnen war auch etwas, das nur ein Hund sein konnte. Sie sahen nicht wie Menschen aus, ziemlich mißgestaltet, aber Rose konnte nicht erklären, warum. Die letzten Aufnahmen waren etwas unscharf, aber sie zeigten die Gruppe der Nachzüger in erstaunlicher Nähe.

»Ich konnte ein paar Großaufnahmen bekommen«, sagte Rose. »Da zogen sie gerade wieder ab.« Sie drehte das letzte Foto um. Überrascht betrachtete sie es, dann hielt sie es näher. Das Bild zeigte ein Mädchen unter zwanzig, dunkelhaarig und attraktiv. Lachend drehte sie sich um und rief jemandem hinter ihr etwas zu, und genau dieser Moment war festgehalten. Ihr Gesicht war blaß und ohne Make-up, und ihre Haarfarbe war ein schwärzliches Purpur. Weit hinter ihr waren die roten Lichter des Fernsehturms zu erkennen.

»Hier, Sie waren so freundlich, das Geld für die Fotos auszulegen, und nun hat Gott Sie belohnt.« Sie drehte sich zu Robert um und hielt ihm das Bild vor die Nase. »Das ist Sarah Endsleigh. Ich würde ihr käsiges Gesicht überall erkennen.«

»Soll das ein Witz sein . . .?«

»Ich weiß nicht.« Sie schaute sich noch einmal die anderen Aufnahmen an. »Ich frage mich, ob ihre beiden charmanten Freunde mit ihr da oben waren.«

»Sarah Endsleigh? Das glaube ich Ihnen nicht.« Robert kratzte sich nachdenklich das Kinn. »Einen solchen Zufall kann es gar nicht geben.«

»Hören Sie zu. In unser Gebäude wurde zweimal vom Dach her eingebrochen. Bei einem dieser Einbrüche wurde Charlotte zufällig getötet. Und jetzt ist ihre Tochter bei einer Art Dach-Gang. Begreifen Sie denn nicht? Das hängt doch alles zusammen. Es muß zusammenhängen.«

»Sie sollten mit den Bildern zur Polizei gehen. Sie könnten die ganze Sache prüfen. Ich meine, wenn es Leute gibt, die oben auf den Dächern herumlaufen, dann *muß* die Polizei es erfahren.«

»Sie vergessen, daß ich selbst gegen die Gesetze verstoßen habe, als ich diese Aufnahmen machte. Wie dem auch sei, es wäre interessanter, wenn wir es selbst herausfinden würden. Hier geht etwas Seltsames vor. Wollen Sie nicht selbst wissen, worum es sich da handelt?«

»Nein. Eigentlich nicht.« Robert stand auf. »Sobald ich das Notizbuch gelesen habe, werde ich es zurückgeben.«

»Geben Sie es doch Ihrem Agenten.« Rose war verärgert und enttäuscht darüber, in diesem hageren, immer so besorgt aussehenden Mann nicht einen Funken von Interesse geweckt zu haben.

»Ich möchte es lieber bei Ihnen lassen.«

»Wie Sie wollen.« Sie zuckte desinteressiert die Achseln und schob die Aufnahmen in den gelben Umschlag zurück. »Ich schicke Ihnen das Geld, das Sie mir geliehen haben, mit der Post zurück.« Sie stand auf und steckte die Hände unter ihr T-Shirt. Dann ging sie davon. Sie hatte ihn ins Vertrauen gezogen, aber sie hatte ihn falsch eingeschätzt, und er hatte sie im Stich gelassen.

Plötzlich wurde Robert klar, daß ihr kalt gewesen sein mußte, denn sie hatte die ganze Zeit ohne Mantel auf der Bank gesessen. Er fühlte sich schon versucht, sie zurückzurufen und ihr zu erklären, warum er nicht gern in diese Sache hineingezogen werden wollte, aber er schaute nur hilflos zu, wie sie hinter der nächsten Straßenecke verschwand. Dann steckte er das Notizbuch ein und ging traurig zur U-Bahnstation zurück. Das Gefühl seiner eigenen Unzulänglichkeit hatte sich verstärkt.

8 Schlaf

Sie schläft weiter.

Und während sie schläft, träumt sie. In ihrem Traum ist sie ein junges Mädchen, jung, aber keineswegs unschuldig, von gemeinen Banditen auf ein Bergschloß gelockt. Sie ist an Händen und Füßen gefesselt. Weil sie ein unverzeihliches Verbrechen begangen hat, soll sie bei Tagesanbruch hingerichtet werden. Sie hängt hundertachtzig Meter über dem Königreich, und der Wind, der sie umwirbelt, zerzaust ihre scharlachroten Locken. Unter ihren nackten Füßen schießen kreischend Milane durch die Luft, in ständigem Kampf mit dem heulenden Wind. Hier oben hat sie keine Hoffnung auf Rettung. Die Nacht wird keinen stampfenden Hengst, keinen glänzenden Retter bringen, denn wer weiß überhaupt, daß sie hier ist?

Jetzt hat sich die Dunkelheit auf das Königreich gesenkt. Tief unten sind die unheimlichen Schreie seltsamer Raubtiere zu hören, wenn sie ihre Beute jagen und miteinander kämpfen. Ihre Handgelenke und Fußknöchel schmerzen von den straffgespannten Fesseln. Erschöpft fängt sie an zu schluchzen, und ihre Tränen fallen in die Nacht hinaus, und der Wind trägt sie davon.

Sie kann sich mit ihrem Tod nicht abfinden, kann das Wissen nicht ertragen, daß diese Stunden der Dunkelheit die letzten sind, die ihre Sinne schmecken und berühren werden. Sie windet sich und versucht, sich umzudrehen, in dem Bewußtsein, daß sie nur im Traum gefangen ist. Aber bald wird sie aufwachen und entdecken, daß das, was sie schon fürchtet und weiß, die Wahrheit ist. Daß dies alles, weit davon entfernt, ein Traum zu sein, sich als sehr real erweisen wird . . .

9 Anubis

Am frühen Morgen dieses Tages, ein schwacher, silbriger Nebel hing noch in den abfallenden Straßen, die von Charing Cross zum Embankment hinunterführten, gab Detectiv Chief Inspector Jan Hargreave seinen Männern den nicht beneidenswerten Auftrag, Krötes Leiche vom Gitter vor den Büros der Prudential Insurance Company zu entfernen. Unter der Anleitung eines Polizeiarztes holten zwei Constabler den Körper von den Spießen, wobei sie sich bemühten, weiteren Schaden an den inneren Organen zu vermeiden. Wegen des sonderbaren Zustands der Leiche wurden Kopf und Schultern mit einer dicken undurchsichtigen Plastikhülle bedeckt. Bisher war es Hargreave gelungen, die Öffentlichkeit fernzuhalten, indem er die Straße an beiden Enden sperren ließ.

»Was zum Teufel will Cutts denn hier?« Der Inspector zeigte mit dem Daumen auf den schon etwas kahlen Mann im braunen Regenmantel, der über das Plastikseil des Polizeikordons geklettert war und nun auf ihn zukam. Hargreave wandte sich an einen der uniformierten Beamten. »Ich dachte, ich hätte klargestellt, daß dies nicht an die Presse gehen darf, bevor die Laboranalyse vorliegt.«

»Ich möchte Sie daran erinnern«, sagte Stan Cutts und drängte sich durch die Umstehenden, »daß es meine Pflicht ist, die Öffentlichkeit mit Informationen zu versorgen, die ihre Rechte oder ihre persönliche Sicherheit betreffen könnten . . .«

»Hören Sie auf damit, Cutts. Sie sind kein Journalist, Sie sind Lohnschreiber für ein Revolverblatt. Persönliche Rechte interessieren Sie einen Scheißdreck.« Er forderte ihn mit einer Handbewegung zum Gehen auf. »Jemand soll ihn hinausbringen.«

Vor einem Jahr hatte Hargreaves Ruf sehr gelitten, als Cutts Zeitung ihn öffentlich beschuldigte, einen Fall miserabel geführt zu haben. Seitdem duldete er die Anwesenheit von Reportern nicht mehr, es sei denn, sie waren zu einer Pressekonferenz geladen. Andererseits wußte er um die Macht der Presse und wollte es sich mit ihnen nicht ganz verderben. Einer der beiden Constabler, die Ecke Craven Street den Verkehr umgeleitet hatten, trat vor und packte mit seiner behandschuhten Hand den Arm des Reporters.

»Beantworten Sie mir nur eins«, rief Cutts, als der Beamte versuchte, ihn hinauszuführen, »hat das etwas mit Ihrem ›Vampire-of-Leicester-Square‹-Fiasko zu tun?«

Hargreave fuhr herum. Sein Gesicht war in der kühlen Morgenluft fleckig geworden.

»Sie wissen verdammt gut, daß das nicht der Fall ist«, sagte er, und dabei senkte er die Stimme zu einem drohenden Tonfall. »Wenn Sie versuchen, eine Verbindung zwischen beiden Fällen zu konstruieren, werde ich dafür sorgen, daß für Sie sämtliche Informationskanäle gesperrt werden.«

»Dann muß es sich um eine ernste Angelegenheit handeln«, sagte Cutts. »Wie dem auch sei, Sie wissen ja, daß wir heutzutage verschiedene Quellen anzapfen können. Natürlich hole ich mir meine Informationen lieber aus erster Hand.« Sein Grinsen ließ vermuten, daß er mehr wußte, als er bereit war zuzugeben. Der zerknitterte Mantel, den er immer trug, roch nach Schweiß und abgestandenem Whisky. Cutts erinnerte Hargreaves immer an einen watschelnden, liebenswürdigen Pornographen. »Geben Sie mir Informationen, und ich garantiere Ihnen, daß kein Bericht auch nur ein Wort über die Vergangenheit enthalten wird.«

»Sie wollen Informationen?« fragte Hargreaves, und ein säuerliches Lächeln spielte um seine Lippen »Kommen Sie her! Lassen Sie ihn los, Duncan!« Er winkte den Reporter zu dem Plastiksack hinüber, den man auf den Boden der zivilen Polizei-Ambulanz gelegt hatte. Vorsichtig schlug er den oberen Teil der Plastikhülle zurück. »Wir haben hier einen Mann von Anfang Zwanzig, von einem Gitter aufgespießt. Die Spitzen drangen ihm ganz durch Hals, Brust und rechten Oberschenkel.«

Cutts beugte sich über die Leiche und wurde bleich. »Was ist denn mit seinen Augen und seiner Kehle passiert? Von einem Sturz bekommt man doch nicht derartige Gesichtsverletzungen.«

Jetzt war es an Hargreaves, den Unschuldigen zu spielen. Er zuckte resigniert die Achseln. »Nun, Stanley, das wissen wir leider noch nicht.« Er lenkte Cutts Aufmerksamkeit von dem Kadaver des riesigen Vogels ab, der in einem Plastiksack hinten im Wagen hing. Das mußte geheim bleiben, bis er wußte, wieso zum Teufel er an die Leiche angebunden war. »Geben Sie mir ein paar Tage, bevor Sie irgendwelche Vermutungen drucken, und ich werde dafür sorgen, daß Sie Exklusivinformationen über jede Entwicklung bekommen, die, sagen wir mal, während der nächsten vierundzwanzig Stunden erfolgt.«

»Kommen Sie, Hargreave, zuerst der Piccadilly-Junge und jetzt eine Pfählung. Vielleicht ist ein gefährlicher Killer unterwegs. ›Dach-Rambo schlägt wieder zu‹. Die City wimmelt von Leuten, die Weihnachtseinkäufe machen. Das könnte eine ziemlich große Geschichte werden.«

»Schlecht geschrieben, könnte sie aber auch eine ziemlich große Panik auslösen. Ich muß Ihnen sagen: Wenn Sie auch nur ein einziges Wort drucken, das diese beiden Mordfälle miteinander in Verbindung bringt, haben Sie eine Anzeige wegen Behinderung der Polizeiarbeit am Hals und — warten Sie mal, wie wäre es mit Verfälschung von Informationen?«

»Wer verfälscht hier? Das sieht doch jeder.«

»Sie werden ein offizielles Dementi bekommen.«

»Mein Gott, was ist mit der Integrität passiert?«

»Sie muß Ihre Zeitung gelesen haben.«

»Sechsunddreißig Stunden«, feilschte Cutts, der schlau genug war, es vorsichtig angehen zu lassen, wenn ein wenig später eine weit bessere Story in Aussicht stand. »Geben Sie mir während der nächsten sechsunddreißig Stunden Zugang zu Informationen, und ich werde die Story bis Donnerstagabend zurückhalten.«

»Abgemacht. Übrigens, wie kommt es, daß Sie so früh davon erfahren haben?«

»Ich kann meine Informanten nicht preisgeben. Das wissen Sie doch.«

Hargreaves mußte lächeln. Er hatte an andere Methoden gedacht, sich die Presse vom Hals zu halten. Jetzt brauchte er Cutts nur wegen Zurückhaltung von Informationen verhaften zu lassen, wenn der sich nicht an die Abmachung hielt. Inzwischen würde er zwei Akten über den Fall anlegen — eine für sich selbst und eine für die Zeitungen.

»Auf dem Weg nach hier hätten sie das Ding beinahe verloren, wußten Sie das?« Hargreave zündete sich seine Zigarette mit einer Kippe an und schaute zum Monument hinauf. Der als Nadel der Kleopatra bekannte granitene Obelisk stieß in einen Himmel von einer Farbe hinein, die an altes Eis erinnerte. Sergeant Janice Longbright stampfte mit den Füßen auf den Bürgersteig und folgte Hargreaves Blick. »Die Nadel wurde in einem eisernen Ponton von Alexandria bis hierher geschleppt, wie eine Riesenzigarre in einem Etui. Mitten in der Biskaya kam ein fürchterlicher Sturm auf. Sechs Männer gingen über Bord und ertranken. Aber die Nadel wurde gerettet.« Er drehte sich zu Janice um und lächelte. »Es gibt sie seit fast anderthalbtausend Jahren vor Christi Geburt, ein Denkmal für Götter, die wir uns kaum vorstellen können, und was tun die Briten? Wir stellen es auf dem Embankment auf und vergraben darunter einen Rasierapparat, eine Schachtel Stecknadeln und eine Ausgabe von Bradshaw's Railway Guide. Darüber mögen die Götter rätseln.« Janice sah Hargreaves Atem in der feuchten Themseluft. Sanft schob sie ihren Arm unter seinen, um ihn auf andere Gedanken zu bringen.

Sie wußte, daß es einen Grund dafür geben mußte, daß er einen so seltsamen Ort für ihre Verabredung gewählt hatte. Ian tat nie etwas, ohne daß er dafür einen genau überlegten Grund hatte. Nicht, daß er ein phantasieloser Mann war — im Gegenteil, seine Denkweise war von einer liebenswerten Perversität, die ihr gefiel und sie zugleich überraschte.

»Was weiß du über die alten Ägypter? Er warf seine Zigarette auf das Pflaster und trat sie aus. Dabei schaute er sie an. Janice dachte eine Weile nach.

»Nun, sie hatten eine übertriebene Ehrfurcht vor den Toten, glaube ich. Haben sie nicht die Diener lebend zusammen mit ihren Herren begraben? Anubis hatte etwas damit zu tun. Er hatte den Kopf eines Hundes.« Sie zuckte die Achseln. »Ich fürchte, ich habe im Geschichtsunterricht nicht gut aufgepaßt.«

»Anubis hatte den Kopf eines Schakals, und er war der Totengott. Er soll das Einbalsamieren erfunden haben. Okay, und was ist mit Raben?«

»Raben?«

»Das Opfer wurde von einem Raben angegriffen. Ein Riesenvieh. Man hatte es ihm vor das Gesicht gebunden.«

»Ich glaube, sie können sprechen lernen. Und sie werden sehr alt. Tut mir leid, aber du hast mich in meinem schwächsten Fach erwischt.«

»Laß uns gehen.« Harvey zeigte auf die Biegung des Fahrdamms, wo er an Hungerford Bridge vorbeiführt. »Es *muß* einen Zusammenhang zwischen den beiden Mordfällen geben, aber Herrgott noch mal, was hat ein Junge mit dem Mund voll Nilschlamm mit Raben zu tun?«

»Warum wartest du nicht die Labor-Analyse ab, bevor du versuchst, eine Verbindung herzustellen«, schlug Janice vor. »Du hast doch wahrscheinlich Leute aufs Dach geschickt?«

»Als allererstes. Aber da oben war nichts zu finden. Das Dach sah aus, als sei es saubergefegt worden. Der Regen gestern abend war auch nicht sehr hilfreich.«

»Die toxikologische Analyse des Piccadilly-Jungen zeigte Spuren von Methadon, Benzedrin und einige andere Drogenspuren. Aber die Leiche wurde immer noch nicht identifiziert.« Sie schwiegen, als sie unter der Brücke hindurchgingen.

»Was diese Angelegenheit betrifft, habe ich ein sehr ungutes Gefühl«, sagte Hargreave schließlich. Ich fürchte, wir sehen nur die Spitze eines Eisbergs. Ich dachte immer, daß ich diese Stadt verstehe. Jetzt kommt es mir so vor, als seien die alten kriminellen Loyalitäten weggeworfen worden. Etwas anderes ist an ihre Stelle getreten.«

»Und was, glaubst du, ist das?«

»Wenn ich das nur wüßte.« Er hatte schon einen Aktionsplan beschlossen. Heute abend würde er einige Stunden im Computer-Raum verbringen. Das System war bereits in der Lage, logische Gedankenprozesse zu duplizieren, und Hargreave hatte eine Methode entwickelt, es träumen zu lassen oder doch Logiksprünge zu produzieren, die mit traumähnlichen Assoziationen zu operieren schienen. Wenn er gewisse Schlüsselworte und Sätze abrief und ihren Querverweisungen folgte, konnte er den Computer mit Hilfe eines Zufallsgenerators Gedanken und Ideen frei kombinieren lassen. Er hatte überlegt, ob er versuchen sollte, das System anderen zu erklären, dann aber beschlossen zu warten, bis sich eine passende Gelegenheit von selbst ergab. In diesem Fall beunruhigte ihn zunehmend der Gedanke an das, was seine Ermittlungen vielleicht zutage fördern würden.

Als er die schöne Miss Longbright aus dem Schatten der Brücke herausschreiten sah wie ein Pin-up-girl auf ihrem Weg zu Reichtum, dachte er wieder an erfreulichere Dinge.

10 Notizen

Mitglieder des Ordens, die für bestimmte offizielle Pflichten ausersehen wurden, sind berechtigt, einen mit einer bunten Schärpe verzierten einfachen schwarzen Mantel zu tragen. Kopfschmuck, der Phoebus repräsentiert, existiert für zeremonielle Zwecke, aber er wird selten getragen, wenn überhaupt. Zeremonien waren früher notwendig zur Aufrechterhaltung der Disziplin, aber heute finden sie nur noch in Befolgung einer vergangenen Tradition statt. Sie werden zwischen zwei Lampen zelebriert, die den Glanz der Diana und die Reinheit Apollos versinnbildlichen. Der Orden blieb bis zum Neuen Zeitalter unverändert.

Robert legte die handgeschriebene Seite sorgfältig in das Notizbuch zurück, als der Zug bei der Einfahrt in die Belsize Park Station unter seinen Füßen schwankte. Sobald der Sitzplatz vor ihm frei wurde, setzte er sich hin und öffnete noch einmal vorsichtig den schmalen Band. Dies war kein Manuskript, eher eine Collage von gekritzelten Notizen und Ausschnitten, die anscheinend die Vorbereitung einer ersten Fassung darstellten. Als der Zug in Richtung Chalk Farm weiterfuhr, begann Robert mit der ersten Seite des Buches. Auf der ersten Seite waren nur Charlotte Endsleighs Bild und ihre säuberlich mit einem weichen Bleistift gefertigte Unterschrift. Es gab weder ein Datum noch eine Beschreibung des Inhalts. Auf der nächsten Seite stand eine vertikal gedruckte Liste von Namen:

HAUPTSTATIONEN
Holford
Lombardo
Jones
Winde
Wren
Barry
Bedford

Er betrachtete die Liste eine Minute lang und suchte nach irgendeinem Zusammenhang. Ihm war nicht bekannt, daß es solche Stationen, Bahn oder U-Bahn, in London gab. Er drehte die Seite um und las in Charlotte Endsleighs ihm nun schon vertrauter Handschrift »Viele andere Stationen existieren überall in dieser Stadt, aber in diesen scheint es am lebhaftesten zuzugehen.« Mit wachsender Neugier ging Robert das nächste halbe Dutzend Seiten durch. Sie waren mit kryptischen Namen und Ziffern gefüllt. Gelegentlich fand er eine datierte Bemerkung, als sei diese später in ein Tagebuch zu übertragen.

Die plötzliche Luftdruckveränderung ließ ihn von seiner Lektüre aufschauen, und er sah gerade noch rechtzeitig das Ende des Bahnsteigs der Station Chalk Farm in der Dunkelheit verschwinden. Er würde in Camden Town umsteigen und ins Zentrum fahren müssen, um am Leicester Square auszusteigen. Skinner würde sich fragen, was zum Teufel denn mit ihm los sei. Er sah sein Bild in der Schwärze des gegenüberliegenden Fensters. Ein Stück von ihm entfernt malten zwei zwölfjährige Skinheads mit einem Filzstift fleißig Obszönitäten auf ein Fenster. Ein Penner schlief im Ecksitz, und sein Kopf bewegte sich im Fahrtrhythmus des Zuges. Die Halteschlaufen schaukelten, als der Zug über ein paar Weichen hinwegfuhr und kurz vor der Hamden Station anhielt.

Robert nahm einen Bleistift und versuchte, eine der Ziffern zu entschlüsseln, aber ihre kryptische Botschaft irritierte ihn so, daß er aufgab. Wieder schaute er in das Notizbuch. Eine andere Seite, die siebente. Hier wurden die mit Bleistift geschriebenen Notizen zu eng geschriebenen Absätzen in schwarzer Tinte, als ob es sich plötzlich um ein anderes Thema handelte. Auf dieser Seite war ebenfalls eine Liste aufgestellt worden. In dieser hieß es:

HERMES
APOLLO
DIANA
MERKUR
VENUS
MARS
JUPITER
SATURN

Robert war verblüfft. Warum sollten diese drei Gottheiten einer Liste von Planeten voranstehen? Es kam ihm vor, als prüfe er zufällige Fußnoten zu einem Hauptthema, dessen eigentlicher Inhalt ihm völlig verborgen blieb. Das Buch enthielt nur halb erklärte Informationsfetzen, die möglicherweise gar keinen Zusammenhang hatten, eine nur schwach ausgeführte Karte der Reisen eines zunehmend senilen und desorientierten Gehirns. Vielleicht bedurfte es eines schärferen Verstandes, als er ihn hatte, um die Distanz zwischen den Punkten zu überbrücken. Er brauchte jemanden, der ihm half, die rätselhaften Informationen, die diese Seiten enthielten, zu entwirren, jemanden, mit dem zusammen er das als eine Art Gesellschaftsspiel für den Winter betrachten könnte.

Wieder setzte sich der Zug in Bewegung. Über der Erde hatten frische, kalte Winde schon lange die Straßen vom Regen der letzten Nacht befreit und Wolkenfetzen über die Bürogebäude aus grauem Beton dahingetrieben. Tief unten schwitzten die Fahrgäste der ratternden U-Bahn in den ungesunden warmen Luftströmen der von Ruß überzogenen Tunnel.

Dank seiner täglichen Routine konnte Robert die Fahrt vom Norden Londons bis zum West End und zurück ohne große Umwege bewältigen. Er war sich darüber klar, daß er irgendwann den Führerschein machen mußte. Er mußte ausgehen und sich dazu zwingen, Freundschaften zu schließen. Das tun die Leute nun einmal. Sie schaffen sich ein Umfeld von Bekanntschaften, von erklärten und unerklärten guten Freunden und Feinden, von Leuten, die man plötzlich trifft und freudig begrüßt oder desinteressiert oder mit geheucheltem Entzücken. Aber der Gedanke an bemühte Gespräche mit Fremden auf Partys lähmte ihm die Zunge, und er kam sich dümmlich vor.

Vielleicht empfand Sarah Endsleigh ähnlich. Ashcroft, der Agent, hatte angedeutet, daß sie heruntergekommen sei. Sie stritt sich mit ihrer Mutter, wahrscheinlich, weil die letztere ihren Lebensstil mißbilligte. Sie schien in schlechte Gesellschaft geraten zu sein, wie ihr Umgang mit üblen Typen und die seltsamen Fotos, die Rose aufgenommen hatte, vermuten ließen . . . Wieso eigentlich hatte er, wenn er an Sarah dachte, immer ein Gefühl des Unbehagens?

Er schlug eine weitere Seite in dem Notizbuch um und las weiter: ›Notizen über Nathaniel Zalian.‹ Bei dem Nachnamen merkte er auf. Darunter stand: ›Praktizierender Arzt im Hampstead's Royal Free Hospital bis 1980. Wegen angeblicher Verfehlungen in Ausübung seiner Tätigkeit zum Rücktritt gezwungen. Außergerichtliche Regelung. 1981 geschieden. Beschäftigte sich später mit Rehabilitationsprogrammen für Alkoholiker. Verschwand 1982, nachdem er seine Wohnung in Hampstead verkauft und sein Bankkonto aufgelöst hatte.‹ An die Seite war ein Ausschnitt aus dem *Hampstead & Highgate Express* mit der Schlagzeile: ›Drogen fehlten: Arzt in Hampstead suspendiert.‹ Darunter hatte Charlotte gekritzelt: ›Zalian — Ideale, die schal wurden.‹

Die nächste Seite war voller kreisförmiger, sorgfältig mit Tusche gezeichneter Diagramme. Darüber stand: ›METONISCHER ZYKLUS‹ und darunter in Rot: ›Lunisolares Jahr für 1989.‹

Robert runzelte die Stirn. In diesem Augenblick, gerade als der Zug in Camden Station einfuhr, nahm ein Gedanke in seinem Kopf Gestalt an. Rasch steckte er das Notizbuch ein, sprang vom Sitz auf und durch die geöffnete Tür auf den Bahnsteig. Auf der Rolltreppe nahm er zwei Stufen auf einmal und eilte zu den verdreckten Telefonzellen im Vorraum der Station.

»Moment mal, Moment mal, sprechen Sie doch langsamer. Ich verstehe kein Wort. Zu allererst möchte ich wissen, was diese plötzliche Sinnesänderung bewirkt hat?« Roses Stimme klang kalt und mißtrauisch.

»Das erkläre ich Ihnen, wenn ich da bin. Ich will Ihnen zeigen, was in dem Notizbuch steht, das ich aus Charlottes Wohnung mitgenommen habe.«

»Das haben Sie mir schon gezeigt.«

»Nein. Ich dachte, es sei ein Entwurf für einen Roman. Jetzt glaube ich, daß es viel mehr ist. Warten Sie bitte eine Sekunde.« Robert legte den Hörer auf einen Stapel zerfetzter Telefonbücher und drehte sich zu dem Penner um, der ihm mit einer Mundharmonika ins Ohr blies. »Hier sind zwanzig Pence. Bitte verpissen Sie sich!«

»Gott segne Sie, Boß«, sagte der Penner und eilte zur nächsten Zelle. Robert ging wieder an den Apparat. »Ich kann in zwanzig Minuten bei Ihnen sein.«

»Ich denke, Sie müssen arbeiten.«

»Ich melde mich krank.«

Vom anderen Ende der Leitung kam ein Seufzer. »Wenn Sie Kaffee wollen, müssen Sie ihn sich selbst machen.«

»Das geht in Ordnung. Sie haben nicht gelebt, bevor Sie meinen Kaffee getrunken haben.«

»Glauben Sie mir, Süßer, ich habe gelebt.« Sie legte auf.

Auch Robert legte auf und ging die Rolltreppe hinunter zum Bahnsteig für die Hampstead-Linie. Wenigstens konnte er sich für sein Verhalten am frühen Vormittag entschuldigen.

Robert schaute auf die Uhr. Es war zwei Uhr fünfzehn. Vor ihm auf dem Fußboden in Roses Wohnung lagen über vierzig handschriftliche oder getippte Seiten, die er vorsichtig aus der Plastikspirale des Notizbuchs gelöst hatte. Rose kniete in ihrem riesigen T-Shirt in der Ecke und schaute geduldig zu. Der Duft von frischem Kaffee zog durch das Wohnzimmer. Robert tappte in Socken über die maschinengeschriebenen Blätter und zeigte auf die Seite mit den Diagrammen. »Bei dieser Seite wurde ich nachdenklich«, sagte er und hielt sie hoch, damit Rose sie lesen konnte. »Metonischer Zyklus. Das ist griechisch und hat etwas mit den Mondphasen zu tun, die an denselben Tagen des Jahres wiederkehren. Ich schaute in meinem Kalender nach und richtig, an dem Tag, an dem Sie die Aufnahmen machten, war Vollmond.«

»Hm-hm.«

»Was meinen Sie?«

»Es war Vollmond, aber der war wegen der Wolken nicht zu sehen. Also?«

»Also lese ich Charlottes Notizen für ihr neues Buch und — haben Sie *Das Newgate-Vermächtnis* je gelesen?«

»Es steht als zweites auf meiner Liste, gleich nach dem neuen Jackie Collins.«

»Das Buch befaßt sich mit dem heutigen Strafvollzugssystem. Die Fakten sind sehr gründlich recherchiert. Der Stil ist fast dokumentarisch. Und deshalb dachte ich auch, dies seien Notizen für einen neuen Roman. Aber worum sollte es in diesem Buch denn gehen, höre ich Sie fragen.«

»Überraschen Sie mich!«

»Eine Studie über eine besondere Gruppe von Menschen. Eine Gruppe, die ihre Unternehmungen nach den Mondphasen ausrichten. Hier ist eine Liste. Sie wird angeführt von den Gottheiten Hermes, dem Götterboten, Apollo, der mit der Sonne in Verbindung gebracht wird, und Diana, der Mondgöttin. Es folgt eine Liste von Planeten. Es scheint, als hätte Charlotte einen vollen lunaren Plan für das jeweilige Erscheinen dieser Leute katalogisiert . . .«

». . . Und das sind die Leute, mit denen ihre Tochter herumläuft. Die Leute, die ich auf dem Dach sah.«

»Was glauben Sie? Wer hätte Charlotte wohl auf ein solches Thema hinweisen können?« Robert wippte auf den Füßen und zeigte auf die ausgebreiteten Seiten. »Jetzt haben wir unser Szenarium. Nehmen wir an, Sarah erzählt ihrer Mutter von diesen Leuten. Charlotte ist mehr als nur interessiert, und sie findet, daß es ein großartiges Thema für ein Buch sein könnte. Die Tochter liefert ihr Informationen. Dann geschieht etwas, wir wissen nicht was. Vielleicht hat sie Schwierigkeiten, weil sie Geheimnisse an Außenstehende weitergegeben hat. Sie bekommt Angst und streitet mit ihrer Mutter. Sie sagt ihr, sie solle ihren Plan aufgeben, bevor sie beide Ärger bekommen. Und dann ist ihre Mutter plötzlich tot, und Sarah ist verschwunden, möglicherweise entführt.«

Rose schaute zur Tür, dann sah sie Robert an. »Sind Sie derselbe Typ, der vor ein paar Stunden hier reinkam?«

»Ich sage ›entführt‹, denn wenn Sie sich Ihr Bild von Sarah genau anschauen . . .« Rose reichte Robert das Foto. Er tippte mit dem Zeigefinger auf das Gesicht. »Dann werden Sie sehen, daß sie überhaupt nicht lacht. Könnte ihr Gesichtsausdruck nicht auf Angst schließen lassen? Die Notizen stimmen in vielem mit Ihrer Geschichte überein. Stellen Sie sich vor, daß diese Leute immer von Dächern aus operieren. Sie rennen in Rudeln herum, wie Sie selbst gesehen haben. Und nun hören Sie sich dies an:

> Obwohl es scheint, daß eine Art Aufnahmezeremonie nötig ist, bevor ein Mitglied akzeptiert wird, versuchen im Laufe der Saison überraschend viele, der Gruppe beizutreten. Die meisten der Aktivitäten, an denen Sarah teilgenommen hat, scheinen ziemlich harmlos zu sein und dienen nur dem Vergnügen. In der Tat scheint es bei ihnen einen strengen Moralkodex zu geben, der vom Anführer der Gruppe ständig durchgesetzt wird.

Und dies:

> Heute hat Sarah mir erzählt, was mit denen geschieht, die den Status der Mitgliedschaft nicht erreichen. Ich fürchte, in einem solchen Fall haben sie keine moralischen Bedenken. Es scheint da eine schwache Stelle zu geben . . . (dieser Teil ist unleserlich) . . . die Sarah offensichtlich nicht erklären kann. Siehe ›Neues Zeitalter‹.

»Ich denke, wir haben hier für die Polizei genug Informationen.« Robert lächelte selbstgefällig und sammelte die Seiten zusammen.

»Außer, daß Sie damit nicht zur Polizei gehen werden.«

»Und warum nicht?«

»Wenn Sie ihnen diese ›Beweise‹ vorlegen, werden wir entweder als Komplizen verhaftet oder ausgelacht. Und warum suchen Sie Sarah nicht selbst? Alles, was Sie dazu brauchen, haben Sie doch hier.« Sie tippte auf die Seiten, die Robert ihr gebündelt zurückgegeben hatte. »Und wenn Sie sie gefunden haben, können Sie das Buch selbst schreiben.«

Roberts Augenbrauen erreichten seinen Haaransatz. »Ich glaube, das ist mit einigem Risiko verbunden.«

»Zum Beispiel?«

»Zum Beispiel könnte man vom Dach eines hohen Gebäudes gestoßen werden.«

»Heh, Ruhm hat nun mal seinen Preis.«

»Wenn man nach dem gehen kann, was ich bisher gelesen habe«, sagte Robert und trank seinen Kaffee aus, »dann ist vielleicht schon jemand gestorben, weil er zuviel wußte.«

Rose sah ihn nicht an und machte eine weit ausladende Handbewegung.

»Nun, Robert, ich wollte Ihnen die Chance geben, mit mir zu kommen. Ich denke, ich gehe wieder nach oben, um noch einmal nachzuschauen.«

Er sah ihren Augen an, daß sie es ernst meinte und daß sie entschlossen war, es zu tun, mit oder ohne ihn. »Ich weiß nicht.« Robert kratzte sich nachdenklich am Kinn. »Wenn ich wirklich mitgehe, sollen wir es möglichst bald tun.« Er stand auf, ging ans Fenster und zog die Vorhänge zur Seite. Durch die Hecke kam das fahle Licht einer blassen Sonne. »Für das, was Sie gesehen haben, mag es eine ganz einfache Erklärung geben, aber wenn sich wirklich über unseren Köpfen eine Art Kult abspielt, können wir nicht wissen, was sie Sarah vielleicht antun werden.«

Gemeinsam schauten sie aus dem Fenster in den nebligen Hof, der einen schon aufgegangenen Mond im dunkler werdenden Winterhimmel umgab.

»Ich habe einige Fragen an Sie, Robert.«

»Schießen Sie los.« Seite an Seite gingen sie eine kleine Nebenstraße in Hampstead entlang. Es hatte vorher kurz geregnet, und in der Luft lag der Geruch von frischem Grün. Robert hielt das wieder in den alten Zustand versetzte Notizbuch fest unter den Arm geklemmt, hob das Kinn und pfiff fröhlich vor sich hin, wenn auch keine Melodie zu erkennen war. In seinen schmalen Augen schien ein leiser, fast leuchtender Glanz zu liegen. Es war jetzt neun Uhr abends. Er hatte den ganzen Nachmittag bei Rose verbracht. Vorher hatte er einen verärgerten Skinner angerufen und ihm vorgeschwindelt, er habe eine Halsentzündung. Es war seltsam, aber er fühlte sich wohl, wenn er mit Rose zusammen war. Sie schien in der Lage zu sein, ihre Energie und ihren Enthusiasmus auf alles lenken zu können, was ihr gerade gefiel. Beim Essen in einem indischen Restaurant fragte sie Robert über seinen Beruf und über sein Privatleben aus. Sie schien auf alles eine Antwort zu haben oder wenigstens eine Frage.

Robert dagegen fand es einfach deshalb schwierig, über sich selbst zu sprechen, weil er nicht gewohnt war, darum gebeten zu werden. Der Nachmittag war in den Abend übergegangen, und an Hand von Charlottes Notizen wurde ein Aktionsplan ausgearbeitet.

Rose trug jetzt einen marineblauen Pullover, dessen Stil und Größe schwer zu bestimmen waren, und sie war auf alles vorbereitet, was der Abend bringen mochte. Unermüdlich stellte sie weitere Fragen, aber Robert lernte schnell, wie er ihnen begegnen konnte.

»Wohin gehen wir zuerst?«

»Das sage ich Ihnen in einer Minute.«

»Okay. Ich habe da einen Gedanken. Wenn die Gang so streng moralisch und harmlos ist — wie Charlotte in ihren Notizen andeutet —, warum sollten die Leute dann eine alte Dame ermorden, bloß weil sie sich über ihre Aktivitäten Notizen gemacht hat?«

»Das weiß ich nicht. Nächste Frage.« Sie blieben vor einem Zebrastreifen stehen.

»Wenn sie sich nicht gut vertrugen, warum hat sich Sarah ihrer Mutter dann überhaupt anvertraut?«

»Vielleicht hatte sie das Bedürfnis, es irgend jemandem mitzuteilen. Sie kann in Schwierigkeiten gesteckt haben. Andererseits mag sie Charlotte gar nicht sehr viel erzählt haben. Die alte Dame war durchaus in der Lage, einige Telefongespräche zu führen und vieles selbst ausfindig zu machen.«

»Wie kommt es, daß dieser ›Einbrecher‹ das Notizbuch weder gestohlen noch vernichtet hat?«

»Vielleicht wußte er nichts von seiner Existenz. Der Umschlag mit dem Notizbuch lag unter einem Tisch. Ich vermute, daß er von einem der Kartons gefallen war, die Charlottes diebische Verwandte aus der Wohnung trug.«

»Sollten wir die Notizen nicht noch ein wenig gründlicher studieren, bevor wir einfach losmarschieren?« fragte Rose.

»Ja, wir sollten, aber wir haben keine Zeit mehr.«

»Plötzlich haben wir es so eilig?«

»Wie ich schon sagte, wenn diese Leute Sarah Endsleigh entführt haben, damit sie den Mund hält, dann haben sie sich vielleicht schon vorgenommen, ihn ihr für immer zu schließen. Seltsame Kulthandlungen, Vollmond, Opferriten, wer weiß? Wenn du Detektiv spielen willst, mußt du alles selbst herausfinden.«

Rose ging jetzt etwas langsamer und beobachtete Robert, der vorausgegangen war. In seinen abgetragenen Stiefeln und der faltigen Jeansjacke, mit seinem langen Hals und den tellergroßen Ohren, sah er mehr als ein bißchen irre aus. »Robert.« Er blieb stehen und schaute über die Schulter zurück.

»Hmmm?«

»Hat es in Ihrer Familie Fälle von Geisteskrankheit gegeben?«

»Nein. Warum?«

»Es ist nur, weil Sie heute morgen so anders waren. Sie hatten Angst vor Ihrem eigenen Schatten. Eine richtige Flasche.«

»Danke für das Vertrauensvotum. Ich bin immer noch eine Flasche.«

Rose betrachtete die unterernährte Gestalt, die vor ihr so eigenartig gespreizt dahinstolzierte, als wollte er ihr sagen, daß er genau wußte, was er tat. Was offensichtlich nicht der Fall war. Sie mußte lächeln.

»Das glaube ich auch.«

»Deshalb muß ich mich darauf verlassen, daß Sie mich beschützen, wenn wir in Schwierigkeiten kommen.«

Sie gingen um die nächste Straßenecke herum in den Wind hinein. Schweigend gingen sie nebeneinander her, und die Reise, die sie jetzt antraten, würde sie weiter führen, als sie je beabsichtigt hatten.

11 Der Schwan

Samuel fühlte sich grauenhaft. Seit einer Stunde fuhren ihm Krämpfe wie weißglühende Drähte durch die Eingeweide. Er griff sich an den Magen, setzte sich auf die Begrenzungsmauer hoch über den Bahnsteigen der Endstation und hoffte, daß die fürchterliche Übelkeit abklingen würde. Er war ein hochgewachsener Mann, der sich immer etwas unbeholfen bewegte, als schäme er sich irgendwie seiner Größe. Er wußte, daß seine Kraft für Chymes nützlich gewesen war. Jetzt fragte er sich, ob sich dieser Nutzen nicht überlebt hatte. Die Eisenbahngleise schlängelten sich von der Cannon Street her bis an den Fluß, führten über den Fluß hinweg, um dann nach links abzubiegen, wo geschwärzt und vernachlässigt die Southwark Kathedrale stand, umgeben von einem Gewirr von Gleisen. Die Sonne war hinter einer dichten grauen Wolkenbank untergegangen, als sei ihr die Anstrengung, noch ein paar blasse Winterstrahlen zu schicken, zu groß geworden.

Trotz der sinkenden Temperatur und obwohl er nur ein dünnes T-Shirt aus Baumwolle trug, floß ihm der Schweiß in Strömen von Rücken und Armen. Zum ersten Mal seit Tagen war sein Gehirn nicht umwölkt. Der Nebel, der über seinem Gedächtnis lag, zerstreute sich, und bewußt sah er sich jetzt mit den schrecklichen Folgen seiner Taten konfrontiert. Zweimal war er an einem Mord beteiligt gewesen. Gestern hatte er mitgeholfen, einen Mann zu ermorden, den er einst als seinen Freund betrachtet hatte. Er hatte seine Mißbilligung nicht ausgedrückt, und er war nicht in der Lage gewesen, die grauenhaften Vorgänge zu beeinflussen, die sich um ihn herum ereigneten, und dadurch hatte er die Greueltaten stillschweigend gutgeheißen, die an denen begangen wurden, die er einst als Alliierte im Kampf gegen eine korrupte Welt angesehen hatte. Aber diesmal hatte irgend etwas, irgendein unbewußter Wunsch, wieder wach zu werden, dazu geführt, daß er sich weigerte, an dem allabendlichen Drogenritual teilzunehmen. Früh am Abend hatte er zugeschaut, wie die anderen sich in eine das Bewußtsein lähmende Vorhölle hinaufschossen, und während ihnen die Sinne schwanden, war sein Verstand zurückgekehrt, und er hatte angefangen, sich in allen Einzelheiten an die zurückliegenden Vorfälle zu erinnern.

Später hatte er dann aufgemuckt, hatte eine Audienz bei Chymes persönlich verlangt. Jetzt ging ihm langsam auf, daß er einen schweren Fehler begangen hatte, denn wie könnte er die Last seiner Schuld einem Mann erklären, der schon mit dem Begriff nichts anzufangen wußte. Chymes war mit ihm über die graue L-förmige Sektion des Bahnhofsdachs gegangen, den Arm um die Hüfte des Giganten mit dem geschorenen Kopf gelegt, wie ein Lehrer, der seinem Lieblingsschüler gut zuspricht. Wenn Samuel gewisse Handlungen nicht ausführen wolle, die den Beginn des Neuen Zeitalters einläuteten, hatte Chymes gemeint, dann solle er sich doch wirklich überlegen, ob er nicht lieber zu den Insekten dort unten zurückkehren wolle. Samuel erkannte sofort die Gefahr, die er durch eine Zustimmung heraufbeschwören würde. Er hatte gesehen, was anderen passiert war, die den Wunsch geäußert hatten, den Orden zu verlassen, und Chymes wußte, daß er es gesehen hatte.

Wieder umklammerte eine Schmerzwelle seine Eingeweide wie ein heißes Metallband. Er beugte sich vor, stützte sich mit einer Hand auf die Mauer und erbrach sich. Zu seinem Entsetzen floß dabei dunkles Blut auf die Gleise tief unten. Er hatte heute nichts gegessen, sondern nur mit Chymes eine Dose Bier getrunken. Konnte es ein, daß er diese Qualen erleiden mußte, weil er seinem Körper keine giftigen Chemikalien mehr zuführte? Vielleicht hatte das ein Geschwür verursacht oder lebenswichtige Blutgefäße zerrissen. Für einen kurzen Augenblick wurden die Schmerzen erträglicher.

Hinter sich hörte er die Tritte schwerer Stiefel. Er wischte sich den Mund mit dem Handrücken ab. Als er sich umschaute, sah er, wie Chymes aus der dunklen Betonschlucht, die der hintere Teil des Daches und die anliegenden Büros bildeten, hervortrat und sich ihm näherte. Als er zur Mitte des Bahnhofsdachs ging, war ein neues Geräusch zu hören — der langsame rhythmische Flügelschlag eines großen Vogels. Mit schmerzverzerrtem Gesicht schaute Samuel hoch und sah gerade noch, wie ein riesiger Schwan von fast gespensterhaftem Weiß über den Kopf seines Herrn hinwegflog und schwer auf dem Dach landete. Er streckte seinen langen Hals aus und zischte und grunzte wie ein alter Mann im Schlaf.

»Nun, Bruder Samuel, ich dachte, du seist schon zur Erde zurückgekehrt«, sagte Chymes, und seine Stimme war ein überlauter Baß.

Samuel gefiel Chymes' Wortwahl nicht, aber seine Schmerzen waren so stark, daß er es nicht sagen konnte. Er atmete schwer und ächzte, als seine Lungen Blut ausschieden. »Was hast du mir angetan?« keuchte er, und eine neue Schmerzwelle baute sich in seinem Magen auf.

»Ich fürchte, das hast du dir selbst angetan, Bruder.« Chymes kam näher. Riesengroß stand er über dem keuchenden Mann, der kaum noch aufrecht sitzen konnte. Sein langes fahles Gesicht war von einer schwarzen

Haarmasse umrahmt, die mit fettiger Pomade nach hinten gekämmt war, so daß er aussah wie ein viktorianischer Dandy. Er streckte eine Metallhand aus, und die Finger aus poliertem Stahl öffneten sich in einer bittenden Geste. »Du mußt dir darüber klar werden, Bruder, daß es deine eigene Schuld ist, daß die Dinge diesen Lauf genommen haben.«

»Du hast mir etwas in das Bier getan, nicht wahr? Du hast das Bier . . . geöffnet . . . und dann . . . mir gegeben, du Schwein.« Er brach ab, gequält von einem Hustenanfall, der seinen Mund wieder einmal mit dem heißen metallischen Geschmack seines eigenen Blutes füllte. Er spuckte die Flüssigkeit in Chymes' Richtung, aber sie erreichte ihn nicht.

»Es ist mir eingefallen«, sagte Chymes so lebhaft, als säße Samuel bei bester Gesundheit vor ihm, »daß deine Rückkehr zu den Insekten für uns keinen Gewinn bedeutet. Und nach allem, was ich getan habe, dein Lebenslos zu bessern, schien es kaum fair, daß du uns verlassen solltest, ohne als Gegenleistung irgendeinen nützlichen Akt zu vollziehen.«

Samuel hörte kaum zu. Er fing an zu weinen, als er sah, daß das Blut unten aus seiner Hose herauslief und um seine Beine herum, die er nicht mehr gebrauchen konnte, eine immer größer werdende Pfütze bildete. Es war, als sei sein Körper plötzlich porös geworden. Das Blut schien aus jeder Öffnung zu tropfen. Er wischte sich die Augen, und als er die Hände sinken ließ, bemerkte er entsetzt, daß sie karmesinrote Streifen hatten.

»Dann wußte ich plötzlich, daß dein Leben von Nutzen sein könnte, indem dein Blut freigesetzt wird, denn so wie die Pelikane ihren Jungen erlauben, sich vom Blut aus ihrer eigenen Brust zu nähren, so könnte deine höchst kostbare Körperflüssigkeit auch weiterhin unsere Kraft stärken und vermehren. Ich bin sicher, selbst du wirst verstehen, daß wir alle Kraft brauchen, die wir bekommen können.«

Der Schwan kam herbeigewatschelt und ließ sich in der nun schon sehr großen Blutlache nieder, von der Samuel jetzt umgeben war. Gleichgültig wandte er sich von dem sterbenden Riesen ab und steckte einen langen gelben Schnabel in sein Gefieder. Als er sich in der Lache zurechtsetzte, färbte sich die Unterseite seines Körpers mit blutigem Scharlachrot.

»Was . . . was hast du mir angetan?« war alles, was Samuel noch stöhnen konnte, bevor er zur Seite kippte. Seine Beine zuckten und zappelten, als sein Nervensystem aufhörte, rationalen Befehlen zu folgen.

»Es ist nichts, verglichen mit dem, was wir dir noch antun *werden*, Sonnenschein . . .«

Die beiden Skinheads, die Chymes ständig begleiteten, stellten sich links und rechts von ihm auf. Sie waren mit Stahlmessern bewaffnet, die dünne Klingen hatten. Chymes beugte sich über Samuels zitternden Körper, und seine Augen glitzerten schwarz, als das Blut sich in ihnen widerspiegelte. »Es ist schon lange her, daß ich Verrat in deinen Augen sah, Bruder Samuel. Aber jetzt bin ich sicher, daß du mir ein letztes Mal nie endende Loyalität schwörst, selbst noch im Tode.«

Samuel war hilflos. Seine Glieder gehorchten nur noch dem wilden Zucken seiner Nerven. Als der Aufruhr in seinen Arterien zunahm, wußte er, daß er solange am Leben bliebe, bis die Folter, die sie ihm zugedacht hatten, überstanden wäre. Verzweifelt zwang er sich dazu, den Mund zu öffnen, und sprach mit pfeifendem Atmen. »Du . . . bist . . . verrückt . . .«, waren seine letzten Worte.

»Und du bist tot«, sagte Chymes, während die Skinheads auf Samuels schwer atmenden Körper zugingen. Das edle Haupt hoch erhoben, schaute der Schwan teilnahmslos zu.

12 Kontakt

Obwohl die Regenwolken über der City sich verzogen hatten, waren über dem Leicester Square keine Sterne zu sehen. Aber das waren sie auch sonst nicht. Die hell erleuchteten Straßen und die flackernden Neonschilder der Schallplattenläden, Nachtklubs, Kinos und Burger-Bars warfen ein häßliches Licht in den Himmel, das diese natürlichen Erscheinungen zwang, gegenüber den irdischen Vergnügungen den zweiten Platz einzunehmen. Eine lärmende Menge wälzte sich über das mit Abfällen übersäte Pflaster. Selbst jetzt im Winter spuckten Busse ganze Schlangen von angeheiterten Touristen aus, die das Theater am Ende des Platzes besuchen wollten. Drüben vor dem Empire Ballroom spielten Straßenmusikanten auf und winkten ihre Zuhörer näher heran, damit sie einen Menschenwall gegen die wachsamen Augen der vorbeipatrouillierenden Polizei bildeten. Die rauhe Kombination von Verstärkermusik, betrunkenem Geschrei und Liedfetzen trieb die wenigen verbliebenen Vögel höher in die Baumkronen hinauf, von wo sie ihre schrillen Schreie den Mißklängen unten hinzufügten.

Robert und Rose halfen sich gegenseitig durch die Menge. An der Ecke vor ihnen stand ein hell erleuchteter Spielsalon voll blökender Video-Maschinen.

»Ich denke, wir müssen hier jemanden treffen«, sagte Robert, der etwas unsicher wirkte. »Einen von Sarahs Freunden. Er wird in dem Notizbuch auf mehreren Seiten erwähnt.«

»Ich würde mich sehr viel wohler fühlen, wenn wir das Ding gemeinsam durchlesen können«, rief Rose. Sie schob sich durch die entgegenkommenden Touristen wie ein Eisbrecher durch Packeis. »Und was ist, wenn dieser ›Freund‹ nicht da ist?«

»Das weiß ich nicht. Im Buch steht, daß er immer in diesem Spielsalon zu finden ist. Wir sollten wirklich ein Xerox-Gerät suchen und das Buch kopieren.«

»Warum?«

»Weil es unsere Arbeitsgrundlage ist.«

Durch hohe Glastüren betraten sie einen mit schmutzigen purpurfarbenen Vorhängen und billigen Kronleuchterimitationen ausgestatteten Saal, die Travestie eines Kasinos. Die wenigen Leute, die nicht mit den einarmigen Banditen oder Space-War-Geräten beschäftigt waren, beobachteten das Geschehen auf eine Weise, die vermuten ließ, daß sie entweder jenseits des Gesetzes standen oder in dessen Diensten. Milk-Shake-Becher und Bierdosen lagen überall auf dem Boden verstreut. Ein abgestandener Geruch hing in der Luft.

»Sie wissen doch nicht einmal, wie der Kerl aussieht.«

»Fangen Sie nur an zu lesen, ich werde es mal mit drei-sechzig versuchen.« Robert drückte Rose das Notizbuch in die Hand. Sie lehnte sich gegen eine staubige Wand und fing an zu lesen, während Robert sich im Spielsaal umsah. Der große schwitzende Mann an der Wechselkasse aus Plexiglas sah aus, wie jeder sich einen Kinderschänder vorstellt. Als Robert kam, hielt er im Geldzählen inne und ließ das Streichholz in seinem Mund langsam von einem Mundwinkel zum anderen gleiten.

»Entschuldigen Sie.« Robert klopfte zaghaft an das Fenster der Wechselkasse. »Ich suche einen Kerl, der jeden Abend hier rumhängt. Klein und fett, heißt Mickey oder Michael. Kennen Sie ihn vielleicht, oder wissen Sie, wo ich ihn finden kann?«

Der Kinderschänder musterte Robert mit mißtrauischen Augen. Aus der Nähe gesehen, schien er Maschinenfett in den Falten seines breiten Gesichts zu haben. »Ich kenne hier keinen«, sagte er.

»Gibt es hier jemanden, der die Leute kennt?«

»Fragen Sie ihn. Den Mageren.« Er stieß mit dem Finger gegen die Scheibe.

»Danke.«

Am anderen Ende des Raums stand ein Punk, dünn wie eine Bohnenstange und mit wächsernen olivfarbener Haut. Er konzentrierte sich auf den Versuch, ein Starbike zwischen zwei Planeten hindurchzusteuern. Seine schwarzen Kordhosen waren so eng, daß man die Umrisse seiner Kniescheiben sehen konnte. Um seinen linken Oberschenkel hatte er sich ein rotes Halstuch gebunden, das vermutlich seinen Freunden etwas sagte — oder seinen Feinden. Er sah aus wie die Jungs, die ein Messer dabeihaben und T-Shirts mit langen Ärmeln tragen, damit man ihre Einstiche nicht sieht.

Robert beschloß, ihn nicht zu stören, bis sein Spiel vorbei war. Er war nicht sehr erfahren in der Unterhaltung mit gefährlichen Fremden, besonders nicht an einem Ort wie diesem, wo es so aussehen könnte, als sei er jemand, der sich an solchen Orten um Obdachlose kümmerte und sie in den Hotels in Piccadilly-Nähe zur Arbeit verpflichtete. Aus dem Gerät neben ihm donnerte eine Serie ohrenbetäubender elektronischer Explosionen. Das Spiel des Jungen war zu Ende. Er hämmerte wütend mit den Fäusten auf den Apparat ein und stieß eine Serie von Flüchen aus, die sich wie Türkisch anhörten. Als er merkte, daß er beobachtet wurde, drehte er sich langsam um und sah Robert von oben bis unten an.

»Willst du was, Alter?« Sein Akzent war der eines Cockney-Zyprioten. Nervös trat Robert an ihn heran und versuchte, sich so lässig wie möglich zu geben.

»Ich suche einen Jungen, der abends immer hier herumhängt. Sein Name ist Mickey. Klein, fett . . .« Schon schüttelte der magere Junge den Kopf. »Nein, ich kenne keinen, der Mickey heißt.«

»Seine Freunde nannten ihn immer Kröte«, sagte Rose, die neben Robert getreten war. »Das steht hier.« Sie drehte sich zu ihm um und tippte auf das Notizbuch. Die Miene des mageren Punks hellte sich plötzlich auf. »Ach, *Kröte*«, sagte er und grinste. »Er ist der einzige, der mich an diesem Gerät schlagen kann, der Bastard.« Er schlug mit der flachen Hand auf das Gerät. »Er ist ein paar Tage nicht hiergewesen.«

»Schade. Wir müssen ihn wirklich sprechen. Es ist wichtig.«

»Hört zu, seht ihr den Typ da drüben?« Robert und Rose schauten über das Gewimmel im Saal hinweg und nickten.

»Das ist Nick von der 7N-Krewe. Den könnt ihr fragen. Der ist mit Kröte befreundet.«

Robert bedankte sich bei dem türkischen Jungen, der sich schon wieder seinem Gerät zuwandte, und ging mit Rose quer durch den Saal.

»Ich weiß nicht, wie Sie es sehen«, sagte sie, »aber ich habe immer mehr das Gefühl, daß zwischen mir und den Jungs, die sich heutzutage auf den Straßen herumtreiben, Welten liegen.«

»Glauben Sie, das empfinde ich nicht auch?« sagte Robert. »Ich kam aus der Art Vorstadt, wo man Ausländerkinder allenfalls auf Jahrmärkten traf. Dann kam ich nach London und teilte eine Wohnung mit einem geistesgestörten westindischen Taxifahrer, einem chinesischen Studenten, der zwei Jahre lang mit niemandem auch nur ein Wort sprach, und einem weißen Rasta mit dieser Frisur und einem unlösbaren Identitätsproblem.«

»Dann brauchen Sie sich jetzt ja keine besonderen Sorgen zu machen.«

»Kommen Sie, diese Kerle wissen, daß ich keiner von ihnen bin. Das erkennt man an allem, was ich tue. Daß ich nicht von der Straße komme, sieht doch ein Blinder.«

Der als Nick von der 7N-Krewe bezeichnete Junge stand in der Ecke und schaute durch die Glaswand nach draußen auf die Straße. Robert nahm zu Recht an, daß diese Verbindung etwas mit auf die Gebäude gesprayten Slogans zu tun hatte.

»He, Nick, hast du Kröte gesehen?« rief Robert und merkte sofort, daß diese Vertraulichkeit ein Fehler war.

»Wer zum Teufel bist du?« Nick trug eine mit Mustern aus den Sechzigern bemalte Lederjacke, ein um das linke Auge tätowiertes Spinnennetz und eine Do-it-yourself-Haarfärbung, die dringend einer Auffrischung bedurfte.

»Ich bin nur ein Freund. Weißt du, wo er ist?«

»Du bist kein Freund.« Nick drehte sich zu Robert um. »Kröte kennt keinen, der schon kahl wird. Hat er dir gesagt, du sollst dich an mich wenden?« Er zeigte auf den türkischen Punk.

»Ja.«

»Hast du Geld bei dir?«

»Äh, ein wenig.« Robert suchte in seinen hinteren Taschen.

»Dann gib uns was.«

Unwillig schaute Robert in seine Hand und gab Nick ein paar Münzen.

»Ich habe ihn schon seit zwei Tagen nicht mehr gesehen«, sagte Nick, der plötzlich wesentlich freundlicher war. »Ich bin ziemlich sauer, denn er schuldet mir Geld.«

»Glaubst du, daß er heute abend nach oben gegangen ist?«

Das war ein Satz, der in Charlottes Aufzeichnungen gelegentlich auftauchte. Robert fand, daß es nicht schaden könne, wenn er ihn in die Unterhaltung einbrachte. Nick sah ihn ein paar Sekunden lang scharf an. Rose, die neben Robert stand, fühlte sich alles andere als wohl. Endlich schien Nick sich beruhigt zu haben.

»Das habe ich mich auch schon gefragt, aber er meinte, daß er mit denen nichts mehr zu tun haben will. Ich sagte zu ihm, du bist nicht wie die. Sie mögen keinen außer sich selbst. Verdammt eingebildet. Sie glauben, daß keiner so gut ist wie sie.«

»Nick, ich weiß, daß du mich nicht kennst. Ich bin kein Bulle . . .«

»Das ist doch klar. Erstmal bist du zu klein.«

». . . Aber es ist sehr wichtig, daß ich heute abend mit ihm oder irgendeinem anderen von den Dachleuten spreche.« Bei diesen Worten wurde Nicks schon kühler Blick wie Eis.

»Heh, so kannst du hier nicht reden. Nicht bei dem, was da abläuft. Und Kröte ist nicht mehr bei ihnen, er hat nichts damit zu tun, hast du das kapiert?«

»Ja, ich verstehe. Aber Kröte ist ein Freund von jemandem, mit dem wir uns dringend in Verbindung setzen müssen. Ein Mädchen namens Sarah. Haben Sie das Foto, Rose?«

»Hier.« Rose reichte Nick das Foto, das sie auf dem Dach aufgenommen hatte. Nick betrachtete es nur kurz. Dann nickte er und gab es zurück.

»Ja, ich habe sie gesehen, bevor sie nach oben ging. Es ist schlimm mit ihr.« Nick sprach nervös und schnell, und immer wieder schossen seine Blicke zu den großen Glastüren hinüber, als erwartete er, daß jeden Augenblick jemand hereinstürzen würde. Unter der Neonbeleuchtung des Saals glänzte seine Haut von Schweiß.

»Haben wir irgendeine Möglichkeit, uns mit ihr in Verbindung zu setzen? Gibt es eine Art Hauptquartier für diese . . .« Robert wurde unterbrochen, indem Nick ihn hart vor die Brust stieß.

»Halt's Maul, Mann, halt's Maul! Willst du, daß ich exkoriiert werde?« Es sah aus, als wollte Nick durch die Glastüren nach draußen rennen, aber Robert hielt ihn zurück. Hinter dem Plexiglas seiner Wechselkasse hörte der Kinderschänder auf, Münzen zu zählen, und schaute zu ihnen herüber.

»Niemand wird dir etwas tun, und mir ist es egal, mit wem Sarah sich herumtreibt. Ich muß sie nur dringend sprechen oder irgend jemanden, der weiß, wo sie ist. Okay?« Robert zog zwei Zehnpfundnoten aus der Tasche und zeigte sie Nick. Statt Angst flackerte in Nicks Augen jetzt Gier auf.

»Okay, ich sag' euch, was ihr tun müßt. Geht zum Orchesterpavillon am Embankment. Ich meine den am unteren Ende der Villiers Street, da, wo früher das Player's Theatre war. Kennt ihr das?«

»Natürlich.«

»Geht morgen abend zum Orchesterpavillon, und da müßte jemand sein, der euch helfen kann.«

»Wer, Nick?« Robert hielt die Banknoten gegen Nicks Jacke. Durch das Leder fühlte er, wie sein Herz klopfte.

»Er heißt Simon. Er zieht sich immer so komisch an, daß ihr ihn gar nicht verfehlen könnt.«

»Was ist die günstigste Zeit, ihn da anzutreffen?«

»Zwischen acht und neun. Um die Zeit ist er immer da.«

»Du hast ein Geschäft gemacht.«

»Aber hört zu, in letzter Zeit sind ein paar Leute erledigt worden. Ich kann für nichts garantieren, was euch da vielleicht passiert. Wenn ihr nicht in einem Stück wieder zurückkommt, habe ich nichts damit zu tun.« Nick streckte die Hand nach dem Geld aus.

»Wir machen es auf deine Weise«, sagte Robert, riß die Scheine in der Mitte durch und gab ihm die eine Hälfte. Nick machte ein langes Gesicht.

»Du kriegst den Rest später — falls wir in einem Stück zurückkommen.«

Bevor er antworten konnte, hatte Robert Roses Hand genommen und sie durch die Tür in das Gewimmel der Passanten hinausgezogen. Er schaute sich um und freute sich über den verblüfften Ausdruck in Nicks Gesicht.

»Sehen Sie?« sagte Robert, stolz auf den Erfolg seiner ersten Aktion. »Man muß nur die richtigen Fragen stellen.«

»Okay, Sie sind ein großer Macho«, murrte Rose. »Mir kam das alles zu leicht vor. Glauben Sie, er weiß, worüber er redet, oder hat er nur irgend etwas gesagt, um Geld aus Ihnen herauszuholen? Wahrscheinlich ist er nur ein Experte darin, komplette Dummköpfe zu erkennen.«

Robert warf ihr einen prüfenden Blick zu. Sie verließen den Leicester Square und bahnten sich ihren Weg durch den Verkehrsstau in der Charing Cross Road. Selbstzufrieden führte Robert Rose zwischen den hupenden Autos hindurch. Er hatte in einem Spielsalon mit einem Punk einen Handel abgeschlossen. Er begann, sich auf der Straße zurechtzufinden.

»Soll das ein Witz sein?« rief er Rose zu. »Er wußte schon, worüber er redete. ›Exkoriiert‹? Wieso benutzt ein sechzehnjähriger Straßenjunge ein obskures lateinisches Wort mit der Bedeutung ›Die Haut abziehen‹?«

»Vielleicht besucht er die Abendschule. Ich frage mich, zu welcher Crew er gehört. Zur Bergungs-Crew? Zur Ruder-Crew? Oder zu einer Krewe mit ›k‹?«

»Was ist eine Krewe mit ›k‹?«

»Ach, das wissen Sie doch.« Rose winkte ab. »Mardi Gras.«

»Nein, das weiß ich nicht.« Robert war irritiert. Rose schien immer zu glauben, daß er alles verstand, was sie sagte.

»Krewes sind die Orden, die Mardi Gras für Comus organisieren, den Gott der Festlichkeiten. Das geschieht, um den Tag vor Frühlingsanfang zu feiern, den Tag, an dem der Teufel über die Erde wandelt. Diese Orden sind sehr alt und sehr geheim. Und sie haben alle verschiedene Namen, wie Isis und Osiris oder die Kalifen von Kairo.«

Robert blieb wie angewurzelt stehen und starrte Rose an. »Woher in aller Welt haben Sie diese Informationen, verdammt noch mal?«

»Das werde ich Ihnen irgendwann genau erzählen.«

»Warum nicht gleich? Ich wüßte nicht, was wir heute abend sonst noch tun könnten. Wollen wir irgendwo noch etwas trinken?«

»Gern. Dann kann ich mich noch ein wenig mit den Notizen beschäftigen.«

»Ich war dabei, Ihnen meine Lebensgeschichte zu erzählen.«

»Wirklich?« sagte Rose und stieß die Tür zum *Three Tuns Inn* auf. »Ich kann mir Ihre Lebensgeschichte schon denken.«

»Warum erzählen Sie mir dann nicht, wie sie endet?«

»Wenn Sie das wissen wollen, müssen Sie mich in ein paar Tagen noch mal fragen.«

Robert lachte unsicher und schloß die Tür hinter sich. Er hatte das Gefühl, daß Rose ihn lieber mochte, wenn er nicht so sehr versuchte, Eindruck zu machen. Er arbeitete sich durch den überfüllten Pub bis zur Bar vor. Hinter ihm schauten zwei blasse Augen durch die falschen Bleiglasscheiben und beobachteten jede seiner Bewegungen.

13 St. Katherines Dock

Gegen den Horizont stand sie allein auf dem Dach wie eine dunkle Göttin, die glänzenden Beine weit gespreizt, das Kinn über das dazwischenliegende Wasser hinweg herausfordernd gegen ihn vorgereckt. Unter den Brüsten und an den Innenseiten der Oberschenkel waren Streifen aus dem Leder herausgeschnitten, entweder, um ihr die Bewegungen zu erleichtern oder zu einem mehr erotischen Zweck. Hohe Hacken aus Glanzleder erhoben sie zu einer statuesken Pose, trotzig und einladend zugleich. Langsam hob sie eine behandschuhte Hand und winkte ihm zu.

»Sarah!«

Nathaniel Zalian trat einen Schritt vor an den Rand des Dachs. Kein Zweifel, sie war es — und doch, wie konnte das sein? War es ihr gelungen, Chymes zu entkommen? Er zog sein Walkie-talkie aus der Tasche und schaltete es ein. »Zalian an Lombardo, bitte kommen.«

Auf dem gegenüberliegenden Gebäude stand Sarah Endsleigh immer noch und wartete, die Augen starr auf ihn gerichtet, das Becken zu einer unmißverständlichen Einladung vorgewölbt. Zalian erkannte das Lächeln auf ihrem blassen Gesicht.

»Nathaniel, wo zum Teufel bist du? Du warst nicht auf Empfang. Seit es dunkel wurde, versuchen wir, dich zu finden.«

»Ich bin im St. Katherine's Dock.«

»Das ist Niemandsland. Was machst du da? Wer ist sonst noch in deiner Gruppe?«

»Niemand. Ich bin allein.«

»Mein Gott, Nat, du weißt doch, daß du nicht mehr allein reisen sollst.« Viele seiner Männer hatten das Gefühl, daß Zalian als Anführer die Sache nicht mehr ganz im Griff hatte. Bei verschiedenen Gelegenheiten während der letzten paar Tage hätte seine Unentschlossenheit fast dazu geführt, daß einige seiner eigenen Männer getötet wurden. »Im Augenblick bist du nicht in der Verfassung, auf dich selbst aufzupassen. Was würde passieren, wenn du plötzlich auf Chymes oder einige seiner Männer triffst?«

»Sarah ist hier. In diesem Augenblick sehe ich sie. Sie steht direkt vor mir.«

»Sarah? Das ist unmöglich. Du weiß doch genau so gut wie ich . . .«

»Sie ist hier. Sie ist es.«

»Aber wir wissen, daß sie gefangengenommen wurde. Es ist eine Falle. Es muß eine Falle sein. Nat, verschwinde, solange du noch eine Chance . . .«

Zalian schaltete das Gerät aus und schob es wieder in die Tasche. Er schaute zu der in Leder gekleideten Gestalt hinüber, und seine eisblauen Augen verengten sich. In der Ferne verlagerte Sarah ihr Gewicht von einem Fuß auf den anderen und ließ ihre behandschuhten Hände langsam zwischen ihre Schenkel gleiten. Zalian war wie elektrisiert. Plötzlich wirbelte sie herum und ging das schräge Dach hinauf in Richtung auf den Hauptwasserlauf der City-Marina.

Zalian löste die Kabelharpune, die er um den Oberschenkel geschnallt trug, zielte auf die Wand des gegenüberliegenden Gebäudes und betätigte vorsichtig den Abzug. Mit einem scharfen Knacken von Stahl traf das Geschoß, und das Kabel straffte sich. In einer einzigen oft geübten Bewegung stieß er sich vom Gebäude ab und segelte hoch über den ruhig auf der einen Seite der Marina liegenden Jachten zum anderen Gebäude hinüber. Der knallrote Anstrich eines Feuerschiffs flitzte unter seinen Füßen vorbei, als er sich dem breiten, abfallenden Dach des renovierten Lagerhauses näherte, das jetzt direkt vor ihm lag.

Als er landete, war Sarah schon hinter dem Dach verschwunden. Er löste das Kabel von seinem Gürtel und lief behende über das graue Metallblech zum höchsten Punkt des Lagerhauses. Aus dem Augenwinkel sah er einen Mann vom Sicherheitsdienst mit seinem Schäferhund um die Ecke des Marinemuseums herumgehen, das auf der einen Seite der Marina lag. Er glitt leise über den First hinweg und, ein wenig unsicher, auf der anderen Seite wieder nach unten. Vor ihm am entfernten Ende stand Sarah. Sie drehte ihm den Rücken zu. Er stand auf, rannte zu ihr hinüber, packte sie grob an den Schultern und riß sie herum.

Sarah hielt den Blick gesenkt und starrte auf seine breite Brust, wobei ihr das Haar ins Gesicht fiel. Plötzlich öffneten sich ihre schwarzgeschminkten Lippen, und ihre weißen Zähne glitzerten in der harten Dunkelheit der Winternacht. Keuchend stürzte er sich auf sie und preßte ihren in Leder gehüllten Körper fest an seine Brust. Seine Hände glitten über ihr Gesäß, während er ihren geöffneten Mund mit seinem suchte. Als seine Lippen sich auf ihre legten, hob er die Hände, um ihr Haar zu berühren, aber sanft drückte sie seine Arme wieder nach unten. Er schloß dankbar die Augen, als sie sich an ihn drängte, und seine Balance veränderte sich. Die Wärme ihres Körpers strahlte durch das knarrende Leder auf seine Haut.

»Sarah, du hast es geschafft zurückzukommen. Ich wußte, daß du es schaffen würdest . . .«

Wieder verlagerte sich seine Balance, als sie sich mit ihrem Becken noch härter an ihn drängte. Dann verlor er plötzlich wirklich das Gleichgewicht, und als er die Augen öffnete, merkte er, daß er das Dach hinunterglitt, der Dachrinne und dem tief unten liegenden Boden entgegen. Wieder griff er nach ihrem Haar. Die purpurschwarze Perücke rutschte herunter und gab einen kahlgeschorenen Kopf frei. Das Mädchen hatte nichts mit Sarah zu tun. Sie war eine bemalte Puppe, für eine Pantomime geschminkt mit dem Gesicht der Frau, die er liebte. Sie schlang ihre Hände um seinen Rücken und stieß so hart zu, daß er in die Knie ging und dann auf die Seite fiel, als er auf die Dachrinne zurollte und dort hängenblieb. Zalian schaute hoch. Das kahlköpfige Mädchen holte eine Spritze aus der Brusttasche und sprühte einen Strahl flüssiges Kristall in die Luft, während sie sich ihm näherte.

»Ein verliebter Mann ist ein leichtes Opfer, Zalian«, sagte sie, trat vor und beugte sich über ihn. Hinter ihr erschienen auf dem First des Dachs drei andere Gestalten. Konnten das seine eigenen Leute sein, oder gehörten sie zu Chymes? Er konnte es nicht erkennen. Es gab ein metallisches Knacken, als die Dachrinne sich unter seinem Gewicht bog. Unten hörte er heraneilende Schritte, gefolgt vom Bellen des Schäferhundes.

»Weg von ihm, oder du bist totes Fleisch.«

Die Stimme gehörte Lee, einem von Zalians besten Männern. Zalian klammerte sich an die Dachrinne, die langsam nachgab. Sein Körper war zu lang und schwer, als daß sie sein Gewicht noch lange hätte tragen können. Das Mädchen stand auf und drehte sich um. Sie warf die Spritze weg, zog ihre Waffe und feuerte auf die Männer, die sich ihr näherten. Plötzlich sprang Lee auf sie zu und rammte ihr den Kopf in den Magen. Krachend landeten beide auf dem Metalldach und rollten auf den Dachrand zu.

Weitere Gestalten eilten herbei, und im nächsten Augenblick zogen kräftige Hände Zalian hoch und von dem kämpfenden Paar weg. Er war in Sicherheit.

»Tu ihr nichts — wir nehmen sie mit«, schrie jemand, als Lee das Mädchen auf den Rücken zwang, ihr die Handschuhe auszog und ihre gekreuzten Handgelenke mit einem Stück Kabel zusammenschnürte.

»Wir müssen schnell weg«, warnte Lee. »Hier wimmelt es von Sicherheitspersonal.«

Sobald sie wieder zu Atem gekommen war, wollte die junge Frau schreien, aber Lee hinderte sie daran. Von beiden Seiten gestützt, wurde Zalian zum anderen Ende des Lagerhausdachs geführt. Hinter ihnen zog Lee seine Gefangene an dem Kabel mit sich, das er ihr um die Handgelenke gebunden hatte.

»Bleib bei uns, Lady«, sagte er und grinste ihr ins Gesicht. »Du wirst uns zu Chymes bringen.«

Die Gruppe bereitete sich darauf vor, in Richtung Tower Hotel aufzubrechen, ein häßlicher brauner Kasten an der Nordseite der Tower Bridge. Zalian wirkte benommen und konnte nicht sprechen, als die anderen beiden ihm in seinen Kabelgurt halfen. Zum ersten Mal merkte auch er, wie sehr sein Verhalten die anderen in Gefahr brachte. Lee legte einen ähnlichen Gurt um die mit Leder bedeckte Hüfte des Mädchens, als es in der Ferne eine Luftdetonation gab und mit dumpfem Klatschen etwas Schweres den Rücken des Mädchens traf. Mit schreckgeweiteten Augen stürzte sie nach vorn. Sie stieß einen leisen Schrei aus. Das Ende eines rostigen Eisenspeers ragte zwischen ihren Schultern hervor. Es war eine behelfsmäßige Waffe, Teil eines zerbrochenen Wetterhahns. Lee ließ den Körper des Mädchen auf das Dach fallen und bedeutete den anderen mit einer Handbewegung, daß sie sich ducken sollten.

»Ich glaube, jemand will nicht, daß wir die Opposition verhören«, sagte er und drehte sich zu den Männern um, die Zalian stützten. »Wir können sie ebensogut hierlassen. Sie kann uns jetzt nichts mehr nützen.« Er trat über das leblose Mädchen weg und legte seinen eigenen Gurt an. Es war ihm nicht anzusehen, ob ihn der Vorfall berührt hatte.

»Wir wollen sehen, ob wir den Rückweg schaffen, ohne weitere Aufmerksamkeit zu erregen. Du hast verdammt Glück gehabt, daß wir ein paar Leute in der Gegend hatten, Nat.« Lee wunderte sich, wieso der frühere Anführer der Dachwelt auf eine so offensichtliche List hereinfallen konnte. Anscheinend war es schlimmer, als selbst er gefürchtet hatte.

Die Gruppe verschwand von der Marina, während unter ihnen ein Durcheinander von Gebell und gebrüllten Befehlen der Wachleute herrschte, die mal in die eine und mal in die andere Richtung rannten. Auf dem Dach des Magazins lagen die lederbekleideten Glieder von Chymes' Lockvogel im Tod gespreizt, und ihre purpurschwarze Perücke rollte über das Dach wie Steppengras aus Nylon.

14 Angreifer

»Okay, geben Sie mir das Buch«, sagte Rose und winkte mit dem Finger, bis Robert ihr das kleine blaue Buch gab. Sie schlug die Seite auf, die sie Robert am Nachmittag hatte studieren sehen, und fing an zu lesen. Für einen Dienstagabend war das *Three Tuns* ziemlich voll. Schwer hing Zigarettenrauch in der Luft, und die aufdringlichen Kellner, die an der schmalen Bar standen, überschrien sich gegenseitig bei ihrer Unterhaltung. Robert schob Rose über den kleinen runden Tisch einen Whisky Soda zu und setzte sich neben sie, während sie las.

»Die Liste ist überschrieben ›Main Stations‹ . . .«

»Ich habe keine Ahnung, was das bedeuten soll.« Robert zuckte die Achseln. »Ganz sicher sind es keine Bahn- oder Busstationen.«

»Sie haben recht. Das sind sie nicht. Aber die Namen sind noch das leichteste.«

»Sie meinen, Sie sehen da irgendeinen Zusammenhang?«

»Natürlich. Holford, Lombardo, Wren, das sind alles Architekten.«

»Was?«

»Die Stationen sind alle nach Architekten benannt. Barry hat die Houses of Parliament entworfen. Christopher Wren kennt jeder. Jones, wir können annehmen, daß Inigo gemeint ist. Winde hat Buckingham House gebaut . . .«

»Moment mal. Ich dachte, Nash hätte . . .«

»Nein. Nash hat Buckingham *Palace* entworfen. Anfang des neunzehnten Jahrhunderts hat er Windes Bau durch einen anderen ersetzt.«

»Was sind Sie? Eine Art Superhirn in Allgemeinbildung?« fragte Robert verblüfft. Rose ignorierte ihn. »Nur Lombardo paßt nicht so recht dazu. Er war Venezianer. Wahrscheinlich geben die Namen Hinweise auf die tatsächliche Lage der einzelnen Stationen.«

»Vielleicht sind es keine geographischen Punkte. Vielleicht sind sie so etwas wie Stationen des Kreuzwegs.«

»Machen Sie die Dinge nicht noch komplizierter, indem Sie die Religion hereinbringen, Robert. Denken Sie doch nach. Venezianer. Wasser. Die ›Lombardo‹-Station könnte am Fluß liegen . . .«

»Oder am Islington Canal. Oder Klein-Venedig. Damit kommen wir immer noch nicht weiter. Zum Wohl.« Robert trank ihr zu und stellte das Glas ab. »Wie kommt es, daß Sie Ihre Architekten so gut kennen?«

»Nicht nur Architektur; alles. Das ist die Schuld meiner Eltern.«

»Ihrer Eltern?«

»Warren und Shirley.«

»Kommen Sie, das können doch nicht ihre richtigen Namen sein.« Robert lehnte sich auf seinem Stuhl zurück und schnaufte spöttisch.

»Sie können, und sie sind es. Westinder der zweiten Generation. Solche Namen erwartet man natürlich bei Weißen. Meine Eltern wollten immer weiß sein. Weiß zu sein war damals ein verbreitetes Statussymbol. Heute leben sie getrennt. Ich sehe sie nicht mehr.« Sie unterbrach sich, um einen Schluck Whisky zu trinken.

»Warum? Was ist passiert?«

»Ach, das liegt schon so lange zurück. Sie haben mich Rose Hildegarde

Leonard getauft, und das zeigt, wie sehr meine Mutter ihre Hautfarbe haßte. Ich habe eine Menge Schulen besucht. Immer wenn ich mich gerade eingelebt hatte, beschloß Dad weiterzuziehen, und so liefen wir ständig der Arbeit hinterher, bis er wegen seiner Nerven das Handtuch warf und seinen Zusammenbruch hier in London erlebte.«

»Und Sie sind hier geblieben.«

»Ja, aber bis dahin hatte ich die Nase voll von den blödsinnigen Kindern in der Schule. Ich verbrachte meine Tage damit, einer einundzwanzigjährigen Aushilfslehrerin zuzuhören, die versuchte, einer Horde von Versagern, deren einziges Interesse Heavy Metal und Straßenschlachten waren, die Verwicklungen der Tudor-Monarchie zu erklären. Was mich betraf, so wollte ich ganz einfach die verdammten Tudors verstehen.«

»Und ist Ihnen das denn schließlich gelungen?« fragte Robert. »Ich fürchte, ich habe Geschichte nie richtig begriffen.«

»Ich habe sie verstanden, aber erst als ich die Schule schon verlassen hatte. Wenn meine Freundinnen ihre Abende damit verbrachten, hinten in Lieferwagen das Aufsetzen von Kondomen zu lernen, ging ich mit den Tudors ins Bett. Dann waren die Viktorianer an der Reihe. Dann Cromwell. Die Industrielle Revolution. Die Tolpuddle-Märtyrer. Und nach Geschichte ein wenig Kunst, dann englische Romane, Architektur, Ökonomie, Mythologie. Ich habe ein praktisch perfektes photographisches Gedächtnis, und ich bin ein wandelndes verdammtes Lexikon über die Auflösung der Klöster, aber ich konnte keinen vernünftigen Job finden.«

Sie seufzte und starrte in ihr fast leeres Glas. »Glauben Sie mir, es herrschte wenig Nachfrage nach Supermarkt-Kassiererinnen mit brauchbaren Kenntnissen in britischer Verfassungsgeschichte. So wurde ich also Verwalterin in diesem Elendshaus. Ich zog ein mit einem Kerl, der mir sagte, er wollte der Vater meiner Kinder sein. Es stellte sich heraus, daß sich eine leichte semantische Ungenauigkeit eingeschlichen hatte. Was er wirklich meinte, war, daß er sich keine allzu großen Sorgen machen würde, falls ich schwanger werden sollte. Ich vermisse ihn immer noch in kalten Nächten. Und weil ich als Verwalterin geblieben bin, brauche ich mir wenigstens wegen der Miete keine Sorgen zu machen.« Sie schaute ihn an. »Und nun erzählen Sie.«

»Ich? Ach, da ist eigentlich nicht viel zu erzählen.« Robert rutschte unruhig auf seinem Stuhl hin und her. »Ich hatte als Journalist angefangen.«

»Dann wissen Sie wenigstens, wie man mit Alkohol umgeht.«

»Nun, eigentlich war es gar kein richtiger Journalismus. Ich habe für ein Fantasy-Film-Magazin gearbeitet.«

»Nun sagen Sie bloß, während andere Journalisten Madonna im Ritz interviewten, haben Sie über Versammlungen von verrückten Teenagern in Anoraks berichtet.«

»So ungefähr war das. Wir hatten eine kleine, anhängliche, zutiefst gestörte Anhängerschaft, die Art von Lesern, die Standfotos aus Horrorfilmen kaufen, auf denen Mädchen zu sehen sind, denen man die Gesichter zerfetzt hat.« Robert fuhr mit dem Finger durch eine Bierpfütze auf dem Tisch. »Und die Bezahlung war schlecht. Ich kündigte also und fand Arbeit bei einer Filmproduktionsgesellschaft. Das war vor drei Jahren, und ich arbeite immer noch da. Für dasselbe Gehalt.«

»Leben Ihre Eltern noch?«

»Genau wie bei Ihnen. Sie haben vor ein paar Jahren die Fotoalben aufgeteilt. Dad zog zusammen mit einer Vertreterin für Estée Lauder in eine Pendlersiedlung in Kent, und meine Mutter beschloß, sich eine Weile in der weiten Welt des Alkohols umzuschauen. Dad kam zurück, als meine Schwester schwanger wurde, und für kurze Zeit waren wir wieder eine ganz normale Vorstadtfamilie, in der sich keiner mit dem anderen unterhielt. Jetzt fahre ich nur noch zu Weihnachten nach Hause. Dann sitzen wir herum und unterhalten uns über Weihnachtsschmuck.«

»Das klingt sehr vertraut.«

»Wenn man seine Zeit mit Leuten verbringt, die sich für nichts interessieren, dann färbt das allmählich auf einen ab.« Robert schaute auf die Uhr.

»Warum tun Sie das immer? Haben Sie noch etwas vor?«

»Daß ich nicht lache. Mein Leben steht im Augenblick auf Null. Wenn ich überhaupt etwas habe, dann ist es Zeit.«

»Wenn ich Ihnen raten kann, dann sollten Sie sich nicht dauernd selbst bemitleiden«, sagte Rose scharf. In der peinlichen Stille, die ihren Worten folgte, nahm Rose wieder das Notizbuch auf und öffnete es. Robert sah, daß sie ihre offenen Worte bedauerte, und er versuchte, den Schaden zu reparieren. Er beugte sich vor und zeigte auf eine Seite des Notizbuchs. »Hat Ihr Adlerauge sonst noch was Interessantes entdeckt?«

»Die Tabelle mit den Mondzyklen ist ganz interessant, wenn sie auch genausoviele Fragen aufwirft, wie sie beantwortet. Und dies ist sehr seltsam.« Sie hielt das Buch näher an die Augen und las laut. »›Der Mond hat zwei Seiten, diejenige, die das Erdenlicht reflektiert, und die andere Seite, die gemieden wird und die sich für immer der Sicht verschließt. Wie leicht wird es für die Dunkelheit sein, das Licht zu verschlingen.‹ Glauben Sie, daß es sich um einen Haufen Mystiker handelt? Satanisten oder so?«

»Mit ein bißchen Glück werden wir das morgen herausfinden«, sagte Robert, stand auf und leerte sein Glas. »Hören Sie, wenn ich dazu komme, dieses Buch zu schreiben, darf ich es dann Ihnen widmen?«

»Ich würde mich sehr geschmeichelt fühlen.« Sie zwinkerte ihm zu und lächelte. »Wir wollen hoffen, daß wir nicht so viel herausfinden, daß es posthum veröffentlicht werden muß.« Sie hielt das Notizbuch hoch. »Darf ich mir dies für heute abend ausleihen?«

»Natürlich«, sagte Robert. »Ich muß morgen früh wieder arbeiten, aber ich werde Sie anrufen. Kommen Sie, ich bringe Sie zur U-Bahn.«

Sie standen auf und verließen den Pub. Draußen drängten sich immer noch die Menschen, weil jetzt die Kinos und Theater ihre Besucher entließen.

»Ich fahre ab Leicester Square«, sagte Rose und wich ein paar betrunkenen Sekretärinnen aus, die gerade aus einer Wein-Bar kamen. An der Ecke des Platzes intonierte eine Kapelle der Heilsarmee ›God rest ye merry, gentlemen‹. Sie spielte mutig gegen die Menge an. Rose bog in eine Seitengasse ein, die den Platz mit der Charing Cross Road verband. Robert hatte Mühe, mit ihr Schritt zu halten. Der Durchgang stank nach Urin und alten Hamburgern. Robert folgte dem Tick-tack ihrer Schuhe in die Dunkelheit.

»Hätten wir nicht auf der Hauptstraße bleiben können?« fragte er.

»Das ist kürzer.«

Rose war nur noch ein Schatten zwischen den hohen Wänden. Ihre Frisur hob sich gegen das Licht der Straßenlaterne am anderen Ende der Gasse ab. Plötzlich spürte Robert einen Luftzug und hörte einen dumpfen Aufschlag, als sei ein schwerer Gegenstand über seinen Kopf hinweg in den Schatten geflogen. Sekunden später tauchte neben Rose eine Gestalt auf. Robert erkannte, daß es sich bei dieser Gestalt um einen Mann handelte. Rose schrie, und die Gestalt warf sich auf sie. Es gab Kampfgeräusche, und der Deckel einer Mülltonne klapperte gegen eine Wand.

Robert rannte nach vorn und stolperte über eine kniende Gestalt. Er versuchte, den Angreifer zu packen und erhielt einen brutalen Tritt in den Magen. Er taumelte gegen die Wand und mußte hilflos zuschauen, wie der Angreifer sich wieder Rose zuwandte. Plötzlich gab es ein zischendes Geräusch, und die Luft füllte sich mit dem beißenden Geruch eines Gases. Schreiend vor Schmerz sprang der Mann auf, rannte bis zum Ende der Gasse und verschwand um die Ecke. Robert brannten die Augen. Er versuchte, etwas zu erkennen, aber er sah nur verwischte Umrisse.

»Rose, ist alles in Ordnung?«

»Ich denke schon. Mit Ihnen auch?« Mit einem leisen Grunzen stand sie vom Boden auf und fing an, ihre Kleidung abzuklopfen.

»Ja. Was in aller Welt haben Sie mit ihm gemacht?«

»Ich habe endlich einmal meine zuverlässige chemische Keule benutzt«, sagte sie hustend. »Wer immer er war, er wird während der nächsten Stunden nicht viel sehen können.«

Robert nahm Roses Arm und führte sie aus der Gasse auf die vor ihnen liegende hell beleuchtete Straße hinaus.

»Hat er Ihnen etwas gestohlen?« fragte er und wischte sich mit einem Papiertaschentuch die tränenden Augen.« Wo ist Ihr Portemonnaie?«

»Er wollte nicht mein Portemonnaie, Robert.« Sie griff mit der Hand in ihre Jacke und zog ein paar zerrissene Seiten aus der Innentasche. »Er wollte das Buch.«

15 Wach

Sie wachte auf und schaute nach unten.

Es war wirklich kein Traum gewesen. Sie war mit grobem Nylonkabel an Händen und Füßen gefesselt. Sie wußte, daß sie bald hingerichtet werden würde, bei Anbruch des Neuen Zeitalters, und daß sie nicht allein sein würde, wenn sie sterben mußte.

Sie hing hundertachtzig Meter über London, und ihr scharlachschwarzes Haar wehte um ihr tränennasses Gesicht. Sie trug immer noch eine Jacke, ein Hemd und Jeans, aber ihre Schuhe mußte sie bei dem vorausgegangenen Gerangel verloren haben. Wie lange war sie schon hier oben? Die jüngsten Ereignisse hatten sich in ihrer Erinnerung verwischt. Jemand hatte ihr gestern etwas zu essen gebracht, oder war es vorgestern gewesen? Sie spürte jetzt keine Kälte. Gewiß hatte man ihr Drogen gegeben, die ihren Schmerzen entgegenwirken sollten. Sicherlich gab es für sie keine Hoffnung auf Rettung. Dunkelheit hatte sich über die City gelegt, aber rechts und links von ihr leuchteten große gelbe Lichter. Tauben gurrten unter ihren nackten Füßen und versuchten, sich vor dem heulenden Wind in Sicherheit zu bringen.

Weiter unten hörte sie im Verkehrsgewirr wütendes Hupen. Ihre Handgelenke und Fußknöchel waren taub und bluteten von dem straff angezogenen Kabel, mit dem sie gefesselt waren. Erschöpft fing sie wieder an zu weinen. Sie konnte nicht glauben, daß sie bald nicht mehr leben würde. Sie war aufrecht angebunden, in der Position des Kreuzes, zur Schau gestellt, und doch konnte niemand sie sehen.

Ein paar Sterne schickten ihr kaltes, einsames Licht herab. Hier oben schien die scharfe Nachtluft sauberer und frischer. Sarah atmete tief und betete, der Schlaf möge noch einmal kommen, als die eisige Dunkelheit langsam in ihr Herz kroch.

MITTWOCH, 17. DEZEMBER

16 Frisches Blut

»Sie sind zu spät gekommen, Mr. Nahree. Und das an einem Ausverkaufstag. Was war denn diesmal los?« Der kleine Mann stellte sich auf die Zehenspitzen und ordnete seine Krawatte vor dem riesigen goldgerahmten Spiegel hinter dem Ladentisch.

»Es tut mir schrecklich leid, Sir«, sagte der junge indische Angestellte und rang reumütig die Hände. »Die Züge. Ich glaube, auf der Strecke lag eine Leiche.«

»Nun, Sie sollten jetzt den Laden öffnen. Sie müßten doch inzwischen wissen, daß der Ausverkauf vor Weihnachten für uns das beste Geschäft des Jahres ist. Draußen steht schon eine Schlange.«

Mr. Buckley, der erste Verkäufer des kleinen Juweliergeschäfts in der Regent Street, war ein Mann, den man nur schwer zufriedenstellen konnte, und er war stolz auf seine Pünktlichkeit. Man durfte die Kunden einfach nicht vor dem Laden warten lassen. Wie immer war Mr. Buckley um genau neun Uhr gekommen, aber er lehnte es ab, die Schauvitrinen zu überprüfen und die Türen selbst zu öffnen. Das war schließlich die Aufgabe der Domestiken und nicht die eines leitenden Angestellten.

»Mr. Buckley, darf ich Sie einen Augenblick sprechen?« Mr. Nahree hielt einen nadelgestreiften Arm hoch, als ob er um Erlaubnis bat, den Raum zu verlassen.

»Gut, aber beeilen Sie sich.«

»Wie Sie wissen, habe ich gestern abend abgeschlossen, Sir . . .«

»Ja, ja.« Mr. Buckley schaute ungeduldig auf die Uhr und machte daraus eine Art Zeremonie. Draußen legte eine Frau die Hände ans Gesicht und schaute durch die Scheibe.

»Wissen Sie, ich hörte ein Geräusch aus dem Stockwerk über uns. Ich ging hinauf, um nachzuschauen, aber ich fand niemanden. Als ich ans Fenster ging, sah ich zwei Leute auf dem Sims über dem Nachbarladen. Sie sahen mich und verschwanden.«

»Mein Gott! Haben Sie den Tresor überprüft?«

»O ja, Sir. Es fehlte nichts, und es gab auch keine Anzeichen dafür, daß jemand in den Raum eingedrungen war. Ich habe mich nur gefragt, ob wir die Polizei verständigen sollten.«

Mr. Buckley rieb sich nachdenklich das Kinn. »Nein, Mr. Nahree, ich denke nicht. Es sei denn, nebenan sei wirklich eingebrochen worden. Sie könnten das prüfen . . .« Mr. Nahree tat so, als wollte er sich auf den Weg machen, und wurde zurückgerufen. »Nicht jetzt, Junge! Schließen Sie zuerst die Türen zurück, und wenn Sie schon dabei sind, können Sie auch gleich die Markise herunterziehen. Es soll später regnen.«

Mr. Nahree öffnete und schloß die Türen zurück. Er trat zur Seite, als einige gut betuchte Schnäppchenjäger den Laden betraten. Auf der Straße waren noch keine Passanten zu sehen. Nur Pendler eilten am Laden vorbei zu ihren Büros, und diese Leute blieben selten stehen, um in der Auslage nach Sonderangeboten zu suchen.

Mr. Nahree schaute zum Himmel auf. Das strahlende Blau des frühen Morgens war schon durch eine Handvoll Wolken verdorben, die nach Gewitter aussahen. Er eilte in den Laden, um die Hakenstange zu holen, mit der die gestreifte Markise heruntergezogen wurde. Sorgfältig hakte er sie in den Messingring in der Mitte der Markise, brachte sein ganzes Gewicht auf einen Fuß und zog. Nichts geschah. Er versuchte es noch mal und zog diesmal kräftiger, aber die Markise weigerte sich, aus ihrer Hülle hervorzukommen und sich zu entfalten.

»Mr. Buckley, Sir, ich schaffe es nicht allein«, rief Mr. Nahree. »Sie klemmt!«

Seine Bitte traf auf taube Ohren, denn Mr. Buckley machte gerade das erste Geschäft des Tages. Mr. Nahree versuchte es noch einmal. Diesmal beugte er sich nach hinten und zog mit aller Kraft. Es gab ein lautes Krachen, und die Markise war frei. Sie entfaltete sich sehr schnell, denn etwas Langes und Schweres lag in der Mitte und drückte sie nach unten. Die Unterseite der Markise war dunkelrot verfärbt. Mr. Nahree schaute entsetzt nach oben, als sie ganz herausgezogen war und ein nasser roter Körper herabrollte und klatschend auf das Pflaster fiel.

Zuerst dachte er, der Körper sei mit glänzender schwarzroter Farbe angestrichen. Die Leiche war kahl, nackt und männlichen Geschlechts. Nur in den Augen und an den Fingernägeln war Weißes zu sehen.

Als es Mr. Nahree klar wurde, daß dem Mann die Haut völlig abgezogen worden war, stürzte er neben der Leiche auf das Pflaster, sehr zur Überraschung und Verärgerung seines Vorgesetzten, der daraufhin den Verkauf einer hübschen goldenen Damenarmbanduhr nicht mehr abschließen konnte.

»Was ich sagen wollte ist: Ich muß doch nicht extra runterkommen und mir die Leiche noch mal anschauen, damit Sie mir die Todesursache nennen können, oder?« Hargreave kippte seinen Stuhl nach vorn und behielt den Hörer am Ohr, während er sich an seinem Computer-Terminal zu schaffen machte. »Nun, Sie haben sie schon vier Stunden. Ich hätte gedacht, daß Sie inzwischen wenigstens eine intelligente Vermutung äußern können.« Hinter ihm hatte Sergeant Longbright leise den Raum betreten und sich hingesetzt. Ihr fester, umfangreicher Busen drohte das hübsche blaue Leinenjacket, in das er eingezwängt war, zu sprengen. Hargreave betrachtete sie anerkennend, bevor er sich wieder auf den Gerichtsmediziner am anderen Ende der Leitung konzentrierte.

»Gut, machen Sie folgendes: Schicken Sie mir eine Liste mit den wichtigsten möglichen Todesursachen, aber lassen Sie den technischen Jargon von Blut- und Gewebeanalysen weg, damit auch ein Idiot sie verstehen kann. Schicken Sie mir den neuesten Stand über die anderen beiden Leichen mit, den ich heute wahrscheinlich ohnehin bekommen sollte. Wie lange muß ich darauf warten? Wunderbar. Sie machen mich sehr glücklich.«

Er legte den Hörer auf und wandte seine volle Aufmerksamkeit der großen, hübschen Beamtin zu, die geduldig darauf wartete, mit ihm sprechen zu können. »Ich dachte, du hättest den ganzen Tag mit den Arabern zu tun, Janice.«

Während der letzten vierundzwanzig Stunden hatte sich der Fall des Ladendiebstahls bei Harrods erfreulich entwickelt. Die Adressen, die sie beschafft hatte, wiesen auf eine komplizierte Organisation von Firmen hin, die darauf spezialisiert waren, gestohlene Ware entgegenzunehmen und weiterzuverkaufen, und alle diese Firmen hatten ihren Hauptsitz in einem der arabischen Staaten

»Ich werde auch weiterhin mit ihnen zu tun haben. Unten haben wir ein ganzes Zimmer voll wütender Botschaftsbeamter. Ich habe das vertraute Gefühl, daß bald die Frage der diplomatischen Immunität zur Sprache kommen wird.« Sergeant Janice Longbright schlug ihre kräftigen langen Beine übereinander und lächelte ihn an. Verlegen verschränkte Hargreave die Hände hinter dem Kopf und verdeckte die kahle Stelle.

»Ich bin raufgekommen, weil ich hörte, daß man wieder eine Leiche hergebracht hat«, sagte sie. »Wo hat man sie gefunden?«

»Sie scheint in der Nähe der Regent Street vom Himmel gefallen zu sein«, sagte Hargreave und verzog das Gesicht. »Faktisch keine intakten oder erkennbaren Züge, und wie üblich haben wir nicht den Schimmer einer Hoffnung, innerhalb der nächsten paar Tage eine positive Identifikation zu bekommen. Finch fing mit der Arbeit an dieser Leiche vor ein paar Stunden an, und er verwendet dabei ausgewählte Daten von den anderen beiden Leichen, aber zwei seiner Techniker machen eine Art Bummelstreik, weil sie sich über den Weihnachtsdienstplan nicht einigen können.«

»Bist du schon unten gewesen?«

»Als erstes. Finch tanzt fröhlich um die Leiche herum und steckt Nadeln in sie hinhein. Als Kind muß er Insekten die Flügel ausgerissen haben.«

»Warum hast du in dieser Angelegenheit keine Abteilungskonferenz einberufen, Ian? Ich meine, drei Mordfälle . . . die Sache ist zu ernst, als daß du dich noch lange allein damit befassen könntest, findest du nicht auch?«

»Ich weiß, aber ich will noch eine Weile selbst die Kontrolle behalten, nur bis wir mehr Daten haben und mindestens eine bestätigte Identifikation. Es wird schon früh genug Pressespekulationen geben, ganz abgesehen von den Chefs, die uns in den Nacken pusten werden und Resultate sehen wollen. Warte! Ich glaube, da kommt etwas durch.«

Hargreave drehte seinen Monitor herum, und auf dem Bildschirm erschienen leuchtende grüne Buchstaben. »Ich habe direkten Zugang zu Finchs Berichtskanal. Er scheint eine Übereinstimmung gefunden zu haben.«

Janice rückte ihren Stuhl näher heran, um den Schirm besser beobachten zu können. Vergleiche mit Zahnarztunterlagen hatten die Identität des ersten Jungen bestätigt, aber über die zweite Leiche gab es nur marginale Informationen, und die dritte schien ein ganz neues Problem aufzuwerfen.

»Er wurde ziemlich ungeschickt gehäutet. Fleisch wurde mit abgeschnitten. Aber Finch hält das anscheinend nicht für die Todesursache.«

»Schau dir das an, Ian. Eine erhebliche Menge Warfarin in der Leiche.« Janice tippte mit ihrem Bleistift auf den Schirm. »Mein Gott, was für eine scheußliche Todesart.«

»Warum? Was hat das Ganze zu bedeuten?« Er hob die Hand und drückte die Nummer des gerichtsmedizinischen Labors. »Finch, nehmen Sie Ihren Hörer auf.« In Sekundenschnelle war die Verbindung hergestellt. Hargreave schaltete auf die Gegensprechanlage des Büros um. »Finch, wenn ich Warfarin im Blut habe — was bedeutet das für mich?«

Unten im Labor benutzte Finch seinen Leuchtstift, um eine Reihe von chemischen Werten hervorzuheben, damit Hargreave sie auf seinem Schirm studieren konnte. »Schauen Sie auf Ihren Monitor. Die Gebiete, die ich eben markiert habe, zeigen eine mangelnde Zusammenarbeit im Körpersystem des Mannes an . . .«

»Wie alt war er nach Ihrer Schätzung?«

»Oh, ich würde sagen, etwa dreißig, zweiunddreißig. Eine Verbindung zu den beiden anderen Leichen gibt es nur insofern, als auch hier eine erhebliche Präsenz illegaler chemischer Substanzen konstatiert werden kann, in diesem Fall Heroin.«

»Und die Tatsache, daß alle drei vom Himmel gefallen sind«, murmelte Janice, »könnte auch eine Verbindung bedeuten, würde ich meinen.«

»Aber in diesem Fall wurde der Tod durch orale Aufnahme großer Mengen von Warfarin oder wenigstens einer Substanz mit denselben Eigenschaften hervorgerufen.«

»Das bringt mich zu meiner Frage zurück — was bewirkt es?«

»Es verhindert Haemostase im Körper«, sagte Finch fröhlich. »Es ist ein Anti-Koagulans.« Das Schweigen am anderen Ende der Leitung zeigte an, daß es hier einer Erklärung bedurfte. »Es verhindert die Blutgerinnung. Der Bursche hat sich zu Tode geblutet. Auch der kleinste innere Riß, den er vielleicht hatte, konnte nicht auf normale Weise heilen. Er ertrank buchstäblich in seinem eigenen Blut.« Finch ließ eine rhetorische Pause eintreten, bevor er fortfuhr. »Normalerweise wird Warfarin von der Leber fast völlig umgewandelt, aber wir fanden Spuren im Urin und in den Fäkalien. Keine sehr normale Todesart.«

»Zeitpunkt des Todes?«

»Nun, die Chemikalie wirkt erst nach ein paar Stunden, und wir können weitere sechs Stunden hinzurechnen, während derer das Verdauungssystem das Gift verarbeitet. Ich möchte annehmen, daß er gestern abend etwa um sieben Uhr gestorben ist und dann gehäutet wurde — zu welchem Zweck ist mir völlig unerfindlich.«

»Danke, Finch. Ich werde Sie anrufen, wenn ich dies ausgedruckt und gelesen habe.« Er legte den Hörer auf und wandte sich an Janice, wobei er sich mit einem Fingernagel gegen die Vorderzähne klopfte. »Ich will einen Mann mit diesem Job betrauen, der noch jung und frisch ist, und das muß ich tun, bevor irgendein anderer sich einmischt. Ich brauche jemanden, der nicht eingleisig denkt. Ich bin zu alt, meine Ideen werden durch eingeübte Denkmuster gefiltert . . .« Janice protestierte, aber er brachte sie zum Schweigen. »Nein, es stimmt. Wir brauchen frisches Blut.«

»Im Augenblick haben wir Detective Constable Martin Butterworth in der Abteilung.«

»Was? Den Sohn des Polizeidirektors? Wenn was schiefgeht, könnte das heikel werden.«

»Allerdings scheint er ganz intelligent zu sein. Er hilft mir bei den Arabern aus. Ich bin sicher, daß eine verschärfte Gangart seine Kreativität beflügeln wird.«

»Gut, sag ihm, daß er zu mir kommen soll.«

Hargreave wandte sich wieder seinem Tastenfeld zu und veranlaßte den Ausdruck des Berichts von Finch. Computer sind ein notwendiges Übel, dachte er, aber dennoch verdammt nützlich, besonders wenn man sich nicht an die gewöhnlichen Programme hält. Schade, daß es in der Abteilung so viele phantasielose Leute gibt, die nur dem Buchstaben des Gesetzes folgen. Was ist denn nur mit den großen Persönlichkeiten der Polizeitruppe passiert, den Männern von früher, die noch Ideen hatten, den Leuten mit Flair?

»Was meinst du?« fragte Janice einen entsetzten Hargreave, der gar nicht gemerkt hatte, daß er laut sprach.

»Nichts. Ich habe eine Liste von Fragen, die so lang ist wie eins deiner außerordentlich hübschen Beine.« Die natürliche Röte auf Janice Wangen vertiefte sich leicht.

»Du nimmst an, daß die Morde miteinander zusammenhängen?«

»Komm, Janice, was denn sonst? Es ergibt doch keinen Sinn. Warum jemandem einen Raben vors Gesicht binden, bevor man ihn vom Dach stößt? Warum jemandes Blut vergiften, wo es doch einfacher wäre, ihn gleich vom Dach zu stoßen? Und wenn man jemandem ägyptischen Schlamm in den Mund füllt, bevor man ihn tötet . . .«

»Sie wußten, daß die Polizei die Leichen untersuchen würde. Vielleicht haben sie es getan, um uns von der Spur abzulenken.«

»Wir haben das Dach mit einer feinen Zahnbürste abgesucht. Da waren nur ein paar verwischte Fußspuren. Aber der Mörder muß Helfer gehabt haben. Der letzte war ein ziemlich großer Kerl, eins-fünfundachtzig, einsneunzig . . .«

»Warum trinkst du nicht eine Tasse Kaffee und entspannst dich ein wenig«, schlug Janice vor. Ian war in der letzten Nacht nicht in ihrer Wohnung gewesen. Er hatte bis spät in die Nacht gearbeitet, und das war seinem Gesicht anzusehen.

»Ich werde mich nicht entspannen, bevor wir eine vernünftige Spur haben.«

Jemand klopfte an die Glasscheibe der Bürotür, und eine Sekretärin steckte ihren Kopf durch die Tür. »Tut mir leid, daß ich Sie störe, Sir, aber dies ist eben hereingekommen . . .« Sie hielt die Mittagsausgabe der Abendzeitung in der Hand und reichte sie Janice, die mit eisiger Miene die Schlagzeile las und die Zeitung so schnell an Hargreave weiterreichte, als handle es sich um eine Briefbombe.

»Verdammter Mist!«

Polizei jagt geistesgestörten Dachmörder

DIE LONDON METROPOLITAN POLICE sucht einen bewaffneten Geistesgestörten, der die bevölkerten Straßen der Hauptstadt terrorisiert. Am Montag berichteten wir, daß am Piccadilly Circus ein Junge tot aufgefunden wurde. Seitdem hat man in der unmittelbaren Umgebung zwei weitere Leichen entdeckt. Beide weisen Verletzungen auf, die auf ein Verbrechen schließen lassen. Die Polizei fürchtet, daß in Londons Unterwelt ein Bandenkrieg ausgebrochen ist.

Offizielle Vertuschung

Zu einer Zeit, da die Polizei den letzten Mann aufbieten muß, um mit dem durch das Weihnachtsgeschäft verursachten Ansturm in der City fertigzuwerden, fehlt es ihr an Personal, um zu prüfen, ob zwischen den drei Opfern die Verbindung eines Bandenkriegs besteht. Detective Chief Inspector Ian ›Leicester-Square-Vampir‹ Hargreave, (»Verdammter Mist!« stöhnte Hargreave), der gegenwärtig die Ermittlungen leitet, stellte in Abrede, daß es einen Zusammenhang zwischen den grauenhaften Morden (siehe großes Foto im Innenteil) geben könnte, und er riet der Presse davon ab, in Einzelheiten über den Fall zu berichten. Heute stand er für Auskünfte nicht zur Verfügung.

»Es ist seltsam«, sagte ein anonymer Sprecher, »aber hier will man anscheinend etwas vertuschen. Keiner von uns weiß, was los ist.«

Die Gewalttätigkeit, die jede Mutter fürchtet

Heute, während Mütter und Kleinkindern, mit bunt verpackten Weihnachtsgeschenken beladen, mit strahlenden Augen unbekümmert durch die belebten Straßen schlendern, wartet die City voller Angst auf eine neue Welle der Gewalt, die überall und zu jeder Zeit auch unschuldige und arglose Zuschauer treffen kann. Zuschauer, die das Pech haben, dem geistesgestörten Heckenschützen im Weg zu stehen. (Siehe Leitartikel)

»Man muß schon sehr talentiert sein, um so viele Ungenauigkeiten in einer einzigen Spalte unterzubringen«, sagte Hargreave überraschend ruhig, als er die Zeitung aufschlug. »Auch der Leitartikel ist gut. ›Warum nur, warum wird nichts getan?‹ steht hier. Das Foto ist allerdings ein bißchen unscharf. Ein paar graue Flecken und ein Pfeil, der auf ein Gitter und auf das Dach des Gebäudes zeigt. Aber das hier ist gut — ›Horoskope können sagen, ob Ihr Mann geistesgestört ist‹.« Wütend warf er die Zeitung durch das Büro.

»Wer ist dieser ›Sprecher‹, den er zitiert?« fragte Janice. »Es kann keiner von uns ein.«

»Oh, den hat er erfunden; das tun sie alle, wenn sie etwas für wahr halten und keinen finden, der es ihnen bestätigt. ›Heckenschützen‹ sagte er und ignoriert dabei die Tatsache, daß kein einziger Schuß auf irgendeines der Opfer abgefeuert wurde. Er wird ganz London veranlassen, in die Luft zu starren und nach Dachmördern Ausschau zu halten. Warte nur, in der Abendausgabe hat er schon einen Spitznamen für den Killer parat. Dieser verdammte Bastard! Donnerstag abend! Er sagte, er würde die Story erst am Donnerstagabend herausbringen. Nun, er hat soeben den Zugang zu weiteren Informationen verloren. Ich will, daß er und alle anderen vollkommen auf dem Trockenen bleiben, bis wir mehr wissen.« Er zeigte auf die chaotischen Büros hinter der Glasscheibe. »Du solltest dafür sorgen, daß alle entsprechende Anweisungen bekommen. Das gilt natürlich auch für Telefonanrufe.«

»Ian, wieso wußte er überhaupt etwas über das letzte Opfer? Woher bekommt er so schnell seine Informationen?«

Hargreave kniff sich mit Daumen und Zeigefinger in die Spitze seiner dicken Nase.

Er sah mit gerunzelter Stirn zu Janice hoch. »Das möchte ich verdammt gern selbst wissen«, sagte er.

17 Simon

Skinners Anzüge waren für Robert eine ständige Quelle der Faszination. Sie schienen aus einer fremdartigen synthetischen Faser hergestellt worden zu sein, die nie zerknittert oder schmutzig wurde. Es schien fast, als sei Skinner aus demselben Material konstruiert. So waren die Fingernägel des Mannes stets sauber. Das irritierte Robert, als er an seinem Schreibtisch saß und die letzte vor der offiziellen Weihnachtspause anfallende Arbeit wegschaffte.

Mit Mißgefallen betrachtete Skinner die Haufen von Büchern und Illustrierten, die unordentlich in den Ecken des Büros gestapelt waren.

»Hatten Sie schon Glück mit Ihrem großen Wurf?« fragte er von der Tür aus, wo er gewöhnlich stehenblieb.

»Es gibt noch einige Hindernisse, aber irgendwann werde ich es schaffen«, sagte Robert und zündete sich eine Zigarette an, was, wie er wußte, seinen Kollegen ärgern würde. »Hoffentlich noch vor Weihnachten. Ich dachte, Sie und Trish wollten zum Skilaufen fahren.«

»Wir fahren heute nachmittag. Aber wahrscheinlich liegt die Betonung weniger auf *Ski* und mehr auf dem *après,* so wie ich Trish kenne.« Sein Lachen kam als eine Serie von entsetzlichen schleimfördernden Schnaufern. »Sie wissen ja, daß das Büro morgen schließt. Ich bin überrascht, daß Sie immer noch so eifrig arbeiten. Warum warten Sie nicht bis nach Neujahr? Kein Mensch arbeitet jetzt noch.«

»Nein, bis dahin ist es zu spät.«

»Was meinen Sie damit, zu spät?«

»Nichts. Bei dem Geschäft gibt es eine kleine Komplikation, weiter nichts. Aber es ist nichts, um das Sie sich auf der Piste Sorgen machen müßten.«

Robert hatte keine Lust, Skinner über seine Suche nach Sarah Endsleigh mehr zu erzählen als unbedingt nötig. Der Mann würde bestimmt irgendeinen Grund finden, ihn anzuweisen, die Sache nicht weiterzuverfolgen. Skinner spürte die feindselige Atmosphäre im Büro. Er hatte das Gefühl, daß er zum Narren gehalten wurde. Der Junge hatte nicht die richtige Einstellung. Er würde die anstehenden Personalveränderungen nicht überleben. Jedenfalls nicht, wenn er, Skinner, es zu entscheiden hätte.

»Nun, dann werde ich gehen«, sagte er unbeholfen, während Robert über seinen Schreibtisch gebeugt sitzen blieb. »Fröhliche Weihnachten.«

»Das wünsche ich Ihnen und Trish auch.«

Mit einem leisen Klicken schloß sich die Tür, und Robert fand es an der Zeit, Rose anzurufen und eine Verabredung zu treffen. Draußen senkte sich die Dunkelheit des frühen Abends auf die wachsamen Wasserspeier, die so unbeweglich und teilnahmslos auf ihrem Posten blieben wie chinesische Soldaten.

Um acht Uhr verließen Robert und Rose den Pub in der Sutton Row und bogen in die Charing Cross Road ein. Die Straßen wurden zusehends leerer, als sie sich von den Hauptverkehrsstraßen entfernten, in denen sich die Touristen vornehmlich aufhielten. Der kleine Park am Ufer, den sie jetzt erreichten, war wenig mehr als eine Gruppe sterbender Ulmen auf einem feuchten, zertrampelten Grasstreifen. In der Mitte war ein Platz für Klappstühle reserviert, aber das galt nur für den Sommer, wenn das Orchester spielte. Jetzt lag der Platz verlassen da und war mit Abfällen übersät. Am oberen Ende des Parks standen Holzbänke unter hohen Büschen. Die meisten Bänke waren von Pennern besetzt, die trübsinnig die Weinflaschen kreisen ließen und sich in sinnlose Streitereien einließen. Andere hatten sich zu einem unruhigen Schlaf ins Gras gelegt und schienen die kalte Nachtluft gar nicht zu bemerken.

»Ich habe da drüben niemanden gesehen.« Rose war von der anderen Seite des Orchesterpavillons zurückgekommen, wo sie nach ihrem Kontaktmann Simon ausgeschaut hatte.

»Ich denke, er könnte *irgendwann* zwischen acht und neun auftauchen.«

»Wenn er überhaupt kommt.«

In diesem Augenblick ließen Stiefeltritte auf dem Beton sie aufhorchen. Sie schauten über den Park hinweg zum Fluß hinüber. Gegen die Laternen, die das Ufer beleuchteten, hob sich die Silhouette einer großen, mit Lumpen und Ketten behangenen Gestalt ab.

»Mein Gott, das ist Marleys Geist«, flüsterte Rose und drängte sich eng an Robert, als die Gestalt sich näherte. Der Mann blieb vor ihnen stehen. Er war lang und dünn und hatte ein eierschalenblasses Gesicht, das etwa siebzehn Sommer gesehen hatte, anscheinend vom Zimmer aus. Auf seinem Kopf wechselten Haarbüschel sich mit kahlrasierten, tätowierten Stellen ab. Das Haar stand in schmutzigen blauen Dornen nach oben. Seine Augenbrauen, wenn er je welche gehabt hatte, waren abrasiert. An seiner Kehle war ein kreisförmiges anarchistisches Symbol eintätowiert. Die zerfetzten Überreste einer schwarzen Drillichjacke hingen ihm ziemlich lose über den Schultern.

»Hallo, ich bin Simon. Ich wurde gebeten, nach euch Ausschau zu halten.« Er streckte die Hand aus. Seine Sprache war so kultiviert, daß er freiberuflich als Zeitansager hätte arbeiten können. Robert und Rose sahen ihn erstaunt an. »Mein Akzent überrascht euch«, sagte Simon in einem Tonfall, als müßte er sich entschuldigen. »Den finden die Leute immer komisch. Er widerspricht der vorgefaßten Meinung, nicht wahr? Stört das Gleichgewicht. Komische Sache mit diesen vorgefaßten Meinungen. Jeder hat sie. Die Leute glauben zum Beispiel, daß Lesbierinnen nur Bier trinken oder daß Börsenmakler sich einen Scheißdreck um arme Leute kümmern. Was natürlich stimmt. Aber wer kümmert sich heutzutage schon um arme Leute. Wie dem auch sei.«

Robert und Rose schauten einander an. Dann wandten sie sich wieder Simon zu.

»Es läßt sich nicht ändern. Ich hatte eine gute Schulbildung. Ich habe sie einfach verworfen.«

Er wirkte freundlich, aber auf eine gefährliche Weise; er sprach zu schnell und bot zu schnell seine Freundschaft an.

»Es muß schon eine Art Stigma sein«, wagte sich Rose hervor. »Wo du doch Punk bist.«

»Wer sagt, daß ich Punk bin? Siehst du? Wieder so eine festgefahrene Ansicht. Es ist schlimm genug, wenn man Simon heißt, ohne daß man so spricht wie ein Public-School-Arschloch.«

»Vielleicht solltest du deinen zweiten Vornamen benutzen«, schlug Rose vor.

»Nigel? Ich glaube kaum.«

Während Simon und Rose miteinander sprachen, schaute Robert verärgert zu den nassen, irgendwie bösartig wirkenden Bäumen hinüber. Er fing an, sich zu fragen, warum in aller Welt er in diesem elenden kleinen Park war, nur um einen potentiellen Psychopathen kennenzulernen.

»Das ist Robert, und ich bin Rose.« Sie streckte die Hand aus, und Simon schüttelte sie.

»Rose. Der Name läßt auf Mittelklasse schließen.« In seiner Stimme lag Mißtrauen.

»Ja, aber ich hatte wirklich ganz gewöhnliche Eltern. Sie stellten immer die Milchflasche auf den Tisch.«

»Meine Eltern stellten nie die Milchflasche auf den Tisch. Ich glaube, sie wissen nicht einmal, wie eine Milchflasche aussieht. Sie haben Milch wohl nur in Krügen gesehen. Sie kümmern sich einen Scheißdreck um irgendwas außer dem Ankauf von Aktien. Was anderes tun die Leute hier unten doch nicht. Sie sammeln Aktien, beschissene Designer-Ringbücher und elektronische Geräte, als ob sie sie mit ins Boot nehmen könnten, wenn die Zeit gekommen ist, den Styx zu überqueren.«

Eine unbehagliche Stille senkte sich über das Trio. Robert und Rose waren sich nicht schlüssig, wer das Wort führen sollte. Hinter ihnen rülpste ein Penner und warf seine leere Flasche gegen eine Wand. Endlich wandte sich Simon wieder an sie. »Ich stehe hier nun schon seit fünf Minuten, und ihr habt noch nicht einmal den Versuch unternommen, mir plausibel zu erklären, warum ich euch mit nach oben nehmen sollte.«

»Nun, es ist ein wenig schwierig für uns«, sagte Rose. »Wir wissen ja nicht, auf was wir uns einlassen.« Vorsichtig schaute sie Robert an, aber der sagte nichts.

»Nun, macht euch keine Sorgen. Ich hätte euch ohnehin mitgenommen. Ich habe Anweisungen von oben.« Er zeigte geheimnisvoll zum Himmel hinauf. »Normalerweise würdet ihr euch nicht mit uns treffen dürfen, nur weil ihr jemanden sucht, aber die Dinge sind nicht mehr normal. In der gegenwärtigen Situation werden sie wahrscheinlich sogar auf die Einführungszeremonie verzichten.«

»Einführungszeremonie?«

»Ihr werdet als Geste des guten Willens irgendeine Art Test bestehen müssen. Gebt ihr mir bitte eine Zigarette?«

Rose gab ihm eine. Im Licht der Streichholzflamme wirkte Simons Gesicht fast durchsichtig.

»Würde man von uns irgend etwas verlangen, was gegen die Gesetze verstößt?«

»Vielleicht.« Simon blies langsam den Rauch in die Luft. »Man hat mir gesagt, daß ich euch warnen soll; es könnte ein sehr aufregendes Erlebnis werden, und deshalb werdet ihr auch schwören müssen, später darüber Stillschweigen zu bewahren. Eines ist allerdings unmöglich: Wenn ihr einmal angefangen habt, könnt ihr nicht wieder zurück.«

Rose drehte sich zu Robert um, dessen unablässige nonverbale Kommunikation spürbar wurde. Seine noch am Vorabend geäußerte Zuversicht schien wie weggeblasen.

»Wollen Sie es immer noch, Robert? Sie scheinen sich nicht mehr ganz sicher zu sein.«

Simon sah Robert mißtrauisch an. »Wenn er irgendwelche Zweifel hat, hätte er gar nicht erst herkommen sollen, oder?«

»Heh, hör zu. Ich will nur wissen, auf was wir uns einlassen«, sagte Robert. »Hilft es uns, unsere Freundin zu finden, wenn wir mitgehen?«

»Das weiß ich wirklich nicht.«

»Dann sollten wir vielleicht lieber mit jemandem sprechen, der es weiß.« Robert trat irritiert auf den Asphalt des schmalen Weges.

»Genau das werdet ihr tun. Habt doch ein wenig Geduld, verdammt noch mal. Wenn sie alle so sind wie du, ist es kein Wunder, daß die Leute hier unten so kaputt sind.«

»So kannst du mit mir nicht reden«, sagte Robert wütend.

»Hört zu, es wird kalt«, sagte Rose. »Sollten wir nicht allmählich aufbrechen? Natürlich nur, wenn du uns mitnehmen willst.«

Simon zuckte die Achseln, wandte sich ab und ging durch den Park davon. Rose rannte los, um Schritt zu halten, während Robert den Schluß bildete.

»Wohin geht es denn jetzt?« rief er.

Mit einem häßlichen Grinsen in seinem Totenkopf drehte Simon sich um und zeigte mit einem knochigen Finger zum Himmel hinauf. »Nach oben in die Luft«, sagte er. »Aber zuerst gehen wir nach Norden in Richtung Euston. Ihr müßt ein paar Leute kennenlernen.« Sein Lächeln verschwand. Robert fand es beunruhigend schwierig, ihm in die großen brauenlosen Augen zu schauen.

»Ich weiß nicht, was ihr erwartet«, sagte er in einem theatralischen Flüstern, »aber ob es euch nun gefällt oder nicht, ihr werdet in eine andere Welt mitgenommen. Vielleicht findet ihr sie aufregend. Vielleicht werdet ihr getötet. Ich weiß es nicht.«

Simon fuhr herum, legte den Kopf zurück und schaute zum Himmel auf. Dann drehte er sich auf der Hacke seines Stiefels, eine mit den Armen wedelnde Vogelscheuche. »Diese Stadt hat noch eine andere Seite, eine Seite, über die Leute wir ihr *nichts* wissen. Und bald mag das alles verschwunden sein. Zusammen mit euch und mir und fast allen, die es wert gewesen wären, gerettet zu werden.«

Flankiert von seinen verblüfften Rekruten ging Simon nach Norden.

18 Höhen

Als der gläserne Aufzug nach oben fuhr, waren die Londoner Straßen bald aus der Vogelperspektive zu erkennen. Rechts stand der Fernsehturm der British Telecom mit seinen Glasfacetten und den Radarscheiben an seiner Spitze, die wie wuchernde Pilze aussahen. Dahinter lagen die belebten Restaurants am unteren Ende der Charlotte Street.

Rose trat nach vorn. Direkt vor ihnen rauschte der Verkehr vorbei, um sich an der hell erleuchteten Häuserecke am Anfang der Tottenham Court Road zu teilen. Unter ihnen lag das schmutzige, windgepeitschte Niemandsland, das Euston hieß. Die drei standen Schulter an Schulter in der winzigen Kabine und schauten nach draußen, während der Aufzug in seinem gläsernen Schaft weiter nach oben fuhr. Sie waren in den verspiegelten Büroblock gegenüber dem Euston Tower eingedrungen, indem sie ganz einfach eine der kleinen gläsernen Seitentüren aufgeschlossen hatten und an der nicht besetzten Rezeption vorbeigegangen waren.

»Ist es nicht ein bißchen riskant, einfach so in ein Privatgebäude einzudringen?« fragte Rose. Bevor sie an diesem Abend von zu Hause wegfuhr, hatte sie Charlottes Notizbuch in eine kleine Schultertasche gesteckt und daran gedacht, daß es nach Roberts Ansicht ihre ›Arbeitsgrundlage‹ sei. »Ich meine, es ist ja noch nicht so spät. In den Büros könnten noch Leute arbeiten.«

»Darüber brauchst du dir keine Sorgen zu machen«, sagte Simon. »Die meisten Nachtwächter gehören zu uns. Da ist ein Kerl, der ist zwar zum Kotzen, aber er begeht diesen Teil des Gebäudes nicht, denn er sitzt im dritten Stock und sieht fern. Wir haben Unterlagen über alle Haupttore.«

»Tore?«

»Gebäude, die Zugang zur Dachwelt ermöglichen. Wir sind da.« Der Fahrstuhl verlangsamte seine Fahrt und hielt an. Vor ihnen lag eine kurze Treppe, die zum Dachausgang hinaufführte. Simon hob die Eisenstange an, mit der die Tür verriegelt war, und öffnete sie. Das Dach des Gebäudes war glatt, sauber und flach. Der Wind, der darüber hinwegstrich, war nicht sehr frisch, denn er trug den Gestank der Auspuffgase von der Kreuzung hoch, aber er war stark genug, daß er den Regen vom Vortag getrocknet hatte.

Zwei junge Männer, beide mit einem grauen Sweatshirt und schwarzen Jeans bekleidet, warteten schon auf sie. Der eine hatte kurzgeschnittenes blondes Haar, das unter einer schwarzen Wollkappe hervorstand wie Rockabilly-Locken. Simon informierte sie, daß sein Name Jay sei. Der andere war kleiner, dunkel und ernst und wirkte ein wenig orientalisch. Er hieß Lee und schien der höherrangige der beiden zu sein. Zu beiden Seiten der jungen Männer standen am Dachrand Lastenaufzüge aus Metall. Jay bedeutete Robert und Rose, sich zu Füßen eines der Aufzüge hinzusetzen. Er blieb stehen, als die kleine Gruppe sich versammelte.

»Was hast du ihnen erzählt?« fragte er Simon.

»Es ist nicht meine Aufgabe, ihnen irgend etwas zu erzählen«, sagte der Punk, der es haßte, ein Punk genannt zu werden, und setzte sich mit übereinandergeschlagenen Beinen auf den Rand des Dachs.

»Ich meine, man sollte es ihnen lieber zeigen als erklären«, murmelte er. »Aber auf mich hört ja keiner.« Jay ignorierte ihn und wandte sich wieder den Neuankömmlingen zu.

»Ihr seid heute abend unter der Bedingung hier oben, daß ihr einen gewissen Ehrenkodex und Verschwiegenheit beachtet«, fing er an. Es war offenbar nicht das erste Mal, daß er diese Ansprache hielt. »Was hier oben geschieht, ist kein Spiel. Es ist sehr real, und inzwischen ist es sehr gefährlich geworden. Ich weiß nicht, was ihr von außerhalb darüber gehört habt, aber wahrscheinlich ist es falsch. Die einzigen, die so viel wissen, daß sie unsere Aktivitäten mit Fremden diskutieren könnten, sind Leute, die wir abgewiesen haben.«

Robert drehte sich zu Rose um. Sein Gesäß war auf dem Beton kalt geworden, und es kam ihm mehr als albern vor, hier zu sitzen und sich von einem verrückten Halbwüchsigen Vorträge halten zu lassen. Rose dagegen nahm alles eifrig in sich auf. Sie konzentrierte ihre ganze Aufmerksamkeit auf den Jungen, der vor ihr stand.

»Ich will euch etwas über uns erzählen. Seit Jahren ist dies eine verschlossene Welt.«

»Aber nicht mehr lange«, sagte Simon leise.

Jay lehnte sich zurück und legte den Kopf an eine der Metallstreben des Aufzugs. Sechs Stockwerke tiefer heulten Motoren auf und quietschten Bremsen, und die Geräusche drangen bis ganz nach oben.

»Dies ist eine gut funktionierende Alternative zu eurem Bodensystem. Wir haben unsere eigenen Gesetze und unsere eigene Rechtsprechung, ein Netz, das sich in jeder Richtung über die ganze City spannt . . . außer nach unten. Eure und unsere Wege hätten sich niemals zu kreuzen brauchen . . . bis jetzt.«

Er zeigte über das Dach hinweg in Richtung Tottenham Court Road, wo Miniaturgestalten vor den hell beleuchteten Schaufenstern stehenblieben und aus den Pubs und Cafés strömten wie Insekten in einem endlosen Paarungsritual. »Es ist wichtig, daß ihr begreift, daß unsere Prioritäten anders sind als die, die man euch unten auf dem Boden einbleut. Wir leben nach den Regeln, die wir selbst geschaffen haben — nicht nach denen anderer.«

Frierend und wenig überzeugt, hatte Robert das Gefühl, als wollten Mitglieder einer dubiosen Vereinigung von Krishna-Jüngern ihm eine Doktrin zur Verbesserung des Lebensstils andrehen. Er hob die Hand, denn er wollte etwas fragen. »Wie viele seid ihr denn hier oben?«

»Heutzutage haben wir Leute aus allen Berufen, Universitätsabsolventen, Punks, Rastas . . .«

»Ja, aber wie viele?«

Jay seufzte und lehnte sich wieder gegen die Metallstrebe. Er schaute in den Himmel.

»Du wirst es ihm sagen müssen, Jay«, sagte Simon.

»Wir waren Hunderte. In den zwanziger Jahren waren es fast tausend . . .«

»In den zwanziger Jahren?«

»Viele Leute, die unterhalb der Armutsschwelle lebten, waren bereit, das Wenige, das sie hatten, aufzugeben und neu anzufangen.«

»Aber so etwas läßt sich doch nicht lange geheimhalten«, protestierte Robert. »Hat denn niemand Fragen gestellt?«

»Hast du eine Ahnung, wie viele Leute in diesem Land jedes Jahr als vermißt gemeldet werden?« fragte Jay. »Damals wurden über die Leute keine Akten angelegt. Es gab keine Computer, in denen deine Adresse oder der Name deiner Bank gespeichert war. Damals war die Dachwelt nicht nur ein Ausweg, sie war eine Zufluchtsstätte für alle, die untertauchen mußten.«

»Du hast mir immer noch nicht gesagt, wie viele ihr seid.«

Wieder zögerte der andere. Robert warf Rose einen erstaunten Blick zu, aber sie schien es nicht zu bemerken. Jay schien zu keinen weiteren Enthüllungen bereit. Vielleicht hatte er schon mehr gesagt als beabsichtigt. Robert wußte, daß es nicht ratsam war, dem anderen zu erzählen, was Rose und er schon selbst über die Dachwelt herausgefunden hatten. Das könnte nämlich bedeuten, daß sie, wie Sarah Endsleigh, bereits jetzt gegen irgendein geheimes Gesetz verstoßen hatten.

»Ich denke, wir sind noch etwa dreißig. Vielleicht weniger. Und wenn am Sonntag der Morgen dämmert, werden die meisten von uns verschwunden sein.«

»Wieso? Warum?«

»Ich habe genug gesagt. Vielleicht erzählt man euch mehr, wenn ihr eingeführt seid. Das hängt von Zalian ab.«

»Aber was tut ihr hier?« fragte Rose. »Wie bewegt ihr euch über die Dächer?«

»Alles zu seiner Zeit. Lee wird euch beibringen müssen, wie man die Dächer überquert. Wenn man es erst einmal weiß, ist es leicht. Da kommt uns die Architektur der City sehr entgegen. Ich hoffe, ihr habt mit der Höhe keine Schwierigkeiten.«

»Ich? Ich hätte einen hervorragenden Fassadenkletterer abgegeben«, sagte Rose und lachte ein wenig gezwungen. Sie sah Robert an, und irgend etwas fing an, ihr Sorgen zu machen. Er schien sich äußerst unbehaglich zu fühlen, und sein Gesicht glänzte vor Schweiß. Rose zog die Stirn in Falten. Er hatte doch nicht etwa Angst? Diese Jungs waren zwar seltsam, gefährlich schienen sie aber nicht zu sein.

»Okay, bereiten wir uns auf den Start vor. Dann kommen wir zu eurer Einführung. Anschließend werden wir euch zu einer der Stationen bringen, und irgend jemand wird erklären, was wir tun können, um einander zu helfen. Lee, du übernimmst jetzt.

Jay setzte sich neben Simon, während sein Partner das weitere übernahm. Lee stand auf und lächelte Rose freundlich an.

»Manchmal nennen sie mich Mr. Fix, weil ich mich um die Ausrüstung kümmere, die wir brauchen, um uns zwischen den Dächern zu bewegen. Wir benutzen heute im Grunde das, was auch früher benutzt wurde, außer daß viel von dem alten Zeug wirklich gefährlich war. Die einzige Methode, festzustellen, ob das Kabel dein Gewicht hält, war damals, dich daranzuhängen. So gut ich konnte, habe ich die Ausrüstung auf den neuesten Stand gebracht. Ich habe leichtes Material verwendet und auf den Strecken einige Sicherheitsvorrichtungen angebracht. Jeder von uns trägt einen solchen Gurt. Man legt ihn nur ab, wenn es unbedingt notwendig ist, zum Beispiel, wenn man ein Bad nehmen will.«

Er schob sein Sweatshirt hoch und zeigte auf seine Taille. Er hatte einen dünnen schwarzen Ledergurt umgeschnallt, der in seiner ganzen Länge mit kleinen Metallringen versehen war. Darüber und darunter verlief, in das Leder eingeschnitten, ein feines Nylonkabel.

»Steh einen Augenblick auf, Süße.« Lee nahm seinen Gurt ab, legte ihn Rose an und schnallte ihn vorn zu. »Nach der Einführung wirst du deinen eigenen Gürtel bekommen. Gehen wir.«

Sie folgten ihm zum anderen Ende des Dachs. Der Dachrand des nächsten Gebäudes, eines schmutzigen viktorianischen Büroblocks, an der Euston Road, lag knapp fünf Meter entfernt. Rose schaute nach unten und sah, daß ein schmaler Durchgang die beiden Blocks voneinander trennte.

»Über einige Lücken kann man hinwegspringen, über diese offensichtlich nicht. Schau mal zur nächsten Wand hinüber, und du wirst eine kleine Eisenstange sehen. Du mußt aber genau hinschauen.«

Rose beugte sich vor und schaute durch die Dunkelheit angestrengt zur gegenüberliegenden Wand hinüber, wo eine kleine, etwa zehn Zentimeter lange Metallstange wie ein Miniatur-Handtuchhalter aus der Wand ragte.

»Je mehr du die Augen offen hältst, um so mehr von unserer Arbeit kannst du überall in der Stadt entdecken«, sagte Lee. Er öffnete einen schmalen, schwarzen Nylonbeutel und entnahm ihm ein Gerät, das aussah wie eine modifizierte Faustfeuerwaffe mit einem extrabreiten Lauf. Er zielte auf die Metallstange.

»Es funktioniert mit Druckluft«, erklärte er und drückte ab. »Die Dinger, die sie früher hatten, wurden mit einer Mischung aus Kaliumnitrat, Holzkohle und Schwefel abgefeuert. Da pustet man sich die Titten weg, wenn man das falsche Verhältnis wählt.« Es gab einen Knall, und etwas schoß aus der Mündung und klapperte gegen die Wand des anderen Gebäudes.

»Guter Schuß«, sagte Rose.

»Übungssache, wie alles andere.«

An der Metallstange saß jetzt ein kleiner Stahlring, an dem eine fast durchsichtige dünne Nylonschnur hing, die zurück bis in den Lauf des Schießgeräts reichte. Lee löste das Ende und befestigte es an einem zweiten Metallring.

»Es funktioniert ganz einfach. Die Metallstange, die du da drüben an der Wand siehst, hat in der Mitte ein Federscharnier. Der Ring, der mit diesem Gerät abgefeuert wird, ist kopflastig, so daß die belastete Seite immer die Stange trifft, das Scharnier aufschlägt und sich festklemmt.

»Muß man nicht ein unglaublich guter Schütze sein, um eine so kleine Stange zu treffen?«

»Man müßte es wahrscheinlich sein, wenn die Stangen nicht magnetisch wären«, sagte Lee. »Normalerweise dauert es einige Zeit, jemandem das hier beizubringen, aber was die Grundlagen betrifft, machen wir mit euch heute abend einen Crash-Kurs.« Er griff über den Dachrand und befestigte sein Ende der Schnur an einer entsprechenden Metallstange, die etwa dreißig Zentimeter unterhalb des Dachs angebracht war. Dann zog er die Schnur mit einer winzigen Ratsche an, bis sie straff war.

»Es gibt verschiedene Methoden, dies zu bewerkstelligen. Man kann zum Beispiel die Schnur an der gegenüberliegenden Wand festhaken und das andere Ende mit einer Spule verbinden.« Er hielt eine glänzende Scheibe hoch, die einen Duchmesser von etwa zwölf Zentimetern hatte und etwas über drei Zentimeter dick war. »Man befestigt sie an seinem Gürtel. Dann landet man mit den Füßen an der Wand, und die Scheibe spult die Schnur auf und zieht einen hoch. Aber das geht eigentlich nur über kurze Entfernungen, und man kann die Scheibe nur verwenden, wenn nicht viele Leute in der Nähe sind, denn das Ding ist ziemlich laut.«

»Von der Großtuerei ganz zu schweigen«, sagte Simon.

»Das kann ich mir vorstellen«, meinte Rose. »Ein bißchen wie Errol Flynn.«

»Einige Gebäude sind schwer zu überqueren, auch wenn sie terrassenförmig angelegt sind. Entweder trifft man auf ein zusätzliches Stockwerk oder auf ein steil abfallendes Dach. Dann ist die Scheibe natürlich nützlich. In einigen Gegenden sind fast alle Gebäude mit diesen Spezialstangen ausgerüstet worden. Die älteren haben eine Tendenz zu verrosten, so daß die Scharniere nicht mehr funktionieren. Wann immer es uns möglich ist, versuchen wir, sie zu ersetzen, aber es gibt nicht mehr viele unter uns, die wissen, wie man das macht. Andere Gegenden haben besondere ›Bahnen‹, schnelle Reiserouten, die wir überall in der Stadt angelegt haben. Die Kabel bleiben ständig hängen und führen durch eine Anzahl von Verbindungspunkten, die ›Stationen‹ genannt werden. In jedem Teil der City gibt es mindestens eine Station.«

»Richtig«, sagte Rose. »Wir wissen über die Stationen Bescheid. Sie sind nach den Leuten benannt, die die Gebäude gebaut haben, auf denen sie stehen, stimmt's?«

»Stimmt, aber woher weißt du das?«

»Geheimnisse werden wir später austauschen. Mach weiter.«

»Über die Jahre hinweg wurde das Operationsfeld bis Hammersmith ausgedehnt. Aber niemand hat je eine Möglichkeit gefunden, den Fluß zu überqueren.« Während er sprach, nahm Lee eine zu einer Schlinge gebundene, an einer kleinen Metallhülse befestigte Schnur aus einem Beutel. Die Schnur befestigte er an Roses Gurt, und die Metallhülse klinkte er auf das straffgespannte Seil. Sie saß jetzt auf der Brüstung und ließ die Beine baumeln. Robert wurde allmählich übel.

»Das nennen wir einen Anfängergurt. Er ist etwas langsamer als die Gurte, die Jay und ich benutzen. Du kannst nicht abstürzen. Die Schnur trägt das Fünzehnfache deines Gewichts. Die Metallhülse wird an das Kabel angeklinkt und macht es dir leichter, dich hinüberzuziehen.«

Unsicher schaute Rose Robert an, aber im nächsten Augenblick überraschte sie ihn, indem sie sich einfach ruhig und gelassen abstieß. In wenigen Sekunden hatte sie den halben Weg zwischen den beiden Gebäuden zurückgelegt. Dann kam sie zu einem Halt und schaukelte langsam hin und her.

»Was ist denn los?« rief Lee.

»Nichts. Ich hätte nur nicht nach unten schauen dürfen.« Rose setzte ihren Weg fort, halb, indem sie sich am Kabel weiterzog, halb, indem sie sich durch ihr eigenes Gewicht weiterbewegte. Als sie die andere Seite erreicht hatte, versuchte sie, sich nach oben zu hangeln und über die steinerne Brüstung zu klettern. Sie hatte schon ein Bein oben und keuchte vor Anstrengung, aber das Seil, das von ihrem Gurt zum Hauptkabel führte, hielt sie fest.

»Das Gurtkabel ist nicht lang genug«, rief sie. »Wie komme ich los?«

»Die Hülse, die dich mit dem Kabel verbindet, hat ein Scharnier, das sich nach innen öffnet«, rief Lee. »Einfach drücken.«

Rose drückte auf die Metallhülse, die sich sofort vom Kabel löste. Für eine Sekunde verlor sie das Gleichgewicht, und Robert sah sie schon vom Dach auf die Straße stürzen. Dann hatte sie sich wieder in der Gewalt. Sie kletterte über die Brüstung und mit einem leisen Stöhnen ließ sie sich auf das Dach fallen.

»Okay«, rief Lee ihr zu. »Beim ersten Mal ist es immer am schlimmsten.« »Wie willst du denn rüberkommen?« rief Rose. »Soll ich den Gürtel wieder zurückwerfen?«

»Das ist nicht nötig«, sagte Lee, nahm den Nylonbeutel auf den Rücken und stieg über den Dachrand auf das Kabel. Mit ein paar schnellen Schritten über den Abgrund war er an Roses Seite.

»Das war sehr eindrucksvoll«, sagte Rose. »Können das alle oder nur du?«

»Die meisten von uns haben Seillaufen gelernt, aber kaum einer tut es gern. Wie du wahrscheinlich gemerkt hast, sind die Kabel leicht eingefettet. Aber ich gebe gern ein bißchen an.«

»Der Astaire der Lüfte«, schrie Jay fröhlich. Sie sind wie Kinder, dachte Robert, dem schon wieder schlecht wurde. Sie brennen darauf, ihre Party-Tricks vorzuführen.

Lee schaute sich auf dem Dach um, auf dem er und Rose jetzt standen. Wie das letzte war es groß und flach. Es führte zu einem anderen Gebäude, das ein steil abfallendes, mit altmodischem Schiefer gedecktes Dach hatte. »Das Dumme an dieser Gegend«, sagte er, »sind die Dachrinnen. Sie sind alt und brechen leicht ab. Aber viele dieser Häuser werden renoviert, und das schafft auf den Dächern gute Bedingungen — und wir bekommen Gerüste, unsere besten Freunde. Es gibt keine Straße in der City, in der nicht irgendwo Gerüste stehen, und die sind ideal zum Einhaken.«

»Ich kann nicht glauben, daß niemand weiß, daß wir hier oben sind«, sagte Rose und beobachtete die Reihe der Verkehrsampeln in der Gower Street, die perfekt synchron auf Grün schalteten. Von der Straße kam jetzt trockene, kalte Luft herauf, die sie an den Beinen und im Nacken spürte.

»Tagsüber schaut niemand nach oben und schon gar nicht nachts«, sagte Lee.

»Die Dachwelt hat viele Geheimnisse«, rief Simon und tippte sich verschwörerisch an die Nase. »Ihr werdet sehen.«

Ihre erfolgreiche erste Fahrt hatte Rose in Hochstimmung versetzt. »Ich fühle mich ein bißchen wie eins der Kinder in *Mary Poppins*«, gab sie zu, »auf ein Dach steigen, um London zu sehen.«

»Oh, bei deiner Einführung wirst du London schon sehen«, kicherte Lee. »Wir wollen deinen Freund rüberholen. Mit dem werden wir wahrscheinlich Ärger bekommen.«

»Wie meinst du das?« Rose schaute zu Robert hinüber, der immer noch auf dem Dach des anderen Gebäudes saß und nach unten auf das Pflaster starrte.

»Ich glaube, der arme Kerl hat gerade festgestellt, daß er Höhenangst hat.«

»Hört zu, ich unterbreche nur ungern«, rief Simons unverkennbare Stimme von der anderen Seite, »aber wir sind hier zu sehr gefährdet, als daß wir noch lange bleiben könnten. Laß uns diese beiden durch die Rennbahn und zurück nach Wren schicken.«

»Verdammt, Simon, du machst dir immer so viele Sorgen«, rief Lee zurück. Er wandte sich an Rose, die fasziniert Lees Kabelschießgerät betrachtete. »Schaffst du jetzt den Rückweg?«

»Kein Problem. Wie werdet ihr eigentlich die Kabel los, nachdem ihr sie benutzt habt?«

»Früher haben wir sie immer abgehakt und weggeworfen, aber jetzt rollen wir sie auf und verpacken sie, wenn wir wieder zurückkommen. Das ist zwar zeitaufwendig, aber billiger, als die Ausrüstung zu verlieren. Komm!« Lee trat auf das Kabel hinaus und überquerte die Lücke mit ein paar behenden Schritten. Hinter ihm klinkte Rose ihr Gurtseil wieder ein und stieß sich vom Gebäude ab. Während Robert schweigend zuschaute, halfen Simon und Jay ihr über die Mauer. Sie freuten sich offensichtlich, daß sie ihre erste kurze Reise über den Straßen so gut absolviert hatte.

»Wir gehen sofort zu eurer Einführung«, sagte Jay und warf sich einen ähnlichen Nylonbeutel, wie Lee ihn hatte, über den Rücken. »Wir wollen die Sache hinter uns bringen.«

»Was müssen wir tun?« fragte Rose, während Simon ebenfalls einen Beutel nahm und sich ihn über die Schulter warf.

»Es hat immer eine symbolische Zeremonie für die Leute gegeben, die zur Dachwelt gehören wollten. Die meiste rituelle Scheiße haben wir inzwischen abgeschafft, aber die Einführung dient immer noch einem praktischen Zweck.

»Und der wäre?« fragte Rose.

»Festzustellen, ob ihr schwindelfrei seid«, sagte Simon. Dann drehten sie sich alle zu Robert um, der unglücklich auf der Brüstung hockte.

19 Butterworth

»Nun, für mich ist das verdammt eindeutig, Butterworth. Denken Sie doch mal nach, Junge.« Hargreave lehnte sich in seinem Stuhl zurück, so weit es nur ging, und kratzte sich nachdenklich am Hinterkopf. Vor ihm stand Detective Constable Butterworth, verzweifelt bemüht, einen guten Eindruck zu machen. Mit seinen babyblauen Augen und dem ungekämmten rotblonden Haar wirkte er kaum alt genug für die Polizei. Sein Gesicht war von Sommersprossen bedeckt, so daß er fast aussah wie eine Disney-Figur.

»Nun, Sir. Die Morde sind alle innerhalb einer Woche geschehen.«

»Sie und Ihre Großmutter könnten beide innerhalb einer Woche von einem Bus überfahren werden, aber es müßte nicht unbedingt derselbe Fahrer sein.«

Butterworth schwieg. Er blieb außerhalb der Reichweite von Hargreaves Armen, von denen er gehört hatte, daß sie die Tendenz hatten, wild um sich zu schlagen und Menschen und Dinge zu attackieren.

Butterworth war in die Polizei eingetreten, um seinen Vater, den Polizeidirektor, nicht zur enttäuschen. Wenn er sich um seine eigenen Angelegenheiten kümmerte und niemanden verärgerte, so hoffte er, würde man ihn in Ruhe lassen, bis er irgendwann unauffällig den Dienst quittieren konnte. Er hatte allerdings nicht damit gerechnet, auf Sergeant Janice Longbright zu stoßen, die in dem ungeschickten Jungen ein großes ungenutztes Potential vermutete und ihn dazu überredet hatte, sich Hargreave für eine Sonderaufgabe zur Verfügung zu stellen.

»Modus operandi, Butterworth?« Hargreave schoß so plötzlich in seinem Stuhl nach vorn, daß Butterworth nervös einen Schritt zurücktrat.

»Nun, äh, noch kein erkennbares Muster, Sir.«

Hargreave ließ den Kopf in die Hände sinken. »Aus Respekt gegenüber Ihrem Vater und dem guten Glauben Sergeant Longbrights will ich weiterhin versuchen, Ihnen den Wert einer gründlichen Kriminaluntersuchung begreiflich zu machen, wenn ich auch weiß, daß ich genauso zu dem Hutständer da drüben reden könnte. Sie haben doch die Fälle anhand der im Computer gespeicherten Informationen studiert, nicht wahr?«

»Ja, Sir. Sehr sorgfältig.«

»Und ist Ihnen an diesen drei Morden nichts aufgefallen?«

»Nicht sofort, Sir.«

»Was meinen Sie damit, ›nicht sofort‹, Sie hoffnungsloser Trottel?« Er schlug auf die Konsole vor ihm, und der Bildschirm lief durch. »Ein junger Mann wird an einer Neonreklame durch Strom getötet. Zeugen behaupten, er ›flog da rein‹. Ein Junge wird von einem Gitter vor einem Versicherungsbüro aufgespießt. Ein anderer wird gehäutet aufgefunden, verdammt noch mal, und das in der Markise eines Juweliergeschäfts!« Nachdem er schon die Konsole attackiert hatte, fand Hargreave es nur fair, auch noch mit der Faust auf den Tisch zu hauen, was Tee in seine Untertasse schwappen und Butterworth zusammenzucken ließ.

»Mir scheint es ziemlich klar, daß alle drei Morde irgendwo über dem

Boden verübt wurden. Die einzigen Blutspuren, die wir auf dem Boden fanden, gab es dort, wo die Leichen gelandet waren. Nur das zweite Opfer wurde durch den Sturz getötet, und selbst das wissen wir noch nicht genau, denn ein riesiger Vogel kann schon vorher seinen Schädel schwer verletzt haben. Die anderen beiden waren mit Sicherheit tot, bevor sie den Beton küßten. Nun, wieviele Meldungen über Leute, die sich in dieser Gegend auf den Dächern herumtreiben, hatten wir während der letzten sechs Monate?«

»In welcher Gegend, Sir?«

Hargreave schloß die Augen und kniff sich mit Daumen und Zeigefinger in die Nasenspitze. Warum hatte er nur auf Janice gehört und diesem Jungen Zugang zu den Akten gewährt? Weil er sie liebte? Widerwillig mußte er zugeben, daß das wahrscheinlich der Fall war.

»Alle diese Morde fanden in Piccadilly, Charing Cross und Regent Street statt, Butterworth. Ich denke, wir können es riskieren, die Gegend einzugrenzen, meinen Sie nicht auch?«

»Ja, Sir. Ich werde es sofort feststellen, Sir.«

»Nicht nötig. Ich habe hier schon einen Bericht.« Hargreave blätterte in den Computer-Ausdrucken. »Fast sechzigmal wurden Leute auf den Dächern gesehen, und die Anzahl dieser Beobachtungen war im letzten Monat besonders hoch. Sechzig Beobachtungen! Warum ist niemand der Sache nachgegangen? Weil es bisher nicht nötig war, eine solche Statistik zu führen. So ist es bei vielen Verbrechen. Man hat die Antworten in Form einer statistischen Analyse vor sich liegen, aber man muß die richtige Verbindung herstellen, bevor man die relevanten Fakten auf den Tisch legt.«

Butterworth schaute nachdenklich auf den Teppich. Es sah aus, als ob er Hargreaves Kommentar sorgfältig abwog, aber in Wirklichkeit fragte er sich nur, wie er möglichst schnell das Büro verlassen und an seinen Schreibtisch zurückkehren konnte.

»Nun, was können wir unseren Beobachtungen hinzufügen? Drei Morde! Die Tatsache, daß täglich jeweils ein Mann stirbt, scheint darauf hinzuweisen, daß es sich nicht nur um eine Partei handelt. Haben wir es vielleicht mit einer Art Bandenkrieg zu tun? Eines der Opfer war ein registrierter Methadon-Abhängiger, in allen drei Leichen wurden Spuren von Drogen gefunden. Ist dies ein Drogenkrieg, oder tragen nur ein paar Aussteiger irgendwelche Streitigkeiten untereinander aus?« Hargreave starrte mürrisch auf seine Schreibtischplatte, als hoffte er, dort den Täter zu finden. »Es ist schwierig, etwas über das dritte Opfer herauszufinden. Es wäre nicht schlecht, wenn er seine Haut noch hätte.«

»Ich kann mir nicht vorstellen, warum er keine mehr hatte, Sir.«

»Das ist es ja gerade, Butterworth, Sie können sich nichts vorstellen. Vielleicht hatte er ein Muttermal, an dem man ihn hätte identifizieren können, oder vielleicht war er mit verräterischen Tätowierungen bedeckt. Vielleicht hat er sich die Haut auch nur ausgezogen, weil ihm heiß war.«

»Tut mir leid, Sir?« Butterworth trat nervös auf dem Teppich hin und her.

»Es *wird* Ihnen leidtun, wenn wir nicht verdammt schnell loslegen. Ihr Vater war ein hervorragender Polizist. Wenn er Sie jetzt sehen könnte, würde er sich im Grabe umdrehen.«

»Äh . . .« Butterworth hustete in seine Faust. »Er ist noch nicht tot, Sir.«

»Nein, aber Sie werden ihn schon noch umbringen. Das erste Opfer ist vorbestraft, alles geringfügige Delikte. Vor etwa einem Jahr wurde er offiziell als vermißt gemeldet. Interessant, finden Sie nicht auch? Beschaffen Sie sich die Identifikationsunterlagen über die anderen beiden und stellen Sie fest, ob einer von ihnen ebenfalls vermißt gemeldet wurde. Hier, nehmen Sie diese Akten mit und machen Sie sich davon Kopien.« Hargreave schob ihm einen Karton Disketten über den Schreibtisch. »Und fangen Sie an, diskret Fragen zu stellen. Sie wissen ja, wie die Presse im Zusammenhang mit diesem Fall zu behandeln ist. Wenn Sie einige Antworten gefunden haben, melden Sie sich bei mir, okay?«

Nachdem Butterworth sich erleichtert aus dem Büro zurückgezogen hatte, wandte Hargreave sich den übrigen Ausdrucken zu, die zusammengefaltet auf seinem Tisch lagen. Ob es einem gefiel oder nicht, etwas Großes und Häßliches schien von oben auf die City zuzukommen. Hargreave fragte sich, wie viele Leichen noch auftauchen mußten, bevor sie herausbekamen, worum genau es sich handelte.

20 Die Rennbahn

»Versuch dich daran zu gewöhnen, nach unten zu schauen. Es ist besser, wenn du lernst, die Höhe abzuschätzen.« Simon hatte Robert den Gurt angelegt und stand jetzt auf.

»Ich kann es nicht«, flüsterte Robert. »Ich bin nicht schwindelfrei.« Er stand mit Rose und Lee am Rand des Daches und wartete darauf, an das Kabel, das über ihren Köpfen hing, angeschlossen zu werden. Er spürte, wie der Wind seinen Rücken traf, an seinen Jackenärmeln zerrte und ihn über den Rand in die Betonschlucht zu schleudern drohte.

»Du kannst und du wirst«, versprach Simon. »Du hast keine Schwindelgefühle. Das passiert nur, wenn du alle deine Bezugspunkte verlierst und dich weder nach unten noch nach oben orientieren kannst. Du mußt nur die Dächer unter dir beobachten, um zu wissen, wo du bist.«

»Das ist ein großer Trost.«

»Es spielt sich alles im Kopf ab. Ich glaube nicht, daß du mit der Höhe noch Schwierigkeiten hast, wenn diese Fahrt hinter dir liegt.«

»Natürlich nicht, denn bis dahin klebe ich auf dem Pflaster.«

Aus Roberts Gesicht war alle Farbe gewichen. »Wie peinlich, in Euston zu sterben«, murmelte er und schaute zum Kabel hinauf. Es war oben an einem nicht mehr benutzten Aufzug befestigt. Sie standen jetzt an der südlichsten Ecke des Gebäudes und bereiteten sich darauf vor, das Dach zu verlassen.

»Die meisten Gebäude haben ein halbes Dutzend dieser Scharnierstäbe, an denen man die Kabel befestigen kann, aber diese Bahn ist stationär«, sagte Simon, während er die Leinen von ihren Gurten in Metallhülsen einklinkte, die er aus seinem Beutel nahm.

»Früher sind wir hier Rennen gefahren, stimmt's, Lee? Wir nannten es die Rennbahn, denn es ist eine der steilsten Bahnen in der City. Sie passiert eine Reihe von Stationen und endet dann auf dem Dach des Savoy. Und macht euch keine Sorgen, ihr Erdenwürmer, die Bahn ist völlig sicher.«

»Ja, auf dieser Bahn hatten wir noch nie einen Todesfall.« Jay kletterte auf den Aufzug und fing an, die Metallhülsen an das Kabel zu klinken.

»Es ist eine schnelle Bahn«, fuhr Simon fort, um sie durch Reden von der bevorstehenden Fahrt abzulenken. »Aber ihr werdet nicht mit der vollen Geschwindigkeit nach unten gehen, denn ihr habt eine Anfängerausrüstung. Eigentlich handelt es sich nur um ein Stück rauhes Leder in den Hülsen, an die eure Leinen angeschlossen sind. Dadurch wird eure Fahrt abgebremst. Wir folgen euch in regelmäßigen . . .«

Plötzlich gab es ein zischendes Geräusch in der Luft über ihnen, so als sei ein Pfeil abgeschossen worden. Dann noch eines und noch eines. Robert schaute sich um und sah, wie Jay sich an den Hals griff und vom Aufzug stürzte. Sein Gesicht war blutbespritzt. Rose stieß einen entsetzten Schrei aus.

»Verdammte Scheiße, ich wußte, daß wir zu lange gebraucht haben!« Simon rannte zu Jay hinüber. Wieder fuhren zischende Geräusche durch die Luft.

»Um Gottes willen, runter mit euch!« Simon hockte über Jay und versuchte, das Blut zu stillen, das wild aus der zerschlitzten Kehle seines Freundes sprudelte.

»Die Schweine! Es hat ihn voll erwischt. Lee, hilf mir!«

Lee rannte hinüber und untersuchte die Wunde. Um sie herum regneten winzige metallische Gegenstände auf das Dach. »Er wird sterben, bevor wir ihn zu Zalian zurückschaffen können. Sieh ihn dir doch an.«

Simon hielt Jay an den Schultern fest, als sein Körper heftig zu zucken anfing. Rose und Robert hatten sich hinter die niedrige Mauer geworfen, die am Rand des Dachs entlanglief. Lee sprang auf und rannte zum Aufzug, wo halb angeschlossen die Kabel zu ihren Gurten hingen. Robert hob den Kopf weit genug, um zu sehen, daß ein halbes Dutzend dunkle Gestalten auf dem nächsten Dach in ihre Richtung liefen. Wieder hörte er das Rasseln von Metall auf Beton, als die Gestalten ihre Kabelschießgeräte abfeuerten. Es zischte, und etwas fiel ganz in der Nähe zu Boden. Es war eine vertraut glänzende Metallscheibe. Robert streckte die Hand aus.

»Nicht anfassen!« schrie Simon. »Der Rand ist scharf wie eine Rasierklinge, und sie sind meistens vergiftet.« Robert schaute näher hin. Es war ein alter Penny, poliert und glattgeschliffen, so daß der Rand das Licht widerspiegelte. Es war tödliche Munition.

»Ihr seid angeschlossen!« brüllte Lee vom Aufzug zu Robert hinüber. »Beweg dich!«

Er sprang hinunter, als Simon gerade aufstand. Blut war ihm auf Brust und Arme gespritzt. Lee ging auf Jays zuckenden Körper zu.

»Er ist tot, Lee; das ist nur noch sein Nervensystem, das auf das Gift reagiert. Wir müssen weg.«

Hinter ihm überquerten die Gestalten jetzt die Lücke zwischen den beiden Dächern. Ein weiterer Regen von rasiermesserscharfen Münzen klirrte gegen den Aufzug. Rose half Robert auf die Füße und schaute zum Kabel hoch.

»Jetzt *müssen* Sie es tun, Robert!« schrie sie.

»Ich kann nicht!« schrie er zurück und schaute auf die sechs Stockwerke unter ihnen liegende Straße hinunter.

»Los jetzt, verdammt noch mal!« Lee rannte zur Brüstung und stieß Robert in den Rücken. Robert hob abwehrend die Arme, aber ein Fuß glitt ihm weg, und er verlor das Gleichgewicht. Als er nach draußen fiel, spannte sich die Leine, die seinen Gurt mit dem Kabel verband, aber er hatte immer noch einen Fuß auf der niedrigen Mauer. Die erste der anrückenden Gestalten war nur noch zwanzig Meter entfernt. Lee trat ihm kräftig vor das Schienbein, und als Robert überrascht das Knie hob, schoß er auch schon am Kabel nach unten und in die Dunkelheit hinein.

Rose sprang in die Nacht hinaus. Ihre Gurtleine straffte sich und hielt sie. Sie spürte, wie sich ihr Magen hob, als hätte sie auf einer Achterbahn das erste Tal erreicht. Die Metallhülse über ihrem Kopf raste am Kabel entlang. Tief unten sausten Straßen und Bürgersteige unter ihren Füßen vorbei. Laut pfiff ihr der Wind um den Kopf. Roberts Körper hüpfte und drehte sich wie eine Stoffpuppe, als er panische Bewegungen vollführte.

Sie schaute zum Gebäude zurück, das rasch in der Ferne verschwand. Die dunklen Gestalten schienen Simon und Lee erreicht zu haben, aber Rose erkannte nur eine hin- und herwogende schwarze Masse. Plötzlich tauchte der Rand eines grauen Betongebäudes unter ihren Füßen auf, ein wenig zu weit unter ihr, als daß ihre Füße das mit Kies bestreute Dach berühren konnten. Es gab ein klapperndes Geräusch, als würde eine Weiche umgestellt, und sie hatte das Gefühl angehoben zu werden und wieder zu sinken, wie in der Kabine einer Drahtseilbahn, die gerade einen Pylonen passierte. An ihrer rechten Seite zischte eine lange Stahlstange vorbei, und das Kabel führte über schlecht beleuchtete Nebenstraßen wieder abwärts. Sie hatte Herzklopfen und konnte an nichts mehr denken, als die City in einem wirbelnden Diorama unter ihr vorbeizog.

Ein steiles Ziegeldach heulte links an ihr vorbei, dann noch eines. Vorn führte das Kabel über eine weitere Station hinweg und bog scharf nach rechts ab. Sie sah, daß Robert mit einer enormen Geschwindigkeit in die Kurve ging. Sein Körper hing dabei fast waagerecht. Dann verschluckte ihn wieder die Dunkelheit. Obwohl sie das Gefühl hatte, daß nichts passieren konnte, hielt Rose sich mit beiden Händen an ihrer Leine fest.

Ein dunkles viktorianisches Gebäude mit abblätternden Balustraden kam von vorn rasch auf sie zu. Das Kabel führte über einen verrosteten Pylon mitten auf dem Dach. Sie zog instinktiv die Beine an, aber sie stellte fest, daß sie mindestens zwei Meter über dem Gebäude hing. Sie wurde über eine weitere Station hinweggetragen, und dann ging es wieder abwärts auf die hell erleuchteten Straßen zu, die sich wie pulsierende Arterien durch das West End der City zogen.

Robert hatte sich zuerst nicht getraut, die Augen zu öffnen. Er schrie, und ihm drehte sich der Magen um, als er mit den Füßen ausschlug und nichts als die Luft fand, die um ihn herum kreischte und heulte und seinen Körper traf und ihm fast das Bewußtsein nahm. Als er über die erste Station hinwegdonnerte, war sein erster Gedanke, daß das Kabel sich lösen würde. Er öffnete die Augen, zwang sich dazu, nach oben zu schauen, und sah, daß die Metallhülse glatt über den Verbindungspunkt hinwegglitt und ihn weiter über die Straßen der City hinwegtrug.

Er schaute wieder nach unten, als das Kabel ihn irgendwo hinter der Trottenham Court Road zwischen zwei großen Gebäuden hindurchführte, und er stellte zu seiner Überraschung fest, daß er keine Angst mehr hatte. Die Schönheit der Straßen, die unter ihm vorbeizogen, wie aus der Perspektive eines niedrig fliegenden Hubschraubers, überraschte und entzückte ihn.

Vorn bog das Kabel scharf ab und führte direkt zum Zentrum der City. Er konnte sich gerade so weit umdrehen, daß er Rose hinter sich sah. Ihr Körper bog sich mit einer langsamen sinnlichen Eleganz, als er gegen die Leine gepreßt wurde, wobei der Wind ihr das T-Shirt über den Brüsten spannte. Irgendwo hatte sie ihre Jacke verloren. Robert betete, daß es ihr gelungen war, das Notizbuch in Sicherheit zu bringen. Sie warf ihre langen Beine nach links, dann nach rechts, und sie schien mit großer Sicherheit am Kabel entlangzugleiten.

Roberts Nervosität kehrte kurz zurück, als er plötzlich heftiger als je zuvor zur Seite und nach unten gerissen wurde. Er warf sich herum und schaute gerade rechtzeitig nach vorn, um in wenigen Metern Entfernung und mit großer Geschwindigkeit das Shaftesbury Theatre unter sich hinwegsausen zu sehen. Versuchsweise streckte er seine Arme seitlich aus und stellte fest, daß er seine Bewegungen so besser kontrollieren konnte.

Das Kabel über ihm führte jetzt nach oben, aber die Geschwindigkeit, die er auf dem Weg nach unten erreicht hatte, genügte, ihn in die nächste Sektion der Route zu schleudern, wobei er nach dem Prinzip einer Berg- und Talbahn an Geschwindigkeit gewann. Als er sich noch einmal umschaute, sah er, daß Rose die Arme ausstreckte und seine Bewegungen nachahmte. Er stieß ein kurzes, hartes Lachen aus, das vom Heulen des Windes sofort verschluckt wurde, und das Kabel führte ihn über Covent Garden hinweg am Rande der Piazza vorüber, wo die Leute hinter den beschlagenen Scheiben teurer Restaurants saßen oder über den Kopfsteinpflaster der Straßen schlenderten. So wurde Robert von einem perfekten Miniatur-Tableau zum anderen getragen, wie bei einer gigantischen Kirmesfahrt.

Seine Füße waren taub geworden, und seine Rückenmuskeln fing an, sich zu verkrampfen, als er über den Strand hinweg auf das Savoy Hotel zuschoß. Er spürte, wie sein Jackett bei jedem Anstieg und bei jedem Absinken an den Achselhöhlen spannte. Wie kommt es, fragte er sich, daß die Leute nicht die Arme heben und erschrocken in den Himmel zeigen? Hier oben kam er sich wie auf dem Präsentierteller vor, während er eine Schneise durch den nächtlichen Himmel zog wie der Superheld in einem Comic Strip.

Und dann schwebte er von der Rückseite her auf das Dach des Savoy. Das geteerte Metalldach kam rasch näher. Dies war das Ende der Fahrt, denn das Kabel endete hier an der Spitze eines kurzen Metallstabs. Robert bereitete sich auf den Aufprall vor, als das Dach rasch näherkam, aber trotzdem holte ihn der plötzliche Halt von den Füßen. Keuchend lag er auf dem Rücken und griff sich in die Seiten, als Rose hinter ihm heranrauschte. Auch sie kollidierte hart mit dem Dach, aber sie blieb auf den Füßen stehen, Mund und Augen weit geöffnet als Nachwirkung dieser aufregenden Fahrt.

»Das wurde auch langsam Zeit«, sagte eine Stimme hinter ihnen. »Wo sind die anderen?« Robert rollte sich herum und stützte sich auf einen Ellenbogen. Vor ihm stand ein hochgewachsener, mit einem dicken Rollkragenpullover und Jeans bekleideter Mann. Sein faltiges, sonnengebräuntes Gesicht war von kurzem blonden Haar eingerahmt. Zwischen kobaltblauen Augen ragte eine lange schmale Nase hervor. Er war Anfang Dreißig, und mit seinem wettergegerbten Gesicht sah er irgendwie gut aus. Er streckte seine breite Hand aus und half Robert auf die Füße.

»Jemand hat uns angegriffen«, keuchte Robert, immer noch ganz außer Atem. »Einer ist tot, ich glaube, Jay. Was mit Simon und Lee passiert ist, haben wir nicht mehr gesehen.«

Hinter dem blonden Mann tauchten andere auf, die aus einem Gewirr von dicken Aluminiumrohren hervorkamen.

»Ich wußte, daß so etwas passieren würde. Ich *wußte* es.« Der blonde Mann schlug mit der Faust gegen ein Metallrohr, das aus dem Dach hervorkam, so daß es in hohlem Summen vibrierte. Eine schlanke, blasse Frau erschien an seiner Seite und packte seinen Arm.

»Wie kommt es, daß ihr die Fahrt geschafft habt und sie nicht?« fragte der blonde Mann. Man hörte ihm an, daß er wütend war.

»Wir waren schon eingeklinkt«, sagte Rose abwehrend. »Wir konnten nichts machen.«

»Werden sie vom Dach geworfen wie Kröte?« fragte das blasse Mädchen.

»Wer weiß«, antwortete der blonde Mann. »Es ist nicht mehr möglich, ihre Aktionen vorauszusagen.« Er wandte sich wieder an Rose und Robert. »Ihr wißt wahrscheinlich, warum ihr angegriffen wurdet?«

»Nein«, sagte Robert barsch. »Niemand hat uns irgend etwas erklärt. Wer sind Sie?«

»Gehen wir doch zusammen eine Weile spazieren. Ich denke, ein kleiner Austausch von Informationen könnte ganz nützlich sein.«

Die drei gingen über das Dach davon, während überall um sie herum die Leute ihre Arbeit wieder aufnahmen und leise, aber aufgeregt miteinander sprachen.

Auf dem Dach schien eine Riesenmenge von Waffen und Ausrüstungsgegenständen herumzuliegen. Der blonde Mann erreichte die entgegengesetzte Seite vom Dach des Savoy Hotel und setzte sich auf die niedrige Betoneinfassung, die um das ganze Dach herumlief. Er lud Robert und Rose ein, sich ebenfalls zu setzen. Dabei schien er den nächtlichen Himmel abzusuchen. Seine blassen Augen ließen ihre Blicke über die ganze Halbkugel schießen. Als sie saßen, brach endlich ein fahler gelber Mond durch die Wolkendecke. Der blonde Mann sagte: »Mein Name ist Doktor Nathaniel Zalian, und ihr scheint etwas zu haben, das ich brauche.«

21 Kielgeholt

Um elf Uhr abends drängten sich im Video-Kasino am Leicester Square immer noch die Spieler. Drogenhändler und Taschendiebe schlenderten durch die Gassen zwischen den donnernden Elektronikgeräten und hielten nach neuen Opfern Ausschau. Dabei achteten sie ständig auf Anzeichen anrückender Polizei. Ihr sorglos-lässiges Auftreten täuschte darüber hinweg, daß ihre Sinne aufs äußerste gespannt waren und daß sie auf jede Veränderung der Gangart in dem schmuddeligen Spielsalon scharf reagierten.

Nick hatte immer noch die Hälften von Roberts Zehnpfundnoten in einer Tasche seiner dreckigen Jeans. Er trug eine dunkle Brille über seinem eintätowierten Spinngewebe. Seine Augen waren noch immer geschwollen von einer Schlägerei und vom vielen Weinen. Kröte war tot, und nichts konnte ihn wieder zurückbringen, aber irgend etwas hätte getan werden können, ihn und die anderen zu retten. Er nahm an, daß jetzt sein eigenes Leben in Gefahr war, aber er schaffte es nicht, seine tägliche Routine zu durchbrechen und einfach dem Spielsalon fernzubleiben.

Er hämmerte immer noch auf das Starbike-Gerät ein, als sie auch schon kamen. Die beiden Skinheads hatten seine 7N-Krewe-Jacke schon vom anderen Endes des Salons aus erspäht und bahnten sich nun einen Weg durch die Menge.

»Heh, was zum . . .«

Der magere türkische Punk schlug Nick zum zweiten Mal auf den Rücken, so daß er an seiner Videomaschine danebenschoß. Nick drehte sich um und sah die Bestürzung im Gesicht des Jungen.

»Verschwinde hier, Mann, und zwar schnell. Sie suchen nach dir.«

Nick duckte sich hinter das Gerät, und als er vorsichtig darüber hinweglugte, sah er die Skinheads auf sich zukommen. Er drückte den Arm des Türken in einer stummen Geste des Dankes und verschwand. Rasch glitt er hinter der Wechselkasse vorbei und durch die Seitentür des Salons nach draußen. Die Gasse lag verlassen da. Nick riß sich die dunkle Brille vom Gesicht und beschloß, nach Chinatown zu laufen. Er wußte, daß er sich in dem verrückten Durcheinander von Gemüsekisten und Abfalleimern, die vor den Restaurants herumstanden, leicht würde verstecken können. Hinter ihm schlug die Seitentür wieder zu, und die beiden Skinheads tauchten auf. Nick erkannte einen von ihnen als Dag, einen Kerl mit einer voyeuristisch-sadistischen Ader, die ihm erlaubte, mit Vergnügen als Chymes' Gehilfe bei dessen Mordzeremonien zu fungieren. Nick rannte die Gasse entlang und versuchte, im Schatten zu bleiben. Ganz leicht bewegte er sich auf seinen Fußballen.

Nach wenigen Augenblicken schaute er sich um und sah, daß der eine Skinhead verschwunden war und nur noch Dag ihn verfolgte. Verwirrt rannte er weiter, aus der Gasse heraus und in die hell erleuchtete Lisle Street hinein, hinter einem Kino vorbei und die Gerrard Street hinauf, das Herz von Chinatown. Hier, umgeben von Leuten, die vor den Restaurants standen, um die Preise zu vergleichen, fiel er in einen leichten Trab. Hundert Meter hinter ihm wurde auch Dag langsamer. Offensichtlich wollte er Nicks weitere Schritte abwarten. Er war schon so weit in die Gerrard Street hineingelaufen, daß es nur einen Ausweg gab: er mußte die untere Hälfte der Wardour Street erreichen, die immer voll von Nachtschwärmern war, die geduldig Schlange standen, um in die letzten noch geöffneten Nachtklubs eingelassen zu werden. Das kam Nick sehr zustatten. Unter den vielen Punks, Rockern und Rastas würde er nicht auffallen. Er war gerettet. Rasch ging er auf die Straßenkreuzung zu, wo helles Licht und Menschen die Bürgersteige überfluteten.

Ein plötzlicher Schmerz durchzuckte seinen Oberschenkel. Er schaute sich um, aber er sah nichts. Dann schaute er nach unten und sah das gefiederte Ende eines dünnen Stahlpfeils, das oben aus seinem Bein herausragte. Vor ihm trat der andere Skinhead hinter einem Stapel Holzkisten hervor, ein Luftgewehr in der Hand. Dag hatte ihn in eine Falle manövriert. Dag und sein Komplize kamen auf ihn zu, als Nick das Bewußtsein verlor und schwer auf dem Pflaster aufschlug.

Die Gestalt in dem weiten Gewand raffte ihren Mantel ein wenig und trat leichtfüßig zwischen die Brüstungen der beiden Lagerhäuser. Tief unten mischte sich betrunkenes Gelächter mit dem Stampfen der Maschinen, als Vergnügungsdampfer gegen die Flut die Themse hinabtuckerten. Dag hustete verlegen, und als er seinen Herrn eingeholt hatte, sprang er nervös über die einen Meter breite Lücke zwischen den beiden Dächern.

»Es ist eine schöne Nacht, die erste von vielen solchen Nächten.« Die samtene Stimme sprach ohne Rhythmus und ohne Kraft, aber dennoch vermittelte sie den Eindruck großer Macht. »Dies werden für uns alle Nächte der Reinigung sein. Sie markieren das Ende der Schwäche, die Geburt des Sieges über das Licht. Ich wollte dir dafür danken, daß du geholfen hast, die Verräter aus unserer Mitte zu entfernen, Bruder. Deine Loyalität wird nicht unbelohnt bleiben.«

Dag schluckte hörbar, und er erinnerte sich daran, wie Bruder Samuels Loyalität ›belohnt‹ worden war. »Was soll mit dem Kerl geschehen, den wir mitgebracht haben?« fragte er.

»Mit ihm wird wegen seiner Verbrechen sehr streng verfahren werden. Um die Strafe an ihm zu vollziehen, brauche ich deine Hilfe.«

Verstohlen warf Dag der schwarzen, grimmigen Gestalt neben sich einen Blick zu. Ihr Gesicht war unter der Kapuze des schwarzen Leinenmantels verborgen. Mitten in den Vorbereitungen für den Angriff auf Zalian, als er gerade die Waffen reinigte und überprüfte, war er von seinem Anführer, der sich Chymes nannte, abgerufen und nach unten geschickt worden, um den Jungen mit dem im Gesicht eintätowierten Spinnennetz zu holen. Als sie jetzt über der südlichen Wand des unbenutzten Lagerhauses in den Docks entlanggingen, sprach Chymes mit tiefer, monotoner Stimme zu seinem Gehilfen:

»Du weißt, daß wir Kröte nicht erlauben durften, zu den Insekten zurückzukehren, denn er hatte unsere Sache verraten und sich von ihr losgesagt. Du hast bei der Behandlung Bruder Samuels hervorragende Hilfe geleistet, aber weißt du auch, warum *er* sterben mußte?«

Selbst ein so kleines Gehirn wie das Dags erkannte, daß es nicht ratsam war, Chymes zu unterbrechen, wenn er seine Rhetorik ins Spiel brachte.

»Bruder Samuel glaubte, er hätte mein Mißtrauen ausgeräumt, indem er mir half, mit Kröte fertigzuwerden. Aber ich konnte ihm ins Herz schauen. Ich sah die ganze Falschheit, die dort lag.« Chymes griff nach unten und stieß Dag einen knochigen Finger gegen die Brust.

»Sarah Endsleigh, dieses aufdringliche Miststück«, sagte er plötzlich, als sei ihm ihr Name eben zum ersten Mal eingefallen. »Als sie zu mir kam und mir ewige Loyalität versprach, hat Bruder Samuel für sie gebürgt. Er wußte, daß Kröte ihr Informationen zuspielte, und dennoch schwieg er und blieb ihr Freund. Er war das letzte Glied in einer Kette des Verrats.

Aber jetzt, bevor die Woche vergangen ist, werden alle diejenigen, deren Loyalität anzuzweifeln ist, verschwunden sein, denn auch jetzt gibt es noch Verräter unter uns. Erst nach der Säuberung werden wir rein genug sein, unsere Aufgabe auszuführen.« Die Gestalt in der Kapuze drehte sich um. »Und jetzt müssen wir gehen und uns mit Nick befassen.«

Zwei junge Männer mit kahlgeschorenen, narbigen Köpfen traten hinter einem zertrümmerten Schornsteinkasten hervor und packten Nick an den Armen. Minuten vorher hatte die Wirkung der Drogen, die sie ihm mit dem Pfeil injiziert hatten, nachgelassen, und er war aufgewacht, steif vor Kälte und krank bei dem Gedanken, daß sie ihn in das Herz des dunklen Königreichs gebracht hatten, in dem Chymes regierte.

Chymes stand mit verschränkten Armen vor ihm. An einer seiner Hände glitzerte Metall. Sein Gesicht war von der schwarzen Leinenkapuze verhüllt. Zu seinen Füßen pflegte ein teilnahmsloser Pfau sein Gefieder.

»Du warst nie gut genug, in die Dachwelt aufgenommen zu werden, nicht wahr, Nick?« Chymes lachte ohne jede Heiterkeit. »Es muß dich gekränkt haben, als du erleben mußtest, daß deine Freunde hinaufgingen und dich allein zurückließen. Du durftest nicht Teil dieser Welt sein, was tatest du also? Du beschlossest, ihre Geheimnisse an die Zeitungen zu verkaufen. Wie gut, daß wir dich erwischt haben, bevor du diesem Reporter-Freund von dir etwas erzählen konntest, was uns wirklich hätte schaden können. Hilf meinem Gedächtnis auf die Sprünge . . . wer war er?«

»Geh zum Teufel. Du hast meinen Freund getötet, du sollst in der Hölle schmoren!«

»Das ist ohne jede Bedeutung. Ich habe seinen Namen irgendwo aufschreiben lassen. Er war dumm genug, seinen Namen unter den Artikel zu drucken, wie ich mich erinnere. Journalisten wollen unbedingt einen Namen haben. Sie sind so versessen darauf, geliebt zu werden, daß sie ihren Namen unter alles setzen würden.« Der Pfau hob den Kopf und stieß plötzlich einen ängstlichen Schrei aus.

»Nun, Nick«, seufzte Chymes, »die Zeit der Auflösung ist gekommen:«

Der heiße Löwe verschlingt die Sonne am Himmel.
Und der feurige Mann vergießt Schweiß, um seinen Körper aufzulösen.
Um ihn weit durch die Feuchtigkeit zu tragen, damit
Glücklich und schön Merkur erscheinen mag

Er griff nach unten und packte den Pfau am Genick. Dann wählte er eine einzige lange Feder, riß sie aus und reichte sie Dag. Der Skinhead näherte sich Chymes' neuem Opfer, zwang den Jungen, den Mund zu öffnen, und schob ihm die Feder in den Rachen, als sei er Assistent eines Schwertschluckers. Nick fing an zu würgen, als die Feder immer tiefer in seine Luftröhre drang. An jeder Seite wurde er von einem Mann festgehalten. Er versuchte, sich seiner Peiniger zu erwehren, und taumelte gegen den Schornsteinkasten, aber die Männer hielten ihn immer noch fest. Mit ihren kräftigen muskulösen Körpern drückten sie ihn auf den Asphalt des Dachs. Chymes breitete die Arme aus und gab ein Zeichen.

Jedesmal wenn Nick aufstehen wollte, um die Männer abzuschütteln, durchbohrte ihm einer mit einer langen Stahlnadel die Hand, den Arm und zuletzt den Magen, bis er laut aufschrie und wieder zu Boden sank. In wenigen Augenblicken hatten ihn die beiden Muskelbrüder nackt ausgezogen und ihm ein mehrere hundert Meter langes Nylonkabel mit einem festen Knoten um die Hüfte gebunden.

»Du denkst, sie haben keine Chance gegen euch«, brüllte Nick, der wußte, daß sein Tod nahe bevorstand. »Und du hast wahrscheinlich recht, aber irgendwie wird man dich stoppen. Du nennst dich Gebieter, du mit deinem lächerlichen Gerede und mit deiner mystischen Scheiße. Gebieter über was? Über eine Bande von kaputten Psychopathen, Drogensüchtigen und Verrückten, die in Gebäude einbrechen, verletzen und verstümmeln und töten, die alles für dich tun, nur um sich den nächsten Schuß setzen zu können? Ein Scheißkönigreich!«

»Er soll kielgeholt werden.« Die dunkle Gestalt drehte sich auf den Hacken um und schritt mit wehendem Mantel davon.

Einer der jungen Mörder kniff Nick ins Gesicht und zog es herum, bis es seinem ganz nahe war. »Bist du schon mal kielgeholt worden, Nicky Boy? Es ist eine barbarische Übung. Du wirst anschließend nicht mehr so gut aussehen, Schlaukopf.« So kräftig er konnte, spuckte Nick ihm in das grinsende Gesicht. Der andere trat ihm mit aller Gewalt gegen die Brust. Eine Rippe brach. Nick hörte es mehr, als daß er es fühlte.

Gemeinsam banden sie ihm einen Fetzen Tuch vor den Mund. Dann schleppten sie ihn zur Begrenzungsmauer und hoben ihn hinüber. Sie wickelten sich das Kabel fest um die Arme und ließen die um sich schlagende, nackte und geknebelte Gestalt sieben Stockwerke tief hinunter, bis seine Füße fast den Boden berührten. Lachend liefen sie dann von der Brüstung weg und holten Nick Stockwerk für Stockwerk wieder nach oben. Die rauhe Wand schürfte ihm die Haut ab, so daß Blut hervorquoll, zuerst in Tropfen, dann als Rinnsal, dann Bäche von Blut. Meter um Meter zogen sie ihn hoch, und die scharfen Kanten rissen ihm die Haut vom Rücken, von den Schultern und vom Gesicht. Immer wenn er sich von der Wand abstieß, schlug er nur um so härter dagegen. Bald hatten die Schmerzen alle Kraft in seinen Beinen erschöpft, und er schlug wieder gegen die Wand. Die Sohlen seiner Füße rissen hörbar auf, wenn sie an den winzigen Steinspitzen entlangscheuerten.

Als er über ein schmales Betonsims gezogen wurde, schlug er gegen ein Fenster, das klirrend zersprang. Als er weitergezogen wurde, drangen die gezackten Scherben an der Oberkante des Rahmens ihm ins Fleisch, bogen sich und brachen ab, als die Brüder weiter am Kabel zogen.

Als er das fünfte Stockwerk erreichte, hatte er den Knebel und seine Zunge durchgebissen, und er hinterließ am ganzen Gebäude eine blutige Spur. Der Stein zerfetzte ihm das Fleisch, über dem schon keine Haut mehr saß. Als er endlich oben angekommen war und sie ihn auf das Dach gelegt hatten, hatte sich eine barmherzige Bewußtlosigkeit über ihn gesenkt. Er lag auf dem Dach, eine hautlose Puppe aus zerrissenem Fleisch, kaum atmend, die Nase eingeschlagen, das Gesicht unkenntlich.

»Der sieht ja schlimm aus«, sagte einer der Brüder und betrachtete interessiert die leblose Gestalt. »Wohin sollen wir ihn bringen?«

»Wie wäre es mit einem Schaufenster bei Harrods?«

»Nein, wir wollen doch keine neuen Moden einführen.«

»Vielleicht wäre er für eine Markise geeignet.«

»Das hatten wir schon. Ich habe eine bessere Idee.«

Eine halbe Stunde später hätte jeder auf dem Heimweg durch die City, wenn er sich nur die Mühe gemacht hätte, zu den Gebäuden hochzuschauen, einen außerordentlich grotesken Anblick erleben können. Über der reich verzierten Metalluhr, die aus dem Gebäude der Midland Bank in der Nähe des Royal Exchange herausragte, hätte er eine dunkelrote Gestalt in der Form eines hockenden Mannes gesehen. Sie schien aus der blutbespritzten Wand herauszuwachsen, und aus den geöffneten Kinnladen glänzten weiße Zähne zum Himmel hinauf. Die Gestalt sah aus wie die scheußliche Galionsfigur eines Schiffs, auf dem die Sterbenden und die Verdammten segeln.

22 Zalian

»Seht euch das dort an!« Dr. Nathaniel Zalian zeigte über den Rand des Daches. Taxis fuhren vor dem Savoy Hotel vor und ließen ihre Fahrgäste in Abendkleidern und Smokings aussteigen, während Portiers und Türsteher geschäftig hin und her liefen. »Weihnachten in London. Eine Zeit der lärmenden Festlichkeiten. Der Vorhof unter uns ist die einzige Straße in Großbritannien, auf der man rechts fahren muß. Das paßt zu der unwirklichen Atmosphäre, die das Savoy Hotel umgibt, findet ihr nicht auch? Wenn man sich dem Gebäude nähert, ist es, als öffnete sich einem eine vergangene Welt. Dort drüben.« Er zeigte jetzt auf die Charing Cross Station. »Wißt ihr, was das ist?«

Robert schaute zu der steinernen Turmspitze hinüber, die vor dem Bahnhof stand. »Nein, was denn?«

»Es ist eine Replik des Eleonoren-Kreuzes. Die Grabstätte der Königin Eduards des Ersten, bevor sie in die Westminster Abbey überführt wurde. Aber heutzutage erzählen die Taxifahrer den Touristen, es sei die Spitze einer versunkenen Kathedrale, fast als bereicherten sie die Geschichte der Gegend irgendwie, indem sie sie erfinden. Und ein wenig weiter liegt der Strand.« Zalian richtete sich auf und wischte sich Betonstaub von den Händen. »Natürlich standen in dieser Straße schon im zwölften Jahrhundert Häuser. Boswell hat hier in einem billigen Restaurant seine Shilling-Dinners gegessen und die Huren, die um Tom's herumlungerten, mit Sixpence bezahlt. In den 1890ern gab es hier mehr Theater als irgendwo sonst in London. Theater wie das Tivoli und das Gaiety . . . nun gibt es nur noch drei. ›Burlington Berti ging hinauf den Strand, er trug seine Handschuhe in der Hand . . .‹«

Wieder schaute er zum Himmel hinauf. »Schaut euch das an. Grinsende

Glasfassaden haben die Fachwerkhäuser ersetzt. Jahrhunderte lang war dies eine Wohnstraße. Jetzt ist es hier genauso wie überall — eine Promenade gesichtsloser Multis, ein Heiligtum aus Beton, geweiht der Macht des Yen, des Pfunds und des Dollars.«

Er schaute sie an, und seine Augen glitzerten in der Dunkelheit. Nachdenklich rieb sich der Blonde die Bartstoppeln an seinem Kinn und kam näher. Rose sah jetzt, daß der Doktor älter war, als sie anfangs gedacht hatte. Das Blau seiner Augen schien von den vergeblichen Anstrengungen einer Schlacht getrübt, in der hart gekämpft wurde, die aber nun unwiederbringlich verloren war. Robert wollte ihn über Sarah Endsleighs Aufenthaltsort befragen, aber er spürte, daß dies nicht der rechte Augenblick war, und beschloß zu warten, bis der Doktor seinen Vortrag beendet hatte.

»Dort unten existieren reiche Banken Seite an Seite mit heruntergekommenen Mietshäusern. Eilige Börsenmakler hasten an arbeitslosen Punks vorbei. Findet ihr es nicht seltsam, daß zwei ganz verschiedene Welten nebeneinander existieren können, ohne daß sie etwas voneinander wissen, ohne daß sie je miteinander in Berührung kommen.« Er wandte den Kopf und schaute auf die Glitzerwelt tief unter ihnen. »Nun müßt ihr diesem Bild eine dritte Welt hinzufügen, die Dachwelt hoch über den Köpfen von arm und reich. Dann werdet ihr eine Idee von den Träumen bekommen, die wir alle geträumt haben . . .«

Zalian schweifte ab, als hätte er vergessen, daß er tatsächlich mit jemandem sprach. Weiter hinten auf dem Dach verstauten seine Leute die Ausrüstungsgegenstände in Reisetaschen und stapelten sie. Er schaute eine Weile schweigend zu ihnen hinüber und sah dann wieder Robert an.

»Wenn du eine Zeitlang hier oben warst, siehst du die Dinge anders. Man stellt sich die Leute auf dem Boden ständig als Insekten vor. Ihr braucht sie nur abends zu beobachten, wenn sie durch den Dreck der Straßen schlendern und nur die Stunden ausfüllen, bis die Arbeit wieder beginnt. Aber für die meisten von denen, die Arbeit haben, ist das Leben eine Sackgasse, als lebten sie in einem Raum mit einem einzigen Fenster, durch das sie nur eine Ziegelwand sehen können.« Rose wollte etwas sagen, aber ein Blick in seine fast fanatisch funkelnden Augen hielt sie davon ab.

»Und was ist mit denen, die keine Arbeit finden? Sie wollen trotzdem all die Dinge haben, von denen man ihnen erzählt hat, daß sie sie brauchen. Die Wunschvorstellungen der meisten gehen über den Gewinn einer Urlaubsreise in einer Quiz-Show nicht hinaus. Das ist kaum ihre Schuld. Wenn man sie fragt, was sie sich wirklich vom Leben wünschen, werden nur wenige es einem sagen können, nicht, weil sie es nicht wissen, sondern weil sie dafür nicht die Worte finden. Das System lehrt sie nicht, sich zu artikulieren.« In Zalians Stimme lag Zorn. »Es zeigt ihnen nur, wie sie zu leben wünschen sollten, nicht aber, wie man lebt. Nun, es ist nicht unsere Welt. Sie bleibt unten, von uns verlassen. Hier oben haben wir eines gemeinsam — einen Haß auf die entmenschlichte Existenz auf dem Boden. Eine Hoffnung, daß das Leben irgendwo doch mehr zu bieten hat als den aufreibenden Kampf um den eigenen Job und das nötige Kleingeld.«

Robert warf Rose einen zynischen Blick zu, aber sie ignorierte ihn bewußt, während Zalian weitersprach.

»Dies war eine Geheimarmee, die jahrzehntelang ständig wuchs«, sagte er, »und ihre eigenen Riten und Rituale entwickelte.« Er machte eine Pause und wählte seine Worte sorgfältig. »Und am Ende schuf sie die Saat ihrer eigenen Zerstörung.« Robert schaute hoch, als eine Wolkengruppe an den Rändern des Mondes vorbeizog. Monoton und leise sprach Zalian weiter, halb zu sich selbst. »Aber die Kinder nehmen immer noch Drogen, und die Erwachsenen verlieren immer noch die Hoffnung, und jetzt, wo die letzten Formen zwischenmenschlicher Kommunikation zusammenbrechen, kommen immer noch einige dieser Leute zu uns herauf.«

»Das verstehe ich nicht«, sagte Rose. »Wenn das der Fall ist, warum seid ihr dann so wenige?«

Zalian wachte aus seinen Träumereien auf und schaute auf das verblüffte Mädchen herab, das neben ihm an der Brüstung stand. Es war schwierig, ihm länger als ein paar Sekunden in die beunruhigend blauen Augen zu schauen.

»Das geht euch nichts an«, sagte er endlich. »Je weniger ihr wißt, um so sicherer werdet ihr sein. Ihr seid aus einem einzigen Grund hier — uns mit der Information zu versorgen, die wir brauchen. Ich habe euch erwartet, aber ich konnte nicht voraussehen, daß euer Besuch so lange auf sich warten lassen würde.«

»Ihr habt auf uns gewartet?« sagte Robert. »Das begreife ich nicht. Was könnten wir denn tun?«

»Genau das, was ihr getan habt.« Zalian hob die breiten Schultern. »Ihr habt uns Charlotte Endsleighs Notizbuch gebracht.«

»Ihr wußtet, daß wir es haben?«

»Natürlich.«

»Ich begreife es immer noch nicht«, sagte Robert. »Woher konntet ihr das überhaupt wissen und wie kommt ihr darauf, daß wir das Buch tatsächlich hier abliefern wollten?«

»Wir haben keine Zeit mehr, darauf einzugehen«, sagte Zalian, und plötzlich klang seine Stimme nervös. Hinter Rose gab einer seiner Männer eine Serie von bizarren Handsignalen, die von den anderen beobachtet wurden und denen sie gehorchten.

»Kommt mit mir ins Hauptquartier, und dann werde ich eure Fragen beantworten.«

»Nein, Sie erklären es uns jetzt, oder wir gehen sofort wieder nach unten«, sagte Rose energisch. »Und dann nehmen wir das Geheimnis des Buchs mit uns.« Sie erkannte, daß Zalian nicht zu Gewalttätigkeiten neigte. In seinem faltigen Gesicht lag etwas Offenes und Ehrliches, das Vertrauen einflößte. Dennoch, sekundenlang glaubte sie, er würde sie angreifen. Dann schien der große blonde Mann eine Entscheidung getroffen zu haben.

»Ihr wißt schon, daß Sarah Endsleigh eine von uns war.« Zalian schaute erst Rose, dann Robert an. »Als sie zu uns kam, erzählte sie, daß ihre Mutter Romanautorin ist. Eines Tages fand ich heraus, daß sie ihrer Mutter von der Dachwelt erzählt hat . . .«

»Und ihr habt ihre Mutter getötet, um zu verhindern, daß sie es veröffentlicht?« fragte Robert.

»Sei doch nicht albern, Junge. Keiner von uns hat ihr auch nur ein Haar gekrümmt. Wir hielten sie für harmlos, und wir glaubten, daß, falls es ihr einfallen sollte, ein Buch über uns zu schreiben, kein Mensch es ernstnehmen würde. Schließlich wußte sie nur einen Bruchteil dessen, was hier vorgeht.« Zalian fuhr sich mit seinen langen, sonnengebräunten Fingern durch das blonde Haar. »Dann entdeckte ich, daß Sarah etwas Dummes und Gefährliches getan hatte. Sie hatte Charlotte über das Neue Zeitalter berichtet.«

»Was ist das Neue Zeitalter?«

»Das einzige Thema, über das mit keinem Außenstehenden zu sprechen sie geschworen hatte. Sarah wußte mehr darüber als irgendeiner von uns. Aber sie gab die Informationen, die sie gesammelt hatte, an ihre Mutter weiter, anstatt sie mir zur Verfügung zu stellen.«

»Und warum hat sie das getan?«

»Ich bin nicht sicher. Wir wußten, daß die Notizen in der Wohnung der alten Frau sein mußten, denn sie ging kaum jemals aus, und deshalb beschlossen wir, das Gebäude Tag und Nacht zu bewachen. Plötzlich brauchten wir das Notizbuch besonders dringend, und zwar aus ganz bestimmten Gründen.«

»Aus Gründen, die Sie uns nicht mitteilen wollen?« fragte Robert.

»Nein.«

»Warum seid ihr nicht einfach eingebrochen und habt die Wohnung durchsucht?«

»Das haben wir versucht, kurz nachdem Charlotte ermordet worden war, aber *sie*« — Zalian zeigte auf Rose, »sie hat dafür gesorgt, daß das Haus eine ausgezeichnete Alarmanlage bekam.«

»Ihr habt das Haus aber weiter bewacht . . .«

»In der Hoffnung, daß irgend jemand die Wohnung noch einmal durchsuchen und das Buch finden würde. Wir haben eine alte Frau zu Tode erschreckt, die einen Haufen von Charlottes Sachen wegschaffte.«

»Die Tante«, sagte Robert. »Und dann bin ich gekommen, und ich habe die Wohnung noch einmal durchwühlt. Aber als ihr wußtet, daß wir das Buch haben, warum habt ihr es uns nicht einfach weggenommen?«

»Es war einer unserer Leute, der euch in der Gasse hinter dem Leicester Square überfallen hat«, gab Zalian zu. »Ich hoffe, er hat euch nicht verletzt.«

»Ihr hättet euch viel Zeit und Mühe sparen können, wenn ihr uns einfach um das verdammte Ding gebeten hättet«, sagte Robert verärgert.

»Und hättet ihr es uns gegeben?«

»Nein, ich glaube nicht.«

»Es war zu riskant, eine Entführung zu versuchen. Seit das Buch in eurem Besitz ist, seid ihr ständig von unseren Leuten beobachtet worden.«

Rasch griff Rose unter ihr Sweat-Shirt und tastete nach dem Buch. Als sie es gefunden hatte, drückte sie es fest an sich. »Ich verstehe das nicht«, sagte sie. »Wir haben das ganze verdammte Ding durchgelesen, und es ergibt keinen Sinn. Es gibt keinen einzigen Hinweis auf die Identität von Charlottes Mördern. Was hofft ihr denn, aus dem Buch zu erfahren?«

»Wenn ihr noch lange leben wollt, ist es besser, daß keiner von euch es weiß«, sagte Zalian und schaute auf die Uhr. »Es ist Zeit aufzubrechen. Ich fürchte, ihr müßt mit uns kommen, ob euch das nun gefällt oder nicht.«

23 Attacke

»Ich kann nicht atmen.«

»Nun, wie lockern ihn ein wenig. Kommen Sie.« Rose löste seinen Gurt und schnallte ihn wieder fest. Überall um sie herum schleiften Leute Kisten über das Dach und packten ihren Inhalt in kleine Nylonbeutel um. Sie bereiteten sich darauf vor, das Dach des Savoy zu verlassen und zum Hauptquartier irgendwo in der City zurückzukehren. Zalian hatte sie alleingelassen, um das Umpacken des kleinen Waffenarsenals zu überwachen.

»Es ist nicht der Gurt«, sagte Robert. »Es ist der Gedanke, sich noch einmal an das Kabel hängen zu lassen.«

»Sie haben es einmal problemlos geschafft, Sie werden es auch ein zweites Mal schaffen. Da.« Rose stand auf und reckte sich. Sie und Robert trugen jetzt jeder unförmige schwarze Springeranzüge in der Art von Fabrik-

Overalls, von denen es nur eine Größe gibt, aber ihrer paßte besser als seiner. Das mürrische junge Mädchen, das vorher an Zalians Seite aufgetaucht war, hatte sie mit neuen Gurten ausgestattet. Die junge Frau hieß Spice, und sie schien sich darüber zu ärgern, daß die beiden so bereitwillig in die Gruppe aufgenommen worden waren. Robert schaute auf die Uhr. Es war fast elf Uhr dreißig. »Das ist nicht in Ordnung. Normalerweise liege ich jetzt im Bett. Ich müßte zu Hause sein und den Weihnachtsbaum schmücken.«

»Sie haben einen Baum gekauft?« fragte Rose. »Gehen Sie etwa zu Weihnachten sogar in die Kirche?«

»Nein, es ist einer von diesen ausfaltbaren Plastikbäumen.«

»Ja, das hatte ich mir schon gedacht«, sagte sie und rückte ihren Gurt zurecht.

»Was soll das heißen?«

»Nur daß wir verschiedene Menschen sind, Robert.«

Er knurrte irritiert. Wenn er Rose so ansah, wußte er genau, was für einen Typ er vor sich hatte. Sie gehörte zu den Frauen, die sich selbst als romantische Freigeister empfanden, während sie die Männer als emotionale Krüppel hinstellten. Nun, dachte er, wir werden sehen, wer zu wem gelaufen kommt, wenn wir mit dieser Sache fertig sind.

Am Rand des Dachs stapelten sieben oder acht Frauen und Männer die Beutel. Insgesamt arbeiteten hier über fünfzehn Leute, und doch verursachten sie kaum Geräusche, als sie die ihnen zugewiesene Aufgabe erfüllten. Nur gelegentlich war das Klappern von Metall zu hören, wenn jemand ein Kabel in ein anderes Gebäude schoß.

»Ich traue Zalian nicht über den Weg«, sagte Robert, als er ein Kabelschießgerät in seine hintere Tasche schob. »Er hat die unangenehme Angewohnheit, gerade dann wegzugehen, wenn er einem etwas erklären soll.« Er rückte das Schießgerät zurecht, bis es gut saß. »Hoffentlich geht das verdammte Ding nicht schon los, wenn ich mich bücke.«

»Die haben eine Sicherung, wissen Sie das nicht mehr?« sagte Rose. »Wenn Sie sich dauernd so viele Sorgen machen, werden Sie noch Magengeschwüre bekommen.«

»Sorgen?« murmelte Robert. »Worum sollte ich mir Sorgen machen, außer um mein Leben? Verdammt, ist das kalt!«

»Sie sollten Ihre Jacke oben schließen, so wie ich.« Sie zeigte auf ihren eigenen Anzug. Hinter Robert war das leise Flüstern des Kabels zu hören, als die erste Gruppe das Dach des Savoy Hotels verließ. Rose drehte sich um und schaute zu, wie sie unter dem Rand des Dachs verschwanden.

»Darum bewegten sie sich so eigenartig, als ich sie in jener Nacht in der Regent Street beobachtete. Sie transportierten Ausrüstungsgegenstände. Ich sehe allerdings keinen Hund.«

Die junge Frau, die Spice genannt wurde, kletterte auf die Brüstung, um auf einer der neu eingerichteten Bahnen nach unten zu fahren. Mit der freien Hand nahm sie einen riesigen Sack auf und schaute dabei zu Zalian hinüber. Einer der Männer trug etwas, das wie ein Stativ aussah.

»Wozu das wohl dient?« sagte Robert. »Da sie schon so viele Jahre hier oben leben, müssen sie für fast alles ein besonderes Werkzeug entwickelt haben.«

». . . Außer für den Kampf«, sagte eine Stimme hinter ihnen. Sie drehten sich um und sahen Zalian neben sich stehen und die Abfahrt der anderen beobachten. »Bisher haben wir nie Waffen gebraucht. Wir sind hier zu sehr gefährdet, und wir sind zu wenige, als daß wir es riskieren können, noch mehr Leute zu verlieren. Jeder weiß, daß wir in Notfällen das Dach des Savoy benutzen. Wir müssen ins Hauptquartier zurück.

Der letzte der Mannschaft schwang sich vom Dach. Die Ausrüstung war unter die Leute aufgeteilt worden und jetzt verschwunden. Nur sie und Zalian waren noch hier. Zalian nahm zwei kleine Schachteln auf und reichte sie Robert und Rose. »Steckt sie ein. Sie enthalten Medikamente und Verbandszeug. Hier oben weiß man nie, wann man sie braucht. Wir müssen hier weg.« Sein Blick streifte Roberts Anzug. »Hast du das Notizbuch bei dir?«

Wenn er versucht, es mir wegzunehmen, dachte Rose, muß er sich auf einen Kampf gefaßt machen. Robert erriet ihre Gedanken. Einstweilen durfte Zalian nicht erfahren, wer von ihnen das Buch einstecken hatte. »Einen Augenblick, Zalian. Dieser ›Austausch von Informationen‹ scheint mir ein wenig einseitig zu sein. Du bekommst das Buch, nachdem du uns gesagt hast, wo Sarah Endsleigh ist.«

»Du bist ein Narr«, sagte Zalian müde. »Ich hätte es euch in Sekundenschnelle abnehmen und euch vom Dach werfen lassen können.« Trotz der Drohung machte er keine Bewegung. Er blufft, dachte Rose. Vielleicht weiß er auch gar nicht, wo Sarah ist. Sie ließ die Hand oben in ihren Anzug gleiten und legte die Handfläche auf den dunkelblauen Umschlag.

»Sag uns, wie wir das Mädchen finden, und das Notizbuch gehört dir«, sagte Robert schnell. Sein neues Selbstbewußtsein war ihm offensichtlich zu Kopf gestiegen. In diesem Augenblick interessierten ihn die Buchrechte nicht mehr; ihm war Einblick in ein wirkliches Geheimnis gewährt worden, und jetzt wollte er mehr wissen.

»Ich kann es euch nicht sagen«, sagte Zalian schließlich. »Ich brauche das Buch, um Sarahs genauen Aufenthaltsort festzustellen. Wir haben Grund zu glauben, daß das Buch Informationen enthält, die uns zu ihr führen werden und zu allen anderen, die gefangengehalten werden.«

»Dann werden wir gemeinsam daran arbeiten.«

»Nein! Um uns herum gibt es etwas Böses, etwas zu Gefährliches, als daß ihr es erfahren dürftet. Sobald sie wissen, daß ihr in die Sache verwickelt seid, kann ich euch nicht länger am Leben erhalten.«

»Willst du damit sagen, daß du uns jetzt beschützt?« fragte Rose.

»Ihr habt keine Ahnung, was für Kräfte hier am Werk sind. Ich war ein Narr, als ich zuließ, daß man euch heraufbrachte.« Zalian legte den Kopf schräg und lauschte. Er drehte sich um und suchte die umliegenden Dächer nach irgend etwas ab, nach Geräuschen, nach auch der leisesten Bewegung in der immer dunkleren Nacht.

»Sie kommen«, zischte er. »Wir haben zu lange gebraucht. Gib mir das Buch und dann schnell raus hier.«

Hinter ihnen war das Sirren eines Kabels zu hören, dann das Klappern von Metall auf Stein. Rose drängte sich näher an Robert.

»Ihr müßt mir das Buch geben und dann vergessen, daß dies alles passiert ist. Zu wissen, wer wir sind, kann euch nur schaden.« Er streckte die Hand aus, um das Buch an sich zu nehmen.

Robert griff in seinen Anzug, zog plötzlich seine Hand wieder heraus und stieß ihm so hart gegen die Brust, wie er konnte. Dann lief er davon. Rose schrie auf, aber sie hatte ihn bald eingeholt.

»Ihr Narren!« schrie Zalian. »Ich versuche, euch das Leben zu retten!«

»Robert, was zum Teufel fällt Ihnen ein?« schrie Rose. »Er will uns doch nur helfen!«

»Sind Sie fertig?« fragte Robert atemlos. »Es ist eine lange Fahrt.« Sie rannten an die Seite des Gebäudes und befestigten ihre Leinen an dem schon gestrafften Kabel, das den Strand hinaufführte. Gegen ihre Überzeugung stieß Rose Robert als ersten hinaus, damit sie ihn im Auge behalten konnte. Als er ein paar Meter entfernt war, sprang auch sie. Als sie sich abstieß, sah sie Zalian heraneilen. Hinter ihm tauchten einige dunkle Gestalten auf.

»Dr. Zalian!« schrie sie heiser. »Hinter Ihnen! Passen Sie auf!«

Zalian drehte sich um und sah die rennenden Gestalten, als die ersten ihrer vergifteten Geschosse um seine Ohren pfiffen. Er ließ sich unter den Rand des Dachs auf ein Kabel fallen.

Robert hatte die gegenüberliegende Wand erreicht, aber er schätzte die Entfernung falsch ein. Rose half ihm über die Brüstung. Als sie selbst hinaufkletterte, traf eines der rasiermesserscharfen Geschosse die Sohle ihres linken Stiefels und durchtrennte säuberlich das Leder. Sie sprang auf das Dach und hoffte nur, daß die scharfgeschliffene Münze nicht ihre Haut geritzt hatte.

»Was ist mit Ihrer Schulter?« fragte sie. Robert umklammerte seinen linken Oberarm.

»Alles in Ordnung. Sind Sie getroffen worden?« Er bückte sich und untersuchte Roses Fuß. Sie hatten sich hinter einen Schornsteinkasten geworfen und waren jetzt außer Schußweite. »Es ist nicht ganz durch das Leder gegangen.«

An der anderen Seite des Dachs zog sich Zalian über die Brüstung und löste dabei seine Leine. Er rannte über das leicht abfallende graue Ziegeldach, bis er das nächste Gebäude vor sich hatte, das ein Stockwerk höher war. Aus der Metallscheibe in seiner Tasche feuerte er ein Kabel ab, klinkte es ein und ließ sich von dem Gerät die sechs Meter hohe Betonwand hinaufziehen. »Kommt!« rief er. »Sie werden versuchen, uns zu folgen. Wir müssen einen Vorsprung gewinnen, damit ihr ohne Gefahr wieder nach unten gehen könnt.« Er warf Robert die Scheibe zu und ließ das andere Ende des Kabels eingeklinkt.

»Er kennt die Gegend, Robert«, sagte Rose. »Ohne ihn wären wir tot.« Sie schaute sich besorgt um. »Wir müssen tun, was er sagt.«

Robert hakte die Scheibe an seinen Gurt und drückte den Knopf, der die Leine wieder einzog. Er streckte die Beine aus und stieß sich ab, um nicht an die Wand herangezogen zu werden. Zwei Männer in dunkler Kleidung, die Gesichter von Kapuzen verhüllt, erschienen am Rand des Dachs. Gerade als die vergifteten Münzen wieder gegen die Wand prasselten, warf Robert Rose die Leine zu. Sie drückte besonders kräftig auf den Knopf, um mit Höchstgeschwindigkeit hochgezogen zu werden, und schoß wie von einer Schleuder katapultiert die Wand hinauf. Fast wäre sie über die Brüstung geflogen, aber Zalian fing sie mit seinen kräftigen Armen auf.

Vor ihnen lag ein ausgedehntes Dach, wo mehrere Gebäude eine unregelmäßige Terrasse bildeten. So schnell sie konnten, rannten sie zum anderen Ende.

»Sie sind immer noch hinter uns her!« schrie Rose. »Ich kriege Seitenstiche!«

»Dagegen haben wir ein Mittel«, sagte Zalian. »Bleibt stehen.« Aus seinem Beutel zog er eine etwas größere Version eines Kabelschießgeräts und schob eine Patrone ein. Sorgfältig zielte er auf die breite Glasfassade eines Büroblocks auf der Nordseite des Strand. Er schaute durch das Zielfernrohr, bis er an der gegenüberliegenden Wand einen Verbindungspunkt entdeckt hatte. Dann feuerte er das Kabel ab. Unglaublicherweise traf er das Metallstück über eine Entfernung von knapp dreihundert Metern, und das Kabel klinkte ein.

»Wie geht das denn?« fragte Robert und vergaß vor Erstaunen, den Mund zu schließen.

»Laser-Licht«, sagte Zalian und zeigte auf ein bleistiftdickes, auf den Lauf des Geräts gelötetes Rohr. »Man drückt ab, wenn das Licht auf das Ziel trifft. Wir haben mehrere solcher Geräte. Die haben wir voriges Jahr auf der Weihnachts-Lichterschau in der Oxford Street gestohlen.« Er grinste. »Kommt.«

Zalian löste das Kabel aus dem Gerät und befestigte es an der Brüstung. Dann ließ er Roberts Leine einklinken und gab ihm einen Stoß. Er hatte keine Zeit gehabt, das Kabel zu straffen, und Robert hing beunruhigend tief über der Straße.

»Paßt auf, daß sich eure Leinen nicht verdrehen, sonst geht es nicht weiter«, sagte er und prüfte Roses Gurt. Dann sah er sie an und kniff ein Auge zu. »Unter anderen Bedingungen hätte ich mit dir eine nächtliche Tour durch die City unternommen«, sagte er und lächelte ein wenig säuerlich. »Du bist ein Naturtalent.«

Nervös lächelte Rose zurück und stellte sich auf die Brüstung. »Danke«, sagte sie. »Ich werde dich beim Wort nehmen, wenn wir morgen früh noch leben.«

Sie stieß sich von der Wand ab und tauchte zwischen die Gebäude hinab. Vor ihr hatte Robert den Strand schon fast überquert und näherte sich dem Büroblock. Zalian klinkte gerade seine Leine ein, als einer der Kapuzenmänner über das Dach auf ihn zurannte. Zalian zog sein Schießgerät und feuerte auf seinen Verfolger. Er traf ihn mitten auf die Brust. Der Aufprall warf den Mann zu Boden und nahm ihm den Atem. Zwei weitere Gestalten mit Kapuzen tauchten auf, eine davon eine Frau. Sie feuerten Münzen ab, und eine zischte haarscharf an Zalians Gesicht vorbei, als er sich abstieß und über die breite City-Straße segelte.

»Mein Gott, sie wollen das Kabel durchschneiden!« kreischte Rose und zeigte auf das Dach, das sie gerade verlassen hatten. Robert hatte ihr gerade über die Brüstung geholfen und ihre Leine gelöst. Zwei dunkle Gestalten beugten sich über die Verankerung des Kabels auf dem Dach des anderen Gebäudes und versuchten, es zu lösen, aber Zalians Gewicht hinderte sie daran. Einer von ihnen zog ein Messer und fing an, am Kabel zu sägen. Zalian hatte erst zwei Drittel der Strecke zurückgelegt.

»Wir müssen ihn sofort hochreißen, wenn er ankommt«, rief Robert. Auf der anderen Seite hackten die dunklen Gestalten wie besessen auf das Kabel ein. Zalian wurde langsamer. Rose streckte die Arme aus und beugte sich so weit wie möglich über den Rand des Dachs vor. Es gelang ihnen ein paar Sekunden zu spät, das Kabel zu durchtrennen. Mit einem scharfen Knacken zerriß es in dem Moment, als Rose und Robert Zalian an den Armen packten und ihn über die Brüstung zogen.

»Jetzt haben sie sich selbst abgeschnitten«, sagte Zalian und lachte heiser. »Dank Lee haben nur wir diese Lasergeräte. Trotzdem müssen wir weiter. Es könnten noch mehr von ihnen unterwegs sein, und wir haben noch eine ganze Strecke vor uns.«

Zitternd vor Aufregung streckte Robert die Arme aus, und Rose und Zalian stützten ihn, als sie sich rasch, halb gehend und halb laufend, aus der Gefahrenzone entfernten.

»Okay. Jetzt sind wir in Sicherheit.« Zalian drehte sich zu ihnen um und ging rückwärts. »Hier muß ich euch verlassen. Da drüben ist eine Feuerleiter.« Er zeigte über ein graues Metallgeländer hinweg. »Wenn ihr runtersteigt, seid ihr in Covent Garden. Laßt euch dabei von niemandem sehen.«

Rose war immer noch außer Atem. Deshalb sprach Robert. »Das Buch. Sollen wir es dir zum Aufbewahren geben?«

»Das garantiert vielleicht nicht eure Sicherheit«, sagte Zalian, »aber es könnte das Leben anderer retten.«

»Soll ich es ihm geben, Robert?« Sie stützte sich mit den Händen auf die Knie und beugte sich vor. Robert nickte widerstrebend, ließ sich von Rose das Buch geben und reichte es an Zalian weiter, der es sofort durchblätterte. Drei Minuten lang hörten sie nur seinen rasselnden Atem und die Verkehrsgeräusche von der Straße, während der Arzt mit seiner schmalen Taschenlampe über die zerknitterten Seiten fuhr. Dann klappte er langsam das Buch zu und sah die beiden mit finsterer Miene an. »Es ist nicht da.«

»Was ist nicht da?«

»Die Pläne für das Neue Zeitalter. Hier stehen nur unwichtige Einzelheiten über uns.«

»Das ist doch das richtige Buch oder etwa nicht?« fragte Robert.

»Es ist *eines* von ihnen«, sagte Zalian. »Irgendwo gibt es noch einen zweiten Band.« Er hielt das Notizbuch hoch und drehte es um.

Auf dem Buchrücken sahen sie etwas, das ihnen bisher entgangen war. Eine mit einem grünen Stift geschriebene, kaum lesbare ›1‹.

»Mein Gott, ich glaube, ich weiß, wo der andere Band sein könnte«, sagte Rose. Robert drehte sich zu ihr um. Sie sah plötzlich sehr unglücklich aus.

»Wie meinen Sie das?« fragte er.

»Sie erinnern sich doch noch, daß ich Ihnen von der älteren Verwandten erzählte, die Charlottes Sachen abholte?« Rose sah jetzt aus wie das leibhaftige schlechte Gewissen. »Ich half ihr mit ihren Kartons. Sie hatte sich zuviel aufgeladen, und einiges fiel heraus . . .«

»Zum Beispiel das Notizbuch, das ich gefunden habe.«

»Das ist möglich. Ich weiß nur noch, daß ich ein Schreibheft aufhob und es auf einen der Kartons legte.«

»Sie sagten doch, daß die Frau keine Bücher mitgenommen hätte.«

»Es war ja auch kein *richtiges* Buch, nur ein Notizbuch.«

»Moment«, sagte Zalian. »Wie kommt es, daß du dich so deutlich daran erinnerst?«

»Mir fiel damals auf, daß auf dem Deckel eine große ›2‹ stand.«

Zalian und Robert stöhnten gleichzeitig auf. »Du wirst es zurückholen müssen«, sagte Zalian. »Morgen früh. Jetzt muß ich gehen. Ich will sehen, ob die anderen sicher im Hauptquartier angekommen sind.«

»Halt!« schrie Robert ihm hinterher. »Wirst du uns jemals erzählen, worum es hier eigentlich geht?«

»Hoffentlich müßt ihr es nie erfahren«, rief Zalian und schritt über das Dach davon. »Beschafft mir das Notizbuch, dann können wir reden.«

»Kommen Sie, Robert, lassen Sie uns nach unten gehen. Ich bin total erschöpft.« Trotz der kalten Dezembernacht lief Rose der Schweiß über das Gesicht. Sie hatte Rußstreifen auf ihren glänzenden Wangen. Als Robert sich umdrehte, war Zalian irgendwo zwischen den Türmchen und Dächern verschwunden.

Gemeinsam ließen sie ihre Blicke noch einmal über die Dachlandschaft gleiten, während ihr Puls sich verlangsamte und ihr Atem seinen normalen Rhythmus wiederfand. Durch den Nebel sahen sie in der Ferne auf dem Trafalgar Square die Lichter des großen Weihnachtsbaums blitzen. Ganz schwach drangen Liedfetzen zu ihnen herüber — ›Stille Nacht‹.

»Hören Sie sich das an. Es ist, als sei das Ganze überhaupt nicht geschehen«, flüsterte Rose. Mit schmerzenden Gliedern und erschöpft begannen sie den langsamen Abstieg über die Feuerleiter, und nur der ockerfarbene Mond war stummer Zeuge ihrer heimlichen Reise.

DONNERSTAG, 18. DEZEMBER

24 Leichenschauhaus

Niemand besuchte das *Capricciosa* des Essens wegen, das hauptsächlich aus klitschiger Pasta, faden Brathähnchen und lieblos zubereiteten Lammkoteletts bestand. Die Leute kamen wegen des Ambiente, das Fresken von Straßenszenen in Palermo schufen und elegante singende Kellner, die mit ihren Pfeffermühlen symbolische sexuelle Avancen machten und denen es gelang, manche ihrer weiblichen Gäste des schlechte Essen vergessen zu lassen und sogar noch ein gutes Trinkgeld einzustreichen, indem sie ihnen Nelken überreichten und schöne Augen machten.

Wenn Ian Hargreave und Janice Longbright das *Capricciosa* aufsuchten, geschah das aus keinem der genannten Gründe. Sie besuchten das Lokal, weil der Wirt bereit war, auch nach Mitternacht noch eine Mahlzeit zu servieren, und weil es in der Nähe des Leichenschauhauses lag. Janice liebte es, mit Ian essen zu gehen, denn er belebte die Mahlzeit mit Anekdoten und Fragen über alle möglichen Themen. Sie mochte sein unruhiges Temperament und seine ständige Neugier, aber sie wünschte sich, daß er ihre Beziehung ein wenig ernster nähme, indem er sie zum Beispiel bat, zu ihm zu ziehen.

Heute war Hargreave schweigsamer als sonst. Er schaute fasziniert zu, wie Janice ihr letztes Stück Kuchen verschlang. Ihr Appetit war erstaunlich, aber er paßte zu einer so üppigen Frau, die aussah, als hätte sie immer noch irgendwo ein paar Lebensmittelkarten versteckt. Seit Wochen hatte er sie schon fragen wollen, ob sie sich mit ihm verloben würde, aber bisher hatte er weder den rechten Zeitpunkt noch den rechten Ort gefunden, diese folgenschwere Bitte vorzutragen. Und daher kreiste die Unterhaltung der beiden um jedes Thema außer dem, über das sie am liebsten gesprochen hätten.

»Vor einem Besuch im Leichenschauhaus esse ich gern ausgiebig«, sagte Hargreave schließlich. »Es ist gut, wenn man dann was im Magen hat.« Er schaute zu, wie Janice ihre Serviette zu einer Spitze drehte und sich damit etwas Creme von der perfekt geformten Oberlippe wischte. »Dies wäre Leiche Nummer vier. Eine am Tag.« Er winkte den Kellner heran.

»Ein junger Farbiger. Er wurde im Finanzbezirk der City aufgefunden. Deshalb ist es besser, daß wir heute abend noch erfahren, womit wir es zu tun haben, bevor die Zeitungen wieder anfangen zu spekulieren. Wenn Cutts auch nur noch eine einzige Story bringt, in der von einem Mordschützen die Rede ist, haben wir eine Panik.«

»Die BBC hat es heute abend in den Nachrichten gebracht. Hast du es gesehen?«

»Nein, ich war unten und bin die Computer-Ausdrucke über vermißt gemeldete Personen durchgegangen.«

»Hast du mit Cutts gesprochen?« fragte Janice und schob ihren Teller weg. »Er scheint über die Vorgänge mehr zu wissen als die Polizei. Ich hätte gern gewußt, woher er seine Informationen hat.«

»Ich hatte schon daran gedacht, ihn verhaften zu lassen, aber du weißt ja, daß er seine Informanten niemals preisgeben würde. Im übrigen fallen die Beweisstücke in dieser verdammten City nur so vom Himmel. Es ist nur, daß keins davon uns wirklich weiterhilft.«

Schon vorher an diesem Abend waren die anderen Opfer endgültig identifiziert worden. Wie Hargreave schon vermutet hatte, waren sie einige Zeit vor ihrem Tod offiziell als vermißt gemeldet worden.

»Mir scheint, je mehr du herausfindest, um so weniger wissen wir«, sagte Janice. »Du weißt vielleicht, daß unser geliebter stellvertretender Polizeidirektor schon vorgeschlagen hat, überall im West End an strategischen Punkten auf den Dächern Posten aufzustellen?«

»Ja, das sagte er mir. Wir haben wahllos alle vorbestraften Jugendlichen verhört, die wir erwischen konnten, und was höre ich dauernd? ›Oh, ja, da läuft ein großes Ding ab, aber ich weiß nicht, wer damit etwas zu tun hat.‹ ›Was für ein großes Ding soll das sein?‹ ›Weiß nicht, ich hab' nur so was gehört.‹ ›Von wem hast du es gehört?‹ ›Weiß ich nicht mehr.‹ Nun, wir werden sehen, ob wir heute abend weiterkommen.« Hargreave warf seine Serviette auf den Tisch und stand auf. »Laß uns verschwinden, bevor sie den Wagen mit den Süßigkeiten in deine Reichweite rollen.«

»Ah, Butterworth, wie nett von Ihnen, daß Sie sich hier sehen lassen, Junge«, sagte Hargreave fröhlich, wenn auch ein wenig pietätlos, denn immerhin lehnte er sich gegen eine Schublade, die eine Leiche enthielt. »Ich dachte schon, Sie würden in irgendeiner Disco herumhüpfen, wo Sie Ihren Pieper nicht hören konnten.«

»Nein, Sir«, sagte Butterworth verschlafen. »Ich war im Bett.« Er zog den Bund seiner Pyjamahose aus seiner Uniformhose hervor, um diese Erklärung zu untermauern.

»Nun, früh ins Bett zu gehen ist zwar gesund, aber im Schlaf werden

Sie diesen Fall nicht lösen, Butterworth . . .« Hargreave kicherte. Das reichlich mit Knoblauch gewürzte Essen und Janices Gesellschaft hatten ihn in Hochstimmung versetzt. Er fragte sich, ob er nicht ein wenig vorsichtiger sein sollte, wenn er den jungen Beamten hänselte, obwohl der Vater des Jungen von seinem Posten als Polizeidirektor schon lange zurückgetreten war. Aber Butterworth schien ganz in Ordnung zu sein. Er wurde damit fertig. Und, weiß Gott, er mußte sich endlich einmal zusammenreißen und ein paar Ideen auf den Tisch legen, wenn er bei der Polizei was werden wollte.

»Nun, wer weiß, vielleicht versetzen Sie uns alle noch in Erstaunen. Was wir hier haben . . .« Er stieß Butterworth seinen Raucherfinger in den dicken Bauch, »ist ein besonders grauenhafter Anblick. Was haben Sie heute zu Abend gegessen?

»Schweinebraten mit Curry, Sir.«

»Genau das Richtige. Sehen Sie sich das mal an. Mr. Finch, wenn Sie so freundlich sind.«

Finch, der Gerichtsmediziner, zog die Schublade heraus, gegen die Hargreave sich gelehnt hatte, und öffnete den Plastiksack, so daß jetzt die Überreste von Nick, verstorbenes Mitglied der 7N-Krewe, zu sehen waren. Man konnte kaum noch erkennen, daß die Leiche ein menschliches Wesen darstellte. Die Haut hing ihr in dunkelroten Fetzen herab. Hinter ihnen beugte Janice sich vor und betrachtete die Leiche mit rein professionellem Interesse.

»Sie werden nie erraten, wo man diese Schönheit gefunden hat, mein Junge. Vor weniger als zwei Stunden wurde sie auf der Uhr der Midland Bank in der Nähe des Royal Exchance aufgefunden. Finch, Sie hatten schon Gelegenheit, ihn sich anzusehen. Können Sie uns irgend etwas Interessantes erzählen?«

Finch trat an das obere Ende der Schublade und beugte sich so tief herab, daß seine lange Nase fast das Gesicht der Leiche berührte, und während er das tat, knarrten seine Kniegelenke. Um den Geruch von Chemikalien zu überdecken, die er sich versehentlich früher am Tag auf seinen Laborkittel geschüttet hatte, hatte er sich ein entsetzliches Rasierwasser ins Gesicht gerieben.

»Nun, trotz der kalten Nachtluft ist die Leiche immer noch warm, und sie befindet sich noch in den ersten Stadien des rigor mortis.« Er ging um die Leiche herum und stieß an einigen Stellen das Ende seines Kugelschreibers in das Fleisch. »Seine rektal gemessene Temperatur . . .«

»Ist das denn wirklich notwendig?« fragte Hargreave und verzog das Gesicht.

»Es ist notwendig, wenn man den Todeszeitpunkt bestimmen will«, sagte Finch irritiert. Er mochte Hargreave, aber ihm mißfiel seine frivole

Art. »Wir ziehen die rektale Temperatur von der normalen Körpertemperatur ab und teilen das Ergebnis durch 1,5. Die Gravitationsverfärbung — das Absinken des Blutes — ist an den Beinen und am Gesäß festzustellen, hier und hier«, wieder stieß er mit dem Ende seines Kugelschreibers zu, »und das läßt vermuten, daß er schon kurz nach seinem Tod auf der Uhr festgekeilt wurde.«

Butterworth stopfte seinen Pyjamabund in die Uniformhose zurück und starrte entsetzt auf die verstümmelte Leiche. Das Curryfleisch, das er gegessen hatte, machte inzwischen seinem Magen zu schaffen.

»Die Leiche weist unglaublich viele äußere Beschädigungen auf«, fuhr Finch fort. »Das Schlüsselbein ist gebrochen, und das gilt auch für die Schienbeine und einige Rippen. Viele der wichtigsten Muskeln, besonders der Quermuskel im Unterleib und der obliquus externus sind übel zerrissen. Die Haut weist so viele Verletzungen auf, daß es fast unmöglich ist, sie im einzelnen zu katalogisieren. Viele Wunden liegen übereinander, so daß wir den Muskelschaden unter den Hautzerreißungen haben, und in einigen Fällen geht der Schaden bis zu den scapulae.«

»Woraus Mr. Finch natürlich auf die Todesursache schließen kann . . .« sagte Hargreave mit einem unangehemen Grinsen, das darauf abzielte, daß es Detectiv Constable Butterworth übel wurde. Das aschfahle Gesicht des Jungen ließ seine Sommersprossen so scharf hervortreten, daß er aussah, als hätte er die Masern.

»Nun, ich würde sagen, daß dieses Erlebnis ihn nicht unbedingt getötet haben muß, so daß wir sagen können, daß er schließlich an Blutverlust gestorben ist.«

»Armer Kerl«, murmelte Janice, die einzige Person in dem grell grün und weiß gestrichenen Raum, die Mitgefühl für den Toten zeigte.

»Mr. Finch, sind Sie so freundlich, uns mitzuteilen, worin denn sein ›Erlebnis‹ bestanden haben mag.«

Finch lehnte sich gegen die Schublade und schien allmählich Gefallen an seinem Thema zu finden.

»Er wurde über etwas hinweggezogen, zum Beispiel über Steine oder Ziegel. Unter den noch erhaltenen Fingernägeln und unter der Haut finden sich Steinpartikel. Holz — und Glassplitter sind bis an den ventriculus in seinen Körper eingedrungen . . .«

»Bis an was?«

»Magen«, sagte Finch und zeigte auf seinen eigenen. »Und Steinfragmente haben die femora und die tibiae angeschabt. Wie Sie sehen, sind einige Glasscherben in den Glaskörper des Auges eingedrungen, möglicherweise bis in das Hintere der Augenhöhle. Sie finden sich sogar im oberen Gaumen. Er hat sich die Zunge durchgebissen, aber das fehlende Stück ist verschwunden. Ich dachte, er hätte es vielleicht verschluckt, aber dann stellte ich fest, daß etwas den Schlund blockiert. Ich habe es nicht entfernt, denn für eine Autopsie ist es noch zu früh. Ich könnte allerdings den Hals abbinden und von unten einen Teil der trachea entfernen. Ich glaube, es ist eine Pfauenfeder.«

»Wie bitte?«

Finch beugte sich mit einem schrecklichen Grinsen vor: »Die Feder eines Pfaus. *Pavo cristatus*. Übellaunige Tiere, ich hatte mal einen in meinem Garten.«

»Aber was zum Teufel hat das in seinem Schlund zu suchen?« fragte Hargreave verblüfft. »Können Sie sie herausbekommen?«

Finch rieb sich nachdenklich das Kinn. »In einem Stück wohl kaum.«

»Darüber machen Sie sich nur keine Sorgen. Ich will das verdammte Ding ja nicht als Souvernir.«

»Ich will es versuchen. Ich werde die trachea an der Basis durchschneiden und ein bißchen herumfummeln.«

Hargreave lächelte Butterworth fröhlich an, der den Kopf hob und gerade noch sah, wie Finch zerstreut das Ende seines Kugelschreibers in den Mund steckte. Plötzlich war ihm speiübel.

»Danke, Mr. Finch. Mit anderen Worten, Sie könnten kein gründlicher zerhacktes Stück Fleisch finden, und wenn Sie es zwischen zwei Brötchenhälften bei MacDonalds kauften. So, meine lieben Freunde Longbright und Butterworth, Ihre Gedanken und Schlußfolgerungen . . .«

»Gab es Anzeichen dafür, daß er auf dem Boden ermordet wurde?« fragte Janice.

»Eine gute Frage, Janice. Nein, wir können davon ausgehen, daß das Blut auf dem Pflaster von der Leiche herabgetropft ist, nachdem sie auf der Uhr angebracht wurde. Große Spitzer, die aus einer beträchtlichen Höhe herabgefallen sein müssen.«

»Dann ist es also dasselbe wie bei den anderen. Sie wurden auf dem Dach ermordet.«

»Es scheint so.« Hargreave drehte sich mit einem Lächeln zu Butterworth um, das schauerliche Proportionen angenommen hatte. »Und damit komme ich zu dem Grund, warum ich Sie von ihrer Bunny-Nachttischlampe weggerissen und in das unfreundliche Neonlicht des Leichenschauhauses geholt habe.«

Butterworth warf Hargreave einen seltsamen Blick zu. Er spürte, daß das Spiel jetzt endgültig angefangen hatte und daß der Chef auf einer Woge von Adrenalin zur Jagd blies. Plötzlich hatte er das Gefühl, daß er sich stellen und möglicherweise etwas unternehmen mußte, das seiner Gesundheit schaden könnte. Er schaute zu Janice hinüber, dann sah er nervös und mißtrauisch seinen Boß an. Sie gingen auf den Korridor hinaus und zur Kaffeemaschine. Butterworth trank die heiße Flüssigkeit so schnell wie möglich, um den widerlichen Chemiegestank des Leichenschauhauses loszuwerden.

»Es ist im ganzen West End bekannt«, sagte Hargreave. »Unsere Männer hören das Gerede in den Pubs und den Spielsalons und den Billardsälen.«

Er schaute über den Rand des Plastikbechers hinweg den jungen Polizisten an, der jetzt ganz gelb im Gesicht war. »Alle scheinen zu wissen, daß noch vor Ende der Woche etwas Schlimmes passieren wird, aber keiner — *keiner* — ist bereit, uns zu erzählen, um was für ein Ereignis es sich da handelt und wieviele Tote es möglicherweise geben wird. Womit haben wir es also zu tun? Mit einem drohenden Massaker? Soll ein obskurer Nachtklub in Brand gesteckt werden? Wird es eine Messerstecherei in einem Chinarestaurant geben? Einen Bandenkrieg? Aber was soll man davon halten, wenn Leute zu Tode gefoltert und dann auf öffentlichen Gebäuden drapiert werden? Was sollen wir daraus schließen?«

Er leerte seinen Becher und warf ihn in einen in der Nähe stehenden mit Sand gefüllten Eimer. »Vielleicht haben wir es mit einer Bande abtrünniger Architekten zu tun. Zur Hölle mit der Postmoderne, laßt uns dieser City ihr mittelalterliches Aussehen wiedergeben. Oder es könnte auch sein,« er zeigte mit dem Finger auf Butterworth, »es könnte sein, daß es mit den seltsamen Beobachtungen zusammenhängt, die wir auf den Dächern gemacht haben. Kommen Sie, mein Sohn.« Er legte Butterworth väterlich einen Arm auf die Schulter, und der Junge hatte Mühe, nicht zusammenzuzucken. »Wir werden die ganze Nacht wach bleiben. Dann kann man uns wenigstens nicht nachsagen, daß wir bei der Arbeit schlafen, wenn irgend etwas passiert. Wenn wir schläfrig werden, nehmen wir ein paar von Janices Diättabletten. Die wirken Wunder. Und jetzt machen wir erst einmal einen Besuch im Computer-Raum.«

Als sie die Treppe des Leichenschauhauses hinaufgingen und in die kalte Nachtluft hinaustraten, zwinkerte Hargreave Janice zu, bevor er sich zu Butterworth umdrehte und ihm freundschaftlich auf die Schulter schlug. »Aus zwei guten Gründen haben wir ausgerechnet Sie gebeten, uns in diesem Abenteuer zu unterstützen«, sagte er. »Erstens bekommen Sie so die Gelegenheit, Ihrem Vater zu beweisen, was für ein hervorragender Kriminalbeamter Sie eines Tages sein werden.« Gedankenverloren schwieg er, während sie weitergingen.

»Und der zweite Grund?« wollte Butterworth wissen.

Hargreave schaute ihn zerstreut an. »Oh, Ihr Babygesicht«, sagte er. Er beschrieb mit dem Finger einen Kreis in der Luft. »Aus irgendeinem Grund sehen Sie so aus, als sei es bei Ihnen noch nicht zur Pubertät gekommen. Wenn wir irgendwelche brauchbaren Hinweise bekommen, werden wir in der Lage sein, Sie damit nach oben zu schicken. Machen

Sie sich keine Sorgen, Janice und ich werden Sie dabei beschützen. Sie sollten es sich angewöhnen, uns als Ihre Ersatzeltern zu betrachten.«

Über den schwarzen Dächern der schlafenden City blinkten schwach ein paar Sterne im kristallklaren nächtlichen Himmel. Unten im Leichenschauhaus wurden Nicks sterbliche Überreste wieder versiegelt und in die Schublade auf die Kühlung zurückgeschoben, um dort das Wüten von Finchs herzlosem Skalpell abzuwarten.

Und Butterworths Gesicht hatte jetzt die interessante Farbe von Räucherlachs angenommen, als er seinem Boß gehorsam zum Hauptquartier folgte.

25 Abfall

Die leeren grauen Augen starrten geradeaus und waren an nichts und niemandem interessiert. Langsam öffneten sich die Lippen und zeigten makellose, elfenbeinfarbene Zähne, und die Mundwinkel verzogen sich zu einem breiten, freudlosen Grinsen. Das Gesicht war sanft und blutleer und ohne Gewissen, und in den ebenmäßigen Zügen widerspiegelten sich keine Gefühle. Es war das Gesicht eines Mannes, der einen Menschen sterben sehen konnte, ohne das geringste dabei zu empfinden . . .

Plötzlich war Robert wach. Er setzte sich auf und schaute auf die Uhr auf dem kleinen Tisch neben seinem Bett. Er war nicht sehr erstaunt darüber, daß er verschlafen hatte. Außerhalb des Bettes war die Wohnung eiskalt. Wahrscheinlich funktionierte der Boiler mal wieder nicht. Er stieg aus dem Bett und zog seinen Morgenmantel an, als das Telefon klingelte.

»Robert, sind Sie schon wach?« Diese Stimme war ihm während der letzten achtundvierzig Stunden nur allzu vertraut geworden.

»Verdammt, Rose, Sie schlafen wohl so gut wie nie! Lassen Sie mich noch ein paar Stunden in Ruhe. Der Boiler ist nicht in Ordnung. Hier ist es wie in Alaska. Ich gehe wieder ins Bett, bevor ich mich unterkühle.« Robert zog den Vorhang zur Seite. Der Himmel hinter den Scheiben war von schweren aschfarbenen Wolken verhangen.

»Sie können nicht wieder ins Bett gehen. Ich habe ihre Adresse gefunden. Sie wissen doch, die Frau, die Charlottes Sachen abgeholt hat.«

»Und warum besuchen Sie sie dann nicht. Sie können mir ja später erzählen, wie es ausgegangen ist. Inzwischen schmeiße ich die Katze aus ihrem Korb.«

»Heh, ich dachte, Sie sind es, der das Drehbuch schreiben will.«

»Und sterben, wie Charlotte. Ja, das hatte ich gesagt, nicht wahr? Aber man kann nicht mit erfrorenen Fingern schreiben, und deshalb gehe ich jetzt wieder ins Bett. Tschüs.« Robert legte den Hörer auf und kroch wieder unter die Steppdecke.

Zwanzig Minuten später klopfte es an die Tür. Robert torkelte auf den Flur, schob den Riegel zurück und öffnete. Bevor er sie richtig sah, war Rose schon in der Wohnung. Sie trug einen schwarzen Overall mit breiten Taschen, in denen Schraubenschlüssel und Schraubenzieher steckten.

»Wissen Sie, um meinen Wohnblock vernünftig zu verwalten«, sagte sie, als hätte es in ihrer Unterhaltung gar keine Unterbrechung gegeben, »muß ich mich auch mit dem Zentralheizungssystem auskennen, einschließlich der Boiler. Machen Sie uns einen Kaffee — ich erledige den Rest.«

Robert war zu erschöpft, um ihr zu widersprechen. Er verschwand in der Küche.

Rose schaffte es immer wieder, ihn an seine Unzulänglichkeit zu erinnern. Roberts fehlernder Sinn für das Praktische hatte ihm schon immer Kummer bereitet. Sein Vater, ein außerordentlich praktischer Mann, hatte ihn immer verspottet, wenn er versuchte, sich ein wenig Bewunderung und Zuneigung zu erwerben. Zuletzt hatte er es aufgegeben, seinem Vater nachzueifern, und er hatte sich der Einsicht gebeugt, daß praktisches Handeln nicht seiner Natur entsprach.

Als er den dampfenden Kaffee auf den Küchentisch stellte, kam Rose herein und wusch sich an der Spüle die Hände.

»Das Ding heizt wieder«, sagte sie lächelnd. »Der Schalter war verklemmt. Das Wasser muß abgelassen und das ganze System gründlich überholt werden. Solche Boiler werden nicht mehr hergestellt, seit Rod Stewart populär war.«

»Ich möchte wissen, gegen wen Zalian Krieg führt«, sagte Robert, abrupt das Thema wechselnd.

»Das erfahren wir wahrscheinlich aus dem anderen Notizbuch. Sie wissen doch, daß er uns nur dazu benutzt, es zu finden?«

»Ja, aber Sie haben ja auch eine bessere Chance, es wiederzubeschaffen, als er. Sie haben die Frau schon kennengelernt. Wo wohnt sie?«

»Auf der anderen Seite des Flusses. Greenwich. Glauben Sie, daß wir beobachtet werden?«

»Von wem?«

»Von Zalians Leuten.«

»Ich weiß es nicht. Aber ich habe Angst vor seinen Feinden.« Robert beobachtete Rose, als sie ihren Kaffee trank. In ihren Bewegungen lag eine überraschende Anmut. Gestern noch war sie wie ein Drahtseilartist zwischen den Dächern herumgefahren, katzengleich und voller Selbstbewußtsein. Von sich selbst konnte er das nicht gerade behaupten . . .

»Sie scheinen nur nachts aktiv zu werden«, sagte Rose. »Am Tag ist es wahrscheinlich zu riskant. Man würde sie vom Boden aus sehen. Außerdem sind wir drüben in Greenwich sicher. Dort ist es nicht wie im Stadtzentrum — die Straßen sind breiter und die Gebäude niedriger. Dort können sie sich nirgends verstecken.«

»Trotzdem«, sagte Robert, »sollten wir diesmal enge Gassen meiden.«

Vor dem Osteingang des Nationalen Schiffahrtsmuseums stiegen sie aus dem Bus und lasen den Zettel, den Rose in der Tasche hatte. Der sanfte graue Nebel aus dem gegenüberliegenden Park verteilte sich über die anliegenden Straßen und hing als Dunst über ihren Köpfen.

»Wenn sie hier wohnt, muß sie Geld haben«, sagte Robert. »Sehen Sie sich die Häuser an.« Die terrassenbewehrten georgianischen Anwesen, die die Straße säumten, waren alle in hervorragendem Zustand. Hinter jedem Fenster glänzten nachgebaute viktorianische Interieurs, und jedes Haus hatte eine Alarmanlage.

»Ich wette, in dieser Gegend gibt es nicht einen einzigen Imbiß«, sagte Rose. »Ich kenne diese Yuppie-Gegenden. Man bekommt hier zwar auf die schnelle einen geriffelten Kaminrost aus Eduards Zeiten, aber versuchen Sie mal, einen vernünftigen Abfalleimer mit Tretdeckel zu kaufen . . .«

Die Türglocke des Hauses Nr. 43 erklang melodiös, als Rose von der Tür zurücktrat und rasch versuchte, ihren Overall zu glätten, als ob das ihr Aussehen auch nur im geringsten verändert hätte. Robert sah sie an und lächelte. Sie sah aus wie eine attraktive Autoschlosserin.

Der ältere Mann, der die Tür öffnete, schaute sie mit dem Mißtrauen an, das ältere Leute den jüngeren meistens entgegenbringen.

»Ich hoffe, wir stören nicht«, sagte Robert und trat einen Schritt vor. »Wir suchen Mrs. Russell.«

»Ich bin ihr Mann.«

»Sie ist verwandt mit einer unserer Freundinnen«, sagte Rose. Robert merkte, daß sie versuchte, ihren Cockney-Akzent nicht so durchscheinen zu lassen. Daraus ergab sich eine Sprache, die seltsam, aber liebenswert war, fast wie Dick Van Dyke in *Mary Poppins*. »Ob es wohl möglich wäre, einige Minuten mit ihr zu sprechen?«

»Das geht leider nicht«, sagte der alte Mann müde. »Mrs. Russel liegt im St. Peter's Hospital.«

»Oh, das zu hören, tut mir aber leid«, sagte Rose. »Was fehlt ihr denn?«

»Sie wurde vor zwei Tagen abends überfallen. Wir wissen nicht, von wem.«

»Hoffentlich wurde sie nicht ernsthaft verletzt.«

»Wer weiß das schon? In ihrem Alter? Sie hat eine Gehirnerschütterung, ein paar angeknackste Rippen und einen gebrochenen Arm. Heutzutage ist man nirgends mehr sicher.«

»Vielleicht könnten wir . . .« sagte Robert, aber Rose trat ihm heftig auf den Fuß. »Danke für die Auskunft, Mr. Russel«, sagte sie. »Hoffentlich geht es Ihrer Frau bald wieder besser. Bitte sagen Sie ihr, daß Rose Leonard sie grüßen läßt und ihr baldige Genesung wünscht.«

»Ich werde sie heute noch besuchen, und ich will es ihr ausrichten.« Die Tür schloß sich.

Als sie sich vom Haus entfernten, humpelte Robert und rieb sich den Fuß. »Warum haben Sie das denn getan?«

»Sie wollten ihn gerade fragen, ob wir sie besuchen könnten, nicht wahr?«

»Na und?«

»Und wenn er nein gesagt hätte? Sie haben doch gesehen, wie mißtrauisch er war. Wir erkundigen uns einfach nach den Besuchszeiten und gehen selbst hin.«

»Und wenn wir da ihren Mann treffen?«

»Wir gehen früh hin und sind schon wieder verschwunden, wenn er ankommt.«

Das Hospital war so wenig Hospital, so wenig gastlich, wie ein solcher Ort nur sein kann. Die trüben grünen Wände, zwischen denen Reihen von großen Eisenbetten standen, warfen das Geräusch entfernter Schritte als Echo zurück; hier wurden längst vergessene Schülerängste neu belebt. Der riesige Saal war so spartanisch eingerichtet und hatte so wenig von dem, was man in moderner Terminologie als Komfort bezeichnen konnte, daß selbst Florence Nightingale sich ein wenig mehr Luxus gewünscht hätte.

Zuerst überraschte es Robert, daß Mrs. Russel kein Privatzimmer gewählt hatte. Aber dann erinnerte er sich an die Eile, mit der sie Charlotte Endsleighs Habseligkeiten abtransportiert hatte, und er sah ein, daß sie es nicht gerade mit einer großzügigen Frau zu tun hatten.

»Mrs. Russel, erinnern Sie sich noch an mich?« Rose beugte sich über das Bett. Die Besuchszeit hatte gerade angefangen, und bisher hatten nur wenige Leute die Station betreten. Die alte Dame schaute aus ihrem weißen Leinen hoch und zwang sich zu einem Lächeln. Ihr eines Auge hatte einen Gazeverband. Sie sah nicht gut aus.

»Rose?«

»Richtig.«

»Ist Teddy mitgekommen?« Rose vermutete, daß sie mit Teddy ihren Mann meinte, und schüttelte den Kopf. »Nein, aber er muß jede Minute eintreffen. Wer hat Ihnen das nur angetan?«

»Ich habe schon mit der Polizei gesprochen«, sagte sie mit einer Stimme, die nicht viel mehr als ein Krächzen war. »Es waren Skinheads, zwei von diesen Skinheads. Wie er.« Sie zeigte auf Robert.

»Das ist ja großartig«, murmelte Robert und fuhr sich so lange durch die Haare, bis sie aufrechtstanden. Sie war in dieser Woche schon die zweite Person, die auf seine beginnende Glatze anspielte.

»Haben Sie eine Ahnung, warum man Sie überfallen hat, Mrs. Russel?«

»Ich ging nach draußen, um den Abfalleimer auszuleeren. Sie warteten draußen. Einer von ihnen schlug mich in den Magen.«

»Und der andere? Was tat der?«

»Er schrie dauernd.«

»Wissen Sie noch, was er geschrien hat?«

»Ich konnte ihn nicht verstehen. Er schrie mir direkt ins Gesicht. Immer wieder . . .«

»Und was geschah dann?«

»Ich schlug ihm mit meinem Feuerhaken auf die Nase.« Robert hatte Mühe, ein Lachen zu unterdrücken. Eins zu null für die alte Kuh. »Er steht gleich hinter der Tür.«

»So muß man's machen, Mrs. Russel. Wir glauben, wir wissen, was sie von Ihnen wollten. Sie wissen doch noch, daß Sie Charlottes Sachen abholten? War ein blaues Notizbuch dabei?«

Die alte Dame wandte das Gesicht ab. Rose wußte nicht, ob sie versuchte, sich zu erinnern, oder ob sie nicht mehr auf den Vorfall angesprochen werden wollte, aber sie ließ nicht locker.

»Es sah aus wie ein Übungsheft für die Schule. Es ist sehr wichtig, daß Sie versuchen, sich zu erinnern.«

»Das war es«, sagte sie leise. »Das war es, wonach sie fragten. Einige von Charlottes Sachen habe ich nicht behalten. Irgendwelche Papiere und andere unwichtige Sachen.«

»Aber ein Notizbuch. Denken Sie doch noch einmal scharf nach.«

»Ich weiß nicht . . . Wenn da eines war, ist es jetzt weg.«

»Wie meinen Sie das?«

»Als ich die Tür öffnete. Ich leerte gerade den Abfalleimer, als sie auf mich zukamen. Ich hatte gerade Charlottes Papiere weggeworfen, denn ich konnte sie nicht gebrauchen.« Die alte Dame schien einschlafen zu wollen. Rose warf Robert einen Blick zu.

»Mrs. Russel, wann wird Ihr Müll abgeholt?«

»Welcher Wochentag ist heute?« Ihre Stimme klang schwach und gebrechlich.

»Donnerstag.«

»Heute. Wird heute abgeholt.«

Rose und Robert stießen fast mit einem verblüfften Teddy zusammen, als sie auf den gebohnerten Fliesen zur Station hinausrutschten.

Als sie die Straße erreichten, in der die alte Frau wohnte, sahen sie ihre schlimmsten Ängste bestätigt. Sie hörten das Jaulen des Wagens von der Müllabfuhr und das Zischen der Kolben, als die Stahlbacken sich auf den Müll der Nachbarschaft senkten und ihn verdauten. Auf der hinteren Stufe des Wagens schüttelte der Müllabfuhrmann gerade schwarze Plastiktüten, Zeitungen und Kartoffelschalen aus einer Mülltonne und trat von der Öffnung zurück. Nach einer Schrecksekunde wußten sie, daß sie zu spät gekommen waren. Ein zweiter Müllmann stellte gerade zwei leere Behälter vor das Haus Nummer 43.

»Halt!« schrie Robert plötzlich und rannte hinter dem Wagen her, der gerade anfuhr und langsam die Straße hinunterrollte. »Noch nicht wegfahren!«

Bei dem Heulen des Kompressors konnte die Müllabfuhrmänner ihn nicht hören. Sekunden später sah Rose entsetzt, daß Robert über die niedrige Barriere hinten am Wagen sprang und im Müll verschwand, der gerade zermalmt werden sollte. Schreiend rannte sie hinterher, als der Wagen weiterfuhr. Das Jaulen des Kompressors stieg an, als die gebogene Stahlbacke sich langsam wieder senkte. Einer der Müllabfuhrmänner schaute hinten in den Wagen hinein und fluchte laut, während der andere nach vorn zur Fahrerkabine lief.

Auf Händen und Knien hockte Robert im Müll und schob alte Zeitungen und schmieriges verfaultes Obst zur Seite. In dem stinkenden Unrat sah er etwas, das wie ein blauer Einband aussah, aber seine Finger waren so glitschig, daß er es nicht fest packen konnte. Das Jaulen wurde lauter, und die Stahlbacken senkten sich schneller herab, als er erwartet hatte.

In einer letzten verzweifelten Anstrengung riß er das Buch aus dem Unrat und taumelte nach hinten an die frische Luft, wo der wütende Müllabfuhrmann mit ausgestreckten Armen auf ihn wartete. Sein Fuß saß fest. Die Backen hatten seine Hacke erfaßt, und der Druck wurde stärker. Wild um sich tretend beschloß Robert, lieber den Schuh zu opfern, als sich den Fuß am Knöchel abreißen zu lassen.

Als sie ihm nach draußen halfen, verliehen die Müllabfuhrmänner ihrer extremen Verärgerung Ausdruck. Einer von ihnen äußerte einen Satz, der in seiner sexuellen Bildhaftigkeit so farbig und originell war, daß Rose ihn später in ihrem Tagebuch notierte.

»Ich habe das Buch!« schrie er und rannte Rose voran die Straße hinunter, was ihr sehr viel lieber war, wenn sie bedachte, worin er gewatet war.

»Ich wäre fast gestorben vor Angst, als Sie in den Abfall sprangen«, rief sie. »Das dürfen Sie nie wieder tun.«

»Warum? Würden Sie mich vermissen?«

Rose hielt sich die Hand vor die Nase. »Im Augenblick würde niemand Sie vermissen«, sagte sie.

Sie gingen über die breite Piazza, wo der Tee-Klipper *Cutty Sark* im Trockendock lag, als sie merkten, daß jemand ihnen folgte. Zwei dunkle Gestalten hatten sich aus dem Schatten des Schiffs gelöst und kamen rasch näher.

»Schauen Sie einfach geradeaus«, sagte Rose. »Wahrscheinlich ist es harmlos.«

»Es könnten Zalians Leute sein«, sagte Robert hoffnungsvoll und beschleunigte sein Tempo.

»Nein«, sagte Rose. »Die beiden sind Skinheads.«

»Warum haben *die* denn nicht daran gedacht, im Abfall nachzusehen?«

»Soll das ein Witz sein? Es sind doch Skinheads. Kommen Sie weiter.« Sie gingen um den riesigen Bug des Schiffes herum zum Fluß hinunter. Hinter sich hörten sie die beiden jetzt laufen. Rose drehte sich um.

»Scheiße — Robert!« schrie sie, als sie sah, daß einer von ihnen eine Luftpistole aus seinem Sweat-Shirt zog.

»Runter in den Fußgängertunnel!«

Die Glaskuppel, in der der Fahrstuhl untergebracht war, der unter dem Fluß bis zum Fußgängertunnel hinunterfuhr, lag dreißig Meter vor ihnen. Rose erreichte sie zuerst. Sie wartete nicht, bis der riesige, rasselnde Fahrstuhl ankam, sondern rannte so schnell sie konnte die breite Wendeltreppe hinunter. Robert erreichte den Eingang und rutschte auf seinem einen Schuh aus, der von dem Unrat noch glitschig war. Er rappelte sich auf, trat den Schuh weg und rannte barfuß die Treppe hinunter, als Dag und ein anderer von Chymes' Leuten, der als Reese bekannt war, die oberste Stufe erreichten.

Als sie hinunterrannten, wurde es rasch dunkler, bis sie den Boden der trübe beleuchteten Passage erreichten, die unter dem Fluß zur Isle of Dogs führte.

Der hundert Jahre alte Tunnel war ursprünglich gebaut worden, damit die Arbeiter schneller die West-India-Docks erreichen konnten. Seit der Neubelebung der Londoner Docks wurde er wieder eifrig benutzt. Rose schob sich an Kindern und an Leuten in Rollstühlen vorbei, und die kalte Luft ließ ihren Atem als Wolke sichtbar werden. Sie wußte, daß die beiden hier unten nicht auf sie schießen konnten, wenn sie nicht Gefahr laufen wollten, andere Passanten zu treffen. In dem geraden schmalen Tunnel konnten sie nur vorwärtsgehen. Sie schaute sich im Weiterlaufen um. Dag und Reese kamen langsam näher, und die Tritte ihrer Stiefel hallten von den Wänden wider.

Vor ihr lag der runde Schacht des Eingangs zum Nordtunnel. Rose erreichte ihn, als der Fahrstuhlführer gerade die Stahltür des Aufzugs schließen wollte. Erschrocken schaute der Mann auf seinen Wandmonitor, als die Skinheads herbeigelaufen kamen, und rasch ließ er Rose und Robert einsteigen. »Verdammte Hooligans«, sagte er und nickte zum Bildschirm hinüber. »Wir haben immer wieder welche hier unten. Sie haben keinen Respekt vor anständigen Leuten.«

»Sie werden oben auf uns warten«, keuchte Rose. »Sie haben versucht, meinen Freund und mich auszurauben.«

»Oh, tatsächlich?« Er schaute Robert prüfend an und rümpfte die Nase. »Nun, das Spielchen wollen wir ihnen verderben.«

Der Mann nahm den Hörer eines Telefons auf, das an der Wand angebracht war, und sprach hinein. Nach wenigen Augenblicken erschienen auf dem Monitor zwei Polizisten, die oben am Ausgang warteten.

»Es sieht so aus, als ob heute trotz allem unser Glückstag wäre«, sagte Rose und legte den Kopf an die vibrierende Holzwand des Fahrstuhls. Robert starrte mürrisch vor sich hin. Er sah aus, als sei er soeben aus dem Sargasso-Meer gefischt worden.

»Sie müssen meinen Freund bitte entschuldigen«, sagte sie zu dem Mann im Fahrstuhl. »Er arbeitet unten in der Kanalisation.«

»Dann sollten Sie ihm sein Bad lieber schon heute einlaufen lassen«, sagte der kleine Mann, als er den Fahrstuhl sanft zum Halten brachte.

26 Freilauf

Robert saß an seinem Schreibtisch und hatte alle Einzelheiten aus dem Notizbuch, an die er sich noch erinnerte, auf den Bildschirm des Computers gebracht. Dann übertrug er die Informationen in die Akte *Newgate*, die vor ihm auf dem Schreibtisch lag. Im Büro war es still und leer. Skinner hatte wahrscheinlich am Vortag seine Ski eingepackt und war den Vergnügungen der Piste entgegengefahren. Robert lehnte sich auf seinem Stuhl zurück und zündete sich seine letzte Zigarette an.

Die unheimliche, schlaflose Nacht und die Fahrt über den Fluß hatten dem Tag jede Realität genommen und auch den kleinsten Einzelheiten eine bizarre Realität verliehen. Mein Gott, wie bedauerte er, Zalian das Buch gegeben zu haben, ohne vorher Photokopien zu machen. Er ging zum Fenster hinüber. Die Wasserspeier, die sich am Gebäude auf der anderen Straßenseite gegen den hellen kalten Himmel abhoben, wirkten heute ganz gewöhnlich. Er schaute nach unten. Die Straße wimmelte von Leuten, die ihre Weihnachtseinkäufe machten. Mit Tragetaschen beladen, eilten sie von Geschäft zu Geschäft. Überrascht sah er, daß das Kabel, das einer der Wasserspeier um den Hals hatte, kein Telefonkabel war, sondern Teil einer Bahn. Rasch wandte er sich vom Fenster ab. Es hatte keinen Zweck. Er wußte jetzt, daß schon seine Neugier ihn daran hindern würde, das Projekt aufzugeben. Er wählte Roses Nummer. Nach dem zweiten Klingeln nahm sie auf.

»Habe ich Sie gestört?«

»Nein. Ich wollte gerade eine Kleinigkeit essen gehen. Irgendwo liegt ein *döner Kebap,* auf dem mein Name steht. Sind Sie wieder munter?«

»Ja. Wie denken Sie über das, was jetzt mit uns passiert?« Robert versuchte, jeden Anschein der Besorgnis zu vermeiden.

»Ich mache mir schon ein wenig Sorgen, wenn Sie das meinen. Entweder führen wir die Sache zu Ende, oder wir lassen hier und jetzt alles auf sich beruhen.«

»Ich empfinde ähnlich. Vielleicht haben wir es mit einer Bande von Psychopathen zu tun.« Er nahm einen tiefen Zug aus seiner Zigarette und füllte sich die Lungen mit kühlem Rauch. »Aber irgendwie glaube ich das nicht.«

Am anderen Ende der Leitung gab es ein kurzes Zögern. »Dann sollten wir der Gefahr lachend ins Auge schauen und wieder nach oben gehen«, sagte Rose schließlich. »Die Frage ist nur — wie? Zalian hat sich keine besondere Mühe gegeben, eine weitere Verabredung mit uns zu treffen.«

Robert drückte seine Zigarette aus und starrte mürrisch in die leere Marlboro-Packung. »Wenn er das Buch wirklich so dringend braucht, wird er schon dafür sorgen, daß wir uns treffen.« Er schaute auf die Uhr. Ein Uhr fünfzehn. »Wollen wir die Sache irgendwo besprechen?«

»Ich werde auf die türkischen Delikatessen verzichten und mit Ihnen Kaffee trinken.«

»Abgemacht.«

Sie vereinbarten, sich in einer Stunde in der Patisserie Valerie in Sohos Old Compton Street zu treffen. Robert legte auf. Er nahm die leere Zigarettenschachtel vom Tisch, seufzte und stand auf.

Als er zum Tabakwarengeschäft ging, schaute er zu den Dächern der Häuser auf beiden Straßenseiten hoch. Es war kaum zu glauben, daß vor nur ein paar Stunden sich so viele Leute unter nicht unerheblicher Geräuschentwicklung von Dach zu Dach gehangelt hatten. Er betrachtete die Gesichter der Männer und Frauen, die ihm entgegenkamen. Keiner von ihnen schaute höher als Augenhöhe. Die meisten Leute zogen es vor, auf den Boden zu starren, während sie vorbeihasteten, und durch ihre Eile schufen sie das geistige Vakuum, in dem sie sich verloren. Die Gebäude waren zu verschiedenen Zeiten errichtet worden, und deshalb waren auch ihre Dächer sehr verschieden, wie ähnlich sich die Häuser auf Straßenebene in ihrer grauen Eintönigkeit auch wurden. Walmdächer und Mansarden, geneigt und in Graten, stellten sich die Dächer als eine gebirgige Landschaft aus Stein und Schiefer dar, eine von den gleichgültigen Bewohnern der City unentdeckte Welt.

Es war eigenartig, aber selbst wenn er stehenblieb und die Gebäude um sich herum genau betrachtete, konnte er die Kabel nicht erkennen, die zu den stationären Bahnen gehörten. Er wußte aber, daß sie dort irgendwo hingen. Sie bestanden aus durchsichtigem Nylon, und sie reflektierten lediglich die Farbe des Himmels.

Später würde er Rose vorschlagen, mit ihm zusammen den Strand entlangzugehen, und gemeinsam würden sie nach den Kabeln Ausschau halten, von denen sie wußten, daß sie sich bis nach Aldwych hinunter kreuz und quer über die Straße spannten.

Gedankenverloren glitt er zwischen den Pfosten eines Baugerüsts in St. Anne's Court hindurch, als ein Schrei seine Aufmerksamkeit erregte. Dann schrie eine alte Frau laut auf, hoch und gellend wie ein erschrockener Vogel. Er drehte sich um und sah, daß sie ihre Plastiktüte fallen ließ. Dosen und Schachteln fielen auf das Pflaster, als sie nach oben zeigte. Er schaute in die angegebene Richtung durch das Metallgewirr des Gerüsts direkt nach oben, als das Gerüst mit ohrenbetäubendem Krachen zerbrach und Klemmschrauben und Bolzen durch die Gegend flogen. Eine riesige Schubkarre aus Stahl sauste auf ihrem Weg nach unten direkt auf ihn zu. Er warf sich vorwärts, und wie durch ein Wunder konnte er sich auf den Beinen halten, als er davonsprang, während die Geräusche hinter ihm immer lauter wurden.

Als der Lärm aufgehört und der Staub sich gelegt hatte, sah er, daß die mit Zement beladene Schubkarre mehrere Stockwerke tief gefallen war. Sie hatte Planken und Leitungen durchschlagen und war genau an der Stelle gelandet, wo er vorher gestanden hatte. Schon versammelte sich die Menge, und Robert eilte davon. Die Leute erschienen in den Hauseingängen, und Robert rannte in ein nahegelegenes Schallplattengeschäft.

Er lehnte sich gegen ein Plattenregal und versuchte, sich nicht anmerken zu lassen, daß er am ganzen Körper zitterte. Er betrachtete das nächste Album und verzog langsam das Gesicht zu einem bösen Grinsen. Es war eine Aufnahme des radiophonischen Workshops der BBC — *Klänge von Tod und Verderben.*

»Ich sagte Ihnen doch, daß Rauchen Ihrer Gesundheit schadet.«

»Wenn Sie dagewesen wären, hätten Sie gewußt, daß es kein Unfall war.« Robert rührte irritiert in seinem Tee und sah Rose an, die eine riesige Cremeschnitte vom Teller nahm und hineinbiß, wobei sie sich das Gesicht beschmierte.

»Wurde jemand verletzt?«

»Ich weiß es nicht genau, aber ich glaube nicht. Ich machte, daß ich wegkam. Das Ding fiel vier Stockwerke tief und landete genau an der Stelle, wo ich gestanden hatte.«

»Um Sie genau zu treffen, haben sie höchstwahrscheinlich auf Ihre Ohren gezielt.«

»Ist es nicht scheußlich, nach dem *Kebap* eine Cremeschnitte zu essen?«

»Ich wollte eigentlich ein Stück Erdbeertorte. Wissen Sie, ich finde, wir sollten uns mit Zalian in Verbindung setzen, bevor weitere Attentate auf Sie verübt werden. Oder auf mich.«

»Und wie sollen wir das machen?« Robert zündete sich eine neue Zigarette an der alten an.

»Müssen Sie das unbedingt tun, während ich esse?«

»Vor ein paar Minuten wäre ich beinahe umgekommen; ich glaube, ich habe mir eine Zigarette verdient.«

»Es dürfte nicht allzu schwer sein. Ich habe eine Liste der verschiedenen Stationen.«

»Wo?«

Rose tippte sich an den Kopf und lächelte. »Wir haben immer noch unsere Gurte mitsamt den Leinen. Außerdem können wir vielleicht ermitteln, wo ihr Hauptquartier liegt.«

»Wenn wir heute abend noch leben. Vielleicht sollten wir sofort nach oben gehen.«

»Und riskieren, daß wieder jemand Ihnen eine Schubkarre auf den Kopf schmeißen will? Zalians Feinde müssen verzweifelt darauf aus sein, Sie zu erwischen, wenn sie sogar am Tage angreifen.«

»Hören Sie zu«, sagte Robert, »mein Büro liegt gleich um die Ecke. Wir können alles, was Sie aus dem ersten Notizbuch noch wissen, im Computer speichern. Dann haben wir wenigstens eine vernünftige Kopie.«

»Hatten Sie schon Gelegenheit, in das zweite Buch hineinzuschauen?« fragte Rose. »Enthält es die Informationen, hinter denen Zalian her ist?«

»Ich bin nicht sicher. Es ist genau wie das erste. Voller kryptischer Symbole und Codes. Außerdem war es in Kaffeesatz eingetaucht, was der Leserlichkeit nicht gerade förderlich ist. Aber wenn Ihr Gedächtnis nur halb so gut ist, wie Sie behaupten, wissen Sie vielleicht noch genug, um uns heil nach oben zu Zalian zu bringen.«

Rose dachte einen Augenblick nach und wischte sich dabei die Cremereste von den Lippen.

»Vielleicht weiß ich es nicht mehr wortwörtlich, aber ich will versuchen, mich so gut ich kann an alles zu erinnern.« Sie stand vom Tisch auf und ließ ein paar Münzen für die Rechnung liegen. »Gehen wir.«

In dem düsteren Büro im dritten Stock saßen sie vor dem grün leuchtenden Bildschirm.

»Moment, warten Sie.« Rose packte Robert am Arm. »Außer der Liste mit den Stationen gab es noch eine andere Liste. Einen Augenblick . . . da gab es Lud und New, Cripple, Moor und Alders . . . Nein, das können wir vergessen. Das hilft uns nicht weiter.«

»Warum nicht? Was ist es denn?« Robert drehte sich auf seinem Stuhl vom Schirm weg.

»Das sind die Namen der sieben Tore Londons, die in die Mauer, die die City umgab, eingebaut waren. Das dumme ist, daß ich nicht weiß, wo sie sind. Wie dem auch sei, sie wurden alle vor ein paar hundert Jahren abgerissen. Da stand auch etwas über ›Nr. 1, London‹.«

»Und was könnte das bedeuten?«

Rose warf ihm einen hochmütigen Blick zu, den sie reserviert hatte für das Einbringen ungewöhnlicher Informationen. »Wenn man früher einen Brief an Nr.1, London, schrieb, erreichte er den Herzog von Wellington. Er wohnte im Apsley House bei Hyde Park Corner. Wenn einer von Westen her nach London kam, war es das erste größere Haus, das er sah. Heute ist es ein Museum. Ich vermute, daß Zalian auf dem Dach eine Station angelegt hat. Allerdings habe ich das Gefühl, daß einige der Informationen in dem Notizbuch lediglich historische Recherchern sind, die Charlotte als Hintergrundmaterial benutzen wollte.«

»Großartig. Das erschwert unsere Aufgabe ja noch zusätzlich.«

»Lassen Sie mich die Informationen eingeben, soweit ich mich erinnere. Wenn Sie das Buch nur nicht so gierig an sich gerissen und die ganze Zeit behalten hätten, wäre mir mehr als nur die ersten paar Seiten in Erinnerung geblieben.«

»Woher sollte ich denn wissen, daß Sie ein so brillantes Gedächtnis haben?« beschwerte sich Robert. »Das hätten Sie mir früher sagen müssen.«

»Versuchen Sie doch, ein bißchen konstruktiver zu sein. Wo würde Zalian mit einiger Wahrscheinlichkeit sein Hauptquartier eingerichtet haben?«

Robert saß eine Weile schweigend da, dann beugte er sich vor und tippte auf den Bildschirm.

»Nun, die Dachwelt orientiert sich sehr an Mythologie und den Himmelskörpern, besonders an Sonne und Mond.«

»Pferde.«

»Was?«

»Sie könnten sich auf dem Dach eines Stalles eingerichtet haben oder an irgendeinem Ort, wo Messinggeschirre für Pferde an der Wand hängen.«

Robert schaute Rose verblüfft an. »Wie kommen Sie denn auf so etwas?«

»Diese Geschirre stellen gewöhnlich die Sonne und den Mond dar«, sagte Rose. »Sie waren immer an den Sprungriemen der Londoner Karrenpferde angebracht, wo sie die Götter der beiden Himmelskörper abbilden.«

»Zur Hölle damit, Rose . . . es muß eine einfachere Lösung geben.« Robert schüttelte den Kopf. »Nein, das ist mit Sicherheit zu weit hergeholt. Wie wäre es mit dem Dach des Planetariums?« Rose schaute ihn an und seufzte laut. »Sie enttäuschen mich, Robbo. Außerdem hat das Planetarium nur eine steile Kuppel, und es ist zu exponiert. Es ist undenkbar, daß sie sich irgendwo dort oben verstecken könnten.«

»Um so mehr Grund hätten sie, es doch zu tun. Es lohnt sich doch, die Sache zu überprüfen. Nehmen Sie Hut und Mantel.

»Gut, aber ich verspreche Ihnen, ich werde meine Sorgen nicht an der Haustür ablegen.«

Gemeinsam machten sie sich auf den Weg zur Baker Street.

Inzwischen absolvierte Hargreave an seinem Computer-Terminal eine ähnliche Übung. Er ließ seine Informationen in beliebigen Wortketten ›freilaufen‹ und hoffte, einen logischen Sprung zu erreichen, der seine Gedanken in eine neue Richtung lenken würde. Er hatte seiner früheren *Ikarus*-Akte einiges hinzugefügt und sie aus einem Grund, den er selbst nicht recht begriff, in *Anubis* umgetauft. Die Art aller dieser Hinrichtungen hatte etwas Ägyptisches — richtig, er war überzeugt, daß es keine gewöhnlichen Morde, sondern Hinrichtungen waren, aber zu welchem Zweck?

Er zündete sich eine weitere Zigarette an und überspielte dann die Namen und Funktionen einer Reihe von römischen, griechischen und ägyptischen Gottheiten auf die Diskette. Dann fügte er alles hinzu, was ihm einfiel und von dem er glaubte, daß es ihm neue Erkenntnisse vermitteln könnte: Tierkreiszeichen, Geheimbünde, eine Liste der als vermißt gemeldeten Personen und sogar die zoologische Beschreibung von Wildvögeln. Zuletzt gab er die Akte in sein privat gesichertes und kodifiziertes

Freilauf-Programm ein und lehnte sich auf seinem Stuhl zurück, um das Ergebnis abzuwarten.

FREILAUF ENTSPERREN

Eine Pause trat ein, während der Computer die Informationen analysierte, bevor er eigenes Material hinzufügte. Dann huschten die vertrauten grünen Buchstaben über den Bildschirm.

IHR VERWEIS / GEHEIMBÜNDE
SIEHE / RELIGIÖSE ORDEN
RITTERORDEN
FREIMAURER
ORDEN VOM MYSTISCHEN SCHREIN
ORDEN VOM ÖSTLICHEN STERN
ORDEN VON DER GOLDENEN MORGENDÄMMERUNG
ORDEN DER TÖCHTER HIOBS
MYSTISCHER ORDEN DER VERSCHLEIERTEN PROPHETEN DES VERZAUBERTEN REICHES

Mit einem Schnaufen griff Hargreave an das Gerät und hielt den Schirm an, bevor er die endlose Reihe von Geheimbünden aufzählte, die es in diesem Land gab. Er stellte den Schieber auf ›FREIMAURER‹ und drückte ›Return‹. Sofort erschienen weitere Informationen auf dem Bildschirm

IHR VERWEIS / FREIMAURER
NICHTCHRISTLICHE ORGANISATION
GRÖSSTER GEHEIMBUND DER WELT
GLAUBENSINHALTE
*DIE EXISTENZ EINES HÖCHSTEN WESENS
*DIE UNSTERBLICHKEIT DER SEELE
DREI HAUPTSÄCHLICHE GRADE
*LEHRLING
*GESELLE
*MEISTER
ALLGEMEIN ALS EIN SYSTEM UNGERECHTER PRIVILEGIEN BETRACHTET
DIE FREIMAUREREI HAT OFT EINE ANTIKLERIKALE HALTUNG EINGENOMMEN UND IST IN DEN FOLGENDEN LÄNDERN VERBOTEN:

ÄGYPTEN / UDSSR / UNGARN / SPANIEN /
POLEN / CHINA / PORTUGAL / INDONESIEN
(weitere folgen)

Großartig. Der Computer lieferte jetzt eine Bewertung. Als nächstes würde er ihn auffordern, sich das Rauchen abzugewöhnen. Hargreave stoppte den Computer und setzte ihn auf ähnliche Gruppen an, die Rituale praktizierten. Der Bildschirm schaltete sich aus, und die Datenspeicher sortierten eine unvorstellbare Menge von Informationen. Hin und wieder tauchte in der geöffneten Tür zum Büro ein Gesicht auf, das ihm besorgte Blicke zuwarf. Zur Hölle mit ihnen. Er wandte bei diesem Problem wenigstens seine Phantasie an. Die anderen hatten bisher noch überhaupt keine Vorschläge gemacht. Jetzt wandte er seine Aufmerksamkeit wieder dem Bildschirm zu, über den nun wieder Buchstaben liefen.

IHR VERWEIS / ÄHNLICHE SOZIALSTRUKTUREN
*MARDI GRAS KREWES
RITUELLE GEHEIMORDEN
KARNEVAL FEIERN
ABGELEITET/ CARNEM LEVARE = SPÄTER
CARNELEVARE = ABSCHIED VOM
FLEISCH
*MARDI GRAS ABGELEITET/ MARDI
GROS = FETTER DIENSTAG
URSPRUNG/ RÖMISCHE SITTE DER BUSSE
SPÄTER KORRUMPIERT ZU WOLLUST,
GEWALTTÄTIGKEIT, MORD
GEGENWÄRTIGER STATUS/ HARMLOSE RITUELLE
FEIERLICHKEITEN
MYTHOLOGIE/ RITUS EINGEFÜHRT VON EVANDER,
SOHN DES HERMES
HERMES = *ANUBIS*

Hargreave fluchte leise und schlug frustriert mit der flachen Hand auf den Monitor. Es war alles da, direkt vor seinen Augen. Warum zum Teufel konnte er keine Verbindung zu den Gewalttätigkeiten herstellen, die diese Dinge in der modernen Welt auslösten? Er zog noch einmal heftig an seiner Zigarette und drückte sie aus. Es gab tatsächlich einen Geheimbund, eine Art Parallele zu den Freimaurern und den Mardi-Gras-Krewes, etwas, das mit Bünden überall im Land, überall in der Welt, eine gemeinsame Wurzel hatte. Aber dieser Bund war nicht christlich. Er schaute wieder auf den Bildschirm.

Mardi Gras feierte vor Frühlingsanfang die Vergnügungen des Fleisches. Auf ähnliche Weise hatten auch die Rituale der Freimaurer die Kirche oft erzürnt. Aber die Rituale dieser beiden Gruppen waren im Lauf der Jahre immer harmloser geworden. Außerdem waren sie inzwischen zu bekannt. Was also war übriggeblieben? Gesellschaften, die dem Satanskult anhingen? Ihre wirren Rituale verblaßten zur Harmlosigkeit, wenn man sie mit den Dingen verglich, mit denen sie jetzt konfrontiert waren.

Hargreave schaute wieder auf die flackernden smaragdgrünen Symbole auf dem Bildschirm. Allmählich enthüllte sich die dunkle Seite der City. Vielleicht hatte es sie schon seit vielen Jahren gegeben, vielleicht bildete sie sich jetzt erst. Eines aber war sicher. Sie war viel tödlicher, als es sich auch nur einer von ihnen vorgestellt hatte. Tödlicher vielleicht, als sie es sich vorstellen *konnten*.

27 Planetarium

Rose stampfte mit den Füßen auf das Pflaster. Sie hatte kalte Füße. Sie griff in ihre gefütterte Jacke und zog ihren regenbogenfarbigen Schal enger. »Schon etwas gesehen?«

»Nein. Das Dach sieht völlig versiegelt aus, und da scheinen keine Lücken zu sein. Es ist nur eine Kuppel. Um sie herum führt ein Mauervorsprung, aber er ist so schmal, daß man kaum darauf stehen kann. Hier, jetzt sind Sie an der Reihe.« Robert stieg von der umgedrehten Obstkiste. Überall um sie herum lärmte der hektische Verkehr der Marylebone Road. Große Taxen standen mit laufendem Motor an der Straßenseite, um ganze Scharen von Touristen zu Madame Tussauds zu fahren. Über ihnen, nur von Tauben besucht, erhob sich die hellgrüne Kuppel des Londoner Planetariums, an deren höchstem Punkt ein Planetenmodell schwebte.

»Die Kuppel scheint am Dach keine Öffnungen oder zusätzliche Strukturen zu haben«, rief Rose. »Ich glaube, wir sind hier an der falschen . . .« In diesem Augenblick schob sich ein schmales längliches Segment der Kuppel nach oben, und in der Öffnung erschien das mürrische Gesicht des Mädchens, das sie am Vorabend bei Zalian gesehen hatten. Die Frau trug einen grauen Overall und schien nicht zu merken, daß sie beobachtet wurde, während sie sich einen kleinen Rucksack über die Schultern warf, das rechteckige Metallsegment wieder schloß und ihre Gurtleine hervorholte.

»Das darf doch nicht . . . he, du da oben!« rief Robert. Die Frau schaute nach unten, und ihre großen Augen weiteten sich vor Erstaunen.

»Sehr geschickt, Robert«, stieß Rose aus den Mundwinkeln hervor.

»Du heißt doch Spice, nicht wahr?« schrie Robert, ohne seine Lautstärke zu drosseln. »Bisher hat man heute schon zweimal versucht, uns zu ermorden!« Ein älteres amerikanisches Touristenpaar, das hinter ihnen auf der Straße stand, drehte sich um und schaute nach oben. Der Mann riß die Schutzkappe von der Linse seiner Kamera. Entsetzt rannte das Mädchen um die Kuppel herum und drückte sich flach an das Dach. Robert rannte hinterher und folgte ihr um die Rundung des Gebäudes.

»Verdammt noch mal, willst du, daß wir alle getötet werden?« zischte sie wütend, hielt sich an einem Mauervorsprung fest und beugte sich vor, um mit ihm zu sprechen. »Verdammte Amateure.«

»Tut mir leid«, rief Robert, »aber wir müssen unbedingt mit Zalian sprechen.« Sie könnte jetzt weglaufen, dachte er, sie könnte einfach über die Dächer hinweg verschwinden, und wir würden vielleicht keinen von ihnen jemals wiedersehen.

Spice zögerte und beäugte die beiden mißtrauisch. »Ich kann euch nicht zu Nathaniel mitnehmen«, sagte sie. »Das wäre zu gefährlich. Außerdem wißt ihr nicht, wie man am Tage reist, ohne gesehen zu werden.«

»Oh, ist das eine besondere Kunst?« fragte Robert und zog eine Braue hoch. »Übrigens würde es mir am Tage viel besser gefallen. Das wäre toll.«

»Wir können ihm helfen, wenn du es nur zuläßt«, sagte Rose. »Wir sind bereit, die ganze City abzusuchen, bis wir Sarah gefunden haben.«

Spice zog sich vom Mauervorsprung zurück und schwieg.

»Als Zeichen des Vertrauens haben wir Zalian das Notizbuch ausgehändigt«, sagte Robert. »Das weißt du doch. Und jetzt haben wir den zweiten Band sichergestellt. Aber wir wollen ihm das Buch persönlich übergeben. Komm, wir haben für ihn die Dreckarbeit gemacht, da können wir doch wenigstens verlangen, daß er sich mit uns trifft.«

Spice antwortete immer noch nicht, aber sie dachte nach.

»Okay, wenn ihr euch mit Nathaniel treffen wollt, dann seid heute abend um neun Uhr hier.« Sie wandte sich ab.

»Wunderbar«, murmelte Rose. »Jetzt müssen wir nur noch versuchen, weitere sechs Stunden am Leben zu bleiben.«

»Übrigens«, rief Robert, »das mit der Tür im Dach war ein guter Trick. Man kann sie von hier aus nicht erkennen. Wie funktioniert das?« Spice blieb verblüfft stehen.

»Fälsche Täfelung.« Sie zuckte die Achseln. »Ähnlich wie bei allen anderen Gebäuden.« Wieder wandte sie sich ab und verschwand hinter der Kuppel.

»Großartig. Vielen Dank. Wenn ich mir einen Schrank einbauen lassen will, werde ich euch anrufen.« Er wandte sich an Rose.

Sie packte ihn am Kragen und zog ihn zu sich heran. »Robert, ich denke, Sie sollten jetzt lieber den Mund halten, bevor der Handel platzt.« Sie machte große Augen, als er sie an ihren wattierten Schultern packte und hart auf den Mund küßte. Nach einer kurzen Schrecksekunde reagiert Rose mit einer kräftigen Ohrfeige. Robert taumelte gegen ein Poster, auf dem für die Laser-Show geworben wurde. »Ich glaube, jetzt ist eine Plombe lose«, stöhnte er und hielt sich das Gesicht.

»Machen Sie so etwas nie wieder! Ihr Glück, daß ich mein Knie nicht hochbekommen konnte; dafür sind meine Jeans zu eng.« Sie drehte sich auf dem Absatz um und ging die Marylebone Road entlang zur U-Bahnstation. Dreißig Meter weiter blieb sie stehen und wartete.

Dankbar rannte Robert los, und gemeinsam stürzten sie sich in den zähfließenden Verkehr.

»Hören Sie zu, es tut mir leid«, sagte er. »Ich hätte es nicht getan, aber . . . ich dachte, vielleicht wollten Sie, daß ich es tue.«

»Dann haben Sie die Signale mißverstanden, Robert«, sagte Rose. »Ich mag Sie, aber weiter geht es nicht, und wenn Sie das nicht auf dieser Ebene halten können, müssen wir getrennte Wege gehen. Verstanden?«

»Verstanden«, sagte er widerstrebend. Er wußte jetzt, daß er sich sehr ungeschickt benommen hatte. Aber wenigstens wollte sie mit ihm zusammen weitermachen. Vielleicht hatte er nur den falschen Zeitpunkt gewählt.

»Ich habe mir überlegt«, sagte er, um rasch das Thema zu wechseln, »glauben Sie nicht, daß es sich ganz einfach nur um ein Spiel handelt? Könnte es nicht eines dieser Rollenspiele sein, wo jeder eine bestimmte Identität annimmt und wo alles nach einem geplanten Szenarium abläuft?« Er sprang auf den Bordstein zurück, um nicht von einem Taxi erfaßt zu werden. »Sie verbringen ihre Nächte damit, über der City herumzuturnen und dabei eine Art Krieg zu führen. Sie müssen doch zugeben, daß das für Erwachsene eine recht seltsame Beschäftigung ist.«

Die Hauptkreuzung der Baker Street war von Autos und Bussen verstopft, und die Fußgänger stiegen über knatternde Auspuffrohre hinweg, um die relative Sicherheit der Verkehrsinseln zu erreichen.

»Es gibt andere Lebensweisen als Ihre, Robert«, sagte Rose und wartete auf eine Lücke im Verkehr, »immer vorrausgesetzt, Sie lebten. Aber es muß schon ein ziemlich ernstes Spiel sein, wenn dabei wirklich Leute getötet werden.«

»Ja, aber *ist* denn wirklich jemand getötet worden? Wir haben nur Zalians Aussage, die scharfgeschliffenen Münzen seien vergiftet gewesen. Vielleicht war Charlotte Endsleighs Tod wirklich nur ein Zufall.«

»Was wollen Sie damit sagen? Daß sie das alles nur für uns inszenieren? Dies ist die Wirklichkeit, Robert, keine Zen-Parabel. Wir haben doch selbst gesehen, wie oben jemand starb. Das war doch kein Theater.«

»Davon bin ich noch nicht ganz überzeugt.«

»Ich wette, daß Sie glauben, was Sie in den Sonntagszeitungen lesen, und doch glauben Sie nicht, was Sie mit eigenen Augen gesehen haben.« Rose nahm seine Hand und zog ihn zwischen zwei Lastwagen über die Straße. »Ich möchte Sie was fragen?«

»Was?«

»Haben sie die Sache mit den Hitlertagebüchern geglaubt?«

»Ja«, gab Robert betreten zu.

»Dann können Sie überhaupt nicht mitreden.« Sie sah ihn aus ihren bronzefarbenen Augen spöttisch an. »Vielleicht erleben wir heute abend etwas, das Sie überzeugt. Natürlich hoffe ich, daß das nicht der Fall sein wird.«

»Wo wollen Sie denn den Rest des Tages verbringen?« fragte er. Er mußte schreien, um den Motorenlärm zu übertönen.

»Das ist mir egal, solange es dort friedlich und sauber und vor allem sicher ist.«

»Wie wäre es mit der U-Bahn?« schlug Robert vor. »Eins von dreien ist nicht schlecht.«

Gemeinsam rannten sie die mit Abfall übersäte Treppe hinunter und erreichten die relative Sicherheit der U-Bahnstation Baker Street.

28 Nächtliche Beobachtungen

Stan Cutts mochte während seiner Karriere einige ziemlich dumme Geschichten geschrieben haben, aber er war kein Trottel. Als sein Informant Nick am Vorabend nicht im Spielsalon aufgetaucht war, hatte er gleich geahnt, daß irgend etwas Schlimmes passiert sein mußte.

Stan hatte schon lange vermutet, daß hoch oben über den Köpfen der Bevölkerung etwas Seltsames vor sich ging. Zuerst hatte er im Spielsalon bei verschiedenen Gesprächen nur einzelne Worte oder Sätze aufgeschnappt. In dieser Atmosphäre des großspurigen machismo, des Drogenhandels und der sexuellen Betriebsamkeit war ein neues Gesprächsthema aufgetaucht, ein Thema voll geflüsterter Drohungen und versteckter Andeutungen. Hargreave hätte es vielleicht Gossenjournalismus genannt, aber Stan konnte es geradezu riechen, wenn irgendwo Material für eine gute Geschichte entstand. Es hatte Zeit und Geld gekostet — und sogar ein paar Drogenkäufe —, bis er sich das Vertrauen der Besucher des Spielsalons erschlichen hatte, aber der Einsatz hatte sich bezahlt gemacht. Er war mit verschiedenen Mitgliedern der 7N-Krewe bekanntgemacht worden, insbesondere mit Nick, der den Körper eines kränklichen Kindes und den Verstand eines vierzigjährigen Falschspielers hatte.

Nick war geldgierig. Das sah man ihm schon an den Augen an. Und immer wenn er Stan Informationen anbot, hatte er genug Geld bekommen. Er hatte Stan im Zusammenhang mit den Morden brauchbare Hinweise gegeben, aber über die Täter hatte er sich nicht äußern wollen. Beim letzten Mal waren Stan die Blicke des Jungen aufgefallen. Sie zeigten Angst, eine Angst, die seine Geldgier bei weitem überwog. Und jetzt war Nick verschwunden, wahrscheinlich, um sich der wachsenden Zahl von Leichen zuzugesellen, die aus dem nächtlichen Himmel zu regnen schienen.

Während er langsam die verlassene Fleet Street entlangging, fragte sich Stan, ob auch er in Gefahr sei. Immerhin war sein Gesicht in Kreisen bekannt geworden, die sich schnell als die falschen herausstellten. Er würde fürs erste dem Spielsalon fernbleiben und seine Taktik ändern müssen, indem er den Fall von einer anderen Seite her anging. Vielleicht könnte er über Hargreave schreiben und dessen bei früheren Anlässen erwiesene Inkompetenz herausstellen. Er könnte sogar eine Story mit der Andeutung bringen, sein geheimnisvoller Informant befinde sich jetzt in einer lebensbedrohlichen Situation.

Stan schaute sich um und sah den leeren Bürgersteig vor einem Zeitungsgebäude hinter sich liegen. Es war praktisch die einzige hier noch residierende Zeitung. Die anderen hatten ihre Betriebe in Gebiete verlagert, wo sie ihre moderne Technologie besser unterbringen konnten. Er seufzte und zog sich den Schal enger um den Hals. Jetzt war es kurz vor Weihnachten, und die einst so großartige Straße war so gut wie tot. Wie gern hätte er sie zu den Zeiten der Königin Anna gesehen, mit Freaks und Feuerschluckern, Elefanten und tanzenden Zwergen. Er zweifelte nicht daran, daß diese Straße in der einen oder anderen Form überleben würde, aber ohne die Zeitungen würde es nie wieder so sein wie früher . . .

Während er langsam und nachdenklich seinen Weg in Richtung Holborn fortsetzte, sah er nicht die riesige Nylonschlinge, die vom Dach des ehemaligen *Daily Express*-Gebäudes herabfiel. Sie wurde nach vorn gerissen, legte sich unter seine Arme und wurde schnell wieder nach oben gezogen. Stan wurde vom Boden hochgerissen und landete auf dem Dach, bevor er auch nur die geringste Chance hatte, sich aus der Schlinge zu befreien. Er wischte sich die aufgeschürften Handflächen ab und entfernte die Schlinge von seinen schmerzenden Achselhöhlen. Dann schaute der erschrockene Journalist sich um. Er betrachtete die Leute, die ihn so mühelos aus seiner sicheren, vertrauten Welt gerissen hatten.

Der Skinhead hieß Reese, und mit dünner schwankender Stimme las er laut aus einem zerfetzten Buch vor:

Quod est inferius, est sicut id quod est superius,
et quod est superius, est sicut id quod est inferius
ad perpetranda miracula rei unius.

Er hörte für kurze Zeit auf zu zitieren und trat zurück, um von dem breiten Dach die Sicht zum nächsten zu eröffnen, das viel kleiner und älter war. Hier, am Ende eines dreckigen, mit Schiefer gedeckten Schrägdaches, saß der, den sie Chymes nannten, mit wallendem Mantel auf den Ziegeln. Er lauschte aufmerksam dem Vortrag, und dabei lag seine stählerne Hand leicht auf einem Knie. Außer seinen beiden Gehilfen und dem verzweifelten Lohnschreiber stand noch eine weitere Person auf dem Dach, ein Mädchen — jung und von Entsetzen gezeichnet.

»Bring sie her, Dag.«

Der andere Skinhead gehorchte. Er zog das Seil, mit dem sein Opfer gefesselt war, ein wenig enger und ließ sie auf der Dachrinne vorwärtsgehen. Stan legte die Hände an den Kopf. Die Szene, die sich vor seinen Augen abspielte, ergab für ihn keinen Sinn.

Unter dem Schatten der Kapuze, die Chymes trug, glitzerten blasse Augen hervor. Seine metallene Hand fuhr hoch und packte das Mädchen an einem seiner mageren Arme. Dag hielt sie am anderen Arm fest, während Reese zum Vergnügen seines Herrn seine Lesung fortsetzte:

Pater ejus est Sol, mater ejus Luna:
portavit illud ventus in ventre suo:
nutrix ejus terra est.

Während sich das Mädchen in ihrem Griff wand, rissen Dag und Reese an ihren Kleidern, bis sie nackt war. Der Lidschatten der jungen Frau hatte ihr breite Streifen über das entsetzte Gesicht geschmiert, wie ein altes Stammeszeichen. Vor nur einer Stunde erst war sie in den menschenleeren Nebenstraßen des West End auf dem Heimweg gewesen. Dann waren zwei Männer wie Schatten aus dem Himmel gefallen und hatten sie in die wolkenverhangene Nacht zurückgeholt. Chymes seufzte, stand auf und ließ seine Hände über ihre zitternden Brüste gleiten. »Bindet ihr die Hände, dann laßt uns allein.«

Die Skinheads beeilten sich, seinen Befehl auszuführen, und ignorierten den Journalisten, der ein wenig unsicher aufgestanden war. Dann wandten sie sich erwartungsvoll ihrem Herrn zu, als erwarteten sie ein Trinkgeld. Beiläufig versetzte Dag dem Mädchen einen heimtückischen Stoß mit dem Ellenbogen und schaute gelassen zu, wie sie schwankte und zu Boden stürzte.

»Hier, das habt ihr gutgemacht.« Chymes warf ihnen ein kleines, in

Folie eingewickeltes Päckchen zu. »Nehmt nicht zuviel davon. Ihr müßt heute nacht wachbleiben.«

Die Skinheads hüteten sich, noch länger in der Nähe zu bleiben. Rasch trotteten sie über das Dach davon und waren bald in dem Labyrinth von Schornsteinen verschwunden, die das alte Gebäude krönten, hinter dem immer noch eine der alten Durchfahrten lag.

Stan schaute entsetzt zu, als das Mädchen sich auf den Bauch wälzte, um ihren nackten Körper so gut wie möglich zu verbergen. Sie schämte sich, und es ekelte sie an, daß die große Gestalt mit der Kapuze, die über ihr stand, sie so sehen konnte.

»Komm, meine Liebe, ich glaube, es ist zu spät für übertriebene Sittsamkeit«, sagte Chymes. Zum erstenmal gab er jetzt zu erkennen, daß ihm die Anwesenheit des Journalisten nicht entgangen war. »Sie sollten sich geehrt fühlen, Mr. Cutts. Heute bereiten wir uns auf unsere größte Schlacht vor, und aus dieser jungen Dame werde ich meine Kraft ziehen. Ich bin im Begriff, sie zu taufen im Namen der Dunkelheit.«

Er streckte die Hände aus und packte sie an den Schultern, die er langsam zu Boden drückte, so daß sie wieder ganz seinen Blicken ausgesetzt war. Über dem Knebel suchten ihre Blicke verzweifelt einen Hinweis auf die Identität ihres Peinigers, aber sein Gesicht blieb in den dunklen Falten der Kapuze verborgen.

»Es ist Zeit für den vierten Schritt, die Vereinigung«, murmelte Chymes, und seine Stimme klang belegt vor Verlangen. »Und so kommt es, daß Schwefel und Quecksilber zusammengefügt werden, denn was getrennt war, muß wieder ganz vereinigt werden.«

Als er eine Hand von ihrer Schulter nahm und zitternd vor sexueller Erregung in seinen Mantel griff, trat ihm das Mädchen plötzlich direkt zwischen die Beine, so daß er mit einem Schrei gegen das schräge Dach taumelte. Sie sprang auf und rannte, die Hände immer noch hinter dem Rücken gefesselt, so schnell sie konnte durch die von den beiden Dächern gebildete Rinne. Weiter hinten führte die Rinne über ein paar geteerte Stufen nach unten in einen von Ziegelmauern umgebenen Raum. Sie rannte in eine der verwinkelten Ecken und wartete. Ihr Herz klopfte so heftig, daß es schmerzte.

Stan betrachtete das bizarre Bild. Seine Anwesenheit schien vergessen in dem Spiel, das sich zwischen Chymes und seinem Opfer entwickelte. Das Mädchen selbst konnte Stan zwischen den schwarzen Schornsteinen nicht mehr erkennen.

Die junge Frau versuchte, das Verstreichen einer Minute abzuschätzen, dann einer zweiten. Ihre Augen hatten sich schon ein wenig angepaßt, aber sie sah nur eine Wand der Dunkelheit vor dem noch dunkleren Nachthimmel. Tief unten hupte ein Auto, ein Echo aus einer weit entfernten Welt. Hier oben herrschte Stille; nur der Wind strich leise über die Antennen und Versorgungskabel und wirbelte auf den Schieferdächern den Ruß auf.

Ihre durch die Angst geschärften Sinne registrierten nichts in der samtfarbenen Grube, in der sie hockte. Sie achtete nicht auf die Kälte und auf ihre Wadenkrämpfe, sie betete nur um eines, daß dieser Wahnsinnige sie nicht fände. Sie stand gegen die Wand gelehnt und wagte kaum auszuatmen. Vielleicht war er inzwischen gegangen. Sie hörte nur das weiche Seufzen des Windes, ein Geräusch, das eher zu einer ländlichen Gegend als zu einer Metropole paßte.

Eisige Hände glitten unter ihre Achselhöhlen, und mit einem gutturalen Schrei riß er sie hoch und zerrte sie wieder in den Wind hinaus. Der Knebel glitt ihr aus dem Mund, und jetzt, da sie ihr Schicksal kannte, schrie auch sie. Er wartete, wartete, bis sie keine Stimme mehr hatte, bevor er sie anredete.

»Du kannst dich nicht vor mir verstecken«, sagte er, und seine Stimme war ein sanftes Zischen. Wie eine Puppe trug er sie vor sich her. »Hat man das dir nicht gesagt? Und deshalb weiß ich, daß ich auserwählt bin, sie anzuführen. Meine Blicke können das Tal der Dunkelheit durchdringen. Satan hat mir die Fähigkeit gegeben, auch in der Nacht sehen zu können.« Teilnahmslos betrachtete er das kreischende Mädchen, und immer noch hielt er sie so fest, daß ihre Füße den Boden nicht berührten.

»Und nun müssen wir beginnen«, sagte er und stellte sie wieder auf die Füße, aber ohne ihren Arm loszulassen. »Die Zeit ist gekommen, da du und ich ineinander aufgehen müssen, um die Kraft zu schaffen, die für den absoluten Sieg notwendig ist.« Als er sich über das kreischende Mädchen warf, verhüllte sein Mantel ihre blasse Haut, und sie waren vor dem Mauerwerk des Horizontes der City kaum noch zu sehen. Er zog ein Messer mit einem perlenverzierten Griff aus dem Mantel, stieß es ihr sanft in das Fleisch und schlitzte sie von der Kehle bis zur Leistengegend auf. Als er seinen Körper gegen ihren preßte, schoß ihr heißes Blut wie ein Geiser hoch und hüllte ihn Welle um Welle in ekstatische Befreiung ein.

Stan schrie so lange, bis sein Knebel heiß von Speichel war, er schrie, bis er nicht mehr schreien konnte. Als er es endlich wieder wagte, den Kopf zu heben, sah er, daß Chymes immer noch über dem dampfenden toten Körper stand, den unbedeckten Kopf zum Himmel erhoben, denn die Kapuze war ihm auf die Schultern gerutscht. Von seinen geöffneten Händen, den weit gespreizten Fingern aus Stahl und Fleisch, tropfte es karmesinrot. Eine Ewigkeit schien zu vergehen, bevor er sich dem entsetzten Journalisten zuwandte. Endlich näherte er sich ihm und fing an zu sprechen. »Ich denke, ich sollte Ihnen dafür danken, daß Sie uns einen ersten Geschmack von Publizität vermittelt haben«, sagte er ohne jede

Erregung. »Unglücklicherweise haben Sie den falschen Zeitpunkt gewählt. Wir sind noch nicht so weit, daß wir uns der Welt dort unten zeigen können.«

Stan versuchte, seine Hände aus den Fesseln zu befreien. Er wußte jetzt, daß Nick tot war und daß sein eigener Tod nahe bevorstand.

»Es ist eine Schande, daß Sie die Zeitungen von morgen nicht mehr werden lesen können. Sie werden gewiß die Story vom grauenhaften Ende Ihres Informanten bringen. Wahrscheinlich mit Farbfotos.« Chymes zog sich den Mantel um die Brust und verdeckte damit das Blut, das sich über ihn ergossen hatte.

»Leider sind Sie nicht das einzige Hindernis auf meinem Weg zum Sieg und zum Neuen Zeitalter«, fuhr er fort. »Nathaliel Zalian, dieser Narr, besteht darauf, das kleine Gebiet, das er noch beherrscht, zu behalten, und er wird uns weiter belästigen, bis wir herausgefunden haben, wo er sich ständig aufhält. Und dann sind da noch ein paar Insekten, das kleine Niggermädchen und ihr Freund, die uns auf dem Boden Ärger machen, indem sie unsere Geheimnisse mit sich herumtragen, als handle es sich um irgendein Spiel. Ich hätte Sie gern nach unten geschickt, damit Sie ihnen sagen, was für ein Spiel es wirklich ist.«

Stan hoffte inständig, daß sie ihn sicher zum Boden zurückkehren lassen würden, aber nach der Greueltat, deren Zeuge er eben gewesen war, hatte er kaum noch Hoffnung. Selbst in diesen finstersten Augenblicken mußte er daran denken, was für eine großartige Geschichte er würde schreiben können, wenn Chymes sich entschloß, ihn trotz allem freizulassen.

»Unglücklicherweise müssen Sie sterben, ohne meine Pläne zu kennen«, sagte Chymes und lachte in sich hinein. »Ich habe zu viele Filme gesehen, in denen der Schurke eine volle Erklärung liefert, bevor er seine Beute erledigt. Ich weiß auch, daß man sich niemals vom bevorstehenden Tod seiner Opfer abwenden darf, denn bis zuletzt werden sie versuchen zu fliehen. Nein, man muß über ihnen stehenbleiben und zuschauen, bis sie ihren letzten Atemzug getan haben.« Er näherte sich Stan, der bis an den Rand des Dachs zurückwich.

»Und Sie sollten keinen Fehler machen, Mr. Cutts«, lachte Chymes. »Ich *bin* der Schurke. Ich bin kein Wahnsinniger, der mit den Augen rollt, sondern ein intelligenter, selbstsüchtiger und verschlagener Anführer von Männern. Ich bin ganz schwarz, es gibt nichts Weißes, und es gibt auch keine Grautöne. Ich weiß, was ich will, und ich weiß, wie ich es bekomme. Ich hätte Politiker werden können.« Stan Cutts Welt reduzierte sich auf den Anblick einer einzelnen dunklen Gestalt, die sich ihm näherte.

29 Spice

»Wo sind wir hier?« fragte Robert und drehte sich auf dem riesigen flachen Dach langsam um. Nur wenige Bürobauten waren höher, und das höchste war das National Westminster Building, das über eine viertel Meile entfernt war. Verloren heulte der Wind über die Betonfläche, auf der er stand, und zerrte an seiner Kleidung, bevor er durch die Schluchten zwischen den Gebäuden der Finanzinstitute der City fuhr und schließlich den träge dahinfließenden Strom erreichte.

»Wir stehen auf dem Dach des neuen Stock Exchange, unserer vorläufigen Heimat«, sagte Spice. »Wir mußten während der letzten paar Wochen ein halbes Dutzend Mal umziehen.« Sie hatte ihr Versprechen gehalten und Robert und Rose am Planetarium abgeholt, wenn sie auch über eine halbe Stunde zu spät gekommen war. Sie hatte die beiden aus dem Geheimversteck unter dem Kupferdach der Kuppel mit einer neuen Kletterausrüstung versorgt und war ihnen voraus über die City geglitten. Dabei hatte sie — unfairerweise, wie Robert meinte — von ihnen erwartet, daß sie während der Reise mit ihr Schritt halten würden.

Rose schaute auf ihre Uhr. Es war fast elf Uhr dreißig. Sie wurde allmählich müde. Die selten benutzten Muskeln in ihren Armen fühlten sich wie zerrissen an, und trotz der kalten Nacht schwitzte sie am ganzen Körper. Ihr Gesicht und ihre Hände waren fettig, denn sie hatte wiederholt das Nylonkabel angefaßt.

Tief unten hatte sich der Verkehr ein wenig beruhigt. Immer weniger Wagen rasten über das Einbahnsystem in Richtung Tower Bridge, und an diesem Abend der Partys und Weihnachtsfeiern hatten ihre Fahrer es eilig, nach Hause zu kommen. Rose war durchaus nicht in Festtagsstimmung, als sie sich die Arme rieb und zuschaute, wie Spice mit behenden Fingern das Schießgerät für sie neu lud.

»Es ist wahrscheinlich eine dumme Frage, aber kann ich mir hier irgendwo die Hände waschen?« fragte sie. Spice zeigte auf ein cremefarbenes Rohr am anderen Ende des Dachs.

»In dem Raum dort drüben. Es ist nicht gerade wie im Ritz, aber für ein provisorisches Hauptquartier reicht es. Wir hatten ein sehr elegantes Quartier auf dem Dach der U-Bahnstation Mornington Crescent, aber da haben sie uns gefunden. Schade, da war es wirklich schön.«

Rose bedankte sich, und mit ihrer Tasche über der Schulter ging sie müde über das Dach. Robert schaute ihr nach und wandte sich dann an Spice.

»Sag mir«, sagte er, setzte sich auf die Einfassungsmauer und ließ die Beine baumeln, »Zalian möchte nicht gern über die Schwierigkeiten reden, in denen ihr steckt. Ist das hier oben immer so?«

»Natürlich nicht«, sagte Spice, legte das Schießgerät weg und setzte sich zu ihm auf die Mauer. »Wir hatten hier nie Schwierigkeiten. Irgend etwas hat uns immer miteinander verbunden . . . wahrscheinlich ein Gefühl, die Vergangenheit weiterzuführen. Nathaniel liebt das. Er will alles so lassen, wie es immer war. Er haßt eine Gesellschaft, die Leute auf den Schrotthaufen wirft, wenn sie sich nicht anpassen. Er lebt in einer verdammten Traumwelt, aber ich glaube, wir brauchen solche Träumer. Von denen gibt es dort unten nicht mehr viele.«

Sie legte sich auf die schmale Betonmauer und stützte den Kopf auf einen ihrer muskulösen Arme, eine Position, die Robert extrem gefährlich vorkam.

»Wenn du zum Beispiel arbeitslos bist, halten die da unten dich für faul. Nathaniel sagt, es ist leichter, jemanden arbeitscheu zu nennen, als das System verantwortlich zu machen, das ihm nicht gerecht geworden ist.«

In ihrer Stimme lag mehr als nur Bewunderung für Zalian. Sie zeigte auf die Gruppe von Leuten, die am anderen Ende des Dachs saßen, rauchten und sich leise unterhielten. »Nehmen wir an, daß irgendeiner von uns unten überhaupt Arbeit finden könnte, dann glaube ich immer noch nicht, daß wir unser Leben damit verbringen wollen, den Verkauf von Coca-Cola anzukurbeln oder zu versuchen, die Chinesen zum Kauf von Chicken McNuggets zu überreden. Im Leben muß es mehr geben als den ständigen Kampf um den eigenen Anteil.«

»Nun, warum tut ihr denn nichts für die Gemeinschaft?« fragte Robert. Er fror ein wenig und zog den Reißverschluß seines Overalls ganz hoch.

»Wir tun schon so genug für die Gemeinschaft, aber nicht durch ihr System. Es ist zu schwerfällig, fährt sich in der Bürokratie fest und wird durch Geldmangel behindert. Die Leute dort unten würden lieber bei einem Schallplattenhersteller arbeiten als in einem Altersheim. So ist nun einmal die menschliche Natur.« Spice stützte sich auf einen Arm, um sich eine Zigarette anzuzünden, und im Licht der Streichholzflamme wirkte ihr Gesicht viel weicher.

»Wie verbringt ihr denn eure Zeit?« fragte Robert. »Ich verstehe nicht, was ihr hier oben macht.«

Spice lächelte. »Das verstehst du nicht, was?« Ihr Lächeln verwandelte sich in ein Grinsen. Sie sah jetzt ganz anders aus, viel freundlicher, und dabei hing ihr das blonde Haar unordentlich um das blasse Gesicht. »Das ist die Schönheit der Dachwelt. Es gibt sie schon seit sechzig Jahren, und niemand auf dem Boden hat es jemals bemerkt. Es wird interessant sein festzustellen, ob Ende der Woche noch etwas davon übrig ist.« Sie plauderte ganz leicht und unbesorgt daher.

»Die Möglichkeit, die Dachwelt zu verlieren, scheint dich nicht besonders aufzuregen.«

»Wozu auch? Es heißt, die Dachwelt sei früher hervorragend organisiert gewesen. Heute sind die Bahnen in schlechtem Zustand, und von Tag zu Tag werden die Aktionen schlampiger durchgeführt. Bei vielen neuen Gebäuden werden auf den Dächern Kameras installiert. Es ist nur eine Frage der Zeit, bis das ganze System zusammenbricht und wir entdeckt werden. Die Technologie wird uns schließlich einholen, und dann enden wir alle im Knast. Jetzt sieht es aber wenigstens so aus, als sollten wir die Bühne mit einem großen Knall verlassen.« Sie schaute über die verlassenen Bürogebäude hinweg in die Ferne, und der Nachtwind fuhr durch ihr blondes Haar.

»Aber ganz gleich, was geschieht, ich werde hier oben bleiben. Ich glaube, ich würde immer noch lieber von einem Dach fallen als zu Hause vor dem Videogerät sterben. Ich bin seit sechs Jahren hier, und ich habe die Dachwelt langsam auseinanderfallen sehen. Diejenigen, die in der Lage gewesen wären, das System wieder aufzubauen, sind weggelockt worden. Nathaniel ist ein guter Mann. Er hat für uns getan, was er konnte, aber jetzt hat er die Schlacht verloren.« Sie nahm noch einen Zug aus ihrer Zigarette und warf sie über die Dachkante. Robert beugte sich vor und beobachtete, wie der winzige Funken in einer Spirale zur Straße hinabfiel, während Spice in die grauschwarzen Wolken schaute, die am Himmel vorbeizogen.

Rose war erstaunt. In dem ›Rohr‹ war ein ganzer Komplex von Räumen. Es gab eine tragbare Dusche, Toiletten, eine Einsatzzentrale mit Computern, einen Eßraum mit einer kleinen Küche und einen Lagerraum, in dem bis zur Decke Klettergeräte und Waffen gestapelt waren. Das Wasser der Duschanlage wurde über einen um ein Heißwasserrohr des Stock Exchange gewickelten elastischen Plastiktank erhitzt, und die Anlage selbst wurde durch eine einfache Fußpumpe betätigt. In wenigen Minuten war sie sauber und erfrischt. Zu ihrer Überraschung lief sie in ein großes weißes Handtuch, daß Zalian ihr in den ausgestreckten Händen entgegenhielt.

»Okay, ich hab' die Augen zu«, sagte er, öffnete eines und schaute über das Handtuch. Rose riß es an sich und schlang es sich fest um die Brüste.

»Laß mich dir wenigstens den Rücken abtrocknen.« Aus seinen blassen Augen schaute er sie amüsiert an. »Was hältst du von unserem vorläufigen Hauptquartier?«

»Es ist erstaunlich, was man aus einem ungenutzten Raum alles machen kann«, sagte Rose und ließ sich von ihm den Rücken abtrocknen. »Wozu braucht ihr die Computer?«

»Wir haben sie an die Leitungen des Stock Exchange angeschlossen«, sagte er und wich damit ihrer Frage aus. »Auch das Gasrohr zur Küche wird von dem System des Exchange gespeist. Lee hat die Anschlüsse gebastelt. Du wirst dich freuen zu erfahren, daß er zurückgekommen ist, dazu noch in einem Stück.«

»Darüber freue ich mich wirklich«, sagte Rose, »und was ist mit Simon?«

»Noch kein Lebenszeichen. Aber er ist bekannt dafür, daß er gut auf sich aufpassen kann. Hier.« Er hielt ihr einen Stapel adrett zusammengefalteter Kleidung hin.

»Willst du nach draußen gehen, während ich mich anziehe?« fragte sie und schob ihn zur Tür.

»Ich will nicht, aber ich werde es tun.«

Sie drückte die Tür fest ins Schloß. Zalians ständige Stimmungswandlungen beunruhigten sie. Es war, als reagiere er auf jede neue Situation auf einer rein gefühlsmäßigen Ebene, als liefe er leer und als sehe er selbst keinen Hoffnungsstreifen am Horizont. Kein Wunder, daß die Moral seiner Truppe so schlecht ist, dachte sie. Die Leute wissen nie, was er im nächsten Augenblick tun wird.

Nachdem sie den schwarzen Overall angezogen und geschlossen hatte, ging Rose in die Einsatzzentrale. Sie unterdrückte ein Gähnen und betrachtete die Computer, als sie an ihnen vorbeiging.

Obwohl sie geduscht hatte, schmerzten ihre Gelenke noch und fühlten sich steif an. Einer der Computer leuchtete sanftgrün im trüben Licht des Raumes. Der Bildschirm zeigte eine Liste von Firmenriesen wie Nat West, Pepsy, IBM und andere, jede mit einer Indexzahl. Interesiert beugte sie sich über die Konsole und gab die Zahl ein, die sich auf ›Nat West‹ bezog. Über den Schirm lief jetzt eine endlose Liste von Namen, Daten und Geldbeträgen. Sie schaute immer noch verblüfft auf den Bildschirm, als sich hinter ihr die Tür öffnete und die kalte Nachtluft in den Raum strömte.

»Rose?« sagte Robert. »Ist alles in Ordnung. Tun Ihnen die Arme weh? Meine fallen bald ab.«

»Meine auch. Aber davon abgesehen, geht es mir hervorragend. Ich komme gleich nach draußen.«

»Der Mann scheint gut organisiert zu sein«, sagte Robert und schaute sich um. Er war beeindruckt. »Aber was will er mit den Computern?«

»Das habe ich mich auch schon gefragt.«

»Fragen wir ihn doch einfach.«

»Wir werden keine direkte Antwort bekommen.« Rose schlüpfte unter Roberts Arm hindurch und trat durch die Tür auf das Dach hinaus. »Er wartet darauf, daß Sie ihm das zweite Notizbuch geben, Robert.«

»Ich werde mit ihm nur tauschen. Information gegen Information. Auf beiden Seiten muß völliges Vertrauen herrschen, wenn wir einander helfen wollen.«

»Kämpferische Worte, mein Junge«, sagte Rose und schlug Robert auf die Schulter. »Wir wollen sehen, ob es in der Praxis funktioniert.«

30 Das Neue Zeitalter

Zalian hatte seine Leute um sich versammelt und entwarf einen Plan für ihre nächtlichen Aktivitäten. Die verbleibenden Mitglieder seines geschrumpften Ordens standen oder saßen auf den breiten Aluminiumstreifen, mit denen das Dach ausgelegt war, in einem lockeren Kreis um ihn herum. Einige standen weiter hinten an das Rohr gelehnt, die Hände in den Taschen ihrer schwarzen Overalls. Alle wirkten niedergeschlagen und verfroren.

»Rose und Robert haben uns einige neue Informationen gebracht, die uns, wie ich hoffe, helfen werden, das Quartier zu finden, das wir brauchen.« Selbst in der Dunkelheit war an Zalians blassen irisierenden Augen etwas so Unangenehmes, daß man seine Blicke lieber mied. Robert fragte sich, ob diese jungen Männer und Frauen im Banne eines Fanatikers standen, wenn auch eines anscheinend gutartigen.

»Es ist fast sicher, daß Chymes heute nacht versuchen wird, uns zu finden und anzugreifen. Vielleicht sind sie jetzt schon auf dem Weg hierher. Keiner von uns kann es sich leisten, in seiner Wachsamkeit auch nur im geringsten nachzulassen.

Ich schlage folgendes vor: Wir teilen uns in drei Gruppen auf. Lee übernimmt die erste, Damien die zweite und Spice die dritte. Jede Gruppe deckt einen bestimmten Sektor der City ab. Über Walkie-talkie bleiben alle miteinander in Verbindung. Sobald ihr Sichtkontakt mit Chymes oder seinen Anhängern aufgenommen habt, gebt ihr eure Position durch und erstattet Bericht. Dann wartet ihr, bis wir euch Verstärkung schicken.

Greift sie nicht allein an, selbst wenn ihr in der Überzahl seid. Ich will keine unüberlegten Heldentaten. Wir müssen zusammenarbeiten, um Chymes gefangenzunehmen, und wenn nicht ihn selbst, dann wenigstens einige seiner Komplizen, die sein Vertrauen genießen und Zugang zu Informationen haben.«

»Mit welcher Gruppe gehst du denn?« fragte ein magerer asiatischer Junge, der vorn stand.

»Ich werde hierbleiben und mit diesen beiden die neuen Informationen prüfen. Sie sind die Dachkletterei nicht so gewohnt wie ihr, und ich brauche sie, damit sie mir helfen. Sobald wir Anhaltspunkte haben, werde ich mich mit jeder Gruppe in Verbindung setzen.«

»Einen Augenblick.« Hinten war Lee aufgestanden. Der stämmige orientalische Junge schnallte sich seinen Nylonrucksack an, während er sprach. »Was passiert, wenn du immer noch nichts findest? Wir wissen nicht einmal, wie viele von ihnen da draußen sind. Sie können uns überall in der City Fallen gestellt haben und nur darauf warten, daß wir hineintappen.«

»Das Risiko müssen wir eingehen. Er hält zwölf unserer besten Leute gefangen, die auf ihre Hinrichtung warten. Wir haben keine Wahl, wir müssen versuchen, sie zu finden. Sonst müssen sie sterben.«

Obwohl Zalians Vortrag offenbar als kämpferische Ansprache gedacht war, wurde in der Gruppe ein Murren des Protests laut. Niemand schien es gut zu finden, daß er darauf verzichtete, den ihm zukommenden Platz an vorderster Front einzunehmen. In früheren, friedlichen Zeiten hatte die unzweideutige Haltung des Arztes geholfen, die Disziplin aufrechtzuerhalten, hatte die Leute angespornt und dazu ermutigt, ihr alternatives Leben hoch über der City auch wirklich zu genießen. Unter Zalians Führung hatte es in der Dachwelt jeden Tag verschiedene Aspekte eines außergewöhnlichen Abenteuers gegeben. Er hatte ihnen ein Gemeinschaftsgefühl und gemeinsame Ziele gegeben. Er war ihr Lehrer, ihr Vorbild, ihr Freund und ihr Berater gewesen. Aber jetzt lag das Utopia, das zu schaffen er geholfen hatte, um sie herum in Trümmern, und es wurde nur allzu klar, daß sie nicht mehr damit rechnen konnten, daß er sie zum Sieg führen würde. Sein eigener Glaube war erschüttert, und zu viele Freunde, denen man einst getraut hatte, waren zur anderen Seite übergelaufen.

»Lee wird euch mit allen Waffen ausrüsten, die uns zur Verfügung stehen. Ich weiß, daß keiner von euch für den Kampf ausgebildet wurde, aber damals konnte niemand ahnen, daß es einmal so weit kommen würde.« Das Murren verstummte, als Zalian mitten unter sie trat. »Wenn ihr an das Leben glaubt, das wir uns hier oben bereiten wollten, müßt ihr dafür sorgen, daß das System über eine weitere Generation andauert. Ihr müßt alles tun, was in eurer Macht steht, um sicherzustellen, daß die Dachwelt irgendwie weiterlebt.«

Die meisten Leute in der Runde schauten verlegen auf ihre Fußspitzen. Dann sprach Zalian zu einzelnen Mitgliedern der Gruppe. Um das bedrückte Schweigen zu brechen, das seiner aufmunternden Rede folgte, klatschte der loyale Lee in die Hände und fing an, die Leute vom Boden hochzuziehen. »Okay, Mack, Little Joe und alle, die an Waffen ausgebildet wurden, auf diese Seite. Kommt, wir müssen los.«

Langsam standen die Leute auf und folgten ihm. Spice folgte Lees Beispiel und organisierte ihre eigene Gruppe. Damien, ein Junge mit spitz hochstehendem Haar, der sich mit unbeholfenem Humpeln bewegte, war der wenig begeisterte Anführer der dritten Gruppe. Auch er mahnte die Leute aufzustehen und teilte die behelfsmäßigen Waffen unter ihnen auf. Gehorsam folgten Robert und Rose Zalian in die Einsatzzentrale innerhalb der Röhre.

Der Arzt schaltete eine Tischlampe an und setzte sich, als Rose ihm das arg zugerichtete Notizbuch überreichte.

»Laßt uns die Seiten aufteilen«, sagte er. »Wenn irgend etwas in diesem Buch steht, das uns zum Hauptquartier des Neuen Zeitalters oder zu den Hinrichtungsstätten führt, müssen wir es finden.«

»Moment«, sagte Robert und hob die Hand. »Ist mir hier vielleicht etwas entgangen? Welche Hinrichtungsstätten? Und was bedeutet überhaupt Neues Zeitalter?«

»Wenn ihr diese Sache bis zu Ende durchziehen wollt, muß ich es euch wohl sagen«, sagte Zalian und kniff sich mit schmutzigem Daumen und Zeigefinger in seine lange Nase. »Das letzte, was wir hier oben wollten, war Ärger.« Er lehnte sich zurück und schaute von einem zu anderen. Ihm war klar, daß er eine Erklärung abgeben mußte, bevor sie für ihn von Nutzen sein konnten.

Rose beschloß, die Initiative zu ergreifen. »Zuerst könntest du uns erzählen, wie du überhaupt in die Dachwelt gekommen bist«, sagte sie. »Du hast dich doch sicherlich nicht auf eine Anzeige im *Guardian* beworben, oder?«

»Wenn ihr mich fragt, warum ich den Boden verlassen habe, kann ich nur sagen, daß das Leben für mich unerträglich geworden war«, erwiderte Zalian, der sich ganz offenbar unbehaglich fühlte. »Es fing an mit einem meiner Patienten, einem alten Mann . . . Eines Tages, als er nach einer Operation aus der Narkose erwachte, erzählte er mir, er kenne einen Ort, der schon seit Jahrzehnten hoch über der City existiere. Immer wieder redete er von diesem . . . anderen Leben.« Zalian zuckte die Achseln, stand auf, holte neben seinem aus einer Transportkiste bestehenden Schreibtisch einen Pack Pepsi hervor und nahm sich eine Dose.

»Natürlich nahm ich das, was er sagte, damals nicht ernst. Ich glaubte, er halluzinierte oder schilderte mir einen Traum, aber der Gedanke faszinierte mich. Einige Zeit später hörte ich diese Geschichte noch einmal, aber von ganz anderer Seite. Ich beschloß also, eigene Ermittlungen anzustellen. Um mich kurzzufassen, ich wollte schon meine Suche nach diesem sagenhaften ›Geheimleben‹ aufgeben, als ich durch Zufall auf das Hauptquartier der Dachwelt stieß.« Er riß seine Dose auf und schob Rose die übrigen Dosen über den Tisch. »Das Hauptquartier war ein einziger Trümmerhaufen. Der ehemalige Anführer hatte aufgegeben und war zum Leben auf dem Boden zurückgekehrt. Nur wenige Leute waren oben geblieben. Dennoch schien es wichtig — jedenfalls mir — zu versuchen, die Reste wieder aufzubauen.«

Er fuhr sich mit der Hand durch sein langes blondes Haar, das sich im Nacken kräuselte, und die Erinnerung brachte ihn zum Lächeln. »Ich erklärte den Leuten meine Absichten, und es gab andere, die mir helfen wollten, die Dachwelt wiederauferstehen zu lassen. Sie zeigten mir jede Menge Bücher, die von den Sitten und Ritualen handelten, die hier oben seit fünfzig Jahren praktiziert worden waren. Ich sortierte alles Geheimnisvolle und Unverständliche aus und behielt nur die Gesetze, die etwas Gutes und Nützliches zu verkörpern schienen. Ich ließ die Ideale der Dachwelt neu aufleben und paßte sie einer neuen Generation an . . .«

»Was ist denn falsch gelaufen?« wollte Robert wissen.

»Ich glaube, ich war zu erfolgreich. Immer mehr Leute waren mit dem Leben auf dem Boden unzufrieden und wollten sich uns anschließen. Die Sicherheit war nicht mehr gewährleistet. Leute, die wir als ungeeignet ablehnten, wußten genug über unsere Operationen, um unten darüber zu reden. Zum ersten Mal seit ihrer Gründung bestand für die Dachwelt die Gefahr, entdeckt zu werden.«

Zalian schaute zur Tür. »Wartet, laßt uns draußen weiterreden. Ich will sehen, wie die Leute sich vorbereiten. So wie die Dinge zur Zeit laufen, sind wir heute vielleicht zum letzten Mal zusammen.« Zalian streckte seine langen Beine aus und stand auf. Einmal draußen, ging er langsam am Rand der Brüstung entlang, als wollte er ständig die Gesetze der Schwerkraft herausfordern. Als er weitersprach, mußten Robert und Rose mit ihm Schritt halten, um ihn verstehen zu können. Überall packten die Leute ihre Rucksäcke und überprüften ihre Kletterausrüstung.

»Und was geschah dann?« fragte Robert.

»Andere Banden erschienen auf den Dächern«, sagte Zalian. »Ihnen war die geordnete idealistische Gesellschaft gleichgültig, die wir neu geschaffen hatten. Mir wurde sehr bald klar, daß jemand mit genügend Energie das ganze System für schändliche Zwecke benutzen konnte. Als das Unvermeidliche geschah, war es viel schlimmer, als auch nur einer von es sich hätte vorstellen können. Die Gruppe, die auf den Dächern auftauchte, war buchstäblich aus Bösem geschmiedet. Ihre Regeln und Rituale wurden zu erbärmlichen Parodien der unseren.« Der immer stärker aufkommende Wind zerzauste Roberts Haar und fegte den Unrat über das Dach.

»Die usprüngliche Dachwelt folgte den edlen Idealen der griechischen Götter«, fuhr Zalian fort, »und wir behielten ihr passives und friedliches Symbol bei — den Mond. Unsere Rivalen nennen sich die Künder des Neuen Zeitalters und stellen das Gegenteil von allem dar, was wir repräsentieren. Ihr erster Anführer wurde von dem Usurpator, den sie Chymes nennen, über dem Piccadilly Circus bei lebendigem Leibe geröstet. In wenigen Tagen hat dieser Mann die meisten seiner Feinde ausgelöscht. Und jetzt scheint es, als ob nur eine Handvoll von uns ihm noch im Wege steht. Und wenn wir einmal verschwunden sind, wird auf dem Boden niemand mehr sicher sein.«

»Warum denn nicht?« fragte Rose.

»Wenn du aus der Höhe auf etwas herabschaust«, sagte Zalian, »begreifst du leichter, wie es funktioniert. Du lernst, wie du das System melken kannst. Du entdeckst seine Schwächen. Wir haben gegen Gesetze verstoßen, aber wir haben niemals gemordet, und wir haben denen dort unten nie ernsthaft geschadet. Dennoch haben wir das System am Boden für uns arbeiten lassen. Unsere Feinde sind anders. Sie werden vom Himmel aus stehlen und töten, wenn sie erst einmal die Kontrolle übernommen haben. Dann werden die alten Regeln für immer vergessen sein, und durch die Straßen wird Blut fließen. Das Gemetzel, das bisher schon stattgefunden hat, wird zum Lebensstil werden.«

Zalian schaute auf die Uhr und ging weiter, diesmals zur Mitte des Dachs, auf dem sie standen. »Sie haben unsere Anführer, unsere besten Männer und Frauen gefangengenommen. Sie foltern sie, um ihnen unsere Geheimnisse zu entreißen, und sie werden sie töten, wenn sie die Zeit für gekommen halten. Wie unsere alte Gesellschaft im Guten verwurzelt ist, so scheint Chymes etwas viel Älteres und Böses zu verehren. Der Sonnenaufgang bedeutet ihnen den Tod der Nacht, und ihr Opferritual zeigt ihnen das Ende des Mondes an.«

»Du glaubst, sie werden euch angreifen und dann eure Leute bei Sonnenaufgang ermorden?« fragte Rose.

»Wahrscheinlich. Aber wann? Morgen? Übermorgen?«

Sie hatten ein Gewirr von Aluminiumleitungen erreicht, hinter dem eine kleine Werkstatt lag, deren Tür offenstand. In der Werkstatt waren zwei junge Frauen damit beschäftigt, Hunderte von Metern Nylonkabel aufzuwickeln. Zalian schaute ihnen schweigend zu. »Unsere Vorräte sind fast erschöpft«, sagte er. »Sie haben fast alle unsere Depots zerstört.«

»Du darfst die Hoffnung nicht aufgeben«, sagte Rose. »Vergiß nicht, daß man den Mond oft auch am Tag sehen kann.«

Zalian lachte bitter. »Die Künder des Neuen Zeitalters werden die neuen Herren der Dachwelt sein«, sagte er. »Sie haben Stammesbräuche, sind gewalttätig und haben kein Gewissen. Sie sind aus der sterilen Wüste entstanden, zu der diese City geworden ist. Sich ihnen anzuschließen bedeutet, das Reich der Dunkelheit zu betreten.«

»Wenn sie euch gegenüber in der Überzahl sind und damit stärker als ihr«, fragte Robert, »wie können sie dann geschlagen werden?«

»Wir hätten schon vor Tagen handeln sollen«, sagte Zalian, als hätte er

Roberts Frage gar nicht gehört. »Statt dessen haben wir abgewartet. Ich habe sie unterschätzt. Ich habe *ihn* unterschätzt.«

»Und was hatte Sarah Endsleigh mit alledem zu tun?« fragte Robert.

»Ich habe sie gebeten, zu uns heraufzukommen«, sagte Zalian. »Ich war Sarahs Liebhaber.« Zalian lehnte sich gegen die Wand der Werkstatt und rieb sich die Stirn. Er schien den kalten Wind überhaupt nicht zu empfinden, der mit verstärkter Kraft über das Dach heulte. »Es war alles meine Schuld. Wir wußten nichts von diesem Künder des Neuen Zeitalters. Wir kannten nur seinen Namen — Chymes. Der Name hätte aus einem Comic-Heft stammen können.«

»Warum haben ihn dann so viele der jungen Leute ernstgenommen?«

»Weil der Mann wie eine Figur aus einem Comic-Heft *agiert*. Er führt psychotische Tricks vor und füttert ihre Köpfe mit verrückten Ideen, Bildern von Blutkult und Rache. Er hat wahrscheinlich jeden verstörten Schläger, jeden heruntergekommenen Junkie und jeden verdrehten Einzelgänger der City unter Kontrolle. Und jetzt tötet er unsere Familie.«

»Du wolltest von Sarah sprechen«, erinnerte Rose ihn sanft.

»Ich brauchte Freiwillige, die das Neue Zeitalter infiltrieren sollten«, sagte Zalian leise. »Sarah meldete sich. Ich konnte sie nicht davon abhalten. Sie übermittelte uns Informationen, die sie von zwei Mitgliedern bekommen hatte, von denen einer Kröte, der andere Samuel genannt wurde. Aber sie wurde enttarnt. Während Chymes über ihr Schicksal befand, schickte er sie mit zwei Leuten auf die Straße hinunter . . .«

». . . Um ihre Mutter zum Schweigen zu überreden. Das war der Tag, an dem ich sie sah!« rief Rose aus.

»Einer der Männer, die mit ihr gingen, war ebenfalls auf unserer Seite«, sagte Zalian, »aber zu seinem eigenen Schutz hatten wir das Sarah nicht mitgeteilt. Charlotte war eine eigensinnige Frau. Sie hatte ihre Tochter so weit eingeschüchtert, daß sie ihr die Geheimnisse der Dachwelt verriet. Jetzt aber weigerte sie sich, ihre Notizen herauszugeben. Ich bezweifle, ob sie erkannte, in welche Gefahr sie sich und ihre Tochter dadurch brachte.«

»Ich wußte, daß an dem Tag etwas Seltsames vor sich ging«, sagte Rose. »Ich bin so verdammt unaufmerksam. Wenn ich nur gewußt hätte, daß Sarah eine Gefangene war.«

»Wenn du es gewußt hättest, würdest du heute vielleicht nicht mehr leben.«

»Ich wäre fast heute nachmittag schon gestorben«, murmelte Robert und steckte die Hände in die Taschen.

»Natürlich glaubte Chymes Sarah nicht, als sie mit leeren Händen zurückkam. Deshalb schickte er jemanden, der die Wohnung der alten Frau durchsuchen sollte. Unglücklicherweise war der Einbrecher, den er damit beauftragt hatte, ein Junkie, ein total verrückter Junge. Er brach in verschiedene andere Wohnungen ein, bevor er die richtige durchsuchte. Er wurde von Charlotte auf frischer Tat ertappt und ermordete sie.« Zalian schwieg und starrte in die kalte Nacht hinaus.

»Mich friert«, klagte Robert. »Können wir nicht hineingehen und uns mit dem Buch beschäftigen?«

»Was könnten wir denn schon gewinnen, wenn wir das Buch studieren?« fragte Rose.

»Wir kennen die Motivationen des Neuen Zeitalters«, erklärte Zalian. »Wir müssen ihre Doktrinen und ihre Denkweise begreifen. Warum begehen sie zum Beispiel Ritualmorde? Glauben sie an etwas Übersinnliches? Glauben sie an den Satan? Viele von unseren Leuten schienen das zu glauben. Sie hatten Angst, sich Chymes entgegenzustellen, weil sie fürchteten, sie könnten — ich weiß es nicht — von etwas Teuflischem vernichtet werden. Chymes ist ein intelligenter Mann. Er herrscht, indem er sich unserer Urängste bedient, der Furcht vor dem Bösen selbst. Wenn man Leute dazu bringen kann, an solche Dinge zu glauben, dann hat man sie ihr Leben lang unter Kontrolle.«

Ganz plötzlich drehte er sich um und schaute in die entgegengesetzte Richtung. »Sarah wußte, was Chymes antrieb. Ich kann nur beten, daß sie auch diese Informationen an ihre Mutter weitergegeben hat. Wenn wir erst einmal seine Motive verstehen, werden wir auch eine Möglichkeit finden, ihn zu schlagen. Wenn Chymes nicht mehr an ihrer Spitze für sein grandioses Neues Zeitalter kämpft, werden seine Leute vermutlich auseinanderlaufen.«

»Und wenn deine Theorie nicht stimmt?« fragte Robert.

»Dann sind wir verloren, und die letzte Barriere zwischen ihnen und den Leuten auf dem Boden wird gefallen sein. Der Wahnsinn wird dann über die Vernunft gesiegt haben.«

»Was glaubst du, wieviel Zeit haben wir noch?« fragte Rose.

»Wenn wir uns an ihren früheren Angriffen orientieren, noch etwa drei Stunden.«

Robert drängte die anderen zur Röhre zurück.

31 Unter der Brücke

»Darum geht es doch gar nicht, Ian. Du hast mir versprochen, daß wir zu Weihnachten wenigstens einen Teil unserer freien Tage gemeinsam verbringen. Ich dachte, wir könnten diese verdammte City für ein paar Tage verlassen.«

»Das war, bevor hier die Hölle losbrach. Und jetzt, wo ich bei meinen Ermittlungen endlich Ergebnisse habe, muß ich in der Stadt bleiben und die Sache durchstehen. Das müßtest doch gerade du verstehen.«

Janice Longbright hatte eigentlich gedacht, daß sie bei ihm übernachten würde, aber Hargreave wußte, daß er sie heute abend und in absehbarer Zukunft jeden Abend zu ihrer komfortablen Wohnung am Belsize Park würde fahren müssen, um sich anschließend wieder an die Arbeit zu machen. »Es ist mir wirklich nicht um eine Beförderung zu tun, ganz im Gegenteil. Aber wenn ich keine Überstunden mache, und es passiert ein weiterer Mord . . .«

»Ich weiß, Ian. Und ich verstehe es auch. Wahrscheinlich bin ich ganz einfach nur egoistisch. Warum mußte das alles ausgerechnet zu Weihnachten passieren . . .« Janice stand in der Tür, und ihre gepflegte, altmodische Frisur glänzte unter der Deckenbeleuchtung. Sie schien einen Lippenstift aufgetragen zu haben, der überhaupt nicht mehr hergestellt wurde. Er beugte sich vor und küßte sie leicht auf den Mund. »Wir sehen uns morgen früh.«

»Vielleicht werde ich selbst ein paar Überstunden machen«, überlegte sie. »Vielleicht können wir auf diese Weise wenigstens gemeinsam frühstücken. Ich würde mich von dir vielleicht sogar mit einem Mistelzweig in den Kopierraum tragen lassen.«

»Du wirst einen ganzen Ast brauchen, wenn du mit dem fertigwerden willst, was mir im Kopf herumgeht«, sagte Hargreave, knöpfte sich den Kragen zu und schaute zum Himmel hinauf. »Es soll noch vor dem Wochenende schneien. Butterworth inspiziert mit ein paar Leuten die Dächer in der Gegend von Soho, aber bisher ist nichts dabei herausgekommen. Wir müssen sofort handeln, bevor vielleicht vorhandene Spuren verwischt sind.«

»Wohin gehst du jetzt? Wieder an die Arbeit?«

»Ich habe eine Verabredung mit Stan Cutts. Vielleicht redet er und gibt mir den einen oder anderen Hinweis. Ich rufe dich später an und sage dir, was ich erreicht habe.«

Am frühen Abend hatte er ein Telegramm des Journalisten erhalten, in dem dieser ihn bat, sich mit ihm unter der Hungerford Bridge zu treffen. Der Vorschlag kam Hargreave seltsam vor, aber dennoch wollte er rechtzeitig dort sein. Möglicherweise konnte Cutts mit einem brauchbaren Verdächtigen aufwarten, oder, besser noch, vielleicht würde er Hargreave seine Informationsquelle nennen.

Als er auf dem breiten, trübe beleuchteten Bürgersteig der Northumberland Avenue zum Ufer und zur Brücke hinüberging, wurde er allmählich mißtrauisch. Warum hatte Cutts sich per Fernschreiber mit ihm in Verbindung gesetzt? Warum hatte er nicht einfach angerufen? Das hatte er doch sonst immer getan. Er ging an der eleganten weißen Fassade des Playhouse vorbei um die Ecke der Avenue und sah sich mit Londons traurigstem und beunruhigendstem Anblick konfrontiert. Hier, unter der Eisenkonstruktion der Eisenbahnbrücke, von der das Wasser herabtropfte, hausten die Obdachlosen der City, die Stadtstreicher, die den überfüllten Herbergen von Camden und Soho, Stepney und Bow den Rücken gekehrt hatten, die hier in feuchten Pappkartons übernachteten und die einander um eine Zigarette oder einen Schluck Wein verzweifelte und erbitterte Kämpfe lieferten.

Es schien grotesk, daß sie ausgerechnet hier kampierten, vor einem Theater, in dem Abend für Abend elegant gekleidete Besucher in den Pausen ihren Weißwein schlürften und auf das Klingelzeichen zum Beginn des nächsten Aktes warteten. Selbst an einem so kalten Abend wie diesem hatten sich hier Hunderte von Obdachlosen versammelt, Bündel aus Fleisch und Kleiderfetzen, die sich so wenig von dem schmutziggrauen Ziegelwerk der Brückenpfeiler abhoben, daß sie Teil der Kontruktion zu sein schienen.

Hargreave blieb unter der Brücke stehen und schaute immer wieder unruhig auf die Uhr. Gegenüber sah er die dunklen Fenster der Läden am Ende der Villiers Street, die bald abgerissen werden sollten. In ein paar Jahren würden hier neue Bürogebäude aus Glas und Beton stehen, um neue Geschäftsleute zu beherbergen, die auf Beseitigung der Brückenszenerie, dieses Dorns in ihrem Auge, bestehen würden. Wo sollten die Leute dann schlafen? Wieder schaute er auf die Uhr und suchte in seinen Manteltaschen nach Zigaretten. Cutts hatte sich schon um zwanzig Minuten verspätet.

Hinter sich hörte er ein Scharren, als zwei Stadtstreicher sich um einen Platz zwischen den zusammengedrängten Schlafenden stritten. Er schaute zum grauen Eisengeländer der Brücke hoch.

Auf der Brücke sah er Leute.

Je mehr sich seine Augen an die Dunkelheit gewöhnten, um so besser konnte er die einzelnen Gestalten unterscheiden. Er zählte vier Leute — nein, fünf. Sie trugen etwas — es schien ein großer Sack zu sein — und banden ihn mit einem Seil an das Geländer. Plötzlich warfen sie den Sack von der Brücke, das Seil straffte sich, und der unförmige Gegenstand schwang wie ein Pendel über die Straße und unter die Brücke.

Hargreave folgte der Bewegung des Pendels und sah, wie der Sack krachend durch das Fenster eines verlassenen Ladens schlug. Bevor die Obdachlosen schreiend und hustend auf die Beine kamen, war Hargrave über die Straße gerannt und durch das demolierte Fenster in den Laden geklettert. Am Ende des gestrafften Seils hing die Leiche eines Mannes, und das Ende des Seils war als Schlinge um seinen Hals geknotet. Stan

Cutts lag mit auf den Rücken gefesselten Händen und mit grotesk angewinkelten Beinen in einem Haufen von Puppen und Teddybären. Seine weit aufgerissenen Augen waren starr.

Hargreave stand auf und schaute zur Brücke hinüber. Auf dem schmalen Fußgängerübergang der Brücke hörte er eilige Schritte. Er wußte nur zu gut, daß er die Brücke nur über die Straße und durch den Terminal selbst erreichen konnte. Er schaltete sein Walkie-talkie ein und bestellte einen Wagen mit ein paar Männern, die vom anderen Ende der Brücke her die Suche aufnehmen sollten. Dann hockte er sich neben die Leiche und durchsuchte systematisch Stans Taschen. Zuerst durchsuchte er die Manteltaschen, dann drehte er die Leiche um und nahm sich das Jackett vor. Die Obdachlosen, die hinter ihm standen und stumm zuschauten, begriffen nicht den Grund der Störung ihres ohnehin unruhigen Schlafes.

Hargreave steckte rasch ein paar Fetzen Papier, einige Fahrkarten und die Brieftasche des Toten ein und ließ das Kleingeld und ein Schlüsselbund im Jackett. Als er sich über die übel zugerichtete Leiche des Reporters beugte, verzog er das Gesicht. Ein seltsamer, nur schwach wahrnehmbarer Geruch lag in der luft. Er rieb mit Daumen und Zeigefinger über Cutts Mantelkragen und roch an seinen Fingern. An seinem Daumen sah er Spuren eines gelben Pulvers . . .

Ein paar Schritte von ihm entfernt fiel ein schweres Stück Glas aus dem Fensterrahmen klirrend zu Boden und ließ ihn zusammenzucken. Noch einmal untersuchte er die Leiche, und jetzt fielen ihm die Blasen um den Mund des toten Reporters auf. Er beugte sich vor und betrachtete sie näher. Sie sahen aus wie Säureverbrennungen. Wieder nahm er denselben Geruch wahr, nur ätzender und beißender. An diesen Geruch erinnerte er sich noch aus dem Chemieunterricht während seiner Schulzeit. Schwefel. Die Leiche war mit einer erheblichen Menge Schwefelpulver besprüht worden, und es sah so aus, als sei Stan Cutts vorher gezwungen worden, Schwefelsäure zu trinken. Ein wenig wacklig stand Hargreave wieder auf und ließ den Kopf in die Hände sinken. Das paßte alles zu der Theorie, über die er schon nachgedacht hatte.

Natürlich mußte es Schwefel sein. Schwefel war das Element, das gewöhnlich mit dem Teufel assoziiert wurde.

FREITAG, 19. DEZEMBER

32 Suchtrupps

An diesem Abend um zehn Uhr dreißig hatte sich Zalians Gruppe auf dem Dach des Stock Exchange versammelt. Robert und Rose waren auch dabei. Die Suche der vergangenen Nacht war erfolglos geblieben. Chymes und seine Männer hatten keinen Angriff unternommen, und über der Dachlandschaft lag eine unbehagliche Stille. Sehr zu Roses Ärger hatte Zalian seine kostbaren Notizbücher eifersüchtig gehütet. Mühselig hatte er ganze Sektionen daraus in seinen Computer eingegeben. Jetzt stand ihm eine Fülle von Informationen zur Verfügung, aber bisher war er nicht imstande gewesen, zuverlässige Schlüsse daraus zu ziehen. Chymes' großer Plan blieb verborgen, versteckt in einem Überfluß von Informationen.

Am Morgen dieses Tages hatten Rose und Robert kurz nach fünf Uhr das Dach verlassen und waren erschöpft wieder nach unten gestiegen. Sie schliefen beide den ganzen Tag über, während um sie herum die Bewohner der City ihren traditionellen Weihnachtsritualen nachgingen: Sie kauften ein und betranken sich. Inzwischen waren sie wieder auf das Dach gestiegen, und diesmal war Rose sicher, daß etwas passieren würde. Spices Gruppe, im ganzen neun Leute, stellte sich in einer Reihe auf, um sich von Lee mit Waffen ausrüsten zu lassen. Er reichte jedem einen kleinen Nylonbeutel. Dieser Beutel enthielt eine Signalpatrone, Ersatzkartuschen für das Kabelschießgerät, ein Messer und etwas, das aussah wie eine Miniaturarmbrust.

»Ich wollte sie nicht ausgeben, bevor ich sie verbessert hatte«, sagte er zu Spice und gab ihr eins der primitiven Geräte. »Das Nachladen ist problematisch, denn es funktioniert nicht automatisch. Außerdem ist das Ding eigentlich zu leicht für die Munition.«

»Was für Munition?« fragte Spice und drehte die Aluminium-Armbrust in der Hand.

»Es ist ein etwas abgewandelter Pfeil«, sagte Lee. Er zog einen aus dem Beutel und hielt ihn hoch. »Ihr könnt nicht mehr als sechs davon mitnehmen, und sie sind nur aus geringer Entfernung wirksam.«

»Sind die Spitzen vergiftet?« fragte ein Mädchen, das hinter Spice stand.

»Leider nicht«, sagte Lee. »Zalian wollte nicht, daß ich Gift verwende, aber ich habe die Spitzen mit einer Mischung präpariert, die in einer Wunde höllische Schmerzen verursacht. Ich habe keine Schutzhülle für die Pfeile, ihr müßt also aufpassen, daß ihr euch nicht selbst stecht.«

»Wir brauchen Waffen, die weiter tragen, Lee. Hast du da nicht etwas Brauchbares?« Spice nahm ein Bündel Pfeile entgegen und verstaute es sorgfältig in ihrem Beutel. »Schließlich sind inzwischen alle unsere Münzenschleudern in ihrem Besitz.«

Bevor Chymes' Leute mit den Entführungsaktionen anfingen, hatten sie Lees gesamten Vorrat an diesen Geräten gestohlen, mit denen man allenfalls jemanden hatte betäuben können, und hatten sie zu Mordwaffen umfunktioniert.

»Ich habe keine weittragenden Waffen«, mußte Lee zugeben. »Ich hatte ja auch nicht mit einem Krieg gerechnet.«

»Okay, rüste meine Leute aus, und ich werde mir überlegen, welchen Sektor wir uns vornehmen.« Spice ging davon und schnallte sich dabei den Gurt an. Im Einsatzraum sprach sie kurz mit Zalian, der bestimmt hatte, daß die Gruppen auf der Suche nach Chymes das Zentrum Londons in drei Sektionen aufteilen sollten. Jede Gruppe sollte von oben anfangen, ihre Sektion durchkämmen und sich dann mit den anderen in der Mitte treffen.

Damien, der junge Punk, der die dritte Gruppe anführte, machte sich mit seinen Leuten als erster auf den Weg. Seine Gruppe benutzte die schon vorhandenen Bahnen, um die Finanzinstitute der City zu überqueren. Dann verließ Spice das Dach, und ihr Mikrosender knisterte, als sie ihre Leute den Lichtern des West End entgegenführte.

Lee verteilte die letzten Waffen an seine achtköpfige Gruppe. Sie drückten ihre Zigaretten aus, scherzten nervös miteinander und seilten sich über die leeren Straßen hinweg. Die verrosteten Eisenmasten der Kabelstationen knarrten und ächzten unter ihrem Gewicht. Dann war das Dach leer, und die Körperwärme der Truppen Zalians verschwand in der immer kälteren Nachtluft.

Spice zielte sorgfältig und drückte auf den Abzug ihres Kabelschießgeräts. Das Nylonkabel fuhr zischend aus dem Gerät, der Stahl blitzte auf, und ein metallisches Rasseln zeigte an, daß sie ihr Ziel getroffen hatte. Rasch straffte sie das Kabel und befestigte es an dem Metallstab, der aus dem Gebäude herausragte, auf dem sie stand. Über eine der ältesten stationären Bahnen der City hatten sie die Nordseite des Oxford Circus erreicht, aber dann waren sie am Portland Place gezwungen, ihn wieder zu verlassen, denn einige der Stationen, die von hier aus weiterführten, waren fast völlig durchgerostet. Spice führte ihre Leute an das Kabel. Einer nach dem anderen klinkte sich ein, und geräuschlos überquerten sie die verlassene Straße.

Obwohl das Ende der Straße von Sodiumdampflampen erhellt wurde, lag das gegenüberliegende Gebäude im Dunkeln. Spice überquerte die Straße als letzte, sprang behende auf die Brüstung das Dachs und löste das Kabel, so daß niemand ihnen folgen konnte.

Vor ihr schaltete jemand eine Taschenlampe an und leuchtete das Dach ab. »Kein Anzeichen, daß hier jemand war.«

»Glaubst du, daß sie Sarah und die anderen vielleicht irgendwo außerhalb des Gebiets festhalten, in dem wir Stationen haben?« fragte Spice.

»Das halte ich für unwahrscheinlich«, sagte der Junge mit der Taschenlampe. »Sie hätten mindestens einen Teil der Strecke auf den stationären Bahnen zurücklegen müssen.« Diese Bahnen bildeten ein Einbahnsystem über der City. Sie liefen über Stahlmasten, die fest auf den Dächern montiert waren. Damit sie besser geschützt werden konnten und nicht so leicht entdeckt wurden, waren die meisten Stationen auf Dächern eingerichtet worden, die schwer oder gar nicht zugänglich waren. Ihre besondere Plazierung und ihre größere Höhe bedeuteten, daß man sich auf diesen Bahnen hauptsächlich mit Hilfe der Schwerkraft fortbewegte, ohne besondere physische Anstrengungen auf sich nehmen zu müssen. Angenommen, Chymes' Männer hätten ihre Gefangenen irgendwie gefesselt, überlegte Spice, dann wäre es ihnen unmöglich gewesen, sich anders fortzubewegen als auf diesen auf dem Prinzip der Schwerkraft funktionierenden Schnellbahnen.

»Dies ist das Ende der Bahn Nord Sieben, nicht wahr?« fragte Spice. Sie ging zu dem Jungen hinüber, der Tom hieß. Er zog eine zerknüllte Karte aus seinem Beutel und richtete den Strahl seiner Taschenlampe darauf. »Es ist die Nord Sieben«, sagte er, »aber sie ist hier nicht zu Ende. Da sind noch drei Stationen, aber die sind hier als unsicher eingezeichnet.«

»Wohin führen sie?« Spice fuhr mit dem Finger einen blauen Strich auf der Karte entlang. Einige der anderen traten heran, um sich die Karte anzuschauen.

»Die letzte ist Adam.« Ein schmutziger Finger zeigte auf die Karte. »Sie liegt offensichtlich im Park. Auf der Nordseite von Park Crescent.«

»Das überrascht mich. Der Crescent ist nachts immer hell erleuchtet. Man sollte meinen, daß das Kabel vom Boden aus zu sehen ist.«

»Das kommt drauf an, wie hoch es hängt.«

»Im Park. Ich möchte gern wissen, wo sie das Kabel festgemacht haben.« Spice dachte einen Augenblick nach. »Ich werde nachschauen. Ihr bleibt hier. Wenn man das Kabel nicht benutzen kann, komme ich sofort zurück. Jedenfalls werde ich nicht länger als fünf Minuten wegbleiben.«

»Hier ist angemerkt, daß das Kabel unsicher ist.«

»Zalian schreibt immer ›unsicher‹, wenn er den Zustand einer Bahn nicht genau kennt. Ich bin die leichteste von euch. Wie dem auch sei, wir müssen alle Möglichkeiten prüfen. Arbeitet bitte inzwischen unsere nächste Route aus.«

Wieder schwang sich Spice auf die Brüstung und schaute nach hinten, wo das Broadcasting House wie der Bug eines Ozeandampfers in die Straße hineinragte. Sie lächelte. »Sie haben ausdrücklich gesagt, daß in dieser Straße niemals irgend etwas den Ausblick nach Norden versperren würde. Wußtet ihr das?«

»Wer hat das gesagt?« fragte Tom.

»Die ursprünglichen Architekten. Vor ein paar hundert Jahren war dies die größte Straße Londons.« Sie klinkte ihre Gurtleine mit gewohnter Routine an das Kabel. »Sieht bei Nacht immer noch schön aus, nicht wahr?«

»Sei vorsichtig«, sagte Tom. Er hatte Spice schon immer gemocht, aber sie schien sich für Männer nicht zu interessieren. »Willst du das Walkie-talkie mitnehmen?«

»Nein, behalt es lieber. Bis später.« Sie stieß sich von der Brüstung ab, und zwischen den nur schemenhaft zu erkennenden Gebäuden, in denen so viele Ärzte und Anwälte und Architekten arbeiteten, verschwand sie auf ihrem Weg zur Südspitze des Regent's Park in der Dunkelheit.

Tom wandte sich den andern zu. »Kommt, laßt uns die weitere Route festlegen. Hat einer irgendeine Idee, wo wir als nächstes suchen könnten?«

»Wie wäre es mit dem Dach des Capital Building?« schlug ein untersetztes Mädchen mit kurzgeschnittenem schwarzen Haar vor. »Das wäre für sie ein günstiger Ausgangspunkt.« Sie und die anderen nutzen die Pause, um zu rauchen und die müden Muskeln auszustrecken.

»Nein, das Dach liegt zu hoch. Von dieser Seite her kommen wir nicht hinauf. Dazu müßten wir eine der beiden nördlichen Bahnen nehmen.«

»Wie lange müssen wir auf Spice warten?«

»So lange wie es dauert.«

»Und wenn sie nicht zurückkommt?«

»Sie wird zurückkommen.«

Tom setzte sich mit der Karte hin und drehte sie nervös in den Händen. Die Dachlandschaft aufzuteilen und sektionsweise abzusuchen hielt er für keinen guten Plan, aber da Zalian nichts anderes eingefallen war, mußte man sich notgedrungen an diesen Plan halten. Wenn Chymes teilen und herrschen wollte, schienen sie ihm direkt in die Hände zu arbeiten. Tom stand auf, ging an den Rand des Dachs und starrte in die Dunkelheit über den Park hinaus.

Es war sieben Minuten vor Mitternacht. Auf dem Dach von Harrod's war in Damiens Gruppe Streit ausgebrochen. Der junge Punk war zu neu, als daß er sich bei der Gruppe durchsetzen konnte, aber ihm war die Führung anvertraut worden, weil er irgendwie Dr. Zalians Gunst gewonnen hatte. Schon gleich als er Angehöriger der Dachwelt geworden war, hatte Zalian ihn unter seine Fittiche genommen und ihm eine Spezialausbildung angedeihen lassen. Einige der anderen, vier Frauen und fünf Männer, waren darüber erbost. Jetzt hatte Zalian sie mit seiner Weigerung verärgert, an der Suche selbst teilzunehmen, und sie ließen Damien ihre Verärgerung deutlich spüren.

Beim Überqueren der Stadt hatte sich der Junge als außerordentlich geschickt erwiesen, aber er hatte keine Ahnung, wie er die Disziplin innerhalb der Gruppe aufrechterhalten konnte, die sich ungeordnet und lärmend nach Westen bis Knightsbridge vorgearbeitet hatte. Jetzt warteten sie auf dem Dach des Warenhauses, während Damien auf der Karte die Grenzen des ihnen zugewiesenen Bezirks abzustecken versuchte. »Wir fangen hier an und arbeiten uns dann bis zum Fluß vor«, sagte er unsicher und schaute in das mißmutige Gesicht des Mädchens, das neben ihm stand.

»Wie können wir das, wenn wir uns bei Zentrale Eins mit den anderen treffen sollen?« sagte sie, wandte sich ab und spuckte auf das Dach. Hinter ihr zündete sich jemand einen Joint an und hustete.

»Heh, mach das Ding aus. Wir brauchen einen klaren Kopf für den Fall, daß wir auf Chymes' Leute stoßen.« Damien streckte die Hand nach dem Joint aus, aber er bewegte sich zu langsam.

»Ich weiß nicht, worüber du dir solche Sorgen machst«, sagte Tony, der hochaufgeschossene Teenager mit dem Aknegesicht, der sich den Joint angesteckt hatte. »Hier sind wir weit vom Territorium des Neuen Zeitalters entfernt.« Er zog an seinem Joint und pustete den Rauch unverschämt Damien ins Gesicht.

»Wenn du so viel davon verstehst, Tony, warum übernimmst du die Gruppe dann nicht?« Damien konnte seine Angst nicht ganz verbergen, und das machte die anderen nur noch rebellischer. »Wir müssen zum Fluß hinunter«, sagte er. »Von hier gibt es keine Verbindung nach Notting Hill.«

Tony nahm die Karte und hielt sie Damien dicht vor die Augen. »Wir müssen von hier nach Osten ausschwärmen, nicht nach Norden«, schrie er mit seinem harten Cockney-Akzent. »Bei Harrod's fängt die Ost Vier an, und auf ihr erreichen wir die Station Scott auf der Albert Hall. Ist denn niemand auf den Gedanken gekommen, dort einmal nachzuschauen?« Er warf die Karte zur Seite und tat, als wollte er sofort aufbrechen.

»Du bleibst und wartest meine Befehle ab«, schrie Damien. »Was ist, wenn wir uns aufteilen und jemand in einen Hinterhalt gerät?«

»Das wäre verdammt besser, als wenn wir alle Prügel bekommen«, sagte Tony, stieg auf einen eisernen Ventilatorschacht und klinkte sich an das Kabel. Damien erkannte, daß es zu einer regelrechten Meuterei führen würde, wenn er versuchte, sich mit Gewalt durchzusetzen. Unwillig drehte er sich zu seinen Leuten um. »Okay«, rief er, »wir gehen also zur Station Scott.«

»Können wir nicht vorher fünf Minuten Pause machen?« fragte jemand von hinten. »Ich bin völlig fertig. Wir sind doch gerade erst hier angekommen.« Tony zögerte und wartete auf Damiens Entscheidung, der überrascht feststellte, daß er durch Nachgeben gewonnen hatte.

»Okay«, sagte er, »aber nur fünf Minuten. Wir haben noch einen weiten Weg vor uns.« Damien schnallte sein Walkie-talkie ab und stellte es neben den Schacht, während Tony herabstieg und zu ihm trat. Vor den anderen her gingen sie zur Mitte des Dachs und setzten sich.

Die Fassade des Warenhauses war von Tausenden von weißen Glühbirnen grell erleuchtet. Die Schaufenster zeigten Szenen aus Weihnachtsmärchen. Obwohl vom Dach des Gebäudes eine stationäre Bahn weiterführte, wurde sie selten benutzt, denn das Risiko, von der Straße aus gesehen zu werden, war zu groß. Harrods Building gehörte zu den wenigen Gebäuden, zu denen die Leute gelegentlich hochschauten. Sein Dach konnte außerdem von den Gästen eines Nachtklubs auf einem nicht weit entfernten Warenhaus eingesehen werden. Zalian hatte seine Leute angewiesen, sich dort nicht länger als unbedingt notwendig aufzuhalten.

»Wie lange bist du schon hier oben?« fragte Tony und zündete sich seinen Joint wieder an. Damien ließ sich seinen Ärger nicht anmerken.

»Seit etwas über einem Jahr«, sagte er. »Ich habe als Schlosser gearbeitet, aber dann wurde ich nicht mehr gebraucht. Der Lohn wurde täglich ausgezahlt. Als ich keine Arbeit fand, mit der ich genug zum Leben verdienen konnte, bin ich ganz schnell nach oben gegangen.«

»Bei mir war das ähnlich«, sagte Tony. Er reichte den Joint an eine junge Frau weiter, die hinter ihm saß und ihr Kabelschießgerät ölte. »Außer daß ich schon seit drei Jahren hier oben bin. Gehst du eigentlich oft nach unten?«

»Du machst Witze«, sagte Damien. »Da unten hatte ich nichts, das ich vermissen würde. Außer Kino. Ich gehe ein paarmal in der Woche nach unten, um mir einen Film anzusehen.«

»Die Oberlichter bei Kinos. Komisch, daß sie nie verschlossen sind. Wie bei denen der Swimmingpools und der türkischen Bäder. Na, die Leute wissen eben, daß es da nichts zu klauen gibt. Ich selbst gehe schon lange nicht mehr auf die Straße.« Tony nahm einen tiefen Zug aus seinem Joint und hielt die Luft an. »Ich war mal mit einem Mädchen von der Ost Vier Krewe befreundet, aber die Leute sind alle zu Chymes übergelaufen. Sie wollte mich mitlotsen. Zur Hölle damit, hab' ich ihr gesagt. Jetzt bin ich mir aber nicht mehr sicher. Es ist nicht mehr so wie früher. Zalian ist zu nichts mehr zu gebrauchen. Er hat keinen Mut mehr. Und wir sind alle von morgens bis abends bekifft. Kein Wunder, mit einem Junkie als Anführer.«

Sobald er das gesagt hatte, wußte er, daß jede vielleicht zwischen ihm und Damien aufkeimende Freundschaft damit erledigt war. Damien war schließlich immer noch ihr Anführer, und Zalian hatte ihnen oft genug Vorträge darüber gehalten, daß die Gruppe die alten Regeln immer weniger beachte. Die Tatsache, daß Zalian so sehr auf strenge Disziplin achtete, war einer der Gründe dafür, daß sich so viele Leute auf die andere Seite geschlagen hatten, wo ein Treueschwur und exotische Zeremonien mehr zählten als harte Arbeit und militärischer Drill.

»Wir müssen los.« Tony sprang auf und schlang sich den Sack mit seiner Ausrüstung über die Schulter. Der Joint schien seine Koordinationsfähigkeit nicht beeinträchtigt zu haben. Damien erhob sich wortlos und folgte dichtauf.

Tony ging um einen Lüftungsschacht herum und schaute zum Rand des Dachs hinüber. Dabei warf er den Rest des Joints weg. Dort drüben stand im Licht der Glühbirnen, die von unten heraufleuchteten, Chymes selbst, von Kopf bis Fuß in schwarzes Leder gekleidet, das wie eine Rüstung glänzte. Die Kapuze war ihm auf die Schulter gefallen, und er hielt die Arme hoch erhoben.

Plötzlich durchdrang ein hartes reißendes Geräusch die Luft. Tony wirbelte herum und konnte gerade noch Damien auffangen, der ihm mit einem Schmerzensschrei in die Arme sank. In seiner Brust steckte ein kurzer stählerner Schaft, der tief in das Fleisch eingedrungen war. Überrascht von Damiens Gewicht, stolperte Tony und brach unter ihm zusammen, als Chymes' Männer vom Kabel herabsprangen und mit Messern in den Händen über die übrigen Angehörigen des Suchtrupps herfielen.

Keiner von ihnen hatte auch nur die Zeit, seine Waffe zu ziehen. Damien hatte vor ihrem Aufbruch nicht einmal das Laden üben lassen. Während seine Freunde unter den Fäusten und Messern von Chymes' Skinheads zu Boden gingen, arbeitete Tony sich unter Damien hervor und kroch an den Dachrand, wo immer noch sein Walkie-talkie lag. Er wußte, daß sie ihn in wenigen Augenblicken entdecken würden. Als er aufsprang, sah er, daß Chymes seinen Posten verlassen hatte. Er zog seine Armbrust und rannte zum Funkgerät hinüber.

Schockiert erkannte er, daß die anderen ihn hinter einem Stapel von Ziegelsteinen nicht mehr sehen konnen. Hinter sich hörte er die Geräusche eines Handgemenges auf dem Beton und die unverkennbaren Laute eines Sterbenden. Er drückte den Signalschalter und rief Zalian.

»Kommen, verdammt noch mal, kommen!« zischte er und drückte

auf die Sendetaste. »Kommen, ist dort draußen denn niemand? Kommen!«

Die Leitung war tot. Als er hinter sich Schritte hörte, drehte er sich um und schaute hoch. Chymes selbst sah ihn an. »Abgeschnitten? Vielleicht habt ihr eure letzte Rechnung nicht bezahlt«, sagte er, griff nach unten und riß Tony mit einem Ruck seiner behandschuhten Hand das Funkgerät weg. Achtlos warf er es hinter sich. Eine Sekunde lang leuchteten die Glühbirnen von unten in seine Kapuze hinein, die er sich wieder übergezogen hatte. Seine dunklen Augen reflektierten einen Wahnsinn, der Tony erstarren ließ.

Es war schlimmer als alles, was er bisher gesehen hatte.

»Oh«, konnte er nur noch sagen, bevor seine Reflexe wieder funktionierten. Sein Finger drückte auf den Abzug der Waffe, und er schoß Chymes einen präparierten Pfeil in den Oberschenkel. Vor Schmerz aufstöhnend, griff sich die große Gestalt mit dem wehenden Mantel ans Bein, während Tony zu seinem Walkie-talkie hinübersprang. Er packte es, schaltete es an, schrie in das Mikrophon und betete, daß jemand ihn hören möge. »Es ist Chymes, er ist hier . . .«

Chymes fuhr herum, und sein Mantel bauschte sich, als er Tony am Hals packte und vom Boden hochhob. Mühelos hob er den Jungen über den Dachrand, wo dieser in der leeren Luft mit den Füßen um sich trat. Chymes' Kapuze war ihm wieder auf die Schultern gerutscht und ließ seine im Wind flatternde fettige schwarze Mähne und seinen stygischen Blick erkennen.

»Wieviel besser wäre es für dich gewesen, wenn du dich uns angeschlossen hättest«, sagte Chymes, und in seiner Stimme lag gespieltes Bedauern. »Unglücklicherweise nehmen wir vorläufig keine neuen Mitglieder mehr auf; wir müssen erst unser eigenes Haus in Ordnung bringen. *Zerstörung verursacht den Tod der Materie, aber der Geist erneuert das Leben.*«

Der Junge sah ihn an und keuchte vor Angst und Entsetzen.

»Das bedeutet, daß wir solche Leute wie dich loswerden müssen, mein Sohn.« Er lockerte seinen Griff um Tonys Hals, und der Junge stieß einen erstickten Schrei aus. Lächelnd näherte Chymes sein Gesicht dem des Jungen. »Beim nächsten Mal«, flüsterte er, »solltest du auf deinen Boß hören. Man vögelt nicht mit Adlern, wenn man nicht fliegen kann.«

Er öffnete seine Hand, und Tony griff plötzlich in leere Luft. Schreiend und mit den Füßen zuerst stürzte der Junge vor dem glitzernden Gebäude nach unten. Während des Sturzes zerbrach er mit den wilden Bewegungen seiner Arme und Beine in einer Serie elektrischer Explosionen Hunderte von Glühbirnen. Die Vorführung hatte das Theatralische einer extravaganten Weihnachtsschau mit funkensprühendem Feuer und Licht.

33 Dachwelt

Die Einsatzzentrale war eine bizarre Mischung aus alt und neu. Eine alte Tischlampe aus Metall warf ihr Licht auf tragbare Plastikkästen mit Mikro-Schaltanlagen. Taurollen und Zinnbleche lagen neben Kisten mit technischen Ersatzteilen, die hauptsächlich für die Computer benötigt wurden. Zalian schaltete seinen Sender ein und erklärte Robert die technische Einrichtung und die Funktion der einzelnen Geräte, so daß Rose Gelegenheit hatte, sich unter eine Lampe in der Ecke zurückzuziehen, um sich in Ruhe mit Charlottes Notizbüchern zu beschäftigen. Vielleicht konnte sie sie ohne Hilfe entziffern. Sie war allemal so gut wie Zalian, der jede Gelegenheit wahrzunehmen schien, sich um das vorliegende Problem herumzudrücken.

Der Anführer der Dachwelt strich sich eine blonde Haarsträhne aus den Augen und rückte einen tragbaren Computer zurecht, der ziemlich wackelig auf der Ecke einer der Transportkisten stand. Während Handelsbilanzen über den Bildschirm liefen, wies er Robert auf die wichtigsten Sektionen hin.

»Okay, du hast mich gefragt, wie wir hier oben zurechtkommen, und deshalb werde ich dir jetzt das Finanzierungssystem erklären.«

Zalian drückte ein paar Tasten und hatte sofort Zugang zu einem Teil seiner verschlüsselten Daten. Rose konnte ihre Neugier nicht zügeln. Sie legte das Buch weg und trat an den Computer, um zuzuschauen.

»Ich denke, du wirst mir jetzt erzählen, daß ihr in Wirklichkeit eine Verbrecherbande seid«, sagte Robert und betrachtete mißtrauisch die Angaben auf dem Bildschirm. »Woher wolltet ihr sonst das Geld für eure Ausrüstung nehmen?«

»Ich ziehe es vor, uns als soziale Menschenfreunde zu betrachten«, sagte Zalian stolz. »Wir nehmen von den Reichen und geben es denen, die es brauchen. Uns.«

Robert schaute Rose an, die nur mit den Achseln zuckte.

»Ich will euch eines sagen. Wenn wir von den Reichen nehmen, achten wir verdammt genau darauf, daß sie es nicht merken. Und wir stehlen nur von multinationalen Firmen. Jetzt könntet ihr fragen, wie wir es schaffen, dabei nicht erwischt zu werden.«

Robert tippte mit dem Fingernagel gegen den grün leuchtenden Bildschirm. »Ich glaube, die Antwort darauf kenne ich. Ihr sucht euch Firmen aus, die ein paar Verluste vertragen können.«

»Genau. Ich wähle die Firmen aus, von denen ich meine, daß sie zu groß sind, als daß es gut für sie und die anderen wäre, wie die hier aufgeführten . . . Coca-Cola, Sony, Barclays . . . sie haben alle ein jährliches

Budget für Personaldiebstähle. Dieses Budget zapfen wir ganz einfach an, wenn ihr so wollt.«

Zalian schaute stolz auf den Bildschirm, auf dem jetzt die Nettogewinne und -verluste einer Firma nach der anderen zu lesen waren. Er war stolz darauf, jemandem sein Geheimsystem erklären zu können.

»Einige Ziele wähle ich, weil sie mir ganz einfach stinken«, fügte er hinzu, »wie zum Beispiel McDonalds und British Associated Tobacco. Und Firmen, die gute Beziehungen zu Sun City unterhalten. Es geht nur darum, gewisse Vermögenswerte neu zu plazieren . . .«

»Sie meinen stehlen.«

». . . indem wir von hier aus ihre Datenbestände überarbeiten. Lange vor mir haben frühere Anführer der Dachwelt das jahrelang in der einen oder anderen Form getan. Bevor es Computer gab, sind sie allerdings in die großen Warenhäuser gegangen und haben direkt gestohlen, um die Beute dann über Hehler abzusetzen. Von dem Erlös haben sie das meiste an ihre Leute verteilt.«

Während er sprach, gab Zalian ein anderes Programm in den Rechner ein. »Seit der Einführung zentraler Datenbanken sind wir natürlich leichter aufzuspüren, so daß wir über offiziell registrierte Firmen steuerabzugsfähige Spenden für wohltätige Zwecke abführen müssen. Und es ist sehr viel komplizierter, die Finanzen der Multis mit unserer Methode anzuzapfen, als einfach durch ein Oberlicht irgendwo einzusteigen und Konsumgüter zu stehlen.«

»Ich bin beeindruckt«, gab Robert zu.

»Das war auch beabsichtigt. Lee ist einer unserer besten Hacker. Und im Augenblick ist er der einzige, den wir noch haben. Er behauptet, daß er in jedes System eindringen kann, wenn er erst einmal Einblick in ihre Buchhaltungsmethoden gewonnen hat.«

»Aber wie bekommt er den?« fragte Robert und hob die Brauen. Dabei schaute er Rose an.

»Das ist nicht schwer«, sagte Zalian. »Dafür steht uns das Netzwerk der Ehemaligen zur Verfügung.«

»Das Netzwerk der Ehemaligen? Was ist denn das?«

»Wenn Leute lange genug hier oben waren, haben einige von ihnen die Nase voll und wollen wieder nach unten. Nach einigen Jahren wünschen sich die meisten Angehörigen der Dachwelt ein friedlicheres und geordneteres Leben. Aber wenn sie auch nichts mehr mit der Dachwelt zu tun hatten, so blieb doch bei vielen von ihnen noch der Funke. Es ist für sie wie eine Droge. Noch Jahre später wollen sie immer noch zur Dachwelt gehören. Vielleicht glauben sie an die Ziele der Dachwelt. Vielleicht wollen sie nur wieder einmal den erhöhten Adrenalinausstoß erleben, der sich einstellt, wenn man etwas Riskantes tut. Wir verschaffen unseren Ehemaligen, unseren ›Old Boys‹ und ›Old Girls‹, Jobs bei den Multis. Als Hausmeister, als Sekretärinnen, als Angestellte, auf jeder Ebene. Die meisten größeren Gebäude im West End beschäftigen einen ehemaligen Angehörigen der Dachwelt als Hausmeister. Diese Leute versuchen zu verhindern, daß wir entdeckt werden, und sie sammeln für uns alle möglichen Informationen.«

»Ist das für sie nicht gefährlich?« fragte Rose.

»Wir verlangen von ihnen nichts, was ihre Jobs gefährden könnte. Sie halten nur die Augen und die Ohren offen und berichten uns. Als Gegenleistung zahlen wir ihnen ein zusätzliches Gehalt. Eine Pension, wenn ihr wollt.«

»Und das alles geht durch die Bücher eurer eigenen Firma?«

»Firmen. Wir ändern sie alle paar Jahre, damit die Finanzbehörden nicht mißtrauisch werden. Vielleicht versteht ihr die Ironie, die in unserer jüngsten Geschäftsgründung liegt; Valiant Security Lock and Co.«

»Das ist nicht dein Ernst«, sagte Rose. »Das sind die Leute, die an unserem Mietshaus die Alarmanlage installiert haben. Aber sie sind durch die Haustür gekommen und nicht über das Dach.«

»Ehemalige.«

»Und deshalb wart ihr auch in der Lage, das Haus zu überwachen.«

»Ihr seht, wie leicht es ist, wenn man alles richtig organisiert«, sagte Zalian, lehnte sich in seinem Stuhl zurück und schlug die in Drillich gekleideten Beine übereinander. Offenbar war er mit sich zufrieden. »Wißt ihr, wir ließen sie sogar Charlottes Wohnung durchsuchen, um das verdammte Notizbuch zu finden. Ihre Suche war vergebens, und dann merkten wir, daß unser eigenes Sicherheitssystem, wenn es einmal installiert war und funktionierte, uns daran hindern würde, das Haus wieder zu betreten.« Zalian dachte einen Augenblick nach. »Das war eine Pleite. Beim nächsten Mal müssen wir jemanden haben, der weiß, wie man das System ausschaltet.«

»Sag's mir doch vorher, dann lasse ich die Tür auf«, sagte Rose sarkastisch.

»Wir haben auch noch andere Firmen . . . Albion Tiling, Imperial Pipe and Gutter . . . sie verschaffen uns die nötigen Finanzstrukturen, über die wir Geld waschen können, bevor wir es neu plazieren. Wir haben sogar eine gemeinnützige Gesellschaft für den Kampf gegen Drogenmißbrauch gegründet. Ich dachte, diese Gesellschaft könnte vielleicht denen helfen, die zu uns heraufkommen, aber nicht bleiben.« Zalian schaltete das Programm aus und schob eine andere Diskette ein. »Wir schlagen das System lediglich mit seinen eigenen Waffen. Solange wir es ungestraft tun können. Ich habe immer gefürchtet, daß wir eines Tages irgendwo einen Fehler machen würden und man uns auf die Schliche kommt, aber bisher war noch niemand schnell genug.«

»Das verstehe ich nicht«, sagte Rose. »Wenn ihr so viel Geld hereinbekommt, warum laßt ihr dann die Bahnen so verkommen?«

»Das liegt nicht an fehlendem Geld. Wir haben nicht mehr die Leute, die sich darauf verstehen, das System instandzuhalten. Viele unserer besten Wartungsmannschaften sind auf die andere Seite gelockt worden, um zu helfen, das Neue Zeitalter einzuläuten. Zur Zeit sind hier oben mehr Leute als je zuvor, aber sie schließen sich nicht *uns* an. Die meisten sind willfährige Anhänger Chymes' geworden. Wir müssen uns damit abfinden, daß sein Angebot attraktiver ist. Seine Leute bekommen Drogen, Geld, Sex und was immer er ihnen zukommen lassen will, und als Gegenleistung verlangt er nur ihre Loyalität. Wie können wir da konkurrieren?«

»Kümmern die anderen sich denn nicht darum, daß die Bahnen in einwandfreiem Zustand sind?«

»Es gibt in City so viele Bahnen, daß sich eigentlich niemand Sorgen macht, wenn die eine oder andere nicht mehr zu gebrauchen ist. Aber bald wird es zu spät sein, das Netz wieder in den alten Zustand zu versetzen.« Zalian rieb sich mit der Handfläche die Augen. Ers sah müde aus. »Als die Schwierigkeiten anfingen, konnten wir unsere Pläne, das System zu retten nicht mehr ganz verwirklichen. Wenn sie vorbei sind — obwohl ich sehr bezweifle, daß wir dann noch hier sind — werden wir wahrscheinlich mit dem Wiederaufbau beginnen können.«

»Es muß ein ganz besonderer Mann gewesen sein, der sich das alles ausgedacht hat«, sagte Robert, als Zalian die Namen von Hunderten von multinationalen Unternehmen über den Schirm laufen ließ, jdeder mit einer Code-Nummer versehen.

»Das System hat sich durch die Arbeit sehr vieler Leute aus seinen Anfängen heraus weiterentwickelt. Es geht um Wissen, das von einer Generation an die nächste weitergereicht wurde, und wozu? Um einen Fluchtweg zu schaffen, eine Fluchtweg aus dem Leben dortunten. Aber jetzt glaube ich allmählich, daß die Zeit dert Dachwelt wirklich vorbai ist. Wer braucht sie denn noch?«

Als das Gespräch diese Wendung nahm, wurde Robert hellhörig. Zalian wirkte von Minute zu Minute müder und verstörter, ganz als hätte er den Kampf schon aufgegeben.

»Bevor Jay starb, sagte er etwas Seltsames.«

»Was denn?« Der Doktor hob seinen breiten Schädel und starrte Robert an. Er schien mit den Gedanken weit weg zu sein.

»Er sagte, die meisten von euch würden am Sonntag bei Sonnenaufgang tot sein. Warum am Sonntag?«

Bevor Zalian antworten konnte, mischte Rose sich ein und tippte mit einem spitzen braunen Finger auf das Buch. »Chymes ist mehr als nur ein verrückter Mystiker, soviel steht fest. Vielleicht hat der Sonntag für ihn eine ganz besondere Bedeutung.«

»Das ist richtig«, sagte Zalian. »Unsere eigenen Aktivitäten erreichen bei Vollmond ihren Höhepunkt. Das ist eine der wenigen Traditionen, die ungebrochen fortgesetzt werden.«

»Ich sehe den Zusammenhang nicht«, sagte Robert.

»Diana, die Jägerin, war zuletzt Mondgöttin. Und Apollo wurde mit der Sonne in Verbindung gebracht«, erklärte Rose. »Wenn wir annehmen, daß das Neue Zeitalter eine Umkehrung all dessen repräsentiert, was an Doktor Zalians Gesellschaft gut ist, sollten wir vielleicht nach dem jeweiligen Widerpart dieser Götter suchen.«

»Daran habe ich auch schon gedacht«, sagte Zalian. »Die griechischen Gottheiten haben eigentlich kein Alter ego. Auch in der römischen Mythologie finden wir in diesem Sinne nichts Brauchbares.«

»Dann hat Chymes' Organisation vielleicht überhaupt nichts mit Mythologie zu tun«, sagte Robert. »Vielleicht beruht sie auf dem Gegenteil jeder Mythologie . . .«

»Es sieht eher so aus, als beruhe sie auf irgendeinem Satansunfug«, meinte Rose. »Seht her . . .« Sie zeigte mitten auf eine Seite in dem Notizbuch.

»Hier steht einiges über die Freisetzung von Kraft durch sexuelle Opferriten.« Zalian lehnte sich gegen ihre Schulter und las mit.

»Kein Wunder, daß sie so viele eurer Leute anwerben konnten, Zalian«, sagte Robert.

»Hier steht auch etwas von ›rituellem Verkehr zur Sicherung des Sieges‹ und von der ›Runenkraft der Symbole‹, wenn auch nicht gesagt wird, um welche Art von Symbolen es sich handelt«, sagte Rose. »Wie viele eurer Leute fehlen denn tatsächlich und warten vermutlich auf ihre Hinrichtung? Sagtest du nicht zwölf?«

»Zwölf, einschließlich Sarah. Ja, das stimmt.«

Robert erkannte, daß Rose ganz allmählich die Iniative an sich riß. Sie schien hier oben irgendwie am rechten Platz zu sein. Sie handelte so keck und selbstsicher, wie es ihrer Persönlichkeit entsprach, aber vorher war sie Robert lieber gewesen. Wenigstens hatte er gewußt, wie er reagieren mußte.

»Die Zahl zwölf könnte von Bedeutung sein«, sagte er. »Vielleicht hat es etwas mit dem Tierkreis zu tun.«

»Ein Opfer für jedes Zeichen des Horoskops?« sagte Rose, und ihre Miene hellte sich auf. »Du meinst, es könnte sich um irgendein magisches Ritual auf der Basis des Tierkreises handeln?«

»Nicht so schnell«, rief Robert und hob die Hände. »Was reden wir hier? Es ist doch unwahrscheinlich, daß Chymes' Männer sich vor einer Entführung danach erkundigen, wann das Opfer geboren wurde. ›Tut uns leid, wir können dich nicht opfern, wir brauchen einen Widder.‹ Nein, wir sollten lieber akzeptieren, daß der Mann verrückt ist und daß es sich bei seiner fröhlichen Bande ganz eindeutig um Psychopathen und Junkies handelt.« Robert stand von seiner Kiste auf und reckte sich. »Dies geht mir alles langsam auf die Nerven«, sagte er. »Ich gehe einen Augenblick nach draußen, damit ich endlich wieder einen klaren Kopf bekomme.«

Draußen in der feuchtkalten Luft sah er am anderen Ufer der Themse die Lichter glitzern und blinken. Der Verkehr hatte nachgelassen, und von der Straße drang kaum ein Geräusch herauf. Eine unheimliche tödliche Stille hatte sich über die Dachwelt gesenkt.

Robert atmete tief durch und füllte seine Lungen mit erstaunlich frischer Luft. Seine Augen schmerzten, und er hatte das Gefühl, als sei Sand darin. Dennoch fühlte er sich alles andere als müde. Er wußte, daß dies alles ihm im rauhen Licht des Morgens wieder ganz entlegen und phantastisch vorkommen würde. Vielleicht wollte ihn überhaupt niemand töten. Vielleicht war er nur im Begriff, genauso verrückt zu werden wie die anderen . . .

»Robert.«

Er spürte eine Hand an seiner Schulter und drehte sich um. Rose stand neben ihm und schaute zu den verlassenen Straßen der City hinunter. Er fühlte die Wärme ihrer Hand durch den Stoff seines Overalls. Er hätte sich gern an sie geschmiegt, aber irgendein Instinkt hielt ihn davon ab, die unbewußte Überzeugung, daß sie ihn niemals lieben würde, daß er nicht der Mann war, den sie sich wünschte.

»Kommen Sie doch wieder mit hinein.«

»Sie kommen doch ganz gut allein zurecht«, sagte er mürrisch. »Ich traue Zalian nicht. Er hatte reichlich Zeit, das Buch zu lesen, aber dennoch hat er nichts gefunden.«

»Ich glaube, wir können getrost annehmen, daß er zu den Guten gehört«, sagte Rose. »Das blonde Haar, die weißen Zähne. Er sieht zu gut aus, als daß er schlecht sein könnte.«

»Alles, was das Notizbuch über ihn aussagt, ist, daß er ein geheilter Alkoholiker ist. Eine hervorragende Qualifikation für ein Führungsamt. Und warum hält er sich ständig so im Hintergrund?«

»Ich weiß es nicht. Aber wenn Ihnen das solche Sorgen macht, müssen wir ihn eben fragen. Ich bin sicher, daß er seine Gründe dafür hat.«

Aber es war zu spät. Roberts Frustration verwandelte sich in Zorn. »Dann gehen Sie doch hin, und fragen Sie das alte Blau-Auge. Ich habe von seiner Scheiße wenigstens für eine Weile die Nase voll.«

Er stürzte über das windgepeitschte Dach davon und ließ Rose einfach stehen. Auch sie war jetzt wütend. Roberts Verhalten hatte nichts mit seinem Mißtrauen gegenüber Zalian zu tun, das wußte sie sofort — es war ganz einfach Eifersucht. Er nahm es ihr übel, daß sie einem anderen Mann gegenüber freundlich war, genauso wie er ihr wahrscheinlich ihre Beweglichkeit und ihre Intelligenz übelnahm. Er fühlte sich schwach und sah sich bedroht. Nun, was sie betraf, so konnte er zur Hölle fahren. Sie drehte sich brüsk um und ging zur Röhre und in die Einsatzzentrale zurück. Der erste Bericht kam durch, und es schien sich um Lees Gruppe zu handeln.

»Bisher war nichts, Nat. Wir sind durch Mayfair gekommen und gehen jetzt zur Mall. Over.«

»Vergiß nicht, den auf der Karte unter Mitte-zehn-bis-dreißig angegebenen Punkten auszuweichen, Lee«, sagte Zalian ins Mikrophon. Als er hörte, wie die Tür sich öffnete, drehte er sich um und winkte Rose zu sich.

»In Teilen des West End müssen wir uns sehr vorsichtig bewegen«, erklärte er. »Überall um die königlichen Gebäude herum wurden auf den Dächern Kameras mit hoher Auflösung installiert. Das gilt auch für die Dächer der Botschaften und die der Downing Street. Sie schaffen jeden Tag mehr Technologie nach oben. Die meisten Einrichtungen gelten zwar der Überwachung des Verkehrsflusses, aber zunehmend setzen sie Geräte ein, die vermutliche kriminelle oder terroristische Aktivitäten rechtzeitig registrieren sollen. Wir müssen uns immer neue Methoden einfallen lassen, diesen Überwachungsanlagen auszuweichen.«

Im Funkgerät knackte es. »An Zentrale. Es wäre hilfreich, wenn wir wüßten, wonach wir suchen. Over.«

»Sobald wir etwas haben, rufen wir durch. Vorläufig müßt ihr nach Spuren Ausschau halten, die Chymes und seine Männer vielleicht hinterlassen haben. Gebt es durch, bevor ihr es auf euren Karten eintragt. Ruft durch, wenn ihr irgend etwas Ungewöhnliches feststellt. Das werden wir ebenfalls tun. Ende.« Zalian schaltete ab und ließ seinen Stuhl nach hinten kippen. Er fuhr sich mit den Händen durch das Haar und schloß die Augen. Er war offensichtlich erschöpft.

»Über das Neue Zeitalter steht hier anscheinend nicht sehr viel«, sagte Rose, setzte sich wieder und blätterte die letzten fünf oder sechs Seiten des Notizbuchs durch.

»Welches Buch hast du da gerade?«

»Das zweite.«

»Gib mir das andere.« Rose warf es ihm zu. Draußen heulte der Wind immer wütender um die Ecken des Gebäudes. »Hier sind einige Zeichnungen von Horoskop-Symbolen, Widder und Monde und Ziegen. Und hier steht auch noch etwas über dich.«

»Darf ich mal sehen?« Zalian nahm das Buch und las einige Seiten, bevor er es weglegte. »Kein sehr schmeichelhaftes Porträt. Nach dem, was da steht, bin ich ein ›irregeleiteter Idealist.‹ Dazu gehören verdammte Nerven, um so etwas zu schreiben, wenn man bedenkt, daß sie mich noch nie gesehen hat. Wahrscheinlich hat sie sich nach den Gesprächen mit ihrer Tochter Notizen gemacht, aber sie sind ziemlich ungeordnet. Laß uns etwas anderes versuchen.«

»Woran glauben die Anhänger des Satanskults?« fragte Rose. »Hat es nicht etwas mit den Elementargeistern zu tun? Feuer, Wasser, Erde und Luft? Vielleicht verstecken sie sich an einem Ort, den man irgendwie mit einem Element assoziieren kann.«

»Zum Beispiel eine Feuerwache oder der Fluß?« fragte Zalian und schaute sie zweifelnd an. »Vielleicht sogar der Flughafen?«

»Ein Versuch könnte nicht schaden. Mach eine Liste aller erdenklichen Orte in der unmittelbaren Umgebung von Gebäuden, die man mit einem der Elemente assoziieren kann, und laß deine Leute dort suchen.«

»Weißt du, wie lange ich dazu brauchen würde?« fragte Zalian. »Es gibt so viele mögliche Verstecke, daß wir höchstens die Oberfläche ankratzen würden, wenn wir nach ihnen suchen. Es ist kein Wunder, daß man London die am schwersten erfaßbare Stadt der Welt nennt. Der Charakter dieser Stadt ändert sich von einer Straße zur anderen. Das Ganze hat weder Sinn noch Verstand und ergibt einfach kein einheitliches Muster. Wenn man sich im Stadtzentrum sechs beliebige Leute herausgreift und sie bittet, alle Orte aufzuschreiben, die sie regelmäßig besuchen, wird man feststellen, daß sich ihre Bewegungskreise höchstens an einer oder zwei Stellen überschneiden. Jeder von ihnen würde eine andere Stadt kennen.« Zalian schüttelte den Kopf und nahm das Buch wieder auf.

Draußen war nur der immer stärker werdende kalte Wind zu hören, der über das Dach fegte und die Kabel der Station vibrieren ließ. In der Röhre bewegten sich die Glühbirnen, die von der Decke hingen, leicht hin und her und warfen ihr gelbes Licht zwischen die Schatten der winzigen Einsatzzentrale. Rose rieb sich die Augen und versuchte weiterzulesen. »Vielleicht sollten wir Dennis Wheatley anrufen. Oder ist er tot? Dann müßten wir eine spiritistische Sitzung abhalten, um mit ihm in Verbindung zu kommen.«

»Hier geht es um eine ernste Sache, Rose«, sagte Zalian und warf seinen Kugelschreiber auf den Tisch. »Schlaf doch ein wenig, wenn du müde bist. Ich werde inzwischen am Funkgerät bleiben.« Er schaute auf den leeren Notizblock, der vor ihm lag, und dann zu der jungen Frau hinüber, die unter der Lampe hockte und die einzelnen Seiten an das Licht hielt. Er stand auf, drehte sich zu ihr um und berührte mit der Hand ihre Schulter. »Das muß dir alles sehr seltsam vorkommen«, sagte er, und ein Lächeln zog über sein Gesicht. »Aber du bewältigst alles, als hättest du schon seit Jahren zur Dachwelt gehört. Sehr eindrucksvoll.«

»Ich bin eben flexibel«, sagte Rose, löste sich sanft von ihm und stand auf. »Wahnsinn, Gefahr, plötzliche Gewalttätigkeiten, damit werde ich fertig. Das ist genauso, als säße ich zu Hause vor dem Fernsehgerät.«

»Aber dies hier ist die Wirklichkeit«, sagte Zalian. »Hier kannst du nicht einfach einen anderen Kanal einschalten. Und ich habe genausoviel Angst wie die anderen, nur darf ich es nicht zugeben. Möchtest du etwas zum Wachbleiben?«

»Und das wäre?«

»Ich habe meinen starken schwarzen Kaffee mit etwas versetzt, das mich wachhält.«

»Ich würde morden für einen Schluck ganz gewöhnliches heißes Koffein.«

»Okay. Ich bin in einer Minute wieder zurück. Und dann kommst du mit mir.«

Zalian verschwand und kam erst nach fünf Minuten wieder zurück. Er grinste und winkte Rose auf das Dach hinaus. Dann führte er sie um die Röhre herum.

Im Schatten stand dort ein richtiger Kaffeeautomat, beleuchtet und an das Stromnetz unter ihnen angeschlossen. Der Automat gab der ohnehin schon surrealen Dachwelt einen zusätzlichen bizarren Anstrich.

»Es war nicht einfach, ihn hier heraufzubekommen«, sagte Zalian. »Wir haben ihn grau angestrichen, damit er aussieht wie ein Ersatzteil für das Lüftungssystem.« Er reichte Rose einen Becher mit kochendheißem Kaffee. »Prost.« Er gab nicht zu erkennen, ob er bemerkt hatte, daß Robert verschwunden war. Rose schaute ihn kühl und abschätzend an. Sie zweifelte nicht daran, daß Zalian sehr charmant sein konnte. Physisch beeindruckte er sie. Allerdings gefiel es ihr nicht, daß er sich um Sarah kaum Sorgen zu machen schien. Wollte er nur seine wahren Gefühle verbergen? Hatte er nicht gesagt, er sei ihr Liebhaber gewesen? Nachdenklich schlürfte Rose ihren Kaffee und beobachtete ihn.

»Sterne«, sagte Zalian verträumt, zerknüllte seinen leeren Becher und schaute in die kristallene Dunkelheit über ihnen. »In der Stadt sieht man sie nicht oft.«

»Warum nicht?« Rose legte den Kopf zurück. Sie hatte das Gefühl, als senke sich die kalte Leere des Raums auf sie herab und hüllte sie ein.

»Die City gibt zuviel Licht ab, und das wird von den Wolken reflektiert.« Eine Weile schwiegen sie. In der Ferne war der klägliche Ton einer Schiffssirene zu hören.

»Wie geht noch das Lied ›Up on the roof‹?« Rose summte ein paar Takte. »When this old world starts getting me down and people just get too much for me to take . . .«

»I climb right up to the top of the stairs and all my cares just drift right off into space«, vervollständigte Zalian den Text. »Das war eigentlich so etwas wie unsere Hymne. Die Leute hier oben singen sie immer, wenn sie betrunken sind.« Er lachte. »Lee und Spice haben einmal versucht, eine Jukebox auf das Dach der U-Bahnstation Mornington Crescent zu schaffen. Fast wäre es ihnen gelungen.«

»Was passierte?«

»Oh, sie brachten das Ding über Camden Lock quer über die Dächer, und eines der Kabel riß. Die Box fiel in den Kanal. Es gab einen Höllenlärm, und wir dachten schon, wir hätten die ganze Nachbarschaft geweckt. Die Box nahm Lees Sammlung seltener Presley-Singles mit in ihr nasses Grab.«

Wieder schwiegen sie. Tief unter ihnen flackerten die Lichter der Miniaturstraßenlaternen in der feuchten Nachtluft.

»Da war noch etwas«, sagte er plötzlich. »Wir haben in Warenhäusern Partys gegeben. Damals, in der sogenannten guten alten Zeit, haben wir manchmal ein ganzes Stockwerk übernommen und gefeiert. Marks and Spencer an einem Samstagabend. Harrods bei besonderen Anlässen. Nur für geladene Gäste. Selfridges war auch gut.« Er drehte sich um und schaute auf die City hinunter, die sich wie eine krause Decke von Lichtern und Gebäudeblocks ausbreitete, wie ein kompliziertes und teures Spielzeug, fortgeworfen von einem verwöhnten Kind.

»Ich habe mich oft gefragt, ob wir die einzigen waren«, sagte er leise. »Vielleicht gibt es Leute wie uns auch in New York, wo sie zwischen den Wolkenkratzern hin und her gleiten und bei Bloomingdales dinieren. Oder in Paris, wo sie auf dem Arc de Triomphe Partys feiern und wo vom Eiffelturm Bahnen nach unten führen.«

»Ich bin ganz sicher, daß es dort draußen noch andere gibt«, sagte Rose. »Es muß sie geben.«

Rose zitterte, und Zalian legte seinen Arm um sie und zog sie an sich. Im nächsten Augenblick beugte er sich zu ihr herab und küßte sie. Er drückte sie dabei so kräftig an sich, daß Rose abwehrend die Hände hob. Sie riß sich los und schaute ihm in die Augen. Sein Blick war kalt wie Saphir, aber hinter diesem Blick lag eine Spannung, ein Ausdruck von Qual. Er beugte den Kopf, um sie noch einmal zu küssen. Sein blondes Haar fiel ihm ins Gesicht. Er schlang einen Arm um ihren Rücken und preßte sie fest gegen seine breite, warme Brust.

»Warte, warte, Nathaniel. Das kann ich nicht tun.« Wieder riß sie sich los und stellte sich ein Stück von ihm weg. »Sarah könnte tot oder verletzt sein, und du scheinst dir überhaupt keine . . .«

»Zur Hölle mit Sarah.« Er trat vor und streckte wieder die Hände nach ihr aus. Rose bewegte sich langsam rückwärts. Mein Gott, dachte sie, hier stimmt etwas nicht. Ich muß ganz ruhig bleiben und ihn ablenken. Wo zum Teufel war Robert?

»Wir sollten hinaus zu den anderen und uns an der Suche beteiligen«, sagte sie und versuchte, möglichst unbefangen zu sprechen.

»Sie kommen schneller vorwärts als du. Außerdem können wir hier mehr tun.«

»Wirklich? Bisher haben wir überhaupt nichts getan. Wir haben noch nicht einmal über Funk etwas gehört . . .« Sie stutzte plötzlich. Dann rannte sie zum Eingang der Röhre hinüber.

»Rose, warte!« rief Zalian und rannte hinter ihr her.

»Um Gottes willen, jemand muß sich doch melden! Wir sind nur noch zwei, alle anderen sind tot! Bitte kommen . . .« Eine verzweifelte Stimme sprach diese Worte, als Rose das Gerät eingeschaltet hatte. Du hast das Gerät abgeschaltet, dachte sie ungläubig, du verdammter Hurensohn, du hast es absichtlich abgeschaltet. Sie packte das Gerät und drückte die Sendetaste. »Wo seid ihr? Zu welcher Gruppe gehörst du?«

»Endlich! Was zum Teufel ist denn bei euch los? Hier bei West Forty hat es ein Massaker gegeben. Wir brauchen dringend Hilfe. Chymes hat uns aufgelauert. Überall liegen Leichen herum. Tony ist tot, und ich höre Sirenen. Die Polizei muß jeden Augenblick hier sein . . .« Die Stimme verlor sich in einem Schluchzen. Aber Rose drang mit ihrer Stimme durch.

»Hör zu, wie viele seid ihr?«

»Zwei sind unverletzt, zwei schwer verwundet, der Rest ist tot.«

»Ihr werdet die Verwundeten tragen müssen. Die Toten müßt ihr zurücklassen, ihr könnt ihnen nicht mehr helfen, aber ihr müßt ihre Beutel und die Kabelschießgeräte verstecken. Nehmt ihnen auch die Ausweise ab. Ihr müßt es der Polizei erschweren, sie zu identifizieren, sonst bedeutet es das Ende für euch alle. Bleibt ganz ruhig und arbeitet so schnell ihr könnt. Glaubst du, daß du es schaffst?«

»Wir nehmen keine Befehle von dir entgegen. Wo ist Zalian?«

»Nathaniel, rede mit ihnen.« Zalian trat an das Mikrophopn. »Es ist okay. Tu, was sie sagt.«

»Okay«, erwiderte die Stimme, die sich jetzt ein wenig gefaßter anhörte. »Wir haben hier irgendwo ein Geheimversteck. Da können wir die Sachen unterbringen.«

»Okay, tut das und beeilt euch. Dann entfernt ihr euch so weit wie möglich von eurer jetzigen Position. Versucht, hierher zurückzukommen. Falls ihr nicht weiterkommt, ruft zurück, ich werde dann jemanden schicken, der euch hilft.«

Sie hängte das Mikrophon ein und wandte sich Zalian zu. »Was zum Teufel hast du dir dabei gedacht!« schrie sie. »Auf welcher Seite stehst du überhaupt, verdammt noch mal? Deine eigenen Leute sterben da draußen, und du kümmerst dich einen Scheißdreck darum!«

Zalian war völlig niedergeschlagen. Er ließ sich auf eine Kiste sinken und stützte den Kopf in die Hände. Als er sprach, hatte seine Stimme jede Autorität verloren. Er hörte sich an wie ein Kind. »Du verstehst das alles nicht. Wir können nichts mehr tun. Es ist zu spät.«

»Einen Augenblick«, sagte Rose, schoß durch die Tür und rannte wieder nach draußen. Plötzlich wußte sie, warum Zalian vorhin die Röhre verlassen hatte, und sie fing an, das Dach abzusuchen. Hinter dem Kaffeeautomaten fand sie neben ein paar Blutspritzern das zusammengeknüllte Stück Silberpapier und die gebrauchte Spritze.

›Fehlerhafte Berufsausübung‹ hatte in den Notizen gestanden. ›Drogen verschwunden. Arzt beurlaubt.‹ Sie hätte es wissen müssen. Es war die einzige Erklärung für seine ständig schwankende Stimmung. Unfähig, seiner Verantwortung gerecht zu werden, hatte Zalian wieder angefangen, Heroin zu nehmen. Sie sammelte die Beweisstücke auf, rannte zur Röhre zurück und warf sie ihm vor die Füße.

»Du verdammter Idiot. Du wirst mir jetzt sofort sagen, was hier vor sich geht, bevor noch mehr Leute sterben müssen.« Sie packte ihn mit beiden Händen an den Schultern. »Was glaubtest du denn gewinnen zu können, als du das Funkgerät abschaltetest?«

Zalian wollte zuerst nicht antworten. Er starrte an ihr vorbei durch die Tür in den Nachthimmel, und seine Augen glänzten von der Wirkung der Droge. »Chymes kann nicht geschlagen werden«, sagte er schließlich mit kaum hörbarer Stimme. »Wer jetzt noch nicht übergelaufen ist, wird durch seine Hand sterben. Ich könnte es nicht ertragen, ihrem Todeskampf zuzuhören.«

»Aber du mußt eine Möglichkeit finden, ihnen zu helfen, Nathaniel!« schrie Rose. »Du kannst dich nicht einfach verstecken und so tun, als geschehe es gar nicht. Wir sind die einzigen, die eine Chance haben, ihn zu schlagen. Wir dürfen nicht aufgeben. Und was ist mit Sarah?«

»Sarah hat ihren wahren Herrn gefunden.« Seine Züge verhärteten sich. »Sie hat mich getäuscht und verraten, und jetzt werden sie gemeinsam das Neue Zeitalter verkünden.«

34 Lagerplatz

Unter Schmerzen hangelte sich Robert über die vorstehenden Ziegel auf das Dach. Es war nicht so leicht, wie es ausgesehen hatte. Als er von Rose weggelaufen war, hatte er beabsichtigt, nach Hause zu fahren. Dann hatte er sich furchtbar darüber geärgert, daß er nun nicht mehr Zeuge der Ereignisse dieser Nacht sein konnte, und beschlossen, sich einer der drei Gruppen anzuschließen, aber ohne Roses Hilfe kam er nur quälend langsam voran. Alle paar Minuten mußte er sich anhand der Karte neu orientieren, auf der das komplizierte Netz der Stationen eingezeichnet war, oder eine Pause machen, damit sich seine schmerzenden Muskeln erholen konnten. Inzwischen war ihm klar, daß die anderen Gruppen schon weit entfernt sein mußten.

Robert schaute sich um. Er schien die Randbezirke der ursprünglichen Londoner City erreicht zu haben. Die riesigen Baukräne und die monströsen Glasfassaden der wuchernden Finanzinstitute der Hauptstadt hatte er hinter sich gelassen und einen Bezirk erreicht, in dem baufällige kleinere Häuser standen, deren Dächer noch nie jemand bestiegen hatte. Er lehnte sich gegen die leicht abfallenden Tonziegel und schaute zu den Sternen auf. Sein Puls reduzierte sich allmählich auf seine normale Frequenz.

Nach ein paar Minuten setzte er sich auf und wischte sich den Schweiß aus den Augen. Er hockte auf einem verhältnismäßig niedrigen Gebäude, das nur drei Stockwerke hatte. Die Fahrt nach unten war leichter gewesen, und er hatte seinen Rücken schonen können, der beim Anstieg immer schmerzte. Er lehnte sich auf die Seite und versuchte, das Straßenschild zu lesen, das über dem trüben Schein einer Straßenlaterne hing. Er glaubte, Whittington oder Whittaker Avenue auszumachen. Das EC3 war jedenfalls deutlich zu lesen.

Das Dach war zu steil, und er war erschöpft. Wenn er hierblieb, würde er wahrscheinlich einschlafen und vom Dach fallen. Das nächste Gebäude war höher, aber es schien ein flaches Dach zu haben. Mit Mühe kam Robert auf die Füße und suchte in seinem Beutel nach dem batteriebetriebenen Klettergerät. Als er die Scheibe hervorholte, bemerkte er die schmerzhaften Blasen an seiner Handfläche.

Von den Metallvorrichtungen, an denen man sich einhaken konnte, gab es in dieser Gegend nur wenige. Er hatte die falsche Richtung gewählt. Es war Zeit, ins Zentrum der City zurückzukehren.

Er inspizierte die Ausrüstungsgegenstände, die zu dem Klettergerät gehörten, und fand einen kleinen zusammenklappbaren Greifhaken. Als er sein Kabelschießgerät in die Hand nahm, stellte er fest, daß es am Lauf Rillen hatte, mit deren Hilfe man auch den Greifhaken abschießen konnte. Er zielte sorgfältig auf die obere Kante der Mauer und drückte ab.

Der Haken schoß über sein Ziel hinaus und blieb auf dem Dach des Gebäudes liegen. Er brauchte ein paar Minuten, um das Kabel wieder einzuholen, ohne daß es sich irgendwo verhakte. Beim zweiten Versuch blieb der Haken über einem Mauervorsprung hängen und hielt fest. Er löste das Kabel aus dem Schießgerät und befestigte es an der Kletterscheibe. Jetzt sah er, daß es dort drüben sehr viel dunkler war als auf den anderen Dächern. Bisher hatte er die Scheibe nicht benutzt, aber er wußte, was

Rose bei ihrem ersten Versuch passiert war. Wenn er jetzt ausrutschte, sich verletzte, sich nicht mehr bewegen konnte, wie sollten sie ihn dann finden? Er beschloß, seine Position durchzugeben, bevor er versuchte, die Straße zu überqueren. Er schaltete sein Gerät ein und drückte die schon eingestellte Frequenz.

»Hallo, Rose. Zalian?« Die statischen Geräusche ließen ihn zusammenzucken.

»Identifizieren Sie sich.«

»Rose, ich bin es, Robert.« Plötzlich dachte er daran, wie er einfach davongelaufen war, und er kam sich sehr albern vor. »Hören Sie zu, es tut mir sehr leid . . .«

»Sparen Sie sich das. Wir haben ganz andere Sorgen. Damiens Gruppe wurde von Chymes und seinen Männern fast aufgerieben. Wo sind Sie?«

»Ich bin irgendwo in EC3.

»Wo ist das?«

»Das ist es ja gerade. Ich weiß es nicht genau. Ich hoffte, Sie könnten mir vielleicht einen Anhaltspunkt geben, vielleicht irgendein auffälliges Gebäude, an dem ich mich orientieren kann.«

»Großartig. Daß Sie sich verirren, hat uns gerade noch gefehlt. Einen Augenblick, wir schauen nach. Wie heißt die Straße?«

»Whittington Avenue, glaube ich.« Hinter ihm wehte der Wind eine alte Zeitung hoch und ließ sie klatschend wieder fallen. »Ziemlich unheimliche Gegend.«

»Robert? Wir haben gerade einen anderen Anruf. Es könnte wichtig sein. Können Sie sich in ein paar Minuten noch einmal melden?«

»Ich denke schon.«

Widerwillig schaltete Robert ab und schob das Funkgerät wieder in die Tasche. Er hatte die Kletterscheibe aus Stahl an der Wand hängen lassen und klinkte sie jetzt an seinen Gurt. Vorsichtig drückte er auf den Knopf an der Scheibe und ließ sich nach oben ziehen, wobei er sich wie ein Bergsteiger mit den Füßen an der Wand abstützte. Die Scheibe spulte das Kabel auf, bis er oben war. Er hatte Mühe, über den höchsten Punkt der Dachumrandung hinwegzukommen, aber er schaffte es und sank auf der anderen Seite auf einem Asphaltstreifen zusammen. Sein Atem normalisierte sich wieder, und er hörte, wie der Wind eine leere Getränkedose die Dachrinne entlangrollen ließ.

Endlich richtete Robert sich auf und schaute über das sanft abfallende Dach hinweg.

»Oh, *Scheiße . . .«* Mit offenem Mund stand er langsam auf und bewegte sich rückwärts zum Rand des Gebäudes. Angst ballte sich in seinem Magen zusammen.

35 Einkäufe am späten Abend

Martin Butterworth betrachtete mürrisch die glitzernde Weihnachtsdekoration im Schaufenster und wünschte, er wäre zu Hause im Bett. Durch seinen Atem beschlug die Scheibe, während er Einblick in eine unwirkliche Welt nahm. Drei strahlende junge Leute hatten sich auf einem sommerlichen Rasen zum Tee versammelt. Sie saßen auf buntgestreiften Stühlen in einem Tal von künstlichen Blumen. Die beiden Mädchen waren schlank und groß und sehr weiß. Sie trugen irreführend einfache, gestreifte Kleider (irreführend, weil diese Einfachheit laut Preisschild sehr teuer bezahlt werden mußte) und boten einem jungen Mann, der psychopathisch starr grinste und dem ein Fuß fehlte, von einem silbernen Tablett Sandwiches an. Auf dem Spruchband über dieser Szene stand: »BEI HARRODS' BTRETEN SIE EINE ANDERE WELT«. Butterworth wünschte sich nichts sehnlicher, als genau das tun zu können. Er schaute auf seine Schuhe, hob einen Fuß und sah, daß die Sohle klebrig von Blut war.

Hargreave schlug ihn unsanft auf die Schulter. »Es hat keinen Sinn, daß Sie sich das anschauen, mein Junge«, sagte er. »Nicht bei dem Gehalt, das wir Ihnen zahlen. Sie werden auf den Winterschlußverkauf warten müssen.«

Der junge Detective Constable wandte sich widerwillig von der Welt ohne Sorgen ab, wie sie im Schaufenster dargestellt wurde, und betrachtete wieder den schauerlichen Schlamm zu seinen Füßen. Der Körper des Jungen war beim Aufprall auf den glücklicherweise verlassenen Bürgersteig nahezu zerplatzt. Der größte Teil seiner Überreste war inzwischen entfernt und der Bereich mit gelben Plastikstreifen abgesperrt worden. Über ihnen schepperten Ketten von zerbrochenen Glühbirnen im Wind.

»Gute Auswahl an Haushaltsgegenständen«, bemerkte Hargreave, als er die Hände ans Gesicht legte und durch die Scheibe spähte. »Allerdings Preise wie in Knightsbridge.« Er zeigte auf das benachbarte Schaufenster, in dem Küchenutensilien ausgestellt waren. »Im Augenblick könnten wir diesen Scheuereimer gut gebrauchen.«

Hinter ihm trugen zwei blasse junge Beamte einen länglichen Behälter, aus dem etwas herausleckte, zu einem Polizeifahrzeug, das aussah wie ein Notdienstwagen der British Gas. Hargreave hatte alles unternommen, diese Säuberungsaktion geheimzuhalten. Er hatte gerade im großen Computer-Raum gearbeitet, als der Anruf kam, und dann das Gebäude im Laufschritt verlassen. Aber er war vorsichtig. Auch wenn über die Presse noch immer eine Informationssperre verhängt war, länger als bis morgen früh ließ sich die Angelegenheit ganz sicher nicht geheimhalten. Er hatte wirklich Pech. Gerade war er mit seinen Ermittlungen so weit gekommen, daß er auf Erfolg hoffen durfte, als auch schon mitten in der City ein weiterer blutiger Mord geschehen mußte.

Er versetzte Butterworth einen schmerzhaften Schlag an den Arm und bedeutete ihm mitzukommen. »Die Spur scheint heißer zu werden, nicht wahr?« sagte er fröhlich. »Denn die Leiche ist noch nicht kalt.«

»Es wird schwer sein, sie zu identifizieren«, wagte sich Butterworth hervor. »Bei dem Zustand.«

»Das stimmt«, sagte Hargreave und rieb sich nachdenklich das Stoppelkinn. »Das Erscheinungsbild eines Menschen verändert sich beträchtlich, wenn man ihm das Gesicht von innen nach außen kehrt.« Mit dämonischer Freude sah er Butterworth an, ganz bewußt seinen Haß herausfordernd. Nur so konnte er verhindern, daß der Junge das Grauen dieser Nacht mit nach Hause nahm. »Sie werden langsam unvorsichtig. Es ist hier fast schon wie *Freitag, der Dreizehnte.* Aber haben wir wirklich so lange Zeit, die Mörder zu fangen? Oder können wir herausfinden, was hier vor sich geht, und der Sache ein Ende setzen, bevor die Pendler aus den U-Bahnschächten kommen und Leichen auf sich herunterregnen sehen wie eine Art biblische Plage?«

Er drehte sich zu den Beamten um, die gerade die Türen des getarnten Polizeifahrzeugs schlossen. »London wird bald aussehen wie ein Gemälde von Magritte, nur daß die Opfer keine Melone tragen . . .«

»Sir?«

Nachdenklich steckte Hargreave die Hand in die Manteltasche. »Für ein so großes Ding könnte ich mit Leichtigkeit eine ganze Armee von Männern mobilisieren.« Direkt vor Butterworths Gesicht schnippte er mit den Fingern, so daß der junge Mann erschrocken zurückfuhr. Sein Tonfall verriet dem Jungen, daß der weitere Verlauf der Aktion schon festgelegt war. »Aber das kann ich natürlich nicht tun«, fuhr Hargreave fort, »denn das wäre ein Fest für die Revolverblätter, und sie würden uns sofort unsere völlige Unfähigkeit bescheinigen. Stellen Sie sich vor, die Bullen tappen auf den Dächern herum und fallen in der Dunkelheit in die Fahrstuhlschächte. Haben Sie unsere Jungs schon mal gehört, wenn sie alle gemeinsam im Einsatz sind? Der Lärm ist unglaublich. Sie sind wie eine Elefantenherde. Statt dessen lassen wir bei Tageslicht unauffällige Gruppen von zwei oder drei Männern arbeiten. Natürlich sind dann die Spuren der vergangenen Nacht eiskalt.«

Butterworth sah, wie sich der Inspector an dem Stummel seiner alten Zigarette eine neue anzündete. Er wußte, daß er, seit er mit dem Fall befaßt war, keinen nützlichen Beitrag geliefert hatte, aber er hoffte immer noch, daß man ihn nicht zur Strafe mit irgendeinem Suchtrupp auf die Dächer schicken würde. Er brachte es sogar fertig, fast vier Sekunden lang zuversichtlich zu lächeln, bis Hargreave ihm so hart auf die Schulter schlug, daß er ihm fast das Gelenk ausrenkte. »Und jetzt, mein kleiner sommersprossiger Freund, sind Sie an der Reihe.«

»Wie meinen Sie das, Sir?«

»Sie bekommen eine Chance, Ihr Talent auf diesem Gebiet zu beweisen, und zwar heute abend. Da oben.« Hargreave schaute aus seinen hellen Augen in das entsetzte Gesicht des Jungen, während er auf die Dächer zeigte. Butterworth hatte ein flaues Gefühl im Magen und wünschte, es sei eine Toilette in der Nähe.

»Es ist nicht so schlimm, Junge, Sie werden nicht allein sein. Ich schicke Bimsley zusammen mit Ihnen nach oben. Er ist nicht ganz so ängstlich wie Sie, aber seine Füße sind zu groß, und er neigt dazu, darüber zu stolpern. Sie werden also gut auf ihn aufpassen müssen.«

Als Bimsley seinen Namen hörte, winkte er ihnen vom Fenster des wartenden Wagens aus zu. Es war eine seit langem feststehende Tatsache, daß viele Bimsley für klinisch geistesgestört hielten und daß er für eine Beförderung alles tun würde, ganz gleich, wie gefährlich die Aufgabe war. In seiner Freizeit beschäftigte er sich mit Fallschirmspringen, und für die übrige Truppe war er ›Mad Dog‹-Bimsley. Butterworth schaute zum Wagen hinüber, und sein Herz sank bis aufs Pflaster.

»Sie können jetzt aufhören, einen Basset zu spielen, mein Junge. So schwierig wird es nicht sein. Ich will nur, daß Sie sich ein wenig in der Gegend umschauen, die ich mir ausgesucht habe, und wenn Sie oben jemand treffen, dann tun Sie so, als seien Sie über alles im Bilde. Natürlich werden Sie Funkgeräte bei sich haben. Sie brauchen nur die Leitung offen zu lassen, und wir kommen rauf und holen Sie, wenn es zu heiß wird. Und jetzt verschwinden Sie und schlafen Sie sich aus.« Vorsichtig hob Hargreave die Spitzen seiner Oxford-Schuhe, um nicht in das fast schon trockene Blut zu treten, und beobachtete Butterworth, der unsicher zu dem wartenden Fahrzeug hinüberging.

Als er am Nachmittag im Computer-Raum war, hatte er sich über die Verkehrsüberwachungseinrichtungen und die Sicherheitskameras auf den Dächern informiert. Die meisten der neueren Apparate waren so programmiert, daß sie jede Bewegung aufzeichneten, die von etwas Größerem als einer Katze verursacht wurde. Wenn das System ansprach, zeichnete ein Videogerät jede Bewegung auf, die auf menschliche Aktivitäten schließen ließ, und überspielte alles auf eine Diskette. Während der letzten paar Stunden hatten die Kameras an drei verschiedenen Punkten Aktivitäten registriert und die Anzahl der Beobachtungen auf dem jeweiligen Ausdruck verzeichnet. Alle diese Aktivitäten hatten in dem Dreieck stattgefunden, das Hargreave sich für seine Operationen ausgesucht hatte. Um genau zu erfahren, was die Kameras registriert hatten, mußte Hargreave die Bänder abspielen lassen, aber bisher hatte er noch keinen Zugang zu dem Raum gehabt, in dem die entsprechenden Geräte standen. Er hoffte aber, daß das noch innerhalb der nächsten Stunde der Fall sein würde.

Er schaute auf die Uhr und seufzte. Janice lag gewiß schon im Bett und schlief, die langen Beine angezogen wie in einer perfekten Ruhepose auf einem Kalender der fünfziger Jahre . . . Er gähnte, als er zum Wagen hinüberging, und sein kondensierter Atem hing vor ihm in der Luft. Es würde ein verdammt kaltes Wochenende werden. Morgen wollte er Janice besuchen und ihr seine verrückte Theorie erklären. Vielleicht hielt sie sie für falsch, aber sie würde ihn wenigstens nicht auslachen.

Die meisten seiner bisherigen Erfolge hatte Hargreave mit Hilfe seiner zu Recht berühmten Intuition erzielt, und zur Zeit machte diese Intuition jede Menge Überstunden. Butterworth und Bimsley würden an einem Punkt des Dreiecks ansetzen, zwei weitere Männer am anderen. Er und einige Scharfschützen würden am Scheitelpunkt warten. Innerhalb des Dreckecks würde er auf dem Erdboden einige Fahrzeuge stationieren, so daß seine Männer innerhalb von Minuten auf den Dächern sein könnten. Er wäre gern sicher gewesen, die Mörder innerhalb der nächsten achtundvierzig Stunden in eine Falle zu treiben, aber ganz so zuversichtlich war er nicht. Es waren zu viele Variablen zu berücksichtigen.

Am nächsten Vormittag wollte er die Bibliothek aufsuchen und seine Ideen auf ihre Plausibilität prüfen. Inzwischen durfte er in seiner Wachsamkeit nicht nachlassen. In den hell erleuchteten Schaufenstern hinter ihm lächelten porzellanhäutige Frauen in Silberwolfjacken leer in die Nacht hinaus, wie Göttinnen der letzten Tage.

36 In die Dunkelheit

Fast eine Stunde lang war das Funkgerät tot. Endlich schaffte Lee es, von der Station Hengler aus seine Position durchzugeben. Diese Station lag auf dem engen chaotischen Dach des London Palladium Theatre, und sie war nach dem Mann benannt, der als erster dieses Grundstück zur öffentlichen Volksbelustigung genutzt hatte, hauptsächlich mit Zirkusvorführungen. Wer das Gebäude heute abend von oben sah, konnte Charles Hengler seine Überzeugung, daß seine akrobatische Tradition weiterleben würde, nicht übelnehmen.

Nachdem er seine Position durchgegeben hatte, bereiteten sich Lee und seine Leute auf den Aufbruch vor. Bisher hatten sie nichts gefunden. Sie beschlossen, sich nach Süden zu wenden und den Bezirk bis zum Fluß hinunter abzusuchen. Für Lee war es Ehrensache, Jays Tod zu rächen, und er war fest entschlossen, mit seiner Gruppe als erster auf Chymes zu treffen.

Trotz der ständig sinkenden Temperatur hörte Lee aus der Gruppe keine Klagen, und darüber war er froh. Lee segelte durch gefährliche Klippen. Er wußte: Wenn es ihm gelang, die Disziplin aufrechtzuerhalten, konnten Chymes und seine Mordbande geschlagen werden. Was ihn viel mehr beunruhigte, war die Tatsache, daß es Zalian immer noch nicht gelungen war, das Hauptquartier des Feindes zu lokalisieren. Darüber dachte er nach, während er die Gegend sorgfältig nach verräterischen Spuren absuchte. Dann ging er wieder zu seinen Leuten zurück, und — wie immer — verließ er als letzter das Dach, als die Gruppe ihren Weg über die City fortsetzte.

Am oberen Ende der Bahn Nord Sieben hatte Spice Schwierigkeiten. Einer der Eisenpfeiler, über den das Kabel führte, war umgeknickt, und über den Kronen der riesigen Eichen, die an dieser Seite den Park bewachten, hing das Kabel in einer gefährlichen Parabel nach unten durch. Anscheinend waren die letzten beiden Stationen tatsächlich auf den Bäumen im Park selbst eingerichtet worden, wenn Spice auch nicht einsah, warum man hier überhaupt Stationen gebaut hatte. Die Geschichte der Dachwelt war fast ausschließlich mündlich überliefert worden. Darüber hinaus existierten nur wenige schriftliche Berichte über die Aktivitäten der Gründer, denn man fürchtete ständig, daß solche Dokumente in die falschen Hände geraten könnten. Zalian wußte mehr als jeder andere über seine Vorgänger, hauptsächlich deshalb, weil er immer wieder alte Ehemalige befragt hatte.

Ein Versuch, die letzte Station zu erreichen, erschien sinnlos. Hier hing das Kabel noch tiefer herab, um dann in einem dunklen Gewirr von geschwärzten kahlen Ästen zu verschwinden, von denen Spice einige wie ein Bündel Messerspitzen in das Licht hineinragen sah. Spice hockte in einer Astgabel und löste das Kabel von einem überhängenden Zweig, an dem es sich verheddert hatte. Sie schaute auf die Uhr. Es war Zeit umzukehren, damit die anderen sich keine Sorgen machten. Sie durfte sie nicht so lange alleinlassen, denn ohne sie waren die Leute nahezu hilflos. In diesem Augenblick knackten und rauschten die Äste über ihr, als eine Gestalt plötzlich zwischen ihnen landete. Sie warf sich flach gegen den Stamm der Eiche und schaute durch die Zweige nach oben.

Über ihr stand ein Junge mit kahlgeschorenem Kopf und einem am Hals eintätowierten Spinngewebe. Sie wußte sofort, daß sie einen von Chymes' wichtigsten Männern vor sich hatte.

Reese schaute zu dem Mädchen hinunter. Während ihr Anführer sich an einem anderen Opfer vergnügte, waren er und Dag nach Norden zu den nicht mehr benutzten Stationen im Park gefahren. Sie wußten, daß sie sich hier in aller Ruhe einen Schuß setzen konnten. Jetzt, wo die Droge anfing zu wirken, verspürte er einen neuen Hunger.

An ihrer Ausstattung erkannte er, daß sie zu den Zalian verbliebenen Truppen gehörte. Sie war attraktiv, wenn auch ein wenig zu muskulös, hatte kleine Brüste und kräftige Arme. Und sie ließ sich keine Angst vor ihm anmerken. Das fand er interessant. Mit affenartiger Geschicklichkeit hangelte er sich von Ast zu Ast und kam immer näher.

»Heh, schöne Frau, haben sie dir nicht davon abgeraten, nachts allein auszugehen? Wieso paßt euer großer und mutiger Anführer nicht besser auf dich auf?«

Spice lächelte ihn an und winkte ihn zu sich heran.

»Ich glaube, ich weiß, was du willst. Du willst wissen, was für ein Gefühl das ist, ein richtiger Mann zu sein.«

Er war noch etwa eine Körperlänge von ihr entfernt, als sie seinen Stiefel packte und kräftig daran zog. Er versuchte, ihr ins Gesicht zu treten, aber der Ast, an dem er sich hielt, brach ab, und er fiel zwischen die unteren Äste. Mit einer Hand versuchte er, seine Waffe zu ziehen, mit der anderen griff er nach Spice, aber er war nicht schnell genug. Sie hob ihre geladene Armbrust und zielte auf seine Brust. Dann drückte sie ab und traf ihn genau am Brustbein, wo der Pfeil zitternd steckenblieb. Reese schrie. Ein brennender Schmerz lief durch seine Brust wie Finger aus geschmolzenem Feuer. Er wand sich vor Qual und stürzte nach hinten vom Baum, um fast zehn Meter tiefer auf dem Boden aufzuschlagen.

»Das ist das Gefühl, eine richtige Frau zu sein«, sagte Spice und verstaute ihre Armbrust. Dann klinkte sie sich ein und verschwand zwischen den Bäumen.

Aus seiner hockenden Position oben auf einer nahegelegenen Häuserfront, die das untere Ende des Parks umgab, schaute Dag zuerst auf die Leiche seines Freundes und dann zu dem Mädchen hinüber, das sich rasch auf die Lichter der City zubewegte. Ihr Körper schwang am Kabel hin und her, und ihre Gestalt hing wie eine Stoffpuppe in der eisigen Luft.

Er sprang zum Kabel hoch, das über seinem kahlgeschorenen Schädel hing, und rannte vom Dach. Er fegte an der eleganten Fassade des Gebäudes entlang und schoß auf den Kabelverbindungspunkt zu, wo er sie abfangen wollte. Während des Falls zog er sein Münzenschießgerät aus der Hülle und zielte so genau er konnte auf die am Kabel auf und abhüpfende Gestalt. Er feuerte drei oder viermal, aber wegen der heftigen Bewegungen der beiden lagen die Geschosse weit daneben. Sein Kabel verlief nicht annähernd so steil wie ihres. Er mußte sich sehr viel schneller bewegen, wenn er sie einholen wollte. Er griff mit der freien Hand nach oben, zog an der Seilbremse und öffnete sie. Langsam erhöhte sich seine Geschwindigkeit, aber es reichte immer noch nicht. Die Drogen, die er genommen hatte, gaben ihm die zusätzliche Kraft, die er brauchte, um die Bremse ganz abzureißen und wegzuschleudern. Sofort verdoppelte sich seine Geschwindigkeit, und er wurde immer noch schneller.

»Paß auf, du Miststück, gleich wirst du sterben!« schrie er, als er sie überholte und wild nach hinten schoß. Er traf sie nicht, und er konnte auch ihr Gesicht nicht erkennen, aber er hoffte, daß sie Angst hatte.

Jetzt fuhr er dreimal so schnell wie sie am Kabel entlang. Noch nie war er auf irgendeiner Bahn so schnell gewesen. Als er sich herumschwang, sah er Spices schreckgeweitete Augen. Sie mußte inzwischen erkannt haben, daß er den Verbindungspunkt lange vor ihr erreichen würde. Die großen kahlen Äste der Eiche rasten mit furchterregender Geschwindigkeit auf ihn zu. Noch einmal beschleunigte sich seine Fahrt, die er nun nicht mehr kontrollieren konnte. Wie von der Sehne geschnellt, sauste er in den Baum. Er stieß einen entsetzten Schrei aus, als ein starker Ast sich ihm wie ein Degen in den Leib bohrte und am Rücken wieder austrat.

Spice fuhr in die Station ein und erreichte mit den Füßen die Rinde des Stammes. Sie sah, wie der auf den Ast gespießte Skinhead wild mit den Armen um sich schlug. »Poesie in der Bewegung«, murmelte sie und schüttelte ungläubig den Kopf. »Aber nicht so schön wie ein Baum.« Sie schüttelte sich und stieß sich ab, um möglichst schnell Portland Place zu erreichen, wo sie einigermaßen sicher sein würde.

Rose setzte sich mit den Überlebenden von Damiens Gruppe in Verbindung und notierte sich ihre Position. Dann versuchte sie, Roberts Position zu ermitteln, und benutzte dazu einen alten Stadtplan. Dabei behielt sie mißtrauisch Zalian im Auge, der sich wieder mit dem zerfledderten Notizbuch beschäftigte. Robert hatte recht gehabt. Es war gefährlich, dem Mann zu trauen. Er hatte sich geweigert, auf die Bemerkung einzugehen, die er über Sarah gemacht hatte. Er hatte lediglich versprochen, daß er ab sofort nicht mehr das Leben auch nur eines einzigen seiner Männer aufs Spiel setzen wolle. Rose zweifelte, ob sie ihn würde aufhalten können, falls er sich dennoch entschloß, die Dinge selbst in die Hand zu nehmen. Sie mußte unbedingt in der Nähe des Funkgeräts bleiben, denn jeden Augenblick konnten weitere Botschaften ankommen.

»Das ist aber seltsam.«

Zalian drehte sich zu ihr um und zeigte ihr eine Seite, die mit horoskopischen Symbolen vollgekritzelt war. »Diese Ziegen- und Mondzeichen . . .«

»Ach, der Tierkreis. Das sind nur Kurzschrift-Symbole.«

»Nein, das stimmt nicht. Im Tierkreis gibt es keine Mondsymbole, nichts, was einem Mondsymbol auch nur entfernt ähnelt. Und da sind noch andere Symbole, die mit dem Tierkreis nichts zu tun haben. Sieh doch selbst.« Er zeigte auf die mit schwachen Strichen gezeichneten Figuren. »Die Zahl vier. Das weibliche Symbol. Ein Kreuz mit einem Dach darüber. Eine Sichel mit einem Kreuz. Was zum Teufel ist das?« Rose lehnte sich zu ihm hinüber und sah genauer hin.

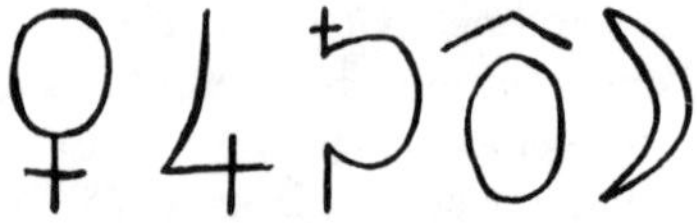

»Moment, das weiß ich«, sagte sie aufgeregt. »Das sind alte alchimistische Zeichen. Ich glaube, sie werden immer noch im Metallhandel benutzt. Zeig mal . . .« Sie nahm Zalian das Buch aus der Hand. »Eine Vier bedeutet Zinn. Das weibliche Symbol ist Kupfer. Der Mond ist Silber, ebenfalls weiblich. Ich glaube, die anderen beiden bedeuten Blei und Zink, aber ich bringe sie durcheinander.« Sie breitete aufgeregt die Hände aus. »Das erklärt auch die Liste, auf der Apollo und Diana oben stehen.«

»Wieso?«

»Wie die Planeten Göttern zugeordnet werden, so ordnet man sie auch den verschiedenen Metallen zu. Quecksilber ist Merkur, Kupfer die Venus, Jupiter Zinn, Saturn Blei und so weiter.« Rose ließ den Kopf in die Hände sinken und überlegte. »Die Frage ist, wo würde man heutzutage diese alten Symbole suchen?«

»Ich glaube, ich weiß genau, wo wir sie in der City finden würden«, sagte Zalian. »An der Londoner Metallbörse. Früher haben wir alle ihre Schlupfwinkel benutzt, natürlich ohne ihr Wissen.«

»Aber warum sollte sich Chymes ausgerechnet dort verstecken? Moment mal, kannst du rasch feststellen, wo die Metallbörse liegt?«

Zalian drückte ein paar Tasten und wartete. »Okay, es liegt irgendwo in EC3 . . .« Buchstabe für Buchstabe erschien der Straßenname auf dem Schirm.

»O nein . . .« Rose griff nach dem Mikrophon und schaltete auf Roberts Frequenz. »Bitte kommen, Robert«, rief sie. »Robert, Sie müssen ganz schnell von dort verschwinden . . .«

»Zu spät.« Die Antwort kam schwach und war wegen der statischen Geräusche kaum zu hören. »Ich stehe hinter fünfzig von Chyme Leuten. Sie scheinen zu meditieren. Noch haben sie mich nicht gesehen, und das ist auch gut so. Die Chancen wären ein wenig ungleich.«

»Wir werden Hilfe . . .«

»Sind Sie verrückt? Ich . . .« Die Stimme erstarb, und die Leitung war tot.

»Robert!« schrie Rose. »Robert, bitte kommen!« Sie warf das Mikrophon auf den Tisch. »Scheiße, sie haben ihn, und das ist alles meine Schuld.«

»Warum? Weil du nicht früher erfahren hast, wo er ist?«

»Ohne mich wäre er erstmal gar nicht hier oben«, sagte sie wütend und sprang auf. »Wir müssen etwas unternehmen.«

»Wie können wir das?« sagte Zalian. »Bis wir dort sind, ist es zu spät.«

»Wenn du willst, kannst du ja hierbleiben. Ich gehe zu ihm.« Sie zog die Tür zurück und rannte über das Dach. Im Laufen nahm sie einen Nylonsack mit der nötigen Ausrüstung mit.

»Du kennst den Weg nicht! Glaub mir, Rose, wir können ihm besser von hier aus helfen!« schrie Zalian ihr hinterher, aber sie hörte ihn nicht mehr, als sie den niedrigen Pfeiler der Kabelstation erreicht und sich angeklinkt hatte. »Du schaffst es nicht allein! Die Bahn ist nicht sicher, sie gehört zu den beschädigten!«

Zalian erreichte die Station, als Rose sich gerade abstieß. »Rose, du hast allein keine Chance! Die Bahn ist alt und unsicher . . .« Er versuchte, sie an den Beinen festzuhalten, aber sie war zu schnell. Sie entglitt seinem Griff und segelte über seinen Kopf in die Dunkelheit der Dachlandschaft hinaus.

37 Flucht

Das Funkgerät, sie hörten das Knacken aus dem verdammten Funkgerät. Robert ließ es auf den Asphalt fallen. Für einen Augenblick schienen alle genauso überrascht zu sein wie er selbst. Der bitterkalte Wind, der jetzt seine Richtung geändert hatte, brachte Bewegung.

Robert lief der Schweiß über das Gesicht. Er schaute hinter sich auf den Rand der Dachrinne, auf die Straße tief unten, auf das Kabel, das immer noch an dem Gebäude auf der gegenüberliegenden Straßenseite befestigt war. Dann schaute er wieder zu Chymes' Leuten hinüber. Sie schienen keine Ahnung zu haben, wie er so plötzlich in ihrer Mitte auftauchen konnte. Weiter hinten erkannte Robert eine flache Konstruktion, die so ähnlich aussah wie das vorläufige Hauptquartier, das Zalian auf dem Stock Exchange eingerichtet hatte. Die Männer, es waren weit mehr Männer als Frauen, waren offensichtlich in einer weit schlechteren Verfassung als die in Zalians Krewe. Sie hatten das verwüstete und tote Aussehen von

Drogensüchtigen. Hohle Augen starrten aus blassen, schweißnassen Gesichtern. Alle trugen eine neue Uniform, schwarz und vorn mit einem roten Schlitz, einer Art rituellem Symbol.

Die Leute, die in der Gruppe vorn standen, bewegten sich langsam auf ihn zu. Robert trat bis an den Rand des Daches zurück und schaute sich noch einmal um. Seine Gurtleine war nicht mehr an dem Hauptkabel befestigt, das über die Straße führte und nur vom höchsten Punkt des Daches aus zu erreichen war, auf dem er vorhin noch gestanden hatte. Plötzlich erinnerte er sich daran, daß der Greifhaken mit dem Kabel des Klettergeräts noch in der Wand steckte.

Zwei von Chymes' Leuten griffen nach ihm. Einer packte Robert am Handgelenk, der andere versuchte, sein Gesicht zu erreichen. Wild versuchte Robert, sich loszureißen. Sein Overall war für ihn zu groß, und der Mann links von ihm hatte plötzlich einen leeren Ärmel in der Hand. Er hob die andere Hand, ballte sie zur Faust und schlug Robert mit aller Gewalt in den Magen. Der Schlag war so hart, daß Robert von dem anderen Mann freikam, als er in die Knie ging. Halb blind vor Schmerzen griff Robert nach dem fest verankerten Kabel der Scheibe, und gerade als die Angreifer ihn packen wollten, ließ er sich vom Dach rollen und raste am Kabel auf das Dach zu, von dem er gekommen war.

Das Kabel glitt ihm so schnell durch die Hände, daß es ihm die Handflächen verbrannte. Er konnte seinen Fall nicht bremsen und schlug mit dem Rücken hart und flach auf das Dach auf. Er blieb einen Augenblick liegen, und die Schmerzen in seinem Magen wurden immer schlimmer. Dann rutschte er auf dem steilen Dach nach unten. Schreiend und fluchend standen Chymes' Männer auf dem anderen Dach und schauten zu ihm herunter. Einer von ihnen hing am Kabel und hatte schon die halbe Strecke zurückgelegt, ein zweiter folgte ihm, als Robert versuchte, sich umzudrehen und mit den Füßen festen Halt zu gewinnen. Es gelang ihm nicht. Die Schwerkraft zog ihn nach unten, und in einem Hagel von zerbrochenen Ziegeln rutschte er bis an den Rand des Dachs. Eine Sekunde lang hoffte er, im Gleichgewicht zu bleiben, und riß die Arme hoch, aber dann rutschte er über die Dachrinne und hing in der leeren Luft. Von oben rutschten seine Verfolger über das Dach nach unten. Wie viele es waren, konnte er nicht erkennen.

Mit schmerzenden Schultergelenken hielt er sich an der Rinne fest. Das Kabel, an dem er hergekommen war, führte über die Straße, aber es war einen knappen Meter rechts von ihm befestigt. Er stieß sich von der Wand ab, riß die Arme hoch und erwischte das Kabel mit dem Unterarm. Das Kabel glitt unter seinem Ellenbogen, dann unter seiner Achselhöhle hinweg, und er schrie vor Schmerzen. Mit der anderen Hand griff er verzweifelt nach seiner Gurtleine, um sich am Kabel anzuklinken.

Hinter ihm konnte einer von Chymes' Sklaven seine Fahrt nicht bremsen und schoß über den Rand des Gebäudes. Kreischend stürzte er auf die Straße. Ein anderer klammerte sich an der Stelle an die Dachrinne, die Robert eben verlassen hatte. Der dritte, ein hochgewachsener Skinhead, versuchte aufzustehen, aber er verlor das Gleichgewicht und landete mit den Knien hart auf der Dachrinne. Es gab ein metallisches Knacken, und krachend und knirschend brach die Dachrinne mitsamt dem Abflußrohr von der Wand ab und landete mit ihrer menschlichen Fracht auf dem Pflaster.

Inzwischen war es Robert gelungen, sich einzuklinken. Er hatte die halbe Strecke zurückgelegt, als er sah, daß jemand über dem Kabel hockte und mit einem kleinen Messer daran herumsäbelte. Er würde die andere Seite nicht mehr rechtzeitig erreichen. Er riß die Arme hoch und packte das Kabel mit beiden Händen. Als es mit einem scharfen Knall zerriß, fiel er wie ein Stein nach unten und auf die Wand des gegenüberliegenden Gebäudes zu. Er ließ das Kabel los und hielt sich die Arme vors Gesicht, als er mit den Füßen zuerst das große Schiebefenster erreichte. In einem Regen von Glasscherben fand er sich auf dem Fußboden des dahinterliegenden Raumes wieder.

Sekunden später begann eine Alarmanlage zu schrillen. Robert richtete sich mühsam auf. Er saß in einem dunklen Büro mit einem zerbrochenen Fenster, dessen Scherben sich zwischen den Möbeln verteilt hatten. Eine Jalousie hatte seinen Aufprall zum Teil aufgefangen. Mit steifen Gliedern stand er auf und untersuchte seine Verletzungen. Ein paar Schnitte von dem zersplitterten Glas, eine ziemlich tiefe Schnittwunde am Bein, schmerzende Muskeln und Blasen an den Handflächen. Er humpelte aus dem Büro und zur Feuerleiter am anderen Ende des Korridors und stieg zum Erdgeschoß hinunter.

Er konnte von Glück sagen, daß er noch lebte. Unter Schmerzen schob er den eisernen Riegel zurück und trat auf eine schmale Gasse hinaus. Über ihm sang die Alarmanlage weiter ihr schrilles Lied unbeachtet durch die verlassenen Straßen. Er hielt sich ganz dicht an der Mauer, als er durch die Dunkelheit weiterhumpelte, denn die Rufe und die hastigen Schritte über ihm zeigten, daß er sich noch in Schußweite aufhielt. Um zur Hauptstraße zu gelangen, mußte er in das Licht hinaus. Ihm blieb nichts anderes übrig, als zu rennen. Schwer atmend verließ er seine Deckung und sprintete auf die rote Verkehrsampel zu. Das erste Geschoß schlug neben ihm auf dem Boden auf und prallte als Querschläger klirrend gegen einen Laternenpfahl. Er spürte, wie das Blut aus der Fleischwunde an seinem Bein herablief, wenn er die Muskeln bewegte.

Plötzlich prasselte ein Hagel von scharfgeschliffenen Münzen um ihn herum auf das Pflaster, und eine davon traf ihn mit der flachen Seite am

Rücken. Über ihm stand ein Dutzend dunkle Gestalten, die jetzt erneut auf ihn zielten.

Robert mußte zweimal hinschauen: Mit erleuchtetem Schild stand ein Taxi vor ihm, und der Fahrer wartete geduldig auf Grün. Zu Weihnachten ein freies Taxi zu finden war genau so, als begegnete einem im U-Bahnschacht plötzlich eine Herde Gnus. Er gestikulierte und schrie, während hinter ihm eine weitere Salve auf das Pflaster schlug.

Die Ampel sprang auf Gelb, dann auf Grün, und der Wagen fuhr an. Robert rannte hinterher, schrie und wedelte wie besessen mit den Armen. Der Fahrer sah die heranstolpernde Gestalt im Rückspiegel und bremste ab. Robert holte den Wagen ein, riß die Tür auf und ließ sich keuchend auf den Rücksitz fallen.

»Wohin, Chef?« Der Fahrer drehte sich um, und als er Robert sah, war er nicht mehr ganz sicher, ob er wirklich hätte anhalten sollen.

»Wohin Sie wollen«, sagte Robert und schloß unendlich erleichtert die Augen, als der Wagen anfuhr.

Rose kam gut voran. Sie hatte Moorgate überquert und steuerte die kleinen Straßen zwischen Threadneedle Street und der London Mall an, als das Mißgeschick passierte. Die Bahn, die sie benutzt hatte, war auf ihrer Karte deutlich verzeichnet. Sie verlief im Zickzack vom alten Smithfield-Markt zur Bank und von dort zum Finsbury Circus hinauf. Dabei führte sie direkt über die Londoner Metallbörse hinweg. Inzwischen waren diese Fahrten für sie Routine geworden. Es ging nur noch darum, sich bei jeder Unterbrechung der Bahn aus- und am nächsten Kabel wieder einzuklinken.

Sie dachte über Zalian nach, als sie die Gresham Street überquerte, und bemerkte nicht, daß es auf diesem Teil der Strecke kaum Gefälle gab. Deshalb ging es nicht mehr weiter, als sie mitten über der Straße hing. Rose griff an das Kabel und versuchte, die Metallhülse weiterzuschieben, aber sie rührte sich nicht. Vielleicht hatte sich das Metall bei der plötzlich einsetzenden Kälte so weit zusammengezogen, daß es jetzt am Kabel festsaß. Ächzend und im Wind hin und herpendelnd, ergriff sie die Hülse mit der einen, das Kabel mit der anderen Hand und zog es so fest sie konnte, aber die Hülse ließ sich immer noch nicht bewegen. Vor ihr knatterten die verwitterten Streben der Station bedenklich im Rhythmus der Kabelbewegungen, und abblätternder Rost regnete auf das Dach.

Plötzlich fiel ihr ein, daß sie das Dach verlassen hatte, ohne eines der Walkie-talkies mitzunehmen. Und jetzt hing sie mit ihrer Gurtleine über der verlassenen Straße wie ein Weihnachtsengel am Kabel.

Nur mit Mühe gelang es ihr, den Nylonrucksack zu öffnen, den sie auf dem Rücken trug. Verschiedene Gegenstände fielen auf die Straße, bevor sie das kleine Päckchen mit der Notausrüstung fand. Sein Inhalt war eine einzige Enttäuschung — Verbandszeug, Wundsalbe, Streichhölzer —, nichts, was ihr in dieser Situation weiterhalf. Die Streben der Station klapperten plötzlich, und das Kabel senkte sich um einen halben Meter. Ohne es zu wollen, stieß sie einen Schrei aus. Zalian hatte sie vor dem Zustand der Bahn gewarnt. Wer konnte wissen, wieviel Gewicht, vergrößert durch ihre Bewegungen, der Pfeiler noch aushalten würde, ohne zusammenzubrechen.

Halbherzig versuchte sie, das Kabel mit Salbe zu bestreichen, als sie vor sich Chymes' Männer über das Dach trampeln hörte. Sie schaute hoch und sah sie knapp fünfzig Meter entfernt in wilder Aufregung über das gegenüberliegende Flachdach laufen. Ihr Herz setzte ein paar Schläge aus, sie erkannte, daß die Männer sie gesehen haben mußten. Aber obwohl sie ihre Waffen gezogen hatten, schienen sie sich auf ein anderes Ziel zu konzentrieren. Sie feuerten auf einen Mann, der unten auf der Straße davonlief, und rasch erkannte sie die Körperhaltung und besonders die abstehenden Ohren. Sie wollte schon seinen Namen rufen, aber in letzter Sekunde überlegte sie es sich anders. Wenn er sich jetzt umdrehte, würde ihn ein Hagel scharfgeschliffener Metallstücke treffen. Sie mußte untätig zuschauen, und das bereitete ihr um so größere Qualen, als mit ihm ihre einzige Hoffnung auf Rettung in der Ferne verschwand.

Wenige Augenblicke später hörte sie einen gedämpften Knall und dann ein Zischen, als ein Kabel über sie hinweggeschossen wurde. Es traf einen Punkt an der gegenüberliegenden Wand und klinkte sich ein. Wo die beiden Kabel sich trafen, gab es plötzlich Vibrationen, und an dem anderen Kabel glitt jemand zu ihr herüber.

»Hat dich denn noch nie jemand davor gewarnt, abends auf der Straße herumzuhängen?« Sie drehte sich um und sah Simon blöd grinsend am Kabel auf sich zukommen. Die Fetzen seiner Kleidung flatterten im Wind wie bei einem Phantom-Piraten aus alter Zeit.

»Mein Gott, ich dachte schon, ich würde hier oben sterben«, keuchte sie. »Ich stecke fest.«

»Das dachte ich mir. Als du da so hingst, sahst du von weitem aus wie ein Weihnachtsengel.« Er drehte seine schlaksige Gestalt herum, legte ihr einen Arm um die Taille, hob sie an und löste mit der freien Hand ihre Gurtleine vom Kabel. »Stillhalten«, murmelte er und knirschte mit den Zähnen. »Ich will dich nicht fallenlassen.« Dann befestigte er ihre Gurtleine an seiner eigenen Metallhülse und ließ sie vorsichtig los, um zu prüfen, ob das Kabel sie trug. In diesem Augenblick gab das Kabel, an dem Rose gehangen hatte, nach, als der Pfeiler hinter ihnen umknickte und vom Dach fiel.

»Noch dreißig Sekunden, und ich wäre im Jenseits gewesen«, sagte Rose und schaute erschrocken zur Straße hinunter, als das Metall tief unten auf das Pflaster schlug.

»Du hast gewaltige Fortschritte gemacht, seit ich dich zuletzt sah. Hast du die Abendschule besucht?« Simon grinste böse, als er die Bremse an seiner Metallhülse löste. »Du hast Glück gehabt, daß du noch lebst, von der defekten Bahn ganz abgesehen. In dieser Gegend wimmelt es nur so von Chymes' Männern. Hier soll anscheinend eine Art Versammlung stattfinden. Ich denke, er bereitet den letzten Schlag vor.«

Rose umklammerte Simons knochige Hüften, und gemeinsam glitten sie an dem neuen Kabel in die relative Sicherheit einer dunklen Seitenstraße. »Danke für die Rettung«, rief sie seinem Rücken zu. »Wohin wolltest du?«

»Zum Hauptquartier«, schrie er. »Überall in dieser verdammten City finden Massaker statt. Chymes sammelt seine Meute um sich. Aber was ist mit Zalian? Warum hat er noch keinen Plan?«

»Er nimmt wieder Drogen. Er redet sich ein, daß Sarah ihn verlassen hat, um mit Chymes zusammenzusein.«

»Blödsinn. Sie war vor allem deshalb bereit, bei Chymes zu spionieren, weil sie so verrückt nach Zalian war. Das schlimme war nur, daß sie erwischt wurde. Er sollte draußen bei seinen Leuten sein, anstatt herumzusitzen und sich um seine verdammte Freundin zu grämen.«

Das Kabel knirschte und schwankte, als sie die Betondächer der Finanzinstitute der City überquerten, und sie glitten über die Straßen wie nächtliche Libellen.

»Ich will mich nicht einmischen«, sagte Rose, »aber ich fürchte, wenn er nicht sofort wieder zu sich kommt, wird ein anderer das Kommando übernehmen müssen.«

»Dafür kämen entweder Lee oder Spice in Frage«, rief Simon zurück. »Wenn jemand die Dachwelt auch nur halb so gut versteht wie er, dann sind die beiden das. Allerdings gibt es noch jemanden, der das Territorium genauso gut kennt wie Nathaniel.«

»Wer ist das?«

»Chymes.«

»Komm bloß nicht auch noch auf die Idee, zu ihm überzulaufen«, rief Rose, »wir haben doch ohnehin kaum noch Leute!«

Weit hinter ihnen hatten sich Chymes' aufgeregte Jünger davon erholt, daß ein Außenseiter in ihr Treffen vor der Schlacht geplatzt war, und jetzt warteten sie auf das Signal ihres Anführers, das ihre letzte Attacke einleiten sollte.

38 Imperator Rex

Chymes hielt seine Versammlungen mit Vorliebe in der dunkelsten Stunde vor dem Morgengrauen ab. Seine Männer schienen sich in den schwarzen Uniformen unbehaglich zu fühlen. Einige trugen seidene Schärpen und Abzeichen. Andere hatten sich schwarze Masken aufgesetzt, die ebenfalls aus Seide waren. Ihre Kleidung suggerierte eine Übereinstimmung und eine Disziplin, die sie nicht besaßen. Unruhig standen sie auf dem fahlen Beton des riesigen offenen Dachs und warteten auf ihren Herrn, der hier zu ihnen sprechen wollte. Einige murrten schon. Die Dunkelheit der Umgebung wurde durch die beiden Lichtkugeln, die auf schmiedeeisernen Ständern zu beiden Seiten der Rednertribüne blaßgrün glühten, kaum aufgehellt.

An jedem Ende des Kraftwerks Battersea, das wie ein umgekippter Billardtisch aussah, standen zwei riesige Schornsteine, die fast hundert Meter hoch in den Himmel hineinragten. Hoch aufsteigend standen sie wie gewaltige Wächter da, die Hüter eines längst vergessenen Maschinenzeitalters. Der weiße Dampf, den sie schon lange nicht mehr ausstießen, bestand aus Rauch, aus dem zwar die schwefligen Bestandteile herausgewaschen waren, der aber immerhin Schwefel enthalten hatte. Deshalb hatte Chymes diesen Ort gewählt. Hier wollte er den Glauben seiner Leute an das Neue Zeitalter festigen.

Der Imperator ließ nicht lange auf sich warten. Er trug eine glitzernde, mit matter Goldfolie besetzte Robe, die metallisch rauschte, als er die Rednertribüne betrat. Allmählich verstummte das Stimmengewirr, und alle Blicke richteten sich auf die einsame Gestalt, die hochaufgerichtet vor ihnen stand.

»Im Namen des Herrn des Universums, im Namen der Isis«, begann er seine Ansprache, und das sonore Dröhnen seiner Stimme erreichte auch die Leute in den hinteren Reihen. »Ich stehe hier vor den Mitgliedern dieses Ordens, während wir uns auf unseren endgültigen Triumph vorbereiten.« Er ließ seine finsteren Blicke über die Versammlung schweifen, als wollte er jeden einzelnen zur Aufmerksamkeit zwingen.

»Ich habe zu euch schon über die Ziele unseres Ordens gesprochen. Ich habe von der Notwendigkeit gesprochen, alle Hindernisse, die unseren Weg zum Erfolg blockieren, beiseite zu räumen. Die alte Dachwelt, die so viele von euch verlassen haben, hat sich überlebt. Wer von uns glaubt noch an Doktor Zalians Visionen von einer friedlichen Gleichheit, von einem Orden, der uns vor der kalten, rauhen Welt dort unten Zuflucht bietet? Wir wissen alle, was den Schwachen in der Herde passiert, meine Freunde. Sie werden von den Starken gefressen, sie werden von denen aufgesogen, die die Freisetzung der Macht fordern.

Vergeßt nicht: Die Welt dort unten, die ihr hinter euch gelassen habt, ist für immer untergegangen. Glaube, Mitleid, Toleranz, Gewissen — dies sind Qualitäten, die in der modernen City so aus der Mode gekommen sind wie der Bleistift, seit es Computer gibt.« Er schaute von einem leeren Gesicht zum anderen und setzte seine Ansprache fort. »Die Leute dort unten brauchen sich nicht mehr um die Schwachen, die Armen und die Kranken zu kümmern, denn zum ersten Mal in der langen Geschichte dieser City gibt es niemanden mehr, um den sie sich kümmern könnten.

Zalian nennt *unseren* Orden korrupt, aber wann hat er sich die Gesellschaft dort unten zum letzten Mal angesehen und was aus ihr geworden ist? Sie ist jetzt eine Gesellschaft von Schakalen, keine Kette, die so stark ist wie ihr schwächstes Glied, sondern eine Kette, die nur aus starken Gliedern besteht, weil die Schwachen alle beiseite geschoben wurden. Während wir einst im Namen des Imperiums für unsere Leute sorgten, steht jetzt jeder von uns allein. Wenigstens in diesem Punkt sind Doktor Zalian und ich einer Meinung.« Ein wütendes Murren lief durch die Versammlung. Chymes hob die Hand und gebot Ruhe. Im Licht der beiden Lampen neben der Rednertribüne leuchteten seine polierten Stahlfinger in gespenstischem Grün.

»Aber Zalian glaubt, daß diese Veränderung durch die Habgier des Menschen verursacht wurde. Da irrt er. Ich werde euch sagen, warum die Gesellschaft zu unseren Füßen nicht mehr in der Lage ist, sich selbst zu regieren. Das kann sie nicht mehr, weil unser Nationalcharakter unrein geworden ist. Er wurde durch Rassenvermischung vergiftet. Heute regieren Fremde unser Land. Und es wird Zeit, daß wir die Unreinheiten von dem verfaulenden Kadaver entfernen. Wir müssen reinigen und umgestalten. Wir müssen *korrigieren.*

Einige von euch glauben, daß unsere Rituale und unsere Symbole nur leere Gesten gewesen sind. Wer das glaubt, hat sich geirrt. Alle diese Rituale und Symbole waren Punkte auf unserem Weg zu geistiger Disziplin, einer Disziplin, die es uns ermöglicht, die bisherigen höchst barbarischen und korrupten gesellschaftlichen Formen abzulösen. Verborgen im Feuer der Weisen liegt die Substanz, die uns in die Sendboten des Neuen Zeitalters verwandelt. Mit der Übernahme der Kontrolle über die Dachwelt wird unsere Verwandlung vollkommen sein. Erst dann werden wir unsere Aufmerksamkeit der Reinigung der Welt da unten zuwenden können. In der kommenden Nacht werden die abschließenden Rituale stattfinden. Die zwölf wichtigsten Leute aus Zalians Orden sollen dann geopfert werden. Dann werden wir die Dachwelt des Doktors zerstört haben, und das Neue Zeitalter wird angebrochen sein.«

Chymes trat einen Schritt zurück und ließ den Blick über seine Zuhörer gleiten. Es war klar, daß seine Vision von einer neuen unbarmherzigen und reinen Gesellschaft von den wenigsten seiner Leute geteilt wurde. In Wirklichkeit begriff kaum jemand seine Motive, und nur eine kleine Minderheit erkannte, daß Chymes' endgültiger Sieg durch das Eingreifen irgendeiner Art übernatürlicher Mächte vollendet werden würde, über die er bisher eine Erklärung schuldig geblieben war. Alle seine Jünger wußten jedoch, daß Chymes ihre Loyalität belohnte und daß sie klug genug gewesen waren, sich im Kampf um die Eroberung des gesamten Territoriums auf die stärkere Seite zu schlagen. Sie hatten gesehen, in welchem Zustand sich die Opposition befand, und ein Sieg galt ihnen als ausgemachte Sache. Chymes schritt über das Dach davon. Sie mochten das Gesamtbild noch nicht erkannt haben, aber irgendwann würden seine Leute die Zusammenhänge begreifen. Die alte Ordnung auf dem Boden würde zusammenbrechen, wenn auch zuerst nur langsam. Sie würde auseinanderfallen und sich von innen heraus verwandeln. Und dann würde es schließlich das Wiedererwachen einer kollektiven Volksseele geben, und hell und in makelloser Reinheit würde das Licht der Vernunft aufleuchten.

Und Imperator Chymes würde als Schöpfer dieser Vernunft dastehen.

Und eines Tages würden sie ihm dankbar sein. Alle.

SAMSTAG, 20. DEZEMBER

39 Erleuchtung

DAILY MAIL Samstag, dem 20. Dezember

Eine Farce! Polizei leugnet Existenz des ›Dach-Rambo‹.
LONDONS GEISTESGESTÖRTER MORDSCHÜTZE hat wieder zugeschlagen. Bisher hat es fünf Tote gegeben, unter ihnen ein Reporter, aber die Polizei leugnet immer noch die Existenz des wahnsinnigen Mörders, der auf Londons Dächern lauert.

Alle fünf Opfer wurden im Laufe der Woche kaltblütig erschossen, als sie in der City ihren Geschäften nachgingen. Der Termin für eine gerichtliche Untersuchung wurde noch nicht festgesetzt.

Aber jetzt wird die Polizei zugeben müssen, daß hier offiziell etwas vertuscht wurde. Detective Chief Inspector Hargreave, ein stets offenherziger, wenn auch umstrittener Beamter — im letzten Jahr war er verantwortlich für das Fiasko um den ›Vampir vom Leicester Square‹ — wies in einer Verlautbarung von gestern abend die Vertreter der Presse darauf hin, daß keine Notwendigkeit bestehe, die Bevölkerung vor einem frei herumlaufenden Killer zu warnen.

Bandenkrieg

»Wir haben jeden Grund zu der Annahme, daß diese Morde das Ergebnis eines Machtkampfes zwischen rivalisierenden Banden sind«, sagte ein sichtlich nervöser Hargreave. »Der tote Reporter unterhielt enge Beziehungen zu einer dieser Banden, und er wurde als Vergeltung dafür ermordet, daß er geheime Informationen weitergegeben hatte.«

Aber leitende Beamte des Yard sind mit dem Erfolg der Ermittlungen alles andere als zufrieden. Möglicherweise wird jetzt eine Untersuchung eingeleitet, in der geklärt werden soll: WARUM der Presse Informationen vorenthalten wurden. WARUM es so lange dauert, die Leichen zu identifizieren. WIE die Leichen heimlich weggeschafft wurden. WER der Verdächtige ist, den man hinter diesen Morden vermutet.

Inzwischen wurde der Mordschütze über zweihundertmal von Passanten beobachtet, und die überforderte Polizei hat aus der Bevölkerung entsprechende Hinweise erhalten.

Heute morgen wurde von London Transport ein Rückgang in der Anzahl der Fahrgäste gemeldet, die zur Erledigung ihrer Weihnachtseinkäufe ins West End fahren. »Ich kaufe die Geschenke für meine Enkel hier am Ort«, meinte Mrs. Elizabeth Sprogg aus Shepherd's Bush. »Man kann nicht wissen, wer da oben mit einer abgesägten Flinte auf uns wartet.«

SIEHE AUCH: Dach-Rambos privates Arsenal: Hat er Waffen wie die hier abgebildeten benutzt? Mittlere Seite.

»Mit diesem verworrenen Unfug wollen sie den Leuten nur Angst machen«, sagte Janice Longbright, knüllte die Zeitung zusammen und zielte damit auf den Papierkorb. »Wenn sie den Zustand der Opfer gesehen hätten, würden sie sich nicht wundern, warum es so lange dauert, sie zu identifizieren. Wohin gehst du jetzt?«

»Zur Bibliothek«, sagte Hargreave und zog sich den Mantel an. »Ich will eine Theorie überprüfen.« Die dunklen Ringe unter seinen Augen verrieten, daß er fast die ganze Nacht im Büro gearbeitet hatte. Er hatte eine Anzahl Interviews mit Verwandten der Ermordeten absolviert, und in jedem Fall hatte er dieselbe Geschichte gehört. Keines der Opfer hatte während der letzten zwei Jahre Kontakt zu seinen Angehörigen gehabt, und alle waren sie offiziell als vermißt gemeldet. Wegen fehlender Informationen war keine der Akten abgeschlossen.

Hargreave suchte in seiner Jacke nach einer Zigarette, aber er fand nur eine leere Schachtel. Er seufzte irritiert. Es war typisch für Janice, daß sie nicht rauchte. Sie lächelte mitfühlend. Ihre kastanienbraunen Haare hingen ein wenig wirr um ihr breites Gesicht, das in gesunder Röte glänzte. Sie sah aus, als würde sie jeden Augenblick aufspringen, um eine Partie Badminton zu spielen. Hargreave hatte viele Tassen scheußlichen schwarzen Kaffee getrunken und empfand jetzt die nervöse Energie, die er für den Tag brauchte, den er vor sich hatte. Er hatte das Gefühl, daß er seine letzten Reserven würde aufbieten müssen, bevor dieser Tag zu Ende war. »Da du gerade hier bist, warum kommst du eigentlich nicht mit? Ich möchte gern deine Meinung hören. Vielleicht kannst du mir sagen, ob ich total verrückt geworden bin.«

Gemeinsam verließen sie das Polizeihauptquartier, und ihr Atem gefror in der kalten Luft, als sie Arm in Arm auf die Straße hinaustraten, ohne sich noch darum zu kümmern, wer sie vielleicht beobachtete.

»Sie werden mir den Fall wegnehmen, wenn ich vor der verdammten Pressekonferenz keine Ergebnisse auf den Tisch legen kann.«

»Wann ist die?«

»Heute nachmittag um drei.«

»Glaubst du, daß du bis dahin irgend etwas vorweisen kannst?«

»Das sollst du entscheiden«, sagte Hargreave mit einem verkniffenen Lächeln. »Ich habe lange dazu gebraucht, zu dieser Sache überhaupt eine Art Zugang zu finden. Das ist mir gelungen, weil ich den Fall jetzt aus einer anderen Perspektive betrachte. Schon die ganze Zeit haben mich weniger die physischen Aspekte der Verbrechen interessiert als vielmehr die Motive, die ihnen zugrunde liegen.«

Rasch gingen sie die Stufen zur öffentlichen Bibliothek hinauf und erreichten durch die Doppeltüren einen feuchten weißgekachelten Korridor.

»Als ich die Daten für das erste Opfer in den Computer eingab, nannte ich die Akte *Ikarus.* Von Anfang an erkannte ich im Zusammenhang mit den Morden etwas Altertümliches und Mythisches. Es war, als seien sie alle nach einem sie verbindenden Plan begangen worden. Der Schlamm, der Schwefel, der Zusammenhang mit Wildvögeln, das alles ließ sich auf moderne Weise nicht erklären.«

Hargreave führte Janice die schmale Holztreppe zum Keller der Bibliothek hinunter, wo die meisten Nachschlagewerke in Form von Kassetten zur Verfügung standen. Der kalte, nur trübe beleuchtete Raum lag verlassen da. Er setzte sich an einen Tisch mit einer Kunststoffplatte und schaltete den nächsten Computer ein. Sofort leuchtete der Monitor auf und ließ einen System-Check ablaufen.

»Die Nadel der Kleopatra hat mich auf die richtige Fährte gebracht«, sagte Hargreave. »Ich fing an, die Sitten der alten Ägypter zu studieren. Erinnerst du dich noch daran, daß wir uns über Anubis unterhalten haben? Nun, Anubis hat in Hermes ein griechisches Äquivalent, und über Hermes gibt es eine Reihe von Schriften, die sogenannten *Hermetika,* die eine griechische Philosophie in ägyptischem Gewand darstellen. Diese Schriften sind Werke der Offenbarung, die sich besonders mit der Theologie und dem Okkulten beschäftigen und die alle möglichen bizarren Geheimgesellschaften entstehen ließen, unter anderem diese . . .« Hargreave prüfte das Verzeichnis auf der Konsole und gab die erforderliche Code-Ziffer ein. Auch Janice schaute auf den Bildschirm.

*HERMETISCHER ORDEN
DER GOLDENEN MORGENDÄMMERUNG*

GEHEIME HERREN DES ISIS-URANIA-TEMPELS

GEGRÜNDET LONDON 1888 VON WILLIAM WYNN WESTCOTT,
EINEM LONDONER LEICHENBESCHAUER MIT AUSGEPRÄGTEM INTERESSE
AN OKKULTEN WISSENSCHAFTEN
/ ANFÄNGER STUDIEREN, UM NACHEINANDER DIE GRADE NOVIZE,
ZELATOR, THEORICUS, PRACTICUS, PHILOSOPHUS ZU ERLANGEN
/ MONATLICHE ZUSAMMENKÜNFTE MIT BESONDEREN
VERSAMMLUNGEN ZU ZEITEN DER TAGUNDNACHTGLEICHE.
/ STUDIENOBJEKTE UNTER ANDEREM:
ASTROLOGISCHE SYMBOLE
TIERKREIS UND SIEBEN PLANETEN
ZIFFERN
HEBRÄISCHES ALPHABET
DIE ZWÖLF HÄUSER DES HIMMELS
TAROCK
ALCHIMISTISCHE UND TALISMANISCHE SYMBOLE
ORDNUNG DER ELEMENTE
SIEHE AUCH/
*Freimaurer
*Rosenkreuzer
*Alchimisten

»Ich weiß nicht, was das mit der heutigen Zeit zu tun hat«, sagte Janice. »Diese Art von faulem Zauber ist doch schon seit dem Ende des viktorianischen Zeitalters aus der Mode.«

»Da hast du recht«, sagte Hargreave aufgeregt. »Aber gegenwärtig erleben diese Dinge eine Renaissance. Nehmen wir an, daß eine solche Gesellschaft heute in abgewandelter Form existiert, eine Gesellschaft, die den modischen Theorien unserer Zeit Rechnung trägt? Paß auf!« Er bewegte den Schieber unter das letzte Wort auf dem Monitor und drückte ›Return‹. Der Text verschwand, und ein neuer Text erschien auf dem Bildschirm. »Ich bin jedem Hinweis nachgegangen und habe die Geschichte aller erdenklichen Geheimorganisationen studiert, aber ich kam immer wieder auf die Alchimie zurück. In der einen oder anderen Form gibt es sie mindestens schon seit ein paar tausend Jahren. Sie ist die Kunst der physischen und spirituellen Umwandlung. Es geht darum, mit Hilfe gewisser Schlüssel-Rituale und -Zeremonien, die alle unerwünschten Elemente entfernen, eine unreine und ungeläuterte Substanz in eine vollkommene und reine Form umzuwandeln.

Diese reine Form kann ein greifbares Objekt sein, wie etwa ein Goldklumpen, aber sie kann auch ganz einfach eine gehobene Stimmung sein

— eine andere psychische Ebene.« Er fuhr mit dem Finger zur Mitte des Bildschirms.

ALCHIMIE

PROZESS ALLMÄHLICHER UMWANDLUNG
IM EINKLANG MIT ASTROLOGISCHEN KONFIGURATIONEN
/ SYSTEM DER VERWANDLUNG VON BLEI IN GOLD HAT
PARALLELEN IN DER REINIGUNG DES MENSCHLICHEN
GEISTES
/ ANGEBLICH LÄSST REINIGUNG LATENTE
ÜBERSINNLICHE KRÄFTE ENTSTEHEN

MÖGLICHE ABLEITUNG / AL KIMIA (Arabisch)
/ CHEM (Ägyptisch)
/ CHYMIA (Griechisch)

ERSTER ANERKANNTER ALCHIMIST / CHYMES

»Ich rufe jetzt weitere Informationen über die ägyptische Ableitung des Wortes ›Alchimie‹ ab«, sagte Hargreave. »Schau es dir selbst an.« Er drückte weitere Tasten. Janice lehnte sich an seine Schulter und sah den alten Text verschwinden und neue Informationen auf dem Bildschirm erscheinen.

CHEM = SCHWARZ / ›LAND DER SCHWARZEN ERDE‹
MAN GLAUBT, DASS HIER AUF DIE FARBE DES SCHLAMMS
AN DEN UFERN DES NILS HINGEWIESEN WIRD

»In der Alchimie erfordert der erste Schritt den Tod einer Substanz durch ihre ›Schwärzung‹.«

»Der Junge, der am Piccadilly Circus starb . . .«

». . . Mit einer Schaufel voll ägyptischem Schlamm im Mund. Plötzlich paßt auch alles andere.« Hargreaves Finger flogen über das Tastenfeld. »Jeder alchimistische Prozeß wird mit einem bestimmten Symbol assoziiert, genauso wie jedes in der Alchimie verwendete Metall einem bestimmten Planeten zugeordnet wird. Also erhalten wir . . .«

ALCHIMISTISCHE RITUALE

DER KÖRPER KANN DURCH DEN *RABEN* UND
DURCH DEN *SCHWAN* GEREINIGT WERDEN

SIE SYMBOLISIEREN DIE TEILUNG DER SEELE
IN BÖSE (SCHWARZ)
UND GUT (WEISS)
/ DIE IRISIERENDEN FEDERN DES *PFAUS*
BEWEISEN
DASS DER UMWANDLUNGSPROZESS IM GANGE IST
/ ANDERE VÖGEL, DIE MIT ALCHIMISTISCHEN PROZESSEN
ASSOZIIERT WERDEN, SIND
DER *PELIKAN* (ERNÄHRUNG DURCH BLUT)
DER *ADLER* (SIEGREICHES SYMBOL DES
VOLLENDETEN RITUALS)

»Unser Mörder hat einen alten Text neu interpretiert. Die Schritte zur alchimistischen Reinigung erfolgen in der Form von Ritualmorden.« Hargreave lehnte sich zurück und zündete sich eine Zigarette an. »Er glaubt, das verleihe ihm übernatürliche Kräfte.« Er schaltete den Drucker ein und ließ die relevanten Stellen ausdrucken.

»Okay«, sagte Janice, »wir wissen also, warum es geschieht. Aber trotzdem müssen wir herausfinden, von wo aus diese Leute operieren, und wir müssen sie festnehmen, bevor noch mehr Leute umgebracht werden.«

Hargreave stand auf und trennte die Ausdrucke in einzelne Seiten. Dann faltete er die Bogen sorgfältig und steckte sie in die Manteltasche. »Wir haben nur noch bis morgen Zeit«, sagte er. »Bis zur Morgendämmerung.«

»Woher weißt du das?«

»Das kommt astrologisch gut hin, oder etwa nicht? Schau dir das Datum an.«

Janice drehte ihre Armbanduhr und las das Datum ab. »Ich verstehe immer noch nicht«, sagte sie.

»Aber jemand anders wird verstehen, wenn wir während der nächsten vierundzwanzig Stunden nicht weiterkommen.«

»Was sind unsere nächsten Schritte?«

»Wir müssen Männer nach oben schicken und die Dächer in dem von mir bezeichneten Gebiet absuchen. Aber vorher muß ich eine Möglichkeit finden, die Pressekonferenz um ein paar Stunden aufzuschieben.«

»Warum sollten wir sie aufschieben?« sagte Janice. »Wir könnten ihnen doch ein paar kleine Fehlinformationen liefern. Wir wollen doch ehrlich sein, Ian, du könntest nicht mehr an Gesicht verlieren, als du bis jetzt schon verloren hast.«

»Du weißt, daß ich von unsauberen Arbeitsmethoden wenig halte.«

»Ich weiß aber außerdem, daß es um deinen Kopf geht.«

»Da hast du nicht ganz unrecht. Kann ich es dir überlassen, den Leuten eine einigermaßen plausible Theorie vorzutragen?«

Janice lächelte. Dann zwinkerte sie ihm anzüglich zu. »Mir wird schon was einfallen«, sagte sie.

40 Im Brennpunkt

Diesmal war der Traum anders. Das Gesicht war natürlich da, und auch das Gefühl einer drohenden Gefahr stellte sich dar, aber es war noch etwas anderes dabei. Die leeren grauen Augen lächelten gütig, die Lippen bewegten sich und sangen eine eintönige Litanei, die aber schwächer wurde und aus Roberts Traum verschwand. Robert merkte, daß er sich der Gestalt näherte, in der Hoffnung, daß sie ihm endlich etwas mitteilte, ihm etwas enthüllte. Das Gesicht gehörte zu jemandem, der viel mehr wußte als er, der einen höheren Intellekt, ein schärferes Bewußtsein besaß. Das Gesicht winkte ihn zu sich heran, und die Stimme hob und senkte sich und schwankte, bis sie ihn ganz einhüllte und durchdrang. Er rückte immer näher an das Gesicht heran.

Und dann war es plötzlich im Brennpunkt — das Gesicht, das Wissen, die Enthüllung, als hätte jemand die Linse einer Kamera korrekt eingestellt.

In seinem Traum sah er das Gesicht eines Mannes, der all das verkörperte, was er selbst nicht war, ein Mann ohne Gewissen und ohne Emotionen, ein Mann, der im Namen der Gerechtigkeit die größten Verbrechen begehen konnte. Es war das neue Gesicht des Universalen Menschen, es war das Gesicht der Zukunft . . .

Mit einem Ruck war Robert wach. Er lag nackt auf seinem Bett, und der Schweiß drang ihm aus allen Poren. Er setzte sich auf, legte den Kopf schief und lauschte. Jemand versuchte, in die Wohnung einzudringen. In dem dunklen Zimmer mit den zugezogenen Vorhängen schaute Robert auf die Leuchtzeiger seines Weckers. Nachdem er mit knapper Not davongekommen war, hatte er sich beeilt, in die ihm vertraute Welt zurückzukehren, und war zu seiner Wohnung gefahren, wo er sich zu einem wenig erholsamen und von Träumen gestörten Schlaf ausgestreckt hatte — Zalians Warnung, daß das gefährlich sei, hatte er in den Wind geschlagen. Jetzt war es schon fast Mittag. Leise glitt er unter der Steppdecke hervor und zog seine alten schwarzen Jeans an, die zusammengeknüllt neben dem Bett lagen.

Wieder lauschte er angestrengt und hörte die Wohnungstür klicken, als hätte jemand sie geöffnet und ganz leise wieder geschlossen. Robert schlich zur Schlafzimmertür und schaute durch den schmalen Spalt in den Flur hinaus. Im unbeleuchteten Flur stand reglos eine Gestalt, die er nicht erkennen konnte. Nach einer Weile ging sie auf Zehenspitzen den Flur entlang, öffnete die nächste Tür und verschwand in dem dahinter liegenden Raum.

Robert mußte lächeln, denn der ›Eindringling‹ war aus Versehen in die Toilette gegangen. Nun, er kannte den Eindringling. Bestimmt war es Rose, die wieder ihre Routinearbeit als Klempnerin aufnehmen wollte. Er trat in den Flur hinaus und schaltete das Deckenlicht an. »Okay, Rose, spülen, waschen und mit erhobenen Händen herauskommen. Ich wußte schon, daß Sie es sind, als . . .« Ein Gesicht erschien im Türrahmen. Es war nicht Rose. Es war ein Skinhead mit gelben Zähnen, das Wort ›TOD‹ auf die Stirn tätowiert und einen Cricket-Schläger in der Hand. Robert brauchte eine oder zwei Sekunden, um das alles zu registrieren. Dann rannte er ins Schlafzimmer zurück und schloß die Tür von innen ab. Es war idiotisch gewesen, zur Wohnung zurückzufahren, um hier zu schlafen. Er hätte wissen müssen, daß sie ihn suchen würden. Er hoffte nur, daß er Rose warnen konnte, bevor ihr etwas passierte.

Mit einem Triumphgebrüll warf sich der Skinhead mit solcher Wucht gegen die Tür, daß die obere Hälfte sofort aus der Angel riß. Eine Weile war es still, dann hämmerte der Skinhead mit seinem Cricket-Schläger so gewaltig gegen die Tür, daß ein Teil der Füllung in einem Splitterregen herausbrach. Robert schrie laut auf, als er seine Jacke und seine Gurtleine vom Boden aufhob und zum Fenster rannte. Er fummelte an der festgeklemmten Verriegelung herum, bis er das Fenster endlich öffnen konnte.

Draußen auf der schmalen Feuerleiter, die sein Hauswirt zur Sicherheit der Hausbewohner hatte installieren müssen, blieb Robert einen Augenblick stehen und hörte, wie Chymes' Schläger immer wieder auf die Tür eindrosch, um in das Schlafzimmer einzudringen.

Robert schaute nach unten. Früher hätte sein Instinkt ihm geraten, rasch nach unten zu steigen; jetzt war sein erster Impuls, sich nach oben zu bewegen. Aber wenn er das tat, würde er schon bald von einem Mann eingeholt werden, der sich über den Straßen viel geschickter bewegen konnte als er. Als er den halben Weg zum nächsten Stockwerk zurückgelegt hatte, blieb er deshalb stehen und stieg wieder nach unten, bis er eben über dem Schlafzimmerfenster stand. Wieder krachte es, und Robert wußte, daß der Skinhead jetzt im Schlafzimmer war. Er hörte seine schweren Schritte. Robert stand über dem offenen Fensterrahmen. Plötzlich erschien der kahlgeschorene Kopf im Fenster, und der Mann schaute auf die Straße hinunter. Mit aller Kraft stieß Robert das Schiebefenster nach unten. Der untere Rahmen traf den Skinhead genau im Nacken und schlug seinen Kopf auf das Betonsims.

Robert stützte sich oben auf den Rahmen und drückte das Fenster mit aller Kraft nach unten. Dann drehte er sich um, stellte seinen nackten Fuß unten auf den Rahmen und wippte probehalber auf und ab. Der Skinhead stieß gurgelnde Laute aus, als ihm die schon gequetschte Luftröhre immer wieder zugedrückt wurde. Hinter der Scheibe fuhr er wild mit den Armen um sich, ohne den Cricket-Schläger zu erreichen, der auf den Teppich gefallen war. Zuletzt schlug er die Scheibe mit der geballten Faust ein. Als das Glas klirrend auf das Pflaster schlug, schauten die Leute auf der Straße hoch und zeigten nach oben.

Nach einem letzten kräftigen Tritt auf den Fensterrahmen riß Robert den Fuß weg, bevor der Skinhead ihn mit seinen blutigen Händen packen konnte. Er warf noch einen Blick auf den Angreifer, der nach Luft ringend über dem Fenstersims hing, und rannte dann zum Dach hinauf. Er hoffte, daß ihm diesmal niemand folgen würde. Falls Rose in der letzten Nacht ebenfalls nach Hause gefahren war, könnte sie in größter Gefahr sein.

Rose lag noch im Bett, als er in einer ramponierten und zugigen Telefonzelle in Camden Town ihre Nummer wählte. Er war barfuß von seiner Wohnung aus dorthin gerannt, denn es war besser, sich möglichst weit von dem Skinhead zu entfernen. Vielleicht lungerten noch mehr von Chymes' Männern in der Gegend herum.

»Sie reden wirres Zeug, Robert«, sagte sie schläfrig. »Rufen Sie mich später an, ich lege auf.«

»Wenn Sie auflegen, Rose, dann schwöre ich Ihnen, daß jemand Sie umbringen wird, wenn ich es nicht gleich selbst tue.«

»Dann sprechen Sie bitte langsamer.«

»Ich wollte Ihnen nur sagen, daß Sie aus Ihrer Wohnung verschwinden müssen, und zwar sofort. Bei mir waren sie schon, und ich gehe jede Wette ein, daß sie auch zu Ihnen kommen.«

»Okay, okay..« Sie hörte sich an, als würde sie gleich wieder einschlafen. »Nur noch eine halbe Stunde, dann stehe ich auf . . .« Ihre Stimme wurde leiser.

»SOFORT! Sie müssen SOFORT aufstehen!« Ein paar Sekunden hörte Robert nichts, aber als Rose dann wieder sprach, hörte sie sich sehr viel frischer an. »Mein Gott, Robert, ich bin ja schon aufgestanden. Okay? Wir werden uns treffen. Sie brauchen mir nur zu sagen, wo.«

»Sehr gut«, sagte Robert erleichtert. »Hat Ihr Haus einen Hinterausgang?«

»Ja.«

»Dann sollten Sie den benutzen. Und Sie können mir einen Sweater oder Ähnliches mitbringen. Ich hatte keine Zeit mehr, mein Hemd und meine Schuhe zu suchen. Und stecken Sie Geld ein. Ich kann nicht in meine Wohnung zurück. Wir können uns in Chequers Coffee Shop in Chalk Farm treffen. Wenn Sie immer noch müde sind, können wir uns ein Hotelzimmer nehmen.«

»Hört sich vernünftig an. Ich bin in zwanzig Minuten da.« Sie legte auf.

Robert war sicher, daß die Leute ihn für einen Penner hielten, als er vor Chequers Coffee Shop auf und ab ging. Die Schnallen seines Gurtes fühlten sich auf seiner nackten Brust kalt an. Er zog sich die Lederjacke fester zu, als er Rose aus dem Bus aussteigen und auf sich zulaufen sah. Sie trug den schwarzen Overall, den Zalian ihr gegeben hatte, und hatte sich einen schwarzen Schal um den Hals gebunden. Für jemanden, der vor zwanzig Minuten noch im Bett gelegen und die letzte Nacht auf einem Dach verbracht hatte, sah sie erstaunlich attraktiv aus.

»Mein Gott, Robert, Sie sehen ja entsetzlich aus!« Sie lachte laut und hielt sich rasch die Hand vor den Mund. Robert verzog mürrisch das Gesicht. »So sehe ich immer aus, nachdem ich von einem Verrückten mit einem Cricket-Schläger angegriffen wurde«, murmelte er. »Auf dem Boden sind wir nicht sicher. Wir müssen wieder nach oben und dort bleiben, bis alles vorbei ist.«

»Nach all der Aufregung, die ich verursachte, als ich wieder nach unten wollte«, sagte Rose, »hätte ich auch oben schlafen können.« Robert hatte deutlich den Eindruck, daß Rose liebend gern so lange dort oben geblieben wäre, wie Zalian es erlauben würde.

»Vielleicht haben Sie recht«, gab er zu. »Ich glaube, ich möchte auch lieber von einem Gebäude fallen, als im Schlaf mit einem Knüppel totgeschlagen werden. Wo ist die nächste Station?«

»Ich habe ein wenig nachgedacht«, sagte Rose, als sie in den eisigen Wind hineingingen, der durch die Euston Road fegte. »Wenn Sie Chymes wären und Zalian dadurch verhöhnen wollten, daß Sie einen Orden gründen, der die entgegengesetzten Ziele verfolgt, was würden Sie dann als Ausgangspunkt wählen?«

»Nun, Zalian entlehnt sich seine hohen Ideale von den griechischen Göttern. Ein Himmel voll mythischer Gottheiten.«

». . . Während wir Chymes' Männer auf der Londoner Metallbörse gefunden haben. Da sind wir doch eher wieder auf der Erde, finden Sie nicht auch?«

»Ihr Tonfall hört sich schon wieder so an, als wollten Sie irgendeine seltsame Theorie verkünden.«

»Dies ist nicht seltsam, sondern ganz einfach logisch. Denken Sie an eine uralte Kunst, die aus der Erde selbst stammt.«

»Ich weiß nicht . . .« Robert hob die Hände. Im Augenblick konnte er kaum zusammenhängend denken. »Schwarze Magie. Hexerei.«

»Kommen Sie. Der Gedanke an Bankdirektoren und Postmeisterinnen, die nackt im Wald herumtanzen, hat etwas Unappetitliches. Ich dachte eher an Alchimie. Unedle Metalle und ähnliches. Ich erinnere mich undeutlich, daß ich darüber mal ein Buch gelesen habe. Es war voller Symbole, genau wie Charlottes Notizen.«

»Ich dachte immer, die Alchimie bestünde nur aus spitzen Hüten und Töpfen voll kochendem Blei«, spottete Robert. »Das wäre heute ein bißchen aus der Mode, nicht wahr?«

»Durchaus nicht. Es gibt immer noch alchimistische Gesellschaften — hermetische Orden —, die in England tätig sind.«

»Aber was würde Chymes aus solchen geheimnisvollen Praktiken gewinnen?«

»Vielleicht übernatürliche Fähigkeiten.« Rose überlegte eine Weile. »Macht über die Schwachen, darauf läuft doch immer alles hinaus. Es gibt immer noch Leute, die glauben, daß die Welt nach einem gewaltigen Plan funktioniert, den man beherrschen kann, wenn man nur das richtige Wissen hat.«

»Wollen wir uns wirklich über Religion streiten? Ich finde, das kann warten.«

»Ach, ja, Religion«, sagte Rose und zog drohend die Augen zusammen. »Weiße Missionare lehren ungebildete Schwarze Hymnen singen, die sie nicht verstehen, um sie vor ihren eigenen, heidnischen Göttern zu retten. Ein perfektes Beispiel für ›Dein Gott ist nicht gut genug, nimm meinen‹.«

»Hören Sie zu«, sagte Robert verärgert, »Religiosität hat schon vielen Leuten geholfen, mit sich selbst ins reine zu kommen . . .«

»Und die Religion hat viele Kriege verursacht. Vielleicht ist Zalians Kampf nur der letzte in einer langen Reihe von Religionskriegen.«

»Reden wir doch über die Symbole in den Notizbüchern, die Sie eben erwähnten . . .«

»Okay. Ist Ihnen schon jemals aufgefallen, daß die dauerhaftesten Symbole alle miteinander verbunden sind?«

»Wie meinen Sie das?« fragte Robert.

»Wissen Sie, die Sonne wird immer als männlich betrachtet, und sie wird mit dem Gold gleichgesetzt. Außerdem symbolisiert sie die rechte Seite aller Dinge und das Feuer . . .«

»Richtig, und der Mond ist immer weiblich und links und Silber . . .«

»Und man assoziiert ihn mit Wasser.« Sie lächelte ihn an. »Alles Teil eines großen Plans.«

»Hoffentlich habe ich das richtig verstanden. Sie schlagen also vor, daß wir das alles auf Chymes und Zalian anwenden . . .«

»Ich habe mir nur überlegt, was übrig bleibt, wenn wir die beiden miteinander vergleichen. Zwei Seiten derselben Münze?«

»Ihre Ideen setzen mich immer wieder in Erstaunen«, sagte Robert, als sie den Punkt erreicht hatten, an dem sie nach oben steigen wollten. »Ich wundere mich, daß Sie nachts überhaupt noch schlafen. Vielleicht sollten Sie anstelle von Zalian die Dachwelt anführen.«

»Vielleicht sollte ich das wirklich«, sagte sie, halb zu sich selbst.

41 Polizeimörder

»Er sagte, daß wir uns nur ein wenig umschauen sollen«, sagte Butterworth und drehte sich zu seinem Kollegen um. »Damit meint er, daß er uns die Eier abreißt, wenn wir nichts finden.«

»Das interessiert mich einen Scheißdreck«, sagte Police Constable ›Mad Dog‹ Bimsley. »Er ist dein Boß, nicht meiner. Sind wir noch nicht bald oben?«

»Ein Stockwerk noch. Heb die Füße hoch.«

Von der Nottreppe erreichten sie ein breites asphaltiertes Dach. Butterworth schaute auf die Uhr. Es war schon fast zehn. Um sie herum blitzten die grellen Morsesignale Piccadillys auf, das aussah wie der Landestreifen für die Privatmaschine eines Millionärs. Das Dach des Ritz — und das war keine Überraschung — war wesentlich gepflegter als die übrigen Dächer in der Umgebung, und der Wind, der durch die kahlen Wipfel der Bäume im Green Park pfiff, hatte es noch zusätzlich saubergefegt.

Die Pressekonferenz am Nachmittag war ein Witz gewesen. Hargreave war gar nicht erst erschienen, und nur Janice Longbright war es zu danken, daß die ermittelnden Beamten von der Journaille nicht gekreuzigt wurden. Ob sie ihr die Lügengeschichte von dem einsamen Mordschützen, der festgenommen worden war und gerade verhört wurde, abkauften, blieb abzuwarten. Der Boß schien in diesem Fall wirklich ein hohes Risiko eingehen zu wollen.

Butterworth wischte sich den Schweiß von der Stirn und hinterließ eine schwarze Rußspur in seinem Gesicht. Während der letzten zwei Stunden waren er und Bimsley die Feuerleitern von einem Dutzend Gebäuden hochgestiegen, allerdings ohne jeden Erfolg. Butterworth drehte sich zu dem ungeschlachten Police Constable um, dem das Ganze sehr viel Spaß zu machen schien, obwohl er anscheinend nicht in der Lage war, auch nur einen einzigen Schritt genau geradeaus zu gehen. Das war auch kein Wunder, denn der Kerl war wirklich riesig. Er erinnerte Butterworth an ein marineblaues, auf den Kopf gestelltes Sofa. Als er jetzt das Geländer packte und sich daran hochzog, ähnelte er einem aus der Tiefe steigenden Ungeheuer in einem schrecklichen Horrorfilm der fünfziger Jahre. Butterworth fühlte sich in seiner Nähe alles andere als beschützt, denn Bimsleys gewaltige Körperabmessungen wurden durch die Winzigkeit seines Gehirns mehr als ausgeglichen. Seine einsilbigen Sätze und seine stolpernden Schritte beschworen das Bild eines führerlosen Lastwagens herauf, auf dem Weg zu einem Zusammenstoß.

Butterworth ging über den Asphalt und schaute auf die St. James's Street hinunter, wo früher die Droschken warteten, um die Kunden des Hutmachers Lock und des Schuhmachers Lobb nach Hause zu fahren, wo Wren, Pope, Byron und Walpole gewohnt hatten, wo sich der halbverrückte Karikaturist Gillray zu Tode gestürzt hatte und wo jetzt nur Taxis an den sterilen Ausstellungsräumen von Autohändlern und den leeren Büros verschiedener Fluglinien vorbeifuhren. Er seufzte und wünschte sich ein London zurück, das es nicht mehr gab, er wünschte, er könnte sein Studium fortsetzen, anstatt gezwungen zu sein, den Fingerabdrücken seines berühmten Vaters zu folgen. Vielleicht würde er diesen Fall durch ungewöhnliche deduktive Fähigkeiten knacken, damit sein ererbtes Talent beweisen und anschließend sofort den Dienst quittieren können.

Hinter ihm rutschte ›Mad Dog‹ Bimsley auf einem toten Spatzen aus und stürzte. Was hätte Vater getan? Butterworth dachte konzentriert über den Fall nach und versuchte, die vorliegenden Fakten gegeneinander abzuwägen. Es war Zeit, sie zu rekapitulieren. Warum wurden alle Morde vom Dach aus begangen? Weil die Mörder sich auf den Dächern versteckten. Es mußten mehrere Mörder sein, denn ein einzelner Mann hätte den Opfern nicht so grauenhafte Verletzungen zufügen können, und schon gar nicht wäre er in der Lage gewesen, die Leichen in solche bizarren Positionen zu bringen. Was hatte Hargreave sonst nocht gesagt? Er sollte nach einer Bande ausschauen, nach Anzeichen für einen Vernichtungskrieg unter Rivalen. Aber konnte man hier oben überhaupt existieren? Wie wollten die Leute sich bewegen, ohne gesehen zu werden, verdammt noch mal? Butterworth kratzte sich am Kinn, drehte sich auf dem Dach um und fragte sich, was zum Teufel er als nächstes tun sollte. Es war sinnlos. Er hatte einfach nicht die Begabung seines Vaters für diese Art von Arbeit. Er sollte seinen Job aufgeben und sich wieder der Töpferei zuwenden. Keramik war wenigstens nicht lebensgefährlich.

Er dachte immer noch über dieses Problem nach, als er das dünne Kabel bemerkte, das vom höchsten Punkt des Ritz zu einem Gebäude am Ende der Jermyn Street hinüberführte. Es konnte weder ein Strom- noch ein Telefonkabel sein, denn es war einfach an die Wand geknotet. Verblüfft drehte er sich um und schaute in Richtung Piccadilly. Auf dem Dach war das Kabel unterbrochen, aber vom entfernten Ende des Ritz lief es über die Straße hinweg zur Stratton Street. Butterworths Augen weiteten sich. »Komm, Bimsley«, sagte er, »ich glaube, wir haben etwas gefunden.«

Bimsley saß auf dem Asphalt und rieb sich die Kniescheiben. Langsam klappte er auseinander und richtete sich zu seiner furchterregenden Größe auf. »Du hast gut reden«, brummte er. »Du hast einen Pullover an. Und ich gehe gleich ein. Ist der von der Polizei?«

»Nein«, sagte Butterworth. »Den hat meine Oma mir gestrickt.«

»Wenn ich gewußt hätte, daß es so kalt wird«, sagte Bimsley und rieb sich die Ohren, »hätte ich mir eine Wollmütze aufgesetzt.«

Immer noch murrend stolperte er an der Feuerleiter und hätte sie beide fast ins Verderben gerissen, wenn Butterworth sich nicht rasch am Geländer festgehalten hätte. Danach hielt sich der junge Detective Constable auf zwei Meter Distanz zu Bimsley, aus Angst, dieser könnte ihn mit einer ungeschickten Bewegung vom Dach fegen. Als sie das Dach des Ritz verließen, erklärte Butterworth dem Kollegen seine Gedanken in einer Sprache, die ein Polizist normalerweise benutzte, wenn er Kleinkinder in die Geheimnisse des Zebrastreifens einweihte.

Der Junge — trotz seiner Größe war er wirklich nur ein Junge — war bei dem Gedanken an einen bevorstehenden Erfolg so aufgeregt, daß er auf erschreckende Weise die Kontrolle über seine Gliedmaßen verlor. Als es ihnen gelungen war, auf das Dach der Galerie an der Ecke Albemarle Street zu steigen, hielt Butterworth sich auf seiner Suche nach dem Feind so weit von Bimsley entfernt, daß sie ihr Gespräch als Wettbewerb im Brüllen führen mußten.

Methodisch suchten sie das Dach zwischen den Leitungen und dem Ziegelmuster nach dem Kabel ab, das sie vom Ritz aus gesehen hatten, und sie fanden es sehr schnell. Aber das war noch nicht alles. Wie Fallschirmspringer, die zum Landen einschweben, glitten mit hoher Geschwindigkeit alle möglichen Leute am Kabel heran, um in einem wirren Haufen auf dem Dach zu landen. Butterworth sank das Herz in die Hose, als diese ungewöhnliche Armee das Dach erreichte und überall um ihn herum landete. Er schaute sich nach Bimsley um, der direkt hinter ihm stand und aussah, als wollte er mit dem Mund einen Baseball auffangen. Beide blieben wie angewurzelt stehen, als der in schwarze Overalls gekleidete Schwarm links und rechts an ihnen vorbeihuschte.

Spice, Simon und Zalians übrige Leute registrierten die beiden Polizeibeamten überhaupt nicht, als sie unter gegenseitigen Zurufen zum anderen Ende des Dachs rannten. Einige von ihnen schienen verletzt zu sein. Blut tropfte auf den Asphalt, als sie darüber hinwegliefen.

Ungezielt schlug Bimsley auf die Vorbeilaufenden ein, aber glücklicherweise traf er niemanden. Wenige Augenblicke später waren das Klappern von Metall und das Zischen des Kabels zu hören, als die Leute einer nach dem anderen vom Dach sprangen und in Richtung St. James's Square davonglitten, während Bimsley und Butterworth verblüfft auf dem Dach der Galerie zurückblieben.

»Was zum Teufel hat das zu bedeuten?« sagte Butterworth erstaunt. »Sie sind nicht einmal stehengeblieben. Warum in aller Welt wolltest du sie schlagen?«

»Das darf ich«, sagte Bimsley ungehalten. »Ich bin Polizist. Wir hätten sie wegen widerrechtlichen Betretens verhaften können.«

»Hast du gesehen, wie schnell sie waren? Als sei der Teufel hinter ihnen her. Wir brauchen Verstärkung.« Butterworth kratzte sich am Kopf und schaute den davongleitenden Gestalten nach, die vor der Granitfassade des Ritz gerade noch zu sehen waren. Er zog seinen Mini-Sender und schaltete ihn ein, aber bevor er seinen Bericht durchgeben konnte, hörte er hinter sich plötzlich ein Klappern und Rasseln, und innerhalb von Sekunden war das Dach wieder voller Leute.

Nach ihrem Äußeren zu urteilen waren es Skinheads, die die erste Gruppe verfolgten und über das Dach rannten. Sie trugen eine andere Uniform, schwarz mit einem roten Schlitz auf der Brust. Einer von ihnen stieß Butterworth im Vorbeilaufen das Knie zwischen die Beine, aber Bimsley packte ihn an den Schultern, hob ihn hoch in die Luft, drehte ihn um und ließ ihn auf den Kopf fallen. Als Butterworth mühsam wieder auf die Beine gekommen war, waren die anderen schon vom Dach gesprungen und sausten den Lichtern von Piccadilly entgegen.

»Ich hab' einen!« schrie Bimsley fröhlich und hob den benommenen Jungen wieder hoch in die Luft. Butterworth hielt sich immer noch die schmerzende Stelle. Jetzt schaute er hoch und sah, daß der Skinhead in seinen Overall griff und ein Messer zog. Er wand sich im festen Griff des Polizisten, und plötzlich beschrieb sein Messer vor dem überraschten Bimsley einen Bogen, der sofort seine Beute fahren ließ und zurücksprang. Bimsley schaute nach unten und sah, daß seine Uniform aufgeschlitzt war. Ein Knopf fiel zu Boden. Mit einem Wutgeheul stürzte er sich auf den Jungen, der zuerst in der einen, dann in der anderen Hand sein Messer schwang und dabei leicht auf den Fußballen auf und abhüpfte wie ein Statist aus der *West Side Story*.

»Laß es fallen, Junge«, rief Butterworth ohne Erfolg, als Bimsley so hart gegen den Skinhead prallte, daß das Messer weggeschleudert wurde und auf dem Dach landete. Der junge Polizist rannte hinterher, aber als er die

Waffe aufheben wollte, hörte er hinter sich wieder ein Geräusch, und zwei weitere Skinheads sprangen auf das Dach. Jetzt lagen die Vorteile auf der anderen Seite. Bimsley rollte sich von seiner Beute weg, um sich den Nachzüglern entgegenzustellen, und das gab dem Jungen die Gelegenheit, aufzuspringen und zum Dachrand zu laufen.

»Kommt!« schrie er seinen Partnern zu, als sie ihre Waffen zogen, »laßt sie in Ruhe. Wir müssen zu Chymes zurück.« Eine Sekunde lang waren die beiden Skinheads unentschlossen, aber dann ließen sie die Hände wieder sinken und rannten zu ihrem Freund hinüber. Butterworth hatte noch starke Schmerzen und konnte deshalb den Angreifer nicht verfolgen. Er konnte nur zuschauen, und er sah, wie alle drei den Rand des Gebäudes erreichten und zum nächsten hinübersprangen. Bimsley war hinterhergelaufen und holte rasch auf. Fast hätte er den letzten noch erwischt, und dann hatte auch er den Rand des Gebäudes erreicht, aber er war zu langsam, um den Sprung zu schaffen.

Butterworth sah entsetzt, wie Bimsley seinen gewaltigen Körper in die Luft hob und mit einem überraschten Aufschrei über den Rand verschwand. Als Butterworth die Dachkante erreichte, waren Chymes' Männer schon in der Dunkelheit verschwunden. Ängstlich schaute er nach unten.

Sein Partner hing mit beiden Armen an einem Hohlsims über einem Fenster, knapp einen Meter unterhalb der Dachumrandung. Butterworth stieß einen leisen Schrei aus. »Nicht bewegen!« rief er. »Ich komme und zieh dich hoch!« Er drehte sich um, lief zurück und holte tief Luft. Dann rannte er auf die Lücke zwischen den Gebäuden zu und sprang. Er landete unsanft, aber in einem Stück auf der anderen Seite. Dann streckte er die Hand zu Bimsley aus, aber er überlegte es sich anders. Wie könnte er diesen Mann jemals auf das Dach ziehen? Er mußte weit über zweihundert Pfund wiegen.

»Ich rutsche ab«, verkündete Bimsley. Zur Bestätigung glitt einer seiner Arme vom Sims, und er schwebte unbeholfen über der Straße. Butterworth schaute sich verzweifelt um, als müßte irgendwo ein Rettungsring hängen.

»Aaaah!«

Butterworth steckte seinen Kopf über den Rand und sah, daß Bimsleys anderer Arm vom Sims verschwunden war. Er hing jetzt nur noch mit den Händen am Sims. Butterworth blieb nichts anderes übrig, er mußte versuchen, ihn auf das Dach zu ziehen. Er kniete sich hin und verkeilte sich mit dem Knie hinter der Brüstung. Dann streckte er die Hand nach Bimsley aus. »Gib mir deine Hand«, rief er. Bimsley gehorchte und packte Butterworths Hand mit seiner fleischigen Faust. Der junge Polizist hatte ein Gefühl, als hätte er einen Schwertfisch an der Angel, und er wurde selbst halb über die Brüstung gezogen.

»Verdammt«, ächzte er und versuchte mit aller Kraft, sich auf dem Dach zu halten. »Du wiegst ja mehr als mein *Auto!*« Die Schmerzen in seinem Arm wurden unerträglich, aber nach einer halben Ewigkeit gelang es Bimsley, einen Baumstamm von einem Bein über die Brüstung zu heben. Er richtete sich halb auf und ergriff Butterworths andere Hand. In diesem Augenblick war der junge Beamte nicht darauf vorbereitet, zusätzlich hundert Pfund festzuhalten, und das hatte das fatale Resultat, daß er von den Füßen und über die Brüstung gerissen wurde. Er konnte nur noch entsetzt aufschreien.

Der Zirkus hatte Butterworth noch nie sonderlich interessiert. Die Possen der Artisten hatten ihn immer gelangweilt. Jetzt, wo er dreißig Meter über dem Pflaster an Bimsleys Händen hing, wünschte er, daß er im Zirkus besser aufgepaßt hätte. Der dicke Polizist hatte seine Knie über die Brüstung gehakt. Butterworth spürte, daß er rutschte, als Bimsley an den Handflächen zu schwitzen anfing. Er bewegte seinen Fuß, um das nächstgelegene Fenster einzutreten, aber die Bewegung brachte Bimsleys Halt an der Brüstung in Gefahr.

»Hör auf zu zappeln«, schrie Bimsley. »Ich hätte nicht übel Lust, dich loszulassen. Jeder Richter hätte dafür Verständnis.« Er rutschte um ein paar Zentimeter, als seine Jacke sich von innen nach außen kehrte und ihm über das Gesicht fiel. Butterworth schaute nach unten. Er bedauerte, daß er noch nicht lange genug gelebt hatte, um sein Leben vor seinen Augen vorbeiziehen zu sehen. Seine Arme fühlten sich an, als hätte man sie ihm aus den Gelenken gerissen. In wenigen Sekunden würde alles vorbei sein.

»Ich kann mich nicht mehr länger halten«, knurrte Bimsley, und die Jacke dämpfte seine Stimme.

»Du mußt. Ich kann das Fenster nicht eintreten. Es ist zu weit weg.« Butterworth trat trotzdem zu, und die beiden rutschten noch ein Stück, wie Artisten am Trapez, die sich gerade voneinander lösen wollen.

»Ich will nicht sterben, wenigstens will ich dabei nicht so einen kompletten Idioten wie dich festhalten«, war das letzte, was ›Mad Dog‹ Bimsley noch sagen konnte, bevor er endgültig von der Brüstung abrutschte und die beiden brüllend ins Leere stürzten.

Sie schlugen mit solcher Wucht auf dem gewölbten Baldachin vor der Kunstgalerie auf, daß sie ihn total zerstörten. Streben brachen und Drähte rissen und schossen in alle Richtungen. Bimsleys Aufprall wurde durch den straff gespannten Baldachin gemildert, bis er riß und der riesige Polizist auf dem Pflaster landete. Butterworts Aufprall wurde dadurch gemildert, daß er direkt auf Bimsleys Bauch landete. Während Leinwand meilenweise auf sie herunterfiel, registrierte Bimsley gerade noch, daß sie beide am Leben geblieben waren, was ihm erlaubte, seinen Partner bewußtlos zu schlagen, sobald er aus seiner Bewußtlosigkeit, die er nun blitzartig herannahen fühlte, erwacht wäre. Der Stoff hüllte sie in ein purpurn gestreiftes Leichentuch, wie ein in sich zusammenfallender Fallschirm. Bevor ihm die Sinne schwanden, beschloß Butterworth eine drastische Änderung seiner Karrierepläne.

42 Demaskiert

Im toten Fleisch war von den Augen nur das Weiße zu sehen. Lee wandte sich angewidert ab. Das Mädchen lag in einer riesigen Blutlache. Ihr Körper war aufgeschlitzt und geschändet und anschließend beiseite geworfen worden wie ein Tierkadaver auf dem Schlachthof, der vom Haken gerutscht ist. Lee und seine Krewe hatten die dreckverkrusteten Giebel der Brewer Street in Soho erreicht, als sie den letzten Teil ihres Sektors durchkämmten. Die Leiche, die sie fanden, hatte so grauenhafte Verletzungen, daß Lee die anderen daran hinderte, an ihr vorbeizugehen. Die Moral innerhalb seiner Gruppe hatte schon einen Tiefpunkt erreicht. Dieser Anblick hätte ihnen gerade noch gefehlt.

Er fragte sich, ob Zalian überhaupt wußte, welche zügellosen Obszönitäten sich die Feinde einfallen ließen. In ihrem geronnenen Blut klebte die Leiche an den Ziegeln und schimmerte weiß in der bitteren Kälte der Nacht. Lee wandte sich von diesem Anblick ab und schaute zu den anderen hinüber, die aufgeregt und unruhig auf ihn warteten. Alle spürten hier die Anwesenheit von etwas Bösem. »Okay, Leute, verschwinden wir.« Lee klatschte in die Hände. »Nathaniel wartet auf uns.« Als die Gruppe hinter ihm sich anschickte, das Dach zu verlassen, schaute Lee sich noch einmal zu dem toten Mädchen um.

»Wenn du sie willst, kannst du sie haben. Aber du mußt sie wirklich *wollen.*«

Die Stimme jagte ihm Schauer der Angst über den Rücken. Langsam hob er den Kopf.

Zwischen den aufragenden Schornsteinen sah er Chymes' in einen langen Mantel mit Kapuze gehüllte Gestalt. Lee ließ die Hand sinken, bis er mit den Fingern den Griff seiner Armbrust berührte.

Langsam und mit langen, gemessenen Schritten ging Chymes auf ihn zu. In der behandschuhten Stahlhand hielt er eine Armbrust, in die eine silberne Harpune eingespannt war. »Du bekommst das Ding nicht halb aus der Tasche, bevor ich dich treffe, mein Junge.«

Ohne die geringste Unsicherheit zu verraten, näherte Chymes sich Lee, und die Harpune glänzte im Licht des Mondes. Lee schaute sich zu seiner Krewe um. Drei seiner Männer hielten ihre Schießgeräte in Anschlag, aber sie wagten nicht zu feuern. Wer konnte wissen, wieviele Männer Chymes auf den umliegenden Dächern postiert hatte?

»Wo ist Zalian?« Der riesige schwarze Mantel flatterte um seine in Leder gekleideten Beine.

»Du wirst ihn niemals finden.« Überrascht bemerkte Lee, daß er zitterte.

»Ich glaube, du bist dir deiner Situation nicht bewußt. Wenn du mir die Wahrheit sagst, werde ich dich vielleicht nur blenden. Versuchen wir es noch einmal: Wo ist Zalian?« Chymes hob die Armbrust, bis die Spitze der Harpune auf Lees Augen gerichtet war.

»Sag's ihm doch, Lee«, rief Little Jo, die Jüngste in seiner Gruppe. »Wenn du es nicht tust, sage ich es ihm.«

»Nimm ihren Rat an, Lee. Die Schlacht braucht dich nicht mehr zu kümmern. Ihr könnte eure Niederlage nicht mehr verhindern. Dies ist jetzt eine Sache zwischen mir und deinem Herrn.«

»Er ist nicht mein Herr. Wir sind alle gleich.«

»Sehr demokratisch, aber eine hoffnungslose Schwäche. Wo ist er?«

»Du wirst mich töten müssen, bevor ich es dir sage.« Lee wich keinen Zentimeter, aber zwischen den Schulterblättern brach ihm der kalte Schweiß aus. Chymes' Finger schlossen sich um den Abzug seiner Waffe.

»Er ist auf dem Dach des Stock Exchange!« schrie Little Jo fast hysterisch. Chymes' Gesicht blieb hinter der Kapuze verborgen, aber Lee ahnte sein triumphierendes Lächeln. Chymes senkte die glitzernde Harpune. Wie auf ein Stichwort brach ein Dutzend seiner Männer hinter den vermörtelten Schornsteinen hervor. Ihre Köpfe waren kahlgeschoren, ihre Gesichter leer und krank. Lee wußte, daß er nicht siegen konnte, wenn Chymes selbst seine Männer anführte, und er hatte seine Krewe angewiesen, in einem solchen Fall sofort die Flucht zu ergreifen. Das taten seine Leute jetzt auch. Sie sprangen zum Kabel der stationären Bahn hinüber, aber zwei von ihnen stürzten sofort zu Boden. Einer war von einer scharfgeschliffenen Münze, der andere von Chymes' Harpune getroffen worden.

Mit gezogenen Messern stürmten Chymes' Männer vorwärts, suchten den Nahkampf und streckten in einem wahren Blutrausch ihre Gegner nieder. Einer von ihnen hob Jo, das Mädchen, das ihren Anführer verraten hatte, hoch, um sie vom Dach zu schleudern, aber Mack, ein über zwei Meter großer Hüne und Jos Freund und Beschützer, versetzte ihm einen so gewaltigen Tritt in den Magen, daß er zusammenbrach.

Lee stürzte sich auf Chymes und erreichte ihn, bevor er seine Armbrust wieder laden konnte. Der Mann mit der Kapuze bewegte keinen Muskel, als Lees Faust ihn traf. Sein Körper schien nicht aus Fleisch und Blut, sondern aus einer elastischen Metallegierung zu bestehen. Lee wußte, daß ein solcher Angriff nur mit seinem eigenen Tod enden konnte, und mit einem Schrei sprang er zurück, als Chymes die Hände ausstreckte, um nach ihm zu greifen. Aber er bewegte sich zu langsam. Die Hand mit dem Lederhandschuh legte sich Lee um den Hals und hob ihn vom Dach hoch. Brennender Schmerz durchzuckte ihn, als Chymes sich anschickte, ihm langsam die Luftröhre zu zerquetschen. Chymes hob den Kopf und lachte. Es war ein leises, langsames und freudloses Lachen. »Wehre dich nur«, flüsterte er. »Es ist viel besser, wenn du dich wehrst.«

Lee hob das Bein und trat Chymes mit aller Gewalt in den Leib. Er taumelte zurück, und dabei fiel ihm die Kapuze auf die Schultern. Lee stieß einen Schrei aus, als er das Gesicht des Mannes erkannte, der einmal seiner Krewe angehört hatte.

Chymes ließ ihn los, um sich die Kapuze wieder über den Kopf zu ziehen, aber es war zu spät. Der Schaden war schon entstanden. Lee rannte an den Rand des Gebäudes und hatte seine Leine schon am Kabel eingeklinkt, als Chymes sich wieder gefaßt hatte. Als er mit den restlichen Angehörigen seiner Gruppe am Kabel entlangsauste, sah er die Leichen seiner beiden Freunde unten auf der Straße liegen und ihr Blut über den Bürgersteig fließen. Er sah ein Polizeifahrzeug mit quietschenden Bremsen neben einer der Leichen halten, und durch das alles hindurch sah er Chymes' Gesicht, das Gesicht des Mannes, dem er und Zalian einst wie einem Bruder vertraut hatten. Des Mannes, von dem sie geglaubt hatten, er werde die Dachwelt eines Tages noch größerem Ruhm entgegenführen.

43 Wendepunkt

»Sie sind jetzt schon auf dem Weg hierher, Simon«, rief eine Stimme aus dem Hintergrund. »Wir haben keine Zeit mehr. Laß es fallen.« Das Messer, das Simon Zalian an die Kehle hielt, reflektierte das Licht der nackten Glühbirne über ihren Köpfen. Die unbehagliche Stille wurde von einem Husten unterbrochen. Niemand bewegte sich.

»Er wird sich jetzt äußern, oder wir bleiben alle hier und warten gemeinsam auf Chymes.«

»Seine Männer sind in einer Übermacht von fünf zu eins«, sagte Lee. »Sie wissen, daß wir auf dem Dach des Stock Exchange sind. Es wird ein Gemetzel geben.« Er trat in das unruhige Licht der Glühbirne, packte Simon am Arm und flüsterte: »Wir verschwenden wertvolle Zeit. Komm, laß ihn los.«

»Erst wenn er mir sagt, warum er keinen Finger rührt, um uns — und sich selbst — zu helfen.« Simon legte Zalian die Klinge fester an den Hals und zog seinen Kopf weiter nach hinten. Lee trat vorsichtig einen Schritt zurück, denn er wußte, wozu Simon imstande war, wenn man ihn genügend reizte. Als er mit seiner Krewe auf das Dach zurückgekehrt war, hatte er den jungen Punk über dem Doktor stehen sehen, während dieser zusammengesunken und halb bewußtlos vor seiner Computer-Konsole hockte. Auf einem Stuhl neben ihm lag das Drogenzubehör des Doktors, ein Stück Silberpapier mit braunem Pulver, ein Löffel, abgebrannte Streichhölzer und eine Nadel. Es war deutlich zu erkennen, daß Zalian schwer narkotisiert war.

Die übrigen Angehörigen der Dachwelt hatten sich draußen versammelt und drängten sich am Eingang zur Röhre. Einige der Anwesenden waren verwundet, und andere waren von ihrer nächtlichen Suche noch nicht zurückgekehrt. Alle spürten die Spannung, die sich in dem kleinen Raum aufbaute, eine Feindseligkeit, die die erschöpfte Gruppe zu sprengen drohte.

»Was erwartest du denn von ihm, Simon?« sagte Lee müde. »Immer wenn wir auf Chymes' Männer stoßen, verlieren wir ein paar Leute.«

»Nur deshalb, weil wir keine Gesamtstrategie haben, keinen Plan. Wir haben keinen Anführer, Lee, schau ihn dir doch an.« Er zeigte auf Zalian, der stumm dasaß und auf das Stück Fußboden zwischen seinen Füßen starrte. »Rose sagt, daß er in der letzten Nacht das Funkgerät ausgeschaltet hat. Wir dürfen für ihn gegen Chymes kämpfen, aber er selbst hat nicht den Mut, sich ihm zu stellen.«

Ein Gefühl der Angst legte sich auf Robert. Nachdem er mitten während des Streits zwischen Simon und Zalian auf das Dach gekommen war, hatte er jetzt nur noch den Wunsch, es wieder zu verlassen, bevor Chymes mit der geballten Streitmacht seiner Verrückten hier auftauchte.

»Wir wissen immer noch nicht, wo die Hinrichtungen stattfinden sollen«, sagte Lee. »Wenn wir uns untereinander streiten, werden wir überhaupt nichts erreichen.«

»Dann mußt du ihn zwingen, es uns zu sagen«, meinte Simon wütend. »Was ist zwischen dir und Chymes, daß du dich ihm nicht zu stellen wagst, Nathaniel?«

»Bevor diese Unterhaltung sich noch mehr aufheizt, will ich euch ein paar Dinge erzählen, die wir herausgefunden haben«, sagte Rose. Sie drängte sich durch die Gruppe nach vorn und nahm das Notizbuch vom Tisch. »Steck das Messer weg, Simon, mit dem Ding wirst du nichts erreichen.«

Der Punk schaute trotzig Zalian an, dann Rose, aber schließlich ließ er das Messer sinken.

»Du hast uns erzählt, daß Chymes für alles eintritt, was deiner Welt entgegengesetzt ist, und das war unser Ausgangspunkt«, sagte Rose und erklärte der Versammlung ihre alchimistische Theorie. »Heute nachmittag habe ich sie in der Bibliothek des British Museum überprüft. Chymes — der ursprüngliche Chymes — soll die Alchimie erfunden haben. Und der Doktor hier ist Jude, nicht wahr, Doktor? ›Nathaniel‹? Hört sich für mich jüdisch an.« Um sich herum sah Rose erstaunte Gesichter. Sie ging zu Zalian hinüber. »Ich habe nachgesehen. Das Wort ›Alchimie‹ stammt aus dem Mittleren Osten. In seinem Kampf gegen dich hat er seine Gesellschaft auf eine Wissenschaft gegründet, die arabischen Ursprungs ist. Ich glaube, er hatte es von Anfang an darauf angelegt, euch beide zu natürlichen Feinden zu machen.«

»Nun, das ist sicher verdammt interessant, Rose«, sagte Simon. »Aber wo ist der praktische Nutzen für uns?« Er drehte sein Messer um, aber er schien es nicht einstecken zu wollen.

»Das will ich dir sagen. Wir haben Chymes schon einmal gefunden — gestern nacht auf dem Dach der Londoner Metallbörse — und wir werden ihn noch einmal finden. Wenn wir wissen, woher er seine Kraft nimmt, werden wir auch seine Schwächen einschätzen können.«

»Es hat keinen Zweck«, jammerte Zalian. »Er scheint meine Gedanken lesen zu können. Wir können ihn nicht schlagen. Er ist wie mein Spiegelbild, mein Bild in einem schwarzen Zerrspiegel. Alles, was ich tue, macht er zunichte. Wann immer ich etwas unternehme, ist er mir schon voraus. Wie kann man einen Mann besiegen, der sich nicht wie ein Mensch verhält?«

»Man schaltet nicht das Funkgerät ab«, sagte Simon. »Man pumpt sich nicht mit Drogen voll, rollt sich zusammen und tut so, als würde er einfach wieder verschwinden.«

»Nein, ich . . .«

»Wir können ihn dennoch schlagen«, sagte Rose. »Wenn du seinesgleichen bist, mußt du ihn doch gut kennen.«

»Nein, ich bin nicht seinesgleichen«, sagte Zalian. »Er ist nachtsichtig.«

»Wie meinst du das?«

»Er kann bei Dunkelheit sehen. Frag mich nicht, wie, aber er kann es.«

»Das stimmt«, sagte Simon. »Ich habe selbst gesehen, wie er über ein Dach rannte und über die Lücke zwischen zwei Häusern sprang, als man keine Hand vor Augen sehen konnte. Als ob er irgendwelche übersinnlichen Fähigkeiten hätte.«

»Moment mal«, sagte Spice. »Was soll dieser verdammte Unsinn?« Sie trat vor und packte Zalian an den Schultern. »Doc, du mußt endlich aufwachen, sonst sind wir alle verloren.« Sie drehte sich zu Simon um. »Können wir irgend etwas tun, damit er endlich wieder klar im Kopf wird?«

»Ich kann sehr wohl für mich selbst sprechen.« Langsam hob Zalian den Kopf, strich sich das Haar aus den Augen und schaute sie an.

»Dann sag uns alles, was du über seine Pläne weißt. Was wird er als nächstes tun? Wenn ihr einander so ähnlich seid, wirst du doch ungefähr wissen, was er beabsichtigt. Er kann also in der Dunkelheit sehen. Wunderbar«, sagte Spice und packte ihn an den Schultern. »Weiter, Doc. Du darfst jetzt nicht wieder einschlafen.«

Alle in der Gruppe schienen ihr zuzustimmen, und alle fingen auf einmal an zu reden. Zalian stand langsam auf und hob die Hände, um seine Leute zum Schweigen zu bringen. »Ihr versteht es nicht«, sagte er und hatte dabei Mühe, jede Silbe deutlich auszusprechen. »Chymes hat mir Sarah genommen. Er hat sie verführt und für seine Ziele gewonnen. Und er hat mit ihr geschlafen, um damit seinen Sieg zu krönen. Er hat ihren Glauben an mich zerstört. Vielleicht nicht ganz, aber doch so sehr, daß sie mir ihre Notizen nicht anvertraute, sondern sie ihrer Mutter gab. Sie hat mich absichtlich betrogen, und er weidet sich daran, daß ich es weiß.«

»Um so mehr Grund, ihn fürchterlich zu verprügeln«, sagte Simon begeistert.

Robert schaute nervös auf die Uhr. Zwanzig nach eins. Es kam ihm viel später vor. Er war überzeugt, daß Chymes und seine Männer jede Sekunde hier eintreffen könnten, und wünschte, die anderen würden ihre Meinungsverschiedenheiten an einem sicheren Ort austragen.

»Moment mal, das stimmt doch alles gar nicht«, sagte Lee und trat vor. »Sarah war ganz verrückt nach dir. Sie hätte dich nie betrogen, *niemals.* Immer wieder hat sie davon gesprochen, wie sehr sie dich liebt, verdammt noch mal.«

Robert hatte die Nase voll. Er entfernte sich von der Versammlung und ging um die Röhre herum. Dann ging er in der kalten Nachtluft über das Dach, wo zwei Männer aus Spices Gruppe Wache hielten, um die Angreifer rechtzeitig melden zu können. Robert zündete sich eine Zigarette an und zog den Rauch tief in die Lungen. Es schien, als könne nichts die Stille dieser fast arktischen Nacht stören. Er schaute zum Himmel auf. Der Mond war von den vorbeiziehenden Wolken halb verdeckt. Sie waren alle verrückt. Sie überlebten durch eine idiotische Lewis-Carroll-Logik, der man nur allzu leicht erliegen konnte. Dennoch, ihre einzige Hoffnung, Chymes zu schlagen, lag darin, daß ihr Anführer wieder zu Kräften kam. Robert dachte einige Minuten lang über das Problem nach und ging dann wieder zu den Leuten am Eingang der Röhre zurück, die immer noch lebhaft debattierten.

»Sie hat dich so sehr geliebt, daß sie bereit war, sich dem Neuen Zeitalter anzuschließen, um Chymes auszuspionieren«, sagte Lee. »Ich war der letzte, der von ihr hörte. Sie hat sogar gesagt, sie würde eine Möglichkeit finden, dich zu benachrichtigen, falls man sie enttarnen würde. So redet keine Frau, die dich betrügen will, Nathaniel.« Eine Weile schwiegen alle und dachten über Lees Worte nach.

»Lee hat recht«, sagte Spice schließlich. »Ich glaube nicht, daß Sarah dich jemals betrogen hätte. Solltest du herausfinden, wo sie ist, kannst du sie ja selbst fragen. Jedenfalls müssen wir uns jetzt etwas einfallen lassen. Vielleicht sollten wir uns wirklich einen neuen Anführer wählen.« Stumm schauten alle Zalian an. Der Arzt ließ seine Blicke über die schmutzigen, ernsten Gesichter der Umstehenden gleiten.

»Was ist denn nun?« fragte Simon wütend. »Sollen wir hierbleiben und uns abschlachten lassen, oder wollen wir kämpfen?«

Zalian murmelte etwas.

»Ich habe nichts gehört«, sagte Simon und beugte sich vor. »Was hast du gesagt?«

»Wir werden kämpfen.«

»Okay!« Lee klatschte in die Hände, und plötzlich begann die Gruppe Mut zu fassen. Spice ging mit den Leuten zum Ausrüstungsschuppen, damit sie ihre Vorräte ergänzen konnten.

»Wir müssen uns organisieren, bevor Chymes hier ankommt«, sagte Lee und schnallte sich seinen Rucksack auf den Rücken. »Wir gehen weiter ins West End hinein und formieren uns neu. Wenn sie uns hier angreifen, sind wir erledigt.« Er schaute zu Rose hinüber, die ihn mit großen Augen anstarrte.

»Was ist denn los?«

»Mir ist gerade etwas eingefallen«, sagte sie langsam, als spräche sie mit sich selbst. »Sarah hat versprochen, eine Botschaft zu schicken, selbst wenn sie gefangengesetzt wird. Ich glaube, ich weiß, wo diese Botschaft ist. Ich habe es die ganze Zeit gewußt. Mein Gott, ich war schon besser. Ich bin eine verdammte Niete.« Mit diesen Worten rannte sie davon.

»Halt!« rief Zalian. »Laßt sie nicht allein gehen.«

»Nein«, sagte Simon. »Sie neigt dazu, unterwegs steckenzubleiben.«

»Ich bin bald wieder zurück«, schrie Rose. »Wohin geht ihr?«

Spice unterbrach ihre Arbeit und schaute zu Lee hinüber. »Wie wär's mit Euston Station? Da haben wir Vorräte versteckt.«

»Gut überlegt«, sagte Lee. »Rose, wenn du fertig bist, kommst du zurück und wartest vor dem Bahnhof. Wir sagen dir dann, wie du auf das Dach kommst. Bleib in Funkverbindung. Bist du sicher, daß niemand mitkommen soll?«

»Ja, das schaffe ich schon allein.«

»Wohin willst du denn?« rief Robert, den es irritierte, daß sie ihn offensichtlich nicht mitnehmen wollte. Sie rannte zu ihm hinüber. »Zu meiner Wohnung«, sagte sie. »An dem Tag, an dem Sarah ihre Mutter besuchte, waren zwei von Chymes' Leuten mit ihr gekommen. Aber einer von ihnen arbeitete in Wirklichkeit für Zalian, erinnern Sie sich noch? Während er auf Sarah wartete, ritzte er etwas in die Haustür ein. Als wir uns kennenlernten, sagte ich es Ihnen schon. Aber zu dem Zeitpunkt hielt ich das Ganze nur für Unfug.« Und damit verließ sie über die Feuerleiter das Dach, bevor Robert sie zurückhalten konnte.

»Kommt, wir verschwinden«, sagte Lee und trat die Tür zur Röhre mit dem Fuß ein. »Chymes und seine mißratenen Tanzschüler müssen jede Minute hier sein.«

»Warum gehen wir nicht nach unten auf die Straße?« schlug Robert vor und wußte sofort, daß er das nicht hätte sagen dürfen. Alle sahen ihn spöttisch an.

»Er wird uns niemals zwingen, nach unten zu gehen«, sagte ein rothaariges Mädchen, das aussah, als sei es erst elf Jahre alt.

Nebeneinanderstehend machten sie einen jämmerlichen und erschöpften Eindruck, wie ein Truppe unterernährter Schornsteinfeger. Nach einer kurzen Pause trieben Lee, Spice und Tony die Leute wieder an und schickten sie vom Dach.

Plötzlich schlug einer der Wachposten Alarm. Ein wenig unsicher rannte der Doktor an den Rand des Gebäudes und hob einen kleinen Feldstecher an die Augen. Er suchte in der Richtung, die der Posten angegeben hatte.

»Jemand muß ihn im Auge behalten«, sagte Lee. »Wir wollen nicht, daß er auf die Straße fällt.«

»Sie kommen!« schrie Zalian den andern zu. »Vierzig oder fünfzig Leute. Sie sind noch etwa eine halbe Meile entfernt. Verdammt. Wie spät ist es?«

Robert schaute auf die Uhr. »Kurz nach zwei.« Er sah, daß das Datum seiner Uhr auf den einundzwanzigsten gesprungen war. Der einundzwanzigste Dezember . . . hatte dieser Tag im Kalender nicht irgendwie besondere Bedeutung? Aufgeregt drehte er sich zu Zalian um. »Heute ist der Tag der Wintersommerwende«, rief er. »Der Wendepunkt der Sonne!«

»Nun, wenn Chymes Alchimist ist, muß er diesen Tag zum Tag seines Triumphs machen. Das heißt, wir haben nur noch bis zum Sonnenaufgang Zeit, die Opferstätten zu finden.« Zalian befestigte seine Gurtleine unter Lees aufmerksamem Blick und sprang vom Dach der Börse. Dabei drehte Zalian sich zu Robert um, der sich ebenfalls schon eingeklinkt hatte, und rief: »Hoffentlich weiß Rose, was sie tut. Wir hätten sie nicht allein gehen lassen dürfen.«

Robert konnte nicht antworten. Die rauhe arktische Luft, die ihm ins Gesicht fegte, nahm ihm fast den Atem. Die Muskeln an seinen Armen und Beinen schienen sich verkrampfen zu wollen. Sicher würde er nach diesen Strapazen das ganze Weihnachtsfest verschlafen, vorausgesetzt, er lebte dann noch.

Bei dem beschwerlichen Weg über die Dächer mußten Spice und die anderen Robert und Zalian gelegentlich helfen, aber wenigstens war jetzt zum ersten Mal die ganze Gruppe zusammen. Jetzt, in den toten Stunden der Nacht, war es in der City unten besonders ruhig. Weit hinter ihnen waren Chymes' massierte Streitkräfte des Neuen Zeitalters auf dem Dach der Börse gelandet und zerstörten systematisch Zalians geheimen Schlupfwinkel in der Röhre.

Die Gruppe passierte jetzt Jockey's Fields und die Bedford Row und glitt über die Theobald Road hinweg, vorbei an den neuen Büroblocks, die an einer Stelle errichtet worden waren, wo der Zweite Weltkrieg besonders schwere Zerstörungen hinterlassen hatte. Dann erreichten sie Bloomsbury Square, den vornehmsten Platz in der City, wo einst Gordons Rebellen gehängt und wo jetzt ein riesiger Parkplatz angelegt worden war. Hier legten sie eine kurze Pause ein, um sich ein wenig zu erholen und besser gegen die eisige Kälte dieser Nacht zu wappnen, während es leicht zu schneien anfing.

»Das hat uns gerade noch gefehlt«, sagte Simon. »Wenn das Schneetreiben dichter wird, werden wir die Kabelbolzen kaum noch erkennen können. Wir sollten uns an die stationären Bahnen halten.« Er schaute nervös zu Zalian hinüber. Große weiße Flocken fielen träge aus dem wolkenverhangenen Himmel auf sie herab und verdeckten langsam den Mond. Was das bedeutete, blieb dem Doktor nicht verborgen.

»Bei diesem Schneetreiben werden wir nicht sehr schnell vorankommen«, rief er Simon zu, »aber das gilt natürlich auch für unsere Gegner. Wo ist das Notizbuch?«

»Ich dachte, du hättest es an dich genommen«, sagte Robert. Er wühlte in seiner Tasche.

»Spielt keine Rolle.« Zalian zuckte die Achseln. »Ich glaube nicht, daß es uns jetzt noch weiterhilft.«

In Wirklichkeit, dachte Robert, hat er ein wenig von seiner ursprünglichen Kraft wiedergewonnen, und deshalb braucht er das Notizbuch nicht mehr als Alibi für sein Zögern. »Wir könnten den Mondschein gerade jetzt gut gebrauchen«, sagte Zalian. »Chymes kann auch in der Dunkelheit sehen, und deshalb wird er unseren Vorsprung bald aufgeholt haben.«

»Ich glaube, wir sind jetzt wirklich auf uns allein gestellt«, sagte Spice. Die Euphorie, die kurz vorher noch in der Gruppe geherrscht hatte, war verflogen. Ihre Muskeln waren überanstrengt, und sie mußten sich alle Mühe geben, um nur wach zu bleiben. In dieser Verfassung erwarteten sie den aufziehenden Schneesturm.

44 Heimkehr

Rose kniete sich auf die gebogene, mit Messing eingefaßte Stufe der Veranda und leuchtete mit ihrer Taschenlampe die Tür ab. Sie glaubte schon, einer der Mieter hätte die Einkerbungen entfernt, aber dann sah sie sie: eine Reihe kleiner Kratzer in der grünen Farbe. Rose erinnerte sich an den Samstag, an dem Sarah das Haus aufgesucht hatte. Rose war in den Regen hinausgestürmt, um im Supermarkt an der Ecke Orangensaft zu kaufen, und als sie zurückkam, sah sie einen der häßlichen Skinheads, mit denen Sarah gekommen war, mit seinem Taschenmesser an der Tür herumschnitzen. Zuerst hatte sie es für eine dieser sinnlosen Dummheiten gehalten, an die sie sich nach längerem Aufenthalt in London allmählich gewöhnt hatte. Jetzt aber gewann die Schnitzarbeit im Schein ihrer Taschenlampe eine völlig andere Bedeutung. Es schien sich um mehrere Buchstaben zu handeln — ein ›M‹ oder ein ›H‹, es war schwer zu lesen, dann ein Zwischenraum, dann ein ›T‹, ein ›E‹ und ein ›L‹.

Wenn man annahm, daß der Zwischenraum einen fehlenden Buchstaben bedeutete, könnte das Wort ›HOTEL‹ oder ›MOTEL‹ lauten. Rose setzte sich auf die Stufe, zog ihr Funkgerät aus der Tasche und hoffte, daß die statischen Geräusche ihre schlafenden Nachbarn nicht wecken würden.

Sie hatte eine der stationären Bahnen benutzt, um Hampstead zu erreichen. Sie mußte ihre Muskeln geschmeidig halten und war deshalb nicht mit dem Taxi gefahren. Die Fahrten über den Dächern der Stadt bereiteten ihr keine Beschwerden mehr. Im Gegenteil, seit einiger Zeit fühlte sie sich auf dem Boden nicht recht wohl. Die Gebäude und die Bäume um sie herum kamen ihr so hoch vor, und der Himmel war fast nicht zu sehen. Mit Bedauern hatte sie auf einem weißgetünchten Ladenkomplex in der Nähe der U-Bahnstation Hampstead die Bahn verlassen und war durch leere Seitenstraßen nach Hause gegangen. Hier hatte es immer stärker geschneit, und die verlassenen Straßen waren jetzt ganz von Schnee bedeckt.

»Das ist richtig, wie ›HOTEL‹ ohne das ›O‹. Hast du irgendeine Ahnung?« Rose schaltete das Gerät auf Empfang.

»Das könnte überall sein.« Das war Roberts Stimme. »Das Hilton, das Ritz, Claridge's . . .«

»Nein, das glaube ich nicht.« Das hörte sich an, als ob Zalian sich jetzt einmischte. »Die meisten größeren Hotels haben wir schon abgehakt. Rose, kannst du nicht bestimmt sagen, ob der erste Buchstabe ein ›M‹ oder ein ›H‹ ist?«

Rose schaltete ihre Taschenlampe wieder an und beugte sich dicht über die eingeschnitzten Buchstaben. »Das ist schwer zu sagen. Es könnte das eine oder das andere sein.«

»Wenn das Wort ›HOTEL‹ ist, warum sollte man das ›O‹ auslassen?«

»Es ist der einzige gerundete Buchstabe in dem Wort. Vielleicht war der schwer zu schnitzen. Tut mir leid, Jungs, ich glaube, ich bin in einer Sackgasse.«

»Du hast es wenigstens versucht. Wir sind am Bahnhof Hardwick, oben auf dem Euston. Wir glauben nicht, daß Chymes weiß, wo wir im Augenblick sind, aber seine Männer werden uns wohl bald finden.«

»Ich will mir nur noch einmal die Tür anschauen, dann komme ich wieder zurück. Ende.«

Sie schob das Funkgerät in ihre Tasche zurück und knipste die Taschenlampe aus. Sie hörte hinter sich Schritte, das Geräusch von genagelten Stiefeln auf dem Beton. Sie dachte schon, daß sie es sich nur eingebildet hatte, als sich ihr eine tätowierte Hand auf den Mund legte.

»Sei ganz still, oder ich drehe dir das Genick um.« Rose sah einen kahlgeschorenen Kopf, eine abgeschürfte, blutige Wange und die Klinge eines Springmessers.

Als der Mann seine Hand von ihrem Gesicht nahm, zwang er sie mit der Messerklinge, sich bis an die Tür zurückzulehnen. Vorn war Reeses Jacke noch blutig von dem Pfeil, den Spice auf ihn abgeschossen hatte. Er rückte näher an sie heran und stieß ihr die Klinge hart gegen die Brust. »Wir haben uns schon kennengelernt«, sagte er. »Erinnerst du dich noch?«

»Nein, nein, ich . . .« Roses Atem kam in kurzen Stößen.

»Wir waren zu dritt.«

»Du warst mit Sarah hier, du warst der andere!« Roses Augen weiteten sich vor Angst.

»Stimmt. Und heute werden wir die Sache klären. Chymes möchte das Mädchen gern kennenlernen, das ihm so viel Ärger gemacht hat.« Er schaute nach unten und sah die Einkerbungen an der Tür.

»Der verräterische Bastard hat da etwas hingeschrieben, nicht wahr?«

»Das müßtest du doch wissen«, hustete Rose. »Er stand dabei doch direkt neben dir. Aber du warst zu vollgekifft, um zu merken, was er tat.«

Reese fuhr mit der freien Hand in die Tasche und zog ein paar Handschellen heraus. »Nun, jetzt haben wir die Chance festzustellen, wohin die

Botschaft führt.« Er hielt Roses Hände fest und ließ die Handschellen über ihren Handgelenken einschnappen. »Schade, daß ich dich allein zurückschaffen muß, aber mein Partner hängt zur Zeit im Park, und aus seinem Magen ragt ein Ast heraus.« Er starrte auf ihren Körper. »Du bist hübsch«, sagte er.

Sein ranziger Gestank beleidigte ihre Nase, als er sich über sie beugte. Plötzlich leckte er ihr über das Gesicht. »Du wirst die Sonne über der City aufgehen sehen, Lady.« Er grinste und zeigte dabei eine Reihe abgebrochener gelber Zähne. »Aber die City wird dich nicht sehen können.« Er ließ das Messer sinken und zog ein Stück Tau aus der Tasche.

»Hilfe!« schrie Rose plötzlich so laut sie konnte, sprang auf und trat Reese in die Hoden. »Hilfe, Vergewaltigung!«

Hinter einem der Fenster ging ein Licht an, dann noch eins.

»Verdammte Kuh«, stöhnte Reese, packte Rose an den Haaren und zerrte sie von der Veranda in den Schnee hinaus. Sie stolperte und rutschte auf dem feuchten Pflaster aus, als er sie durch eine Seitenstraße zu dem mit Heidekraut bewachsenen Gelände am Fuß des Hanges schleifte. Immer wieder schrie sie laut um Hilfe. Zwar wurde in einigen Häusern das Licht angeschaltet, aber niemand wagte sich auf die Straße. Zweimal stürzte sie, aber immer wieder riß er sie hoch und zerrte sie weiter. Als Reese sie immer tiefer in den dunklen Park hineinzog, wußte sie, daß sie kaum noch eine Chance hatte, ihm zu entkommen.

Robert lehnte sich gegen die gebogene Glasverkleidung der Station und ließ sich den Schnee in das erhitzte Gesicht wehen. »Ich bin wirklich in schlechter Kondition«, keuchte er und rieb sich die Schultern. Er schaute zu Spice hinüber, die die gleiche Entfernung zurückgelegt hatte, aber trotzdem ganz normal atmete. »Eigentlich müßtest du Arme wie ein Gorilla haben«, sagte er.

»Zuerst ist es schwer«, sagte Spice. »Man gewöhnt sich an die Bänderzerrungen und Gelenkverstauchungen, aber nach einiger Zeit ist der Körper durchtrainiert und paßt sich an. Das ist unser Vorteil gegenüber Chymes' Männern. Die meisten von uns sind schon viel länger hier oben als sie. Was physische Kraft betrifft, können sie gegen uns nicht bestehen.«

»Aber sie haben den Vorteil der größeren Zahl.«

Spice zündete zwei Zigaretten an und reichte ihm eine. »Wenn du glaubst, daß der Weg nach hier schwer war«, sagte sie, um rasch das Thema zu wechseln, »dann solltest du mal die Wren-Bahn ausprobieren.«

»Bei der St.-Pauls-Kathedrale, nicht wahr?«

»Sie ist kurz, aber sie ist die steilste von allen. Sie wurde gebaut, als noch niemand die physikalischen Gegebenheiten solcher Bahnkonstruktionen so recht kannte. Sie wählten die St.-Pauls-Kathedrale, weil dort früher ein der Diana geweihter römischer Tempel stand.«

»Der Mond ist wieder zu sehen«, sagte Robert. »Was machen wir als nächstes?« Er blies blauen Rauch in die kalte weiße Luft.

»Wir gehen zum hinteren Ende des Bahnhofs, wo die Gleise anfangen, und holen unsere restlichen Vorräte.«

»In den fünfziger Jahren war dies einer unserer Hauptstützpunkte«, sagte Zalian, der zu ihnen getreten war. »Bis 1963, als British Rail es für nötig hielt, Eustons berühmtes Portal und das angrenzende Hotel abzureißen. Kommt, wir müssen uns bewegen, bevor uns kalt wird.«

Am hinteren Teil des Bahnhofs lagen achtzehn Bahnsteige, von denen die Gleise ausgingen, die in der Ferne wirr durcheinanderzulaufen schienen.

»Können die Leute uns von der Bahnhofshalle aus nicht sehen?« fragte Robert und ging vorsichtig auf einem ungemütlich schmalen Betonträger zwischen zwei riesigen verrußten Glasscheiben entlang.

»Nein«, sagte Zalian, »von unten kann man durch die Scheiben nicht hindurchsehen. Selbst wenn . . .«

»Ja, ich weiß schon«, sagte Robert, »es schaut ohnehin niemand nach oben.«

Weiter vorn betraten Lee und Tony ein breites Betonquadrat, auf dem ein großer Schaltkasten angebracht war. »Jay hat die Kabel woanders installiert und den Kasten zu einem Versteck für Notvorräte umgebaut«, sagte Lee, wischte sich den Schnee von den Augenbrauen und zog einen Schlüssel aus der Tasche, um das Vorhängeschloß zu öffnen, mit dem der Kasten gesichert war. Er öffnete ihn und nahm verschiedene Kabel, Verbandszeug, ein paar Leuchtpistolen und — unglaublich — einen Sechserpack Bier und Sandwiches heraus.

»Spices Geheimversteck«, sagte Tony und grinste. Dann half er Lee, den Kasten zu leeren.

»Ich *dachte,* das Versteck wäre geheim«, sagte Spice beleidigt und nahm sich ein Bier. »Aber macht euch keine Sorgen. Ich habe andere, von denen ihr nichts wißt.« Robert mußte an ihr Versteck auf dem Planetarium denken.

»Ihr scheint wirklich an alles gedacht zu haben«, sagte er und öffnete eine der eiskalten Dosen.

»Nein, nicht an alles«, sagte Zalian. »Sonst steckten wir nicht in diesen Schwierigkeiten.«

Simon reichte Lebensmittelpakete an die anderen weiter. Alle empfanden jetzt die Kälte.

»Glaubt ihr, daß an dieser Sache mit der Botschaft etwas dran ist?«

»Und wenn«, sagte Spice und kaute an dem aufgeweichten Sandwich.

»Die Sache ist mir einfach zu vage, als daß wir daraufhin etwas unternehmen könnten.«

»Hat denn niemand irgendeine Idee?« fragte Lee. Auf die ganze Krewe hatte sich bedrücktes Schweigen gelegt, während der Schnee unablässig auf das riesige Glasdach fiel.

»Ja. Ich habe eine«, sagte Robert, der mit dem Rücken zu den anderen am Ende der Plattform stand und zum westlichen Teil der City hinüberschaute.

»Laß hören.«

»Nein, das müßt ihr *sehen.«* Er rannte zu den anderen zurück und nahm Spice bei der Hand. »Komm und schau dir das an.« Er stellte sie genau dahin, wo er eben gestanden hatte, und zeigte auf die Stadtlandschaft. »Was siehst du, Spice? Denk an die Buchstaben.« Eine Weile schwiegen sie, während Spice den Horizont absuchte.

»Oh, mein Gott . . .«

»Was ist?« Simon, Tony, Lee und die anderen drängten sich um die beiden. Dort, in mittlerer Entfernung, stand ein hoher runder Turm. In der Nähe der Spitze war durch den fallenden Schnee hindurch in riesigen gelben Neon-Buchstaben das Wort ›TELECOM‹ zu entziffern. Hinter dem letzten Buchstaben gab es eine Lücke, und anschließend wiederholte sich das Wort auf der anderen Seite des Turms.

SONNTAG, 21. DEZEMBER

45 Nachtdienst

Am Sonntagmorgen um Viertel vor drei lag das dezent beleuchtete Foyer des London University College Hospital friedlich und verlassen da. Umgeben von vielen Quadratmetern gedämpft pastellfarbenem Teppich saßen Hargreave und Butterworth nebeneinander auf der abgenutzten Leder-Couch und warteten auf den Arzt. »Was hätte ich ihm denn sagen sollen?« zischte Hargreave wütend. »Ihr Vater ruft mich mitten in der Nacht an und will wissen, warum Sie im Krankenhaus sind. Was hätte ich ihm sagen sollen?« Er rutschte irritiert auf der Couch hin und her. »Ich habe den größten Respekt vor Ihrem Vater. Er war einer der besten Polizeidirektoren, die dieses Land je hervorgebracht hat, ein Mann, der Ehrungen von seiten des Königlichen Hauses entgegennehmen durfte. Ich konnte ihm doch nicht einfach sagen, sein Sohn sei vom Dach eines Gebäudes gefallen, habe öffentliches Eigentum zerstört und sei schuld daran, daß sein Kollege mit einigen gebrochenen Rippen ins Krankenhaus eingeliefert werden mußte. Sie haben mich sehr enttäuscht, Butterworth, Sie haben mich wirklich sehr enttäuscht.« Hargreave stand von der Couch auf und ging auf dem verblichenen Teppich hin und her.

»Es tut mir leid«, sagte Butterworth, »aber der Doktor wollte wissen, wer mein nächster Verwandter ist.«

»Das hätten Sie ihm nicht zu sagen brauchen, mein Junge. Daß ich jetzt auch noch Ihren Vater im Nacken habe, hat mir gerade noch gefehlt. Nur mit knapper Not leite ich noch die Ermittlungen. Ich habe getan, was ich konnte, um noch ein bißchen Zeit herauszuschinden. Können Sie sich überhaupt vorstellen, was jetzt vielleicht irgendwo über unseren Köpfen passiert, während wir hier stehen?« Hargreaves Stimme klang rauh und angespannt.

»Ganze Scharen von Verrückten versuchen, sich gegenseitig umzubringen. Und noch bevor der Morgen dämmert, werden wir eine Art Massaker erleben. Es ist ein sehr wichtiger Augenblick im Kalender der Alchimisten, die Sonnenwende. Schon vor dem Frühstück werden sie alle übernatürliche Kräfte besitzen! Um ihr Unternehmen durchzuführen, müssen sie natürlich ein bißchen Völkermord veranstalten, aber das ist für sie schwarze Magie. Natürlich kann niemand genau sagen, wann diese Umwandlung stattfinden wird. Und inzwischen . . .« Er schob den Kopf vor und rückte ganz nahe an den erschrockenen Butterworth heran. »*Inzwischen* wurden acht unserer besten Männer, Bimsley natürlich nicht mitgerechnet, mit einer Reihe von bizarren Verletzungen in dieses Krankenhaus eingeliefert. In der Aufnahme sind in diesem Augenblick zwei junge Damen, die dem Arzt berichten, daß sie auf dem Heimweg von einer Weihnachtsfeier waren, als plötzlich ein Polizist vom Himmel auf sie herabfiel. Dieser Unfallbericht liest sich wie ein Drehbuch von Monty Python.«

Hargreave fuhr sich wütend mit der Hand über die Stirn. »Die Fernsehaufnahmen zeigen Bewegungen von mindestens zehn Gestalten, die nicht der Polizei angehören und die sich mit Handfeuerwaffen und Armbrüsten bekämpfen. Sie selbst hatten Kontakt mit diesen Leuten, aber sind Sie deshalb klüger? Sind Sie das, verdammt noch mal?« Hargreaves Gesicht wurde karmesinrot, hauptsächlich weil es ihm so viel Mühe machte, in dem gewölbten Foyer des Krankenhauses *sotto voce* zu sprechen.

Butterworth beugte sich vor, und schon diese vorsichtige Bewegung ließ ihn zusammenzucken. Die Bandagen an seinen Schultern bedeckten eine ganze Fläche blauschwarzer Quetschungen. »Einer von ihnen erwähnte einen Namen, Sir. Einen ungewöhnlichen Namen.«

»Und der wäre?« Hargreave sprang vor und näherte sein riesiges rotes Gesicht Butterworths erschrockenen Augen.

»Ich habe ihn vergessen.«

»Nun, ich denke, er wird Ihnen wieder einfallen, wenn Sie zum Schauplatz zurückgehen«, sagte Hargreave, packte Butterworth plötzlich an seinem verletzten Arm und riß ihn hoch, obwohl der junge Mann heftig protestierte.

»Der Doktor hat meine Röntgenaufnahmen. Sollten wir nicht erst feststellen, wie es mir geht?«

»Das weiß ich besser als die Röntgenstrahlen.« Hargreave stieß ihm hart den Zeigefinger in die Rippen. »Da ist alles in Ordnung.«

»Ich fühle mich nicht gut.«

»Natürlich fühlen Sie sich nicht gut. Sie haben das Gesicht verloren. Sie schämen sich, weil Sie ein dümmlicher kleiner Arsch sind, der noch nicht einmal eine Übernachtung im Puff organisieren könnte. Das ist verständlich. Sie haben Ihren Vorgesetzten im Stich gelassen. Aber das können Sie wieder wettmachen, und deshalb gebe ich Ihnen noch eine Chance.«

Butterworths Herz sank bis zur untersten seiner angeknacksten Rippen.

»Ich habe jeden Mann, den wir entbehren können, auf die Dächer geschickt. Es ist keiner mehr übrig, den ich Ihnen mitgeben könnte. Aber es ist ohnehin besser, daß Sie allein gehen. Dann ist das Risiko nicht so groß, daß Sie jemanden umbringen.«

»Aber Sir, ich kann nicht allein auf das Dach gehen. Wenn sie mich sehen, bin ich erledigt!«

»Dann werde ich Ihrem Vater sagen, daß Sie in Erfüllung Ihrer Pflicht wie ein Mann gestorben sind«, sagte Hargreave boshaft. »Vielleicht werden Sie posthum sogar dekoriert.«

Das Polizeifahrzeug fuhr mit quietschenden Reifen durch die leeren Straßen, als Hargreave es um eine Ecke nach der anderen riß. Er ist verrückt geworden, dachte Butterworth, und bei dem Gedanken, auf die Dächer von Piccadilly zurückkehren zu müssen, brach ihm der kalte Schweiß aus. Die langen Stunden, die unaufgeklärten Verbrechen, die schlaflosen Nächte, das alles zeigte inzwischen Wirkung. Im Rückspiegel sah er die Schaufensterfronten nach hinten verschwinden.

»Wenn wir heute nacht nicht zuschlagen, werden wir den Tod von Gott weiß wie vielen weiteren Menschen auf dem Gewissen haben. Außerdem werde ich es *nicht* wieder zulassen, daß man sich über die Polizei lustig macht.« Hargreave fuhr jetzt mit zwei Rädern auf dem Bürgersteig und hätte fast ein Blinklicht umgefahren. »Vergessen Sie nicht, Ihr Funkgerät zu benutzen, wenn Sie Schwierigkeiten haben. Ich werde in der Nähe sein. Versuchen Sie nicht, auf eigene Faust jemanden anzugreifen. Haben Sie verstanden?« In gefährlicher Schräglage bog der Wagen am unteren Ende der Tottenham Court Road in eine Einbahnstraße ein und schleuderte quer über die Fahrbahn. Plötzlich trat Hargreave so hart auf die Bremse, daß Butterworth auf den Vordersitz geworfen wurde. »Die Regierung Ihrer Majestät beschäftigt uns, damit wir dienen und beschützen«, sagte Hargreave durch seine zusammengebissenen Zähne, »und genau das werden Sie heute endlich einmal tun.«

Während der Detective Constable sich aufrichtete und seinen Körper nach fehlenden Organen abtastete, schob Hargreave die Tür zurück und zeigte zum Dach des Centrepoint Tower hinauf. Er hatte den Wagen neben einem der häßlichen steinernen Brunnen vor dem halb verlassenen Bürogebäude zum Stehen gebracht, aus deren Wasserspeiern es nur schwach tropfte. »Da oben wurden sie gesehen. In dieser Gegend habe ich keine weiteren Leute zur Verfügung. Jetzt kommt es allein auf Sie an.«

Butterworth schielte nach oben, aber es schneite zu stark, als daß er das Dach des Gebäudes hätte erkennen können.

»Der Nachtwächter erwartet Sie schon. Versuchen Sie, am Leben zu bleiben. Dann brauche ich Ihrem Vater wenigstens nichts zu erklären.« Mit diesen Worten knallte Hargreave die Tür zu und fuhr davon, und wieder schleuderte der Wagen auf dem schneebedeckten Asphalt der leeren Straße.

Mein Gott, dachte Butterworth und schloß die Jacke enger, als er die Stufen zum Haupteingang des Bürogebäudes hinaufging, ihm ist es gleichgültig, ob ich in Stücke gerissen werde, wenn er nur heute nacht die Ermittlungen abschließen kann. Er ist nur daran interessiert, seinen lädierten Ruf aufzupolieren. Komisch, daß er nicht freiwillig mit mir auf die Dächer geht. Er schaute auf die Uhr. Zehn nach drei an einem Sonntagmorgen mitten im Winter. Wenn diese Verrückten auf den Dächern wirklich übernatürliche Fähigkeiten entwickeln konnten . . . das wäre schon etwas. Vielleicht würden sie ihm beibringen, wie auch er solche Fähigkeiten erwerben konnte. Und er wußte schon, auf wen er sie zuerst anwenden würde.

Butterworth nickte durch das Glas dem Nachtwächter zu, und der Mann ließ ihn in das im Halbdunkel liegende Foyer ein. Er mußte an prasselnde Kaminfeuer denken, an Cognac, der in der Kehle brennt, und an mit Eiderdaunen gefüllte Bettdecken. Als er im Fahrstuhl bis ganz nach oben gefahren war, dachte er an temperamentvolle Frauen aus den Tropen, mit braunen Gliedern und trägem Lächeln. Und als er im Schneesturm auf das Dach des höchsten Gebäudes im West End hinaustrat, dachte er an die Möglichkeit, sich tausendundeins Stockwerke tiefer in einem Brunnen zu Tode zu stürzen.

46 Traumzustand

Sie war nicht mehr allein, das wußte sie genau.

Jede Morgendämmerung hatte die Gewißheit des Todes mit sich gebracht und jeder Tag einen Aufschub der Hinrichtung. Ihre geschundenen Glieder zuckten nicht mehr vor Schmerzen. Sie war halb verhungert, und sie hatte Durst, aber ihr Geist hatte sich aus den beengenden Fesseln der Realität befreit und schwebte in einem endlosen Wachtraum. Dennoch registrierte sie die Bewegung um sich herum. Hier gab es jetzt andere, viele andere, Gefangene. Einige weinten, andere saßen nur passiv in ihren Fesseln da, den Kopf auf die Brust gesenkt. Stumm schienen sie sich mit ihrem bevorstehenden Ende abgefunden zu haben.

An jedem Abend kam er. Seine Schritte dröhnten auf dem Stahlgerüst über ihrem Kopf, und sein weiter Mantel knarrte wie die Segel eines Klippers. Schweigend starrte er ihr dann ins Gesicht und suchte in ihren dunklen Augen einen Funken Leben. Fast zärtlich berührte er ihre frostkalte

Wange, bevor er sich einer anderen elenden Gestalt zuwandte, die eingekeilt hinter den summenden Neonbuchstaben lag.

Bei Dunkelheit leuchtete das harte gelbe Licht die Nischen der riesigen Stahlkonstruktion aus, in denen die ihres Schlafes beraubten Vögel ihre Nester hatten. Bei ihrem Flügelschlag stoben Rußwolken auf, und sie pickten an Sarahs verdreckter Kleidung, um lose Fäden herauszuziehen und zu ihren Schlupfwinkeln in den genieteten Giebeln des Turms hinaufzutragen. In den dunkelsten Stunden der Nacht hatten sie dann das farbige Mädchen gebracht, deren tränenüberströmtes Gesicht sie zu einer Zeit gesehen hatte, die einer anderen Epoche anzugehören schien. Sie mußte hart kämpfen, um ihren früher so wachen Verstand zu reaktivieren und sich an das Gesicht zu erinnern und seine Bedeutung in der unerbittlichen Fügung des Schicksals zu begreifen, das sie an diesen vom Wind gepeitschten Ort des Todes gebracht hatte.

»Sarah!«

Für einen kurzen Augenblick wurde das Bild wieder scharf, und sie erinnerte sich daran, das lächelnde Gesicht dieses westindischen Mädchens im Haus ihrer Mutter gesehen zu haben.

»Aufwachen, Sarah!«

Und dann kam plötzlich die ganze Erinnerung zurück, an ihr Flehen, an die Entführung, an die Wut eines Mannes voll Erbitterung über den Verrat und an den Opfertod hoch oben auf dem Fernsehturm. Wieder rief die Stimme sie. Warum ließ man sie nicht schlafen? Das westindische Mädchen war keine drei Meter von ihr entfernt an das Neonschild gefesselt, und es sprach immer drängender.

»Sarah, hör mir zu. Bald wird der Morgen dämmern. Sie werden uns töten. Kannst du mich hören? Wir dürfen auf keinen Fall hier oben bleiben!«

Dummes Mädchen. Wußte sie denn nicht, daß es unmöglich ist, einem Mann wie Chymes zu entkommen? Wenn er überhaupt ein Mann war. Allmählich legte sich der Schnee zwischen sie und die flehende Stimme, und sie sank in die Geborgenheit ihrer Träume zurück.

47 Flug zum Turm

»Wie viele siehst du?«

»Von dieser Seite aus sechs, vielleicht sieben. Ich bin nicht ganz sicher. Bei diesem Wetter kann man es schwer erkennen.« Zalian ließ das Infrarotfernglas sinken und reichte es Lee. »Sie liegen zwischen den Buchstaben. Man kann nur ihre Arme und Beine erkennen. Verdammt gute Tarnung.«

»Wenn sie seit ihrer Gefangennahme dort sind, leiden sie wahrscheinlich alle an Unterkühlung«, sagte Lee und stellte das Glas neu ein. »Es wird schwierig sein, sie von dort herunterzuschaffen und in Sicherheit zu bringen.« In der Ferne flackerten die gelben Buchstaben des TELECOM-Zeichens verschwommen in dem alles verwischenden Schneetreiben.

»Wir haben Medikamente«, betonte Spice. »Ich wüßte gern, wie Chymes die Hinrichtungen durchführen will.« Sie streckte die Hand nach dem Fernglas aus.

»Man sollte meinen, daß es auf dem Turm von Wachleuten nur so wimmelt«, sagte Lee und reichte ihr das Glas. »Vielleicht sind sie auf der anderen Seite.«

»In der Mitte der Konstruktion hat man nirgends festen Halt. Ein perfektes Versteck.«

»Vielleicht sind Chymes' Männer woanders postiert«, sagte Spice. »Es muß ein Ort sein, von dem aus der Turm gut zu beobachten ist. Was gibt es denn hier in der näheren Umgebung?« Spice breitete ihre Dachkarte auf dem Glasboden aus, während die anderen sich um sie herum dicht zusammendrängten. Bei den sinkenden Temperaturen war das nur vernünftig. »Hier in der Nähe liegt der Fitzroy Square, aber die Häuser dort sind zu niedrig. Besser wären die glasverkleideten Bürogebäude in der Cleveland Street oder der Charlotte Street. Hier gibt es viele Werbe-Agenturen. Die Gebäude stammen aus den sechziger Jahren, und die meisten haben flache Dächer.«

Spice richtete sich auf und schüttelte sich den Schnee aus den Haaren. »Dort müssen sie sein«, sagte sie, »aber ich verstehe es immer noch nicht ganz. Selbst vom höchsten Gebäude der Gegend aus wäre eine Bahn zu steil, als daß sie auf ihr den Turm erreichen könnten, zumal sie nicht über unsere Technologie verfügen. Nein, auf einer Bahn können sie den Turm nicht erreichen.«

»Vielleicht haben sie zwischen den Dächern der Büroblocks in der Charlotte Street und dem Turm Kabel gespannt, die keine Steigung haben«, gab Robert zu bedenken. »Dann wären sie wenigstens halb oben.« Er zeigte mit einem Zeigefinger auf die Karte, in dem kaum Gefühl mehr war.

»Die Wand besteht aus gewölbtem Glas, Robert. Wohin sollte die Bahn also führen? Man kann nur ganz oben ein Kabel befestigen. Eine andere Möglichkeit gibt es nicht. Steht hier irgendwo ein Kran?«

»Ja. Da steht einer. Man kann von hier aus die Spitze erkennen.« Nicht weit vom Telecom Tower entfernt überragte ein riesiger Kran die Bürogebäude, dessen Arm sich der Schwerkraft trotzend zur dunkel leuchtenden Wolkendecke emporreckte.

»Schaut durch das Glas«, sagte Zalian, der gerade vom Rand der Kuppel zurückkam. »Von der Spitze des Auslegers führt ein Kabel zum Turm. Auf diese Weise haben sie Zugang. Wenn der Zeitpunkt der Hinrichtung heranrückt, brauchen sie nur die Kabelverbindung zu unterbrechen, und der Turm ist unzugänglich.« Er nahm das Fernglas von Spice entgegen und warf es Lee zu. »Wir könnten versuchen, den Kran zu erstürmen, aber genau das erwartet Chymes von uns. Nein, wir werden etwas völlig Unerwartetes tun müssen.«

»Könnten wir nicht versuchen, in den Kontrollraum des Krans einzudringen?« fragte Spice.

»Das können wir vergessen«, sagte Zalian, »denn damit würden wir ihm nur entgegenkommen. Konzentriert euch auf den Turm. Von innen kommen wir nicht hinauf, dafür wird er schon gesorgt haben. Schaut euch den Turm von außen an. Das Dach eingeschlossen, hat er neun Ebenen, also neun mögliche Beobachtungspunkte. Die meisten dieser Plattformen sind Wartungsdecks für die Geräte zum Empfang der Satellitenprogramme. Chymes wird auf jeder Ebene Leute postiert haben. Aber wahrscheinlich halten sie sich in der Dunkelheit im Inneren des Turms auf, damit sie nicht gesehen werden. Chymes greift lieber aus dem Hinterhalt als frontal an. Es gibt keine Möglichkeit, auch nur einen von euch auf dem Turm zu landen, ohne daß er bemerkt wird.«

»Was schlägst du also vor, Doktor Zalian?« fragte Spice trotzig. »Wir werden uns totfrieren, wenn wir hier noch länger warten. Außerdem wird es bald hell.«

»Es gibt eine Möglichkeit«, sagte Zalian ruhig. »Aber wenn der Wind anhält, kann es sehr gefährlich werden.« Natürlich fingen jetzt alle wieder an durcheinanderzureden. Zalian hob die Hand. »Lee, haben wir genug Schlepper? Wie stark sind sie?«

»Schlepper?« fragte Robert erstaunt.

Simon beugte sich vor und erklärte. »Das sind kleine Motoren, die man an seiner Gurtleine befestigt und mit denen man Steigungen überwinden kann. Sie funktionieren allerdings nur über kurze Entfernungen.«

»Drüben auf dem Capital Building haben wir genug davon«, sagte Lee.

»Aber die Motoren sind nicht sehr stark. Jay hatte sich schon überlegt, wie man sie verbessern kann. So, wie sie jetzt sind, schaffen sie vielleicht eine Steigung von fünfzehn Grad, mehr bestimmt nicht.«

»Und wenn ich euch die auf einer langen Bahn besorge?«

»Auf welcher Bahn?« Lees schwarze Augen leuchteten interessiert auf.

»Eine neue. Ich muß sie erst noch einrichten.«

»Verdammt noch mal, wir haben doch keine Zeit mehr, eine Bahn zu bauen!« schrie Spice.

»Doch, wir haben.« Zalian drehte sich zu ihr um. »Nur ein Abschnitt. Vom Centrepoint-Wolkenkratzer direkt zum Turm.«

»Du bist verrückt!« Spice schüttelte ärgerlich den Kopf. »Außerdem ist das Capital Building viel näher.«

»Es ist zu nahe. Und zu bequem. Daran wird Chymes auch schon gedacht haben. Wir würden direkt in eine Falle laufen, da kannst du ganz sicher sein.«

»Vom Centrepoint bis zum Turm . . . das ist verdammt weit, Zalian«, sagte Robert. »Wie willst du das machen? Fliegen?«

»Seht ihr?« sagte Zalian und zeigte auf Robert. »Endlich mal jemand, der seinen Verstand gebraucht.«

»Der Mikrolith?« sagte Simon heftig. »Du machst wohl Witze! Den haben wir auseinandergenommen und monatelang nicht überholt.«

»Wir müssen es trotzdem riskieren.« Zalian war schon auf dem Weg zum hinteren Ende des Bahnhofsdachs, und Lee begleitete ihn. »Wie lang ist unser längstes Kabel?«

»Höchstens dreihundert Meter. Für die Entfernung müßten wir mehrere Kabel zusammenspleißen.« Lee mußte laufen, um mit Zalian Schritt halten zu können. Die anderen folgten in einiger Entfernung.

»Können wir die Kabel glatt miteinander verbinden?«

»Das ist nicht das Problem. Wir brauchen irgendwo auf der Strecke irgendeine Verankerung. Sonst riskieren wir, daß der Wind mit dem Ding macht, was er will. Das gilt natürlich auch für die Leute, die das Kabel benutzen. Außerdem wird sich das Kabel durch die Belastung dehnen. Bei einem so langen Kabel ist die Dehnfestigkeit anders.«

»Das ist okay. Wir können die Spannung vom Centrepoint aus ändern.«

»Moment, Nathaniel.« Lee packte Zalian am Arm, als dieser gerade das Dach verlassen wollte. »Ich weiß nicht, ob der Mikrolith so viel Kabel überhaupt tragen kann. Bei diesem Wetter wird es auch ohne zusätzliche Last Probleme geben.«

Zalian lächelte verkniffen. »Es ist unsere einzige Möglichkeit, Lee. Oder hast du eine bessere Idee?«

»Heh, nicht so schnell!« rief Robert. »Was sollen wir denn inzwischen tun?«

»Die Hälfte von euch kommt mit. Ihr müßt uns helfen, die einzelnen Teile zu tragen. Wir können das Gerät erst dort zusammensetzen, wo wir das Kabel befestigen. Die anderen gehen mit Spice und holen die Kabel. Wir treffen uns anschließend oben auf dem Centrepoint.«

In seinem verzweifelten Bemühen, warm zu bleiben, ging Butterworth immer wieder um das Dach des Centrepoint herum. Als sein rechtes Bein ganz eingeschlafen war, wußte er, daß er die Schlacht verloren hatte. Außer ein paar feuchten Fußabdrücken im Schnee hatte er keine Spur von Hargreaves Verdächtigen gefunden, und da es immer noch schneite, waren auch diese schon fast verwischt. Außerdem mußten sie schon ziemlich alt sein. Er suchte das ganze Gebäude nach Kabeln ab, wie er sie auf der Piccadilly-Kunstgalerie gefunden hatte, aber er hatte kein Glück. Das Centrepoint Building war viel zu hoch und stand viel zu isoliert, als daß man von ihm aus nach irgendwohin ein Kabel hätte spannen können.

Nachdem Butterworth weitere fünfzehn Minuten lang um das Dach herumgegangen war, fielen ihm keine Leute oder Dinge mehr ein, die er haßte, und er fing an, Leute zu hassen, gegen die er bisher nur eine leichte Abneigung empfunden hatte. Als er sich gerade ein passendes Schicksal für die neue Freu seines Vaters ausdachte, öffnete sich die Tür zum Dach, und ein halbes Dutzend Leute kam heraus, die erstaunt stehenblieben, als sie ihn sahen.

Bevor er einen klaren Gedanken fassen konnte, packte ihn jemand von hinten, stieß ihm ein Knie in den Rücken und zwang ihn zu Boden. Butterworth bemerkte, daß es sich bei dem Angreifer um eine junge Frau von höchstens ein Meter siebzig Körpergröße handelte, und er wünschte sich inbrünstig, daß Hargreave das nie erfahren möge.

»Keine Bewegung, und dir passiert nichts«, sagte Spice und kniete sich auf Butterworths Arme. »Sag uns, wo Chymes ist.«

»Ich — weiß — nicht — wer — was — oh!« konnte der junge Detective Constable nur stammeln, bevor er hochgerissen und wie ein Staubtuch geschüttelt wurde.

»Ist — Chymes — auf — dem — Turm?« sagte jemand sehr laut und deutlich, als ob er einen Idioten anredete. Fasziniert von diesem ungewöhnlichen Verhalten, konnte Butterworth nur dümmlich glotzen.

»Es hat keinen Zweck«, sagte der Mann, der ihn angesprochen hatte, zu einem der anderen. »Wahrscheinlich steht er unter Drogen, wie die meisten von Chymes' Leuten.«

»Unfug. So einen Mann würde Chymes nie anwerben«, sagte Simon und rasselte vor dem entsetzten Polizisten mit seiner Ausrüstung. »Sieh ihn dir an, der hat doch Angst vor seinem eigenen Schatten.«

»Wer — bist — du?« fragte Spice. Auch sie sprach ganz langsam und deutlich.

»P — P — Polizei«, stotterte Butterworth.

»In einem organgefarbenen Anorak?« sagte Simon höhnisch und zupfte an Butterworths Nylonjacke. »Maßschneiderei steht bei der Polizei wohl nicht so hoch im Kurs.«

»Was treibst du hier oben?« fragte Spice und schaute ihn aus ihren hübschen Augen an. »Bist du allein?«

»Wenn ich mich nicht innerhalb von fünf Minuten melde, wird das ganze Gebäude umstellt«, sagte Butterworth und schaute sich voll Hoffnung um. Als alle lachten, ahnte er, daß sein Bluff nicht geglückt war.

»Was machen wir mit ihm?« fragte Spice und fuhr ihm mit der Hand über die Jacke.

»Ich wurde aufs Dach geschickt, um festzustellen, was hier vor sich geht«, sagte Butterworth, obwohl ihn niemand aufgefordert hatte, seine Anwesenheit zu erklären. Da er nun einmal wieder auf den Füßen stand, beschloß er, sein Funkgerät hervorzuholen, aber zu seiner Überraschung war es nicht mehr in seiner Jacke.

»Ich habe eine Idee.« Spice schwenkte das Funkgerät vor seinen Augen hin und her. »Komm mit«, flüsterte sie ihm ins Ohr. Sie zog den Polizisten zur Seite und winkte eines der anderen Mädchen heran. Minuten später saß Butterworth in einem warmen Lüftungsschacht am hinteren Ende des Gebäudes und hörte einer attraktiven, aber äußerst kräftigen jungen Dame zu, die versprochen hatte, ihm ganz langsam und in allen Einzelheiten zu erzählen, was hier vor sich ging, und sich dabei so auszudrücken, daß sogar er es verstehen würde. Es dauerte ein paar Minuten, bis er merkte, daß sie ihn mit Handschellen an eins der Rohre gefesselt hatte.

»Das schafft uns diesen Trottel von einem Polizisten erst einmal vom Hals«, murmelte Spice. »Laßt uns jetzt die Kabel fertigmachen.« Sie zogen sich in den Schutz des Treppenschachts zurück, wo die längsten Kabel lagen, die sie hatten finden können. Spice nahm einen kleinen Feststoffbrenner aus ihrem Rucksack und machte sich an die Arbeit, während die anderen sich erst noch die Hände wärmten.

»Ich rufe Doktor Zalian.« Das Knacken des Geräts wurde durch die Tasche gedämpft, in der es steckte. »Hier spricht Chymes. Ich habe eine Botschaft für den guten Doktor und die wenigen ihm noch verbliebenen Jünger.«

»Scheiße!« Rasch riß Spice den Reißverschluß der Tasche auf und drehte das Gerät lauter. »Seid bitte alle ruhig.«

»Doktor, hoffentlich hörst du mich laut und deutlich.« Die Gruppe versammelte sich um Spice, und alle hörten gespannt zu. »Ihr solltet wissen, daß ich dir und deinen Leuten eure letzten Aktionen nicht übelnehme, und um das zu beweisen, bin ich bereit, euch in unsere Reihen aufzunehmen. Es ist für euch noch nicht zu spät. Ihr könnte euch uns immer noch für die bevorstehende Wiedergeburt anschließen. Außerdem habt ihr keine Wahl. Wenn wir nur wollen, finden wir euch. Wir haben schon eure neue Freundin, das kleine schwarze Mädchen, erwischt. Erinnere dich an den Phönix, der aus der Asche steigt, Doktor Zalian. Du mußt deine Entscheidung noch vor dem Morgengrauen treffen. Entweder werdet ihr Teil des Neuen Zeitalters, oder ihr werdet von ihm vernichtet werden.«

»Okay, will jemand die Fronten wechseln?« fragte Spice. »Das hätte ich auch nicht gedacht.« Sie griff nach unten und schaltete das Funkgerät aus.

»Das Ding wird nie fliegen«, sagte Robert.

Er betrachtete das von Schnee bedeckte Gewirr von Nylon und Stahl, das auf dem Dach vor ihm lag. Aus seinem Versteck hervorgezogen, sah es nicht sehr beeindruckend aus, eher wie ein riesiger zerbrochener Regenschirm.

»Halt's Maul, Robert«, sagte Lee. »Wir haben eine Menge zu tragen, auch wenn wir sechs Leute sind. Du trägst ein paar von den Flügelstreben.« Er reichte ihm ein paar mit Schlitzen versehene Aluminiumrohre. Dann kniete er sich neben den Motor, der nicht größer war als der eines Golfkarrens. »Wir sollten die Sachen innerhalb einer halben Stunde zum Centrepoint schaffen können, und es dürfte kaum länger dauern, den Apparat zusammenzusetzen.«

»Haben wir Sprit?« Zalian klopfte gegen den Tank.

»Im Lagerraum bei der Station Cubitt sind noch ein paar Kanister. Da haben wir das Ding zum letzten Mal benutzt.«

»Wo ist das?« fragte Robert.

»King's Cross, aber es würde zu lange dauern, sie zu holen. Du mußt mit dem auskommen, was noch im Tank ist, Nathaniel.«

Lee und Robert reichten die Einzelteile des Geräts an die andern weiter, bis sie zu den riesigen Nylonsegeln kamen. »Was ist mit diesen?« Robert hob eine der hellen Nylonfolien an. »Die können wir nicht tragen, sie sind zu groß.«

»Sie lassen sich auseinandernehmen.« Lee nahm die einzelnen Sektionen auseinander und rollte sie zusammen, wie man einen Fallschirm packt. »Okay, nehmt so viel mit, wie ihr tragen könnt, und verschwindet.« Lee hielt einen der Männer an. »Das Centrepoint-Gebäude ist zu hoch, als daß man in diesem Wetter hinaufkommen könnte. Wenn du es erreichst, schießt du ein Kabel zu einem der unteren Stockwerke, und ihr benutzt die Treppe.« Er wandte sich an Robert. »Der Nachtwächter ist einer von uns.« Er zuckte die Achseln, als müßte er sich entschuldigen. »Er ist Spices Vater.«

Die Reise zum Centrepoint war beschwerlich. Mit der sperrigen Ausrüstung beladen, kam die Gruppe nur langsam voran. Das schlimmste war der Wind, der wieder stärker geworden war und den Schnee in Wellen über die Dächer trieb. Robert merkte, wie seine Kräfte in dem scharfen Wind allmählich erlahmten. Der schwarze Overall isolierte ihn zwar gut gegen die Kälte, aber ständig drang ihm der Schnee in den Kragen, und seine Ohren fühlten sich an, als könnten sie abbrechen. Als sie endlich den riesigen Büroblock aus Beton erreichten und durch ein Fenster im siebten Stockwerk stiegen, war es sofort angenehm warm.

»Gewöhnt euch nicht erst an die Wärme«, sagte Zalian. »Wir gehen sofort wieder nach draußen.« Die Leute stöhnten auf. Verbissen eilten sie zur Feuerleiter und begannen den Aufstieg.

»Kann ich dich einen Augenblick sprechen?« sagte Simon und winkte Robert zu sich heran, als er ihn über das Dach kommen sah. »Ich habe schlechte Nachrichten.« Sein langes, knochiges Gesicht sah betrübt aus. »Sie haben Rose.«

»Was sagst du da? Woher weißt du das?«

»Chymes hat eben über Funk durchgerufen. Einer von seinen Kerlen hat sie vor ihrem Haus abgefangen.«

»Verdammt. Ich hätte mit ihr gehen sollen. Ist sie unverletzt? Was hat er sonst noch gesagt?«

»Ach, nicht viel. Wir werden alle auf entsetzliche Weise sterben, die Dämmerung einer neuen Ära. Das übliche Gegeifer.«

»Warum hat er dann überhaupt durchgerufen?«

»Er weiß nicht, wo wir sind. Ich glaube, er hat gehofft, daß wir uns verraten würden, daß wir auf seinen Köder hereinfallen und zurückrufen würden. Dann hätte er uns orten können. Natürlich haben wir ihm den Gefallen nicht getan.«

»Gut. Das bedeutet, daß er sich seines Sieges noch nicht sicher sein kann, solange wir hier draußen frei herumlaufen. Und er weiß nicht, daß wir die Lage seiner Opferstätte kennen.«

»Wir müssen erst noch hinkommen«, sagte Zalian, »hört also auf zu reden und helft mir bei der Verstrebung.« Er und die andern hatten die Einzelteile des Mikrolithen auf dem Boden ausgebreitet und befestigten mit Schraubenschlüsseln die Streben für die Flügel. Robert schaute auf die Uhr. »Wir müssen uns beeilen«, sagte er. »Bis Sonnenaufgang sind es keine zwei Stunden mehr.«

Es dauerte eine Weile, bis sie den Apparat zusammengesetzt hatten, aber als sie die letzte Schraube festgedreht hatten und ein Stück zurücktraten, sah das verdammte Ding so aus, als könnte es wirklich fliegen. Die Flügel wölbten sich über dem Antriebsaggregat wie bei einem motorisierten Drachensegler. Unten hatte es drei winzige Räder, die an einem Dreieck aus Aluminiumrohren angebracht waren. Lee hatte den Sitz entfernt, um Gewicht zu sparen, so daß Zalian auf einem Geflecht aus gespannten Drähten sitzen mußte, aber darin hatte er schon einige Übung.

Die Gruppe war inzwischen wieder vollständig, und als Lee das Fluggerät an den Dachrand rollte, gingen die anderen mit. Das Ende des Kabels wurde an einer Ecke des Gebäudes an einem Stahlmast befestigt. Lees Hauptsorge war, ob es Zalian gelingen würde, das Kabel während des Fluges hinten glatt abrollen zu lassen. Eine kleine Verhakung würde schon genügen, den Mikrolithen aus dem Himmel zu reißen und unten auf den Straßen zerschellen zu lassen.

»Du kannst nur auf dem Dach landen«, warnte Lee. »Wenn sie dort Leute postiert haben, ist das Unternehmen gescheitert. Dann mußt du das Kabel abwerfen und zurückkommen.«

»Das glaube ich nicht.« Zalian zeigte auf den Tank. »Bei dem Treibstoffvorrat werde ich so oder so landen müssen.«

Spice tauchte mit einer riesigen Plastiktüte von Safeway neben Zalian auf. Sie zuckte die Achseln. »Ich konnte keine andere Verpackung für das Kabel finden«, sagte sie. »Wenn du den Turm erreichst, mußt du das Kabel unten an dem Funkmast auf dem Dach befestigen. Sobald du damit fertig bist, straffen wir es von hier aus.«

»Wenn du das Kabel von seiner Verankerung aus abrollen läßt, mußt du eine gleichmäßige Geschwindigkeit beibehalten«, sagte Lee. »Hat jemand noch andere Vorschläge?«

»Wir halten es zwar für unwahrscheinlich«, sagte Simon, »aber für den Fall, daß sie den Motor hören, wenn du landest, werden wir ein paar Leute zum Kran schicken, die dort für ein wenig Ablenkung sorgen. Sie werden so tun, als wollten sie den Kran erobern.«

»Ich glaube nicht, daß sie den Mikrolithen hören werden«, sagte Zalian und schloß sein Jackett. »Das Dach liegt sehr viel höher als das Deck, auf dem sich die Gefangenen befinden. Das größte Problem wird sein, zu ihnen zu finden.«

»Auf dem Dach muß eine Tür sein, damit die Wartungsmannschaften Zugang zum Funkmast haben«, sagte Lee, wickelte sich die Startschnur des Mikrolithen um die Hand und zog. »Du wirst sie schon finden.« Nach einem halben Dutzend Versuchen war der Motor immer noch nicht angesprungen. Erst beim siebenten Mal sprang er spuckend an. »Es ist schon in Ordnung«, beruhigte Lee Zalian. »Wenn er erst läuft, wird er auch nicht gleich wieder den Geist aufgeben. Das hat er noch nie getan.«

»Danke, Lee«, sagte Zalian und schaute ihn aus seinen gelbsüchtigen Augen an.

»Du bist mir eine große Hilfe.«

Alle traten vom Rand des Dachs zurück, als der Apparat zitterte und sich auf dem schneeverkrusteten Asphalt drehte. Spice half Zalian in das winzige Fluggerät und stellte den Beutel mit dem verlängerten Kabel auf seinen Schoß, so daß er unter der Steuerung festsaß.

»Wenn wir jemals ein wenig Glück brauchten«, sagte Zalian mit einem grimmigen Lächeln, »dann jetzt.«

Als das zerbrechliche Gerät schwankend zum Dachrand rollte, hätte Robert den Start am liebsten nicht beobachtet. Zalian ergriff den Steuerknüppel zwischen seinen Knien und beugte sich vor. Sein Körper stand in keinem Verhältnis zu dem kleinen Flugapparat. Er wirkte in ihm wie der Fahrer einer Miniatureisenbahn. Der Mikrolith war noch zwei, dann einen Meter vom Rand entfernt, und dann sackte er gefährlich ab, aber schon nach wenigen Sekunden stieg er in den Himmel auf.

Zalian steuerte das Gerät diagonal zum Verlauf der Tottenham Court Road und stieg in nördlicher Richtung auf, aber offensichtlich hatte er Schwierigkeiten, die Maschine in dem starken Wind auf Kurs zu halten. Während das Gerät in der Ferne immer kleiner wurde, bildete das Kabel über der Straße einen riesigen durchhängenden Bogen. »Er muß das Kabel straffen, bevor es irgendwo hängenbleibt!« schrie Spice. »Es hängt schon fast in den Bäumen!« Sie schaute hinüber, und in diesem Augenblick stieg die Maschine in einem plötzlichen Aufwind nach oben, und das Kabel war außer Gefahr. Es dauerte nur noch ein paar Sekunden, und dann war Zalian mit seinem Spielzeugflugzeug in den immer dichter werdenden silbrigen Schneenebeln verschwunden, die um die Dächer der Gebäude herumwirbelten.

48 Aurora

Jetzt war es noch dunkel, aber in wenigen Minuten würde ohne Zweifel in einer Ecke des Himmels der erste Schimmer der Morgenröte zu sehen sein. Zalian seufzte, als er den Telecom Tower unter sich sah. Er schwebte über ihm ein. Er legte die Maschine ein paarmal steil auf die Seite, um an Höhe zu verlieren, so daß das Kabel hinter ihm in heftige Bewegung geriet und seinen Zug am Fluggerät verstärkte. Dann fing der Motor des Mikrolithen plötzlich an zu spucken und auszusetzen. Ein paar hundert Meter vor dem Ziel drohte das Gewicht des ausgerollten Kabels ihn in die Tiefe zu ziehen.

Verzweifelt schob er den Gashebel ganz nach vorn, um der Maschine noch einen letzten Schub zu geben. Ruckweise beschleunigte sie wieder, und dann tauchten direkt vor Zalian die kastenförmigen Streben des Funkmastes auf, die ganz von Schnee eingehüllt waren. Zalian zog hart am Steuerknüppel, um nicht mit ihnen zu kollidieren, aber in diesem Augenblick fuhr eine Bö unter die Tragflächen und bog sie nach oben.

Dabei brach auch das Gestänge, und die Maschine kippte ab und fiel wie ein verletztes Insekt vom Himmel. Der Wind milderte den Aufprall, und als das Gerät den Mast seitlich streifte, rollte der Beutel mit dem restlichen Kabel auf das Dach. Zalian spürte vage, daß sein Arm stark blutete, als er sich zwischen den Maststreben aufrichtete und dann vorsichtig auf den Boden fallen ließ. Er konnte gerade noch das Ende des Kabels packen, das sich über die Dachbrüstung davonschlängelte. Er zog es so straff, wie sein verletzter rechter Arm es zuließ, und befestigte es unten am Mast. Dann sicherte er es zusätzlich mit einer kleinen Metallzwinge. Ein wenig schwankend kam er wieder auf die Füße und schaute sich um.

Hier oben auf der runden Plattform aus Stahlbeton, die einen Durchmesser von etwa zehn Metern hatte, empfand er den Wind als ein bösartiges Wesen, das ihn unter den Armen packen und vom Turm schleudern wollte. Nur etwa vierhundert Meter entfernt sah er den riesigen Ausleger des Baukrans. Zwischen den Stahlträgern konnte er einige schattenhafte Gestalten ausmachen, und er fragte sich, ob sie gesehen hatten, wie seine Flugmaschine vom Himmel fiel.

Zalian trat an den Rand des Dachs und schaute hinunter. Jetzt sah er deutlich die an die riesigen Neonbuchstaben des Reklamezeichens gefesselten Gestalten, konnte sogar einige ihrer Gesichter erkennen. Aber er sah keine Wachen. Keiner der Männer des Neuen Zeitalters schien sich um die Gefangenen zu kümmern. Und doch mußten Chymes und seine Leute hier sein. Wo zum Teufel waren sie? Wieder schaute er sich auf dem Dach um. Am Fuße des Masts sah er eine Eisentür, die nach unten führte. Zalian zwang sich dazu, seine vor Kälte tauben Gliedmaßen zu benutzen. Er packte den vereisten Riegel der Luke und zog. Nichts passierte. Die Tür war von innen zugeschraubt. Zalian fluchte, als hinter ihm ein schwacher rosiger Schimmer die Wolkenränder tönte und die toten Farben der Nacht allmählich vom Anbruch der Morgendämmerung fortgespült wurden.

»Wenn ich das Kabel noch straffer anziehe, riskiere ich, daß es an einer der zusammengespleißten Stellen reißt«, sagte Lee und ließ die Ratsche auf das Dach fallen. »Am besten teste ich das Ding als erster. Es könnte sein, daß die Gurtleine an den Nahtstellen hängenbleibt. Laßt mir gut fünf Minuten Zeit, bevor ihr nachkommt.« Er hakte sich an das jetzt gestraffte Kabel und kletterte über die Brüstung. Dann schwebte er hoch über den Springbrunnen vor dem Gebäude davon. Über den Geschäften Ecke Oxford Street sackte er gefährlich durch, und einen Augenblick lang sah es so aus, als würde er in das Gebäude rasen, aber dann schoß er in einem eleganten Bogen nach oben und wurde immer schneller.

Als er hoch über der Goodge Street und der Charlotte Street schwebte, hoffte er inständig, daß das Schneetreiben seine Landung auf dem Dach des Turms verhüllen würde. Der winzige Motor des Schleppers jaulte unter der Überbeanspruchung, als Lee den letzten Teil der Strecke hinaufglitt. Der Drehkranz des Krans fuhr links an ihm vorbei, und deutlich sah er Chymes' Männer auf den Trägern stehen. Schlagartig wurde ihm bewußt, daß sie ihn gesehen haben mußten. Dann wurde er wieder hochgetragen. An der letzten Spleißstelle verringerte sich seine Geschwindigkeit und schließlich erreichte er das Dach, wo Zalian ihn mit ausgebreiteten Armen erwartet, um den Aufprall abzufangen. Dennoch landete er ziemlich hart und stieß mit Schulter und Ellenbogen unsaft gegen die Kastenstreben des Funkmastes.

Ein paar Minuten später traf auch Spice ein. Sie hatte nicht länger damit warten können, herauszufinden, ob das Kabel sicher war.

Für Robert war es die fürchterlichste Fahrt, die er je unternommen hatte. Diese Bahn war höher als der höchste Punkt der ›Rennbahn‹. Der Schnee, der ihm ins Gesicht peitschte, nahm ihm völlig die Sicht. Plötzlich hörte er den Schlepper protestierend aufkreischen, und als er auf die nächste Spleißstelle traf, setzte er ganz aus. Robert hob die Arme über den Kopf und schlug mit seiner vor Kälte starren Hand gegen den Motor. Das Gehäuse war glühendheiß. Eine plötzliche Bö packte ihn von der Seite, so daß er am Kabel hin und herschwang. Durch diese Gewichtsverlagerung wurde der Schlepper über die Spleißstelle hinweggezogen und sprang wieder an.

Als Spice und Lee ihn vor dem Funkmast abfingen, wäre er am liebsten zu Boden gesunken und hätte Gott für seine Rettung gedankt, aber ihm fiel noch rechtzeitig ein, warum er überhaupt hergekommen war.

»Wir müssen über die Seite nach unten steigen«, sagte Lee. »Ich sehe keine andere Möglichkeit, die Gefangenen zu erreichen.«

»Wenn wir das tun, werden sie vom Kran aus auf uns schießen.«

»Simon, die Tür nach unten ist verriegelt. Haben wir eine andere Wahl?«

Simon schaute in Lees dunkle Augen. »Ich denke nicht«, gab er zu.

Als die anderen eintrafen, befestigten Zalian und Lee Greifklauen an der Dachkante, um den Abstieg vorzubereiten. »Sobald ihr unten angekommen seid, geht ihr zu den Gefangenen und schneidet so viele wie möglich los«, schrie Zalian. »In ein paar Minuten bricht der Tag an. Entweder werden Chymes und seine Männer herkommen und die Hinrichtungen durchführen, oder sie haben eine Methode gefunden, sie durch Fernsteuerung zu veranlassen.«

Als der Sonntagmorgen dämmerte, hätte sich einem Passanten, der zufällig hochschaute, oben auf dem Turm ein ungewöhnlicher Anblick geboten, als Zalian und seine Leute sich an der steilen Wand zu den hell leuchtenden Buchstaben abseilten und ihre Feinde vom Kran am Fitzroy Square aus das Feuer eröffneten. Lee hatte als erster das Kabel ergriffen, um seinem Anführer helfen zu können, falls dessen unverletzter Arm ihn im Stich ließ.

»Es ist sicherer, die Kabel hängenzulassen«, rief Spice, die versuchte, auf der schneeglatten Plattform dicht über den Köpfen der Gefangenen Halt zu finden. »Vielleicht brauchen wir sie noch.«

Die Gruppe hatte sich auf der kreisförmigen Eisenrampe verteilt, einer über jedem Gefangenen, als ein Hagel scharfgeschliffener Münzen an die Wand unter ihren Füßen prasselte.

»Sie können uns mit ihren Waffen nicht erreichen!« schrie Zalian. »Wir sind deutlich jenseits ihrer Schußweite.«

»Ich fürchte, daß sie einige der Schleudern verbessert haben.«

»Hier!« schrie Simon, der über dem Buchstaben ›M‹ kniete und nach unten zeigte. »Hier ist Sarah.« Das Mädchen war bewußtlos und in einige Lagen durchsichtige Folie eingewickelt, wahrscheinlich, damit sie nicht erfror. Hochstehendes gefärbtes Haar ragte aus der Plastikumhüllung hervor, so daß sie aussah wie ein schlecht verpacktes Supermarkt-Hähnchen. Sie war offenbar mit Stahldraht an den Buchstaben gefesselt worden. Von den anderen Gefangenen merkten anscheinend nur wenige, was um sie herum geschah. Obwohl sie alle ähnlich eingewickelt waren, sahen einige von ihnen aus, als litten sie an starker Unterkühlung.

Ein Stück um den Turm herum entdeckte Robert Rose, ein wenig verwirrt und arg mitgenommen, aber bei Bewußtsein. Sie trat gegen den Buchstaben und bewegte sich so weit von ihm weg, wie es das Kabel gestattete, mit dem sie an der Wand gefesselt war. »Robert, sind Sie das?« Sie schaute sich um und versuchte, etwas zu erkennen. »Ich dachte, ihr würdet nicht mehr rechtzeitig kommen«, rief sie. »Es ist schon fast hell.«

»Wie will er es machen?« fragte Robert. Er kniete sich hin, beugte sich vor und prüfte das Kabel, mit dem sie gefesselt war. »Wie will er die Hinrichtung durchführen?«

»Ich hatte gehofft, daß *Sie* mir das sagen können. Es muß etwas mit dem Kabel zu tun haben, das die Neonbuchstaben untereinander verbindet. Er war vorhin hier und hat die Drähte geprüft. Ich sah ihn aus dem Augenwinkel.«

»Ich glaube, du hast recht«, sagte Robert. Er drehte sich zu Zalian um. »Seid vorsichtig, wenn ihr sie losschneidet. Es sieht aus, als hätte Chymes sie mit Draht an die Buchstaben angeschlossen.«

Lee kletterte von der Plattform zu ihnen herunter. Er betrachtete das Kabel und nickte bedächtig. »Ja, das hat er getan. Hier muß irgendwo ein Zeitschalter sein, der die Stromzufuhr zu den Buchstaben unterbricht, sobald es hell wird. Aber in diesem Fall wird er in die Drähte geleitet, mit denen die Leute umwickelt sind.«

»Worauf warten wir dann noch?« fragte Spice und stieg zum ersten Buchstaben hinüber. »Laßt uns sie losschneiden und von hier verschwinden.«

»Achtet darauf, daß ihr das Kabel an der richtigen Seite abschneidet«, sagte Lee.

Robert konnte das beunruhigende Gefühl nicht loswerden, daß sie irgendwie in eine Falle gelaufen waren. Außer dem Heulen des Windes und den leisen Rufen einiger der Gefangenen war hier oben kein Laut zu hören. Als Zalian und die anderen vor Anstrengung keuchend auf die Drähte einhackten, schaute er sich um. Eine Sekunde lang glaubte er oben eine Gestalt und einen goldenen Schimmer zu erkennen, aber dann war die Erscheinung wieder verschwunden. Wirkungslos prasselte ein weiterer Hagel von Münzen gegen die Wand unter ihnen. Die Leute, die Chymes auf dem Kran postiert hatte, schienen keine Anstalten zu treffen, zum Turm zu kommen. Er durchschnitt die Schnur, die über Roses Brust zusammengeknotet war, und fing sie auf, als sie sich plötzlich von der Wand löste. Dann half er ihr vorsichtig auf die Plattform.

Rose stieg aus einem durchsichtigen Plastik-Kokon und rieb sich die Hände und die Beine, die ihr fast abgestorben waren. »Ich glaube, ich habe in dieser Verpackung zehn Pfund abgenommen«, sagte sie.

»Wahrscheinlich wollte er dich am Leben erhalten, damit du für das Feuerwerk bei Tagesanbruch noch ofenfrisch bist.«

»Sie hätten ihn hören sollen, als er hier war. Er stolzierte herum und deklamierte fürchterlichen Unsinn. Er glaubt, daß er sich in einen Gott verwandeln wird, indem er die Energie aus unseren Körpern in sich aufnimmt. Der Kerl hat mit Sicherheit einen gewaltigen Dachschaden.« Rose streckte die Hände nach ihm aus. »Schnell, nehmen Sie mich in die Arme.«

Robert wollte gerade auf sie zugehen und sie an sich drücken, als er merkte, daß sich hinter ihm etwas bewegte. Er fuhr herum und sah Chymes direkt über sich stehen. In einen Mantel aus gehämmertem Gold gehüllt, lehnte er sich auf das Geländer der Plattform. Er hielt eine Armbrust in der Hand. Deshalb also war niemand vom Kran herübergekommen. Chymes und seine Männer waren schon die ganze Zeit hiergewesen.

»Wenn du mir gesagt hättest, daß du mich besuchen willst, Nathaniel, hätte ich eine besondere Begrüßungszeremonie arrangiert.« An seiner heiseren Stimme war zu erkennen, daß er Mühe hatte, seine Wut zu verbergen. Zalian stand langsam von einem der Buchstaben auf und hob das Messer, mit dem er Sarah losgeschnitten hatte.

»Meine Männer sind im Dachrestaurant direkt unter uns. Ich bin sicher, daß sie die Bekanntschaft mit dir gern erneuern möchten.« Er griff nach unten und klopfte mit dem Ende der Armbrust gegen das Glas. Ein kahlgeschorener Kopf erschien unter dem beschlagenen Fenster im Dach, dann noch einer. Chymes trat einen Schritt vor. »Das ist also alles, was von euch noch übrig ist. Ein trauriger kleiner Haufen. Eins möchte ich wissen, Nathaniel. Wie kommt es, daß ihr wenigen Überlebenden so unbestechlich geblieben seid? Geradezu heilig. So *rechtschaffen.* Was ist es, das euch zu etwas so Besonderem macht?«

Robert kam es so vor, als seien Zalian und Chymes plötzlich allein auf der windgepeitschten Plattform. Spice, Lee, Simon und die anderen standen reglos im Hintergrund. Chymes war als Armbrustschütze berühmt und gefürchtet.

Nachlässig ließ er seine Kapuze auf die Schultern fallen und zeigte sein Gesicht. Über einer Adlernase und dünnen Lippen starrte er aus toten grauen Augen nach unten. Die Farbe, mit der Kriegssymbole auf seine Wangen gemalt waren, hatte er aus dem Blut seiner toten Opfer gewonnen. Robert zuckte zusammen und bekam Herzklopfen. Sein Gesicht war das Gesicht, das ihm so lange im Traum erschienen war, das Gesicht Westcotts und Mathers' und Crowleys und Aytons und all der Gründer der Goldenen Dämmerung, die Gesichter der Rosenkreuzer und der Kabbala, der Astrologen und der Freimaurer, der Tatwa und des Tarock. Und plötzlich begriff er: Hier, in einem einzigen Mann beschlossen, lag die Universalgeschichte der Magie, die sich durch die Zeiten zieht wie ein ewig fließender Strom und die als Offenbarung und als Warnung in den Träumen jener erscheint, die den gleichen Geist in sich tragen.

». . . Und jetzt sind wir hier, Nathaniel, auf einem Turm, der von der Erde zum Himmel aufragt, mit dem Feuer am Horizont und dem Wasser, das aus den Himmeln fällt. Die vier Elemente in perfektem Gleichgewicht, um eine goldene Reinheit zu schaffen. Aber Blut ist nötig, um ein solches Ritual in das Reich wahrer satanischer Kraft zu erheben.« Chymes beugte sich über das Geländer, und plötzlich lächelte er. »Warum schließt du dich mir nicht an? Der Gedanke, daß wir gemeinsam über die Dachwelt herrschen, ist ja nicht *völlig* phantastisch. Wir ähneln uns mehr, als du denkst. Wie ich sehe, hast du sogar die gleichen Stigmata entwickelt.«

Er trat näher an Zalian heran, dessen verletzter Arm aus einer schwarzen Wunde blutete. Chymes streckte die Hand aus und zog langsam den Handschuh aus, so daß die stählerne Hand zu sehen war, die Fleisch und Blut ersetzt hatte.

»Ich habe mich verändert, Nathaniel«, zischte er häßlich. »Zuerst wollte ich alles haben, was du hattest. Ich wollte deine Frau, dein Leben, deine Macht. Und jetzt, da du nichts hast, hat sich die Situation ins Gegenteil verkehrt. Wir sind zwei Seiten derselben Münze, erkennst du das nicht?

Du teilst meinen Abscheu gegen die Welt dort unten. Dich widert ihre Habgier und Grausamkeit genauso an wie mich. Das natürliche Gleichgewicht, das unten auf dem Boden so lange herrschte, ist inzwischen zerstört worden. Schau sie dir doch an!« Seine stählerne Hand fuhr hoch, und anklagend zeigte er auf die Straßen tief unter ihnen. »Die Slums werden saniert und zu Wohnungen für Börsenmakler ausgebaut. Die Pharma-Produzenten laden ihre verbotenen Produkte auf die Dritte Welt ab. Die Ölgesellschaften, deren Nebenprodukte nur Unheil stiften, bieten ihre Aktien im Fernsehen an. Und der Teufel reibt sich die Hände!«

Der Wind wurde ein wenig schwächer, und eine unheimliche Stille legte sich über den Schnee, bis Chymes mit neuem Pathos weitersprach. »Wir können uns dieser alles vergiftenden Scheinheiligkeit nur durch die umgestaltende Kraft des Opfers entledigen. Warum nicht Teil einer neuen, reineren Rasse werden?« Er trat noch näher an das Geländer heran. »Dort unten liegt die ganze City und wartet nur darauf, daß wir sie übernehmen. Betrachte dies als letztes Angebot. Du brauchst nur mit dem Kopf zu nicken, und das Blutvergießen kann sofort ein Ende haben. Es kann nur eine einzige, vereinte Dachwelt geben, und ich habe die Kraft, sie neu entstehen zu lassen. Du mußt dich *jetzt* entscheiden, Doktor.«

Robert beobachtete die beiden Männer auf der Plattform, und er wußte, daß Zalian diesen Vorschlag nicht annehmen konnte. Lieber würde er sterben. Endlich sprach auch der Doktor. »Welcher Sinn liegt darin, durch Angst zu herrschen, Chymes? Siehst du denn nicht, daß das Gleichgewicht nicht wiederhergestellt werden kann, solange ein Individuum Macht über das andere ausübt? Du ersetzt nur ein Übel durch ein anderes. Nein, wir können uns dir nicht anschließen.«

»Dann werden du und deine Leute sterben.«

Chymes richtete die Armbrust auf Zalian und hielt sie so, daß die Spitze des Pfeils genau zwischen seine Augen zielte. Bevor auch nur einer von ihnen reagieren konnte, reflektierte die Wand des Turms plötzlich rote Blitze. Simons Team hatte den Ablenkungsangriff auf den Kran eröffnet. Seine Leute schossen mit Leuchtkugeln auf den Kontrollstand. Dumpfe Explosionen erschütterten die Luft.

Zalian sprang plötzlich auf Chymes zu und trat nach der Armbrust. Der vergiftete Pfeil schnellte von der Sehne und schoß klirrend, aber wirkungslos über die Brüstung. Während die beiden Männer übereinander herfielen, sprangen Chymes' Skinheads von unten auf das Dach und griffen Zalians Leute an, die sofort die Messer schwangen, mit denen sie eben noch die Gefangenen befreit hatten. Robert riß Rose zur Seite, als Reese sich mit erhobenem Messer auf sie stürzte. Sie trat ihn, als er an ihr vorbeisprang, aber er drehte sich um und versetzte Robert einen Schlag auf den Kopf, so daß dieser auf den dröhnenden Eisenplatten des Dachs zusammenbrach.

Simon erhielt von einem der Skinheads einen Messerstich in die Schulter. Brüllend wandte er sich dem Angreifer zu und schleuderte ihn in das Kabelgewirr neben den Neonbuchstaben zu seinen Füßen. Lee konnte einen Angreifer abschütteln, der doppelt so groß war wie er und ihn von hinten angesprungen hatte. Er schlitzte dem Mann die Kehle auf, bevor er über die Brüstung hundert Meter tief auf die makellos weiß schimmernde Straße stürzte.

Im Handgemenge stolperten die anderen über die in Plastikfolie gewickelten Gestalten auf der Plattform. Das Schneetreiben war wieder stärker geworden und machte es schwierig, Freund und Feind zu unterscheiden. Das Ende der Plattform war gar nicht mehr zu erkennen.

Nur drei Gefangene waren noch nicht befreit worden, aber Robert wußte, daß Sarah Endsleigh dazugehörte, die immer noch in einem Drahtgeflecht an den Buchstaben ›T‹ gefesselt war. Über ihnen durchdrang das erste wässrige Licht der Sonne das schneeverhangene Dach ihrer Welt. Robert durfte keine Zeit mehr verlieren. Er sprang zwischen die Kämpfenden und stieß seine Gegner wütend zur Seite. Als er das bewußtlose Mädchen erreichte, fingen die riesigen gelben Buchstaben einer nach dem anderen an zu verlöschen. Er warf sich flach auf den Boden und setzte sein Messer an das Kabel, mit dem Sarah gefesselt war.

Es dämmerte jetzt, und der blaßgraue Morgen wurde von den Leuchtkugeln erhellt, die karmesinrote Schatten auf die vorüberziehenden Schneewolken warfen. Das ›O‹ des Worts ›TELECOM‹ flackerte und ging aus, gefolgt von ›C‹, dann von ›E‹. Robert hatte das Kabel um Sarahs Hüfte halb durchschnitten, als ihm ein stechender Schmerz durch den Hinterkopf fuhr und er so auf den riesigen Buchstaben aus Stahl und Plastik stürzte, daß seine Beine über die Brüstung hingen.

Reese massierte sich die Faust und schaute zu den beiden leblosen Gestalten hinunter. Er grinste, lud seine Armbrust mit einem Pfeil und zielte sorgfältig auf Roberts Rücken. Ganz langsam zog er den Abzug durch.

Butterworths Polizeistiefel Größe zehn traf Reese mit großer Wucht in den Rücken. Er stürzte nach vorn, und sein Schuß ging ins Leere, während er sich überschlug und an Robert vorbei über die Brüstung in den tobenden Himmel stürzte. Der junge Detective Constable ging in die Knie, griff nach Sarah und zog ihr das elektrische Kabel über den Kopf. Als er sie unter den Armen anhob und in Sicherheit brachte, hörte er knisternde Geräusche von den Buchstaben unter ihm. Mit einem scharfen Knacken glühten die Drähte auf und schlugen in einem Funkenregen gegen die Wand.

»Du hättest dich mir anschließen sollen, Nathaniel.« Chymes stand über seinem einstigen Lehrer und zwang ihn in die Knie. Mit seiner

Metallhand griff er nach unten und riß den schwarzen Pullover auf, der Zalians Kehle bedeckte. Er fing an, ihn zu würgen, und wie Stahlkolben fraßen sich seine Finger in das warme Fleisch. »Statt dessen werde ich dir das Herz ausreißen, und wir werden es behalten. Es soll uns an das Opfer erinnern, das du gebracht hast, damit wir an die Macht gelangen.«

Nathaniel würgte und stöhnte und schlug wild mit den Beinen, als sich die Finger wie ein Schraubstock um seinen Kehlkopf legten. Die in den goldenen Mantel gehüllte Gestalt verschwamm vor seinen Augen. Dann fühlte er sich von dem stählernen Griff an seiner Kehle hoch emporgehoben.

Um die Plattform herum erstarb das schwefliggoldene Licht der Buchstaben, und ein Relais-Schalter lenkte den Strom in die Körper der letzten beiden Gefangenen, die auf der Stelle tot waren. Die kurze Unterbrechung durch die überbelasteten Kabel lenkte seine Aufmerksamkeit von Zalian ab. Er richtete die grauen Pupillen seiner Augen zum Himmel auf und stieß einen tiefen Freudenschrei aus, als seine Opfer zuckend starben. Plötzlich war die Luft um sie herum statisch aufgeladen. Chymes' Körper fing an zu zittern, und sein glitzernder Mantel erglänzte in einem bizarren und unnatürlichen Licht. Seine Finger lösten sich von seinem keuchenden Opfer. Robert hob seinen schmerzenden Kopf und sah den Schnee wie DNA-Spiralen auf die schimmernde und phosphoreszierende Gestalt herabfallen und sie in ein glühendes Gewebe hüllen. Die Kräfte der Natur schienen sich um ihn herum zu sammeln, wie Eisenspäne sich in einem elektrischen Feld bewegen. Für Robert ergab diese Vision keinen Sinn, und er ließ seinen Kopf wieder zurücksinken.

»Die endgültige Umwandlung hat begonnen, Zalian«, rief Chymes. »Ich spüre ihre Kraft in mir!« Tief und verzerrt stöhnte Chymes' Stimme aus dem Zentrum dieses brüllenden Wirbels:

Im Namen der Brüderschaft des Neuen Lebens,
Des Schreins vom Goldenen Adler
Und der Kabbala — Denudata,
In Wahrheit entbunden vom Weisen von Abra-Melin
Bin ich wiedergeboren!

Er warf die Arme hoch, und seine Hände durchdrangen die Wände des Lichtwirbels. Mit einer letzten schmerzhaften Anstrengung schlug Zalian in das Sturmzentrum. Er griff nach dem goldenen Mantel, und seine Faust traf Chymes am Kopf. Der Schlag ließ den Imperator zu Boden gehen. Er schlug auf der Plattform auf, als Zalian sich wieder aufrichtete.

Chymes hob das Bein und trat zu. Er traf Zalian in den Magen, so daß dieser zurücktaumelte, aber der Schlag war nicht hart genug. Wenn

Chymes aus seinen Opfern Energie gewonnen hatte, mußte sich das jetzt in physischer Kraft manifestieren. Als der Herr des Neuen Zeitalters sich wieder zum Kampf stellte, empfing Zalian ihn mit einem beidhändigen Schlag, der ihn bis an den Rand der Plattform schleuderte.

Zuerst sah es so aus, als würde Chymes sein Gleichgewicht wiederfinden, aber dann fiel er langsam nach hinten zwischen die Buchstaben. »Dafür wirst du hundert Tode sterben!« brüllte er und hielt sich an einem der Buchstaben fest. Als er abrutschte, packte er instinktiv das elektrische Kabel, durch das jetzt der abgeleitete Strom lief. Als er mit seiner Stahlhand den nackten Draht berührte, blitzte eine blaue Flamme auf. Die Finger schmolzen zusammen und wurden an das Metall geschweißt. Chymes' Körper krümmte und wand sich und schlug gegen die Wand. Er biß die Zähne in einem stummen Schrei zusammen, als er seine stählerne Hand nicht von dem Draht lösen konnte.

Zalian fuhr sich mit den Fingern an die Kehle und sank stöhnend auf die Knie. Es war, als spüre er selbst den sengenden Schmerz. Er streckte eine Hand aus, als wolle er Chymes helfen, aber Spice stieß ihn zur Seite. »Du kannst für ihn nichts mehr tun, Nathaniel. Komm.« Sie zog den entsetzten Doktor auf die Plattform zurück. In diesem Augenblick verschwand die Statik aus der Luft, und der Sturm tobte mit natürlicher Kraft weiter.

Ihres Anführers beraubt, gerieten die Skinheads sofort in Verwirrung. Einige traten nach vorn an die Rampe und starrten mit offenem Mund zu Chymes' geschwärztem Körper hinunter. Nathaniels Leute benutzten die Gelegenheit zu ihrer heftigsten Attacke auf die desorientierten Feinde.

Auf der anderen Seite des Turms rieb sich Robert den schmerzenden Hinterkopf und versuchte, von dem ›T‹ aufzustehen, auf das er gefallen war. Immer wenn er sich bewegte, fing die Welt an, sich um ihn zu drehen. Auf der Plattform hörte er Schreie und lautes Gebrüll, als verschwommene Gestalten aufeinander eindrangen. War Chymes wirklich in den Flammen eines himmlischen Feuers verschwunden? Was in aller Welt ging hier vor? Er lachte in sich hinein. Welt? . . . Auf der Welt schien sich das alles nicht abzuspielen. Es gelang Robert, sich in sitzende Position zu bringen. Der Schnee legte sich auf seine Nylonkleidung und schmolz, während er sich angestrengt zu erinnern versuchte, wo er überhaupt war. Schon wenige Augenblicke später war die Erinnerung wieder da, und jetzt unterlief ihm etwas sehr Dummes. Er lehnte sich zurück und fiel vom Rand des ›T‹ wie ein Taucher, der sich von der Bordkante eines Bootes fallen läßt.

Der Kampf war vorbei. Die restlichen Anhänger des Neuen Zeitalters waren ohne ihren Anführer hilflos, und die meisten schlichen sich davon wie waidwunde Tiere. Es hatte viele Verletzte gegeben, aber zum Glück nur wenige Tote. Zalian saß mit dem Kopf gegen das Geländer gestützt auf der Plattform und beobachtete, wie Sarah langsam aus ihrer Bewußtlosigkeit erwachte. Als sie die Augen aufschlug und die Umwelt wieder wahrnehmen konnte, schob er seinen Arm unter ihren.

»Alles, was ich mir je wünschte«, sagte er, »warst du — an meiner Seite in der Dachwelt.« Langsam hob sie ihm ihr Gesicht entgegen. Er lächelte und zog sie fest an sich. Er küßte sie auf die Stirn. Ein Blick in ihre Augen sagte ihm alles, was er wissen wollte. Sanft erwiderte Sarah seinen Kuß.

Sie spürte, daß etwas gegen ihre Rippen drückte. Erstaunt schaute sie nach unten. Direkt unter Zalians Herz ragte der Schaft eines stählernen Pfeils hervor. Er war tief eingedrungen und stand nach oben. Als sie ihm wieder in die Augen sah, war der Arzt schon tot.

»Kann jemand mir rasch helfen?« bat Rose, die sich über den Buchstaben ›T‹ beugte. Roberts Turnschuhe hatten sich an den Metallstreben unter dem Buchstaben festgehakt. Rose hielt ihn an beiden Ohren fest, den einzigen Teilen seiner Anatomie, die sie hatte ergreifen können, als er mit dem Kopf nach unten am Dach hing und immer wieder versuchte hochzukommen. In Abständen von drei Sekunden stieß Robert Schmerzensschreie aus. Als Lee und Spice ihr zu Hilfe geeilt waren, beugte sich Rose über die Brüstung und lächelte. »Es gibt einen Grund dafür, daß Gott uns mit diesen physischen Besonderheiten austattet«, sagte sie. »Gut, daß Ihre Mutter Ihnen die Ohren nicht an den Kopf geklebt hat, als Sie ein Kind waren.«

»Jetzt werden sie noch mehr abstehen«, heulte Robert kläglich. »Ich werde aussehen wie Dumbo.« Endlich schafften es die drei, ihn wieder auf die Plattform zu ziehen.

»Rose! Sieh dir das an!« Simon zeigte über das Geländer zu der Stelle hinüber, an der Chymes durch elektrischen Strom getötet worden war. »Er ist verschwunden!«

Die stählerne Hand des Imperators war noch fest mit dem Draht verbunden, aber die Leiche war nicht mehr da. Über ihren Köpfen, durch den wirbelnden Schnee kaum zu erkennen, kreiste ein großer goldener Adler, stieß herab und war in der aschfarbenen Morgendämmerung nicht mehr zu sehen.

Als Robert sich auf das Dach fallen ließ und seine mißhandelten und geschwollenen Ohren massierte, erschien Detective Constable Butterworth und schaute streng auf sie herab. Dann zog er ein Notizbuch aus der Tasche. »Sie sind alle verhaftet«, begann er. »Alles, was Sie jetzt sagen . . .« Weiter kam er nicht, denn er wurde von allen Seiten gepackt und zu Boden gezerrt.

MITTWOCH, 24. DEZEMBER

49 Butterworth berichtet

Draußen vor Hargreaves Büro glitzerte der drei Tage alte verharschte Schnee auf dem Fenstersims. Drinnen war es Hargreave, trotz Zentralheizung, mindestens so kalt wie den Stadtstreichern in den Gassen hinter dem Bahnhof . . . »Einen Augenblick. Was die Fakten dieses Falles betrifft, muß ich Ihr Gedächtnis ein wenig auffrischen. Als Ergebnis der Aktivitäten, denen sich diese Person in der Nacht zum Sonntag hingab, hatten wir am Sonntagmorgen sieben — zählen Sie mit, Butterworth —, *sieben* Leichen, die alle unter dem Turm der Postverwaltung gefunden wurden. Vier weitere Leichen lagen in der unmittelbaren Umgebung. Außerdem fanden wir das Wrack eines einsitzigen Fluggeräts und, warten Sie, etwa sechzig von *Pfeilen* zertrümmerte Bürofenster. Verdammt noch mal! Uns wurde von explodierenden Bomben berichtet, von Feuer am Himmel und Schreien in der Nacht. Auch einige UFOs wurden gesichtet. Ein junges Mädchen kann beschwören, daß sie am Sonntagmorgen auf dem Weg zur Arbeit von einem goldenen Adler angegriffen wurde. Hinzu kommt, daß jemand offensichtlich die große Leuchtreklame der British Telecom oben am Turm zerstört hat. Und dieser Unfug, dieser *Witz* ist wirklich das einzige, was Sie mir vorlegen können?«

Hargreave klatschte den dünnen Aktendeckel auf den Tisch und stieß dabei seinen Tee um. Butterworth mußte ein Lächeln unterdrücken, als er seinem Boß ein Kleenex-Tuch anbot.

»Dieser Bericht würde noch nicht einmal als High School-Aufsatz durchgehen, das wissen Sie doch genau.« Hargreave richtete sich auf und packte das triefende Tuch. Nachdenklich schaute er aus halbgeschlossenen Augen zu Butterworth hinüber. »Sie haben doch etwas vor, Junge. Ich bin ja nicht blöd. Ich lebe nicht erst seit gestern. Woher haben Sie das blaue Auge?«

»Das sagte ich Ihnen doch schon, Sir. Das kommt davon, daß ich auf Police Constable Bimsley gelandet bin.« Er berührte vorsichtig sein Gesicht und lächelte.

»Bimsley, Unfug!« knurrte Hargreave, drehte seine Schreibunterlage um und lehnte sich darauf. »Erzählen Sie es mir noch einmal. Vergessen Sie den Bericht, reden Sie einfach vernünftiges Englisch.« Er rieb sich mit der Hand über das Gesicht, ein sicheres Zeichen, daß er erschöpft war. »Ich weiß, daß es Ihnen schwerfällt, aber betrachten Sie mich mal als Ihren Freund und nicht als Ihren Vorgesetzten. Kommen Sie, Junge, seien Sie ehrlich.«

Butterworth räusperte sich und fing an zu sprechen. »Nun, Sir, wenn ich alles richtig verstanden habe, gab es einen Gentleman namens Mr. Chymes, der früher einmal Patient in einer psychiatrischen Klinik war und dessen Akte Ihnen, soweit ich weiß, vorliegt. Mein Informant berichtet mir, daß dieser Mr. Chymes einen Hang hatte, hohe Gebäude zu besteigen, daß er die Gewohnheit hatte, wahllos Passanten zu kidnappen und diese dann auf den Dächern seiner Londoner Lieblingsgebäude zu ermorden.« Zufrieden mit seinem Vortrag, trat Butterworth einen Schritt zurück.

»Ihr Informant?« fragte Hargreave müde. »Den haben Sie wahrscheinlich verlegt.«

»Er verschwand, kurz nachdem er mir diese Information gegeben hatte, Sir, genau wie es . . .«

». . . in dem Bericht steht, ich weiß.« Hargreave warf die durchweichte Schreibunterlage in den Papierkorb. »Und Sie glauben diesem ›Informanten‹. Also muß *ich* Ihre Ammenmärchen glauben. Es hat also keine Bandenkriege gegeben und keine Ritualmorde. Es war alles das Werk eines Geistesgestörten, und dieser Mann suchte sich eine Anzahl von Leuten aus, die zufällig alle auf unserer Vermißtenliste standen, und ermordete sie, wobei er von einem Opfer zum anderen ohne jede Hilfe kreuz und quer durch die ganze Stadt hetzte.« Er stieß einen langen Seufzer aus und lehnte sich auf seinem Stuhl zurück. »Wenn man die bei uns registrierten Todeszeiten bedenkt, muß er sich mit der doppelten Geschwindigkeit einer Concorde bewegt haben.«

Hargreave schloß die Akte, die vor ihm auf dem Schreibtisch lag. Er sah aus wie ein Mann, dessen Elan endgültig gebrochen war. Fast tat er Butterworth leid. Fast.

»Wissen Sie überhaupt, wie nahe daran ich war — wie nahe daran *wir* waren — den Fall des Jahrhunderts zu lösen? Wissen Sie, was das für diese Abteilung bedeutet hätte? Oder was es für mich persönlich bedeutet hätte, nach dieser verdammten Vampir-Geschichte vom letzten Jahr meinen guten Namen wiederherzustellen? Nun, Butterworth, falls Sie sich jemals dazu entschließen, die ganze Wahrheit zu sagen, dann sorgen Sie bitte dafür, daß ich es als erster erfahre, okay?«

»Da ist noch etwas, Sir«, sagte Butterworth. »Ich habe heute morgen meine Kündigung eingereicht. Für dieses Gewerbe bin ich leider nicht geschaffen.«

Wieder schloß Hargreave halb die Augen. »Ich kriege Sie noch«, sagte Hargreave. »Was immer Sie vorhaben, glauben Sie nicht, daß Sie ungeschoren davonkommen, denn in dieser Angelegenheit wird es eine offizielle Untersuchung geben.« Er stand von seinem Stuhl auf und wurde rot im Gesicht. »Wenn ich es nicht besser wüßte, würde ich sogar sagen, daß Sie mit diesem Verrückten gemeinsame Sache gemacht haben. Wir haben fast hundert Berichte über seltsame Vorfälle in der Nacht zum einundzwanzigsten Dezember. Und genauso viele Leute sind bereit, vor Gericht zu beschwören, daß sie von tanzenden Elfen bis zum verdammten Supermann alles mögliche am Himmel gesehen haben!«

Er dachte eine Weile nach und ließ sich dann wieder auf seinen Stuhl fallen. »Unglücklicherweise«, sagte er ruhig, »bin ich nicht in der Lage, den Aussagen dieser Leute nachzugehen, da ich bis zum Abschluß der Untersuchungen vom Dienst suspendiert bin.« Mürrisch starrte er auf den Tee, der von der Schreibtischkante auf den Fußboden tropfte. »Vielleicht interessiert es Sie, daß es Ihr Vater war, der veranlaßt hat, daß ich vom Dienst suspendiert worden bin«, sagte Hargreave und verzog das Gesicht. »Er scheint zu glauben, daß ich es auf Sie abgesehen hatte und Ihnen ungerechterweise die grobe Arbeit zugeteilt habe. *Irgend jemand«*, fügte er mißtrauisch hinzu, »scheint ihm da einen Tip gegeben zu haben.«

Butterworth vollführte in Gedanken einen Freudensprung.

»Gehen Sie«, stöhnte der Detective Inspector. »Machen Sie, daß Sie rauskommen, verdammt noch mal!«

»Wie war es?« fragte sie und legte ihren Arm um ihn.

»Nicht hier«, zischte Butterworth. »Warte, bis wir draußen sind.« Widerwillig nahm sie ihren Arm weg. Während sie zum Wagen gingen, lächelte sie ihn provozierend an. »So«, sagte sie. »Wie lange muß ich denn nun warten, bis du zu mir kommst?«

Butterworth dachte eine Weile über die Frage nach. »Nun, ich habe gekündigt, aber vielleicht verlangen sie von mir, daß ich bis zum letzten Tag bleibe. Außerdem wird Hargreave darauf insistieren, daß ich zur Verfügung stehen, während die Untersuchungen laufen. Dann muß ich natürlich meine Wohnung kündigen und jemanden finden, der die Zierfische übernimmt. Außerdem muß ich die Stereo-Anlage verkaufen, aber ich denke schon, daß ich das alles innerhalb eines Monats schaffe.«

Das Mädchen stellte sich auf die Zehenspitzen und küßte ihn. »Ich werde dich immer wieder belästigen, bis du endlich nach oben kommst. Du weißt, wo du mich finden kannst.« Sie hob den Zeigefinger der rechten Hand gegen den Himmel und ging mit aufreizenden Hüftbewegungen davon.

»Je eher du hier unten fertig bist«, rief sie, »desto eher können wir da anfangen, wo wir im Centrepoint Building aufgehört haben.« Sie warf ihm die Schlüssel für die Handschellen zu, die sie bei ihrem letzten Wiedersehen aufgeschlossen hatte, als er sie darum bat. Ihr Lachen war noch zu hören, als sie schon längst um die Ecke des Polizeigebäudes verschwunden war.

Butterworths Sommersprossengesicht strahlte vergnügt, als er in den Wagen stieg. Er war froh, daß er endlich wußte, was er mit seinem Leben anfangen sollte. Hargreave würde die Wahrheit über die Dachwelt nie erfahren. Hatte er nicht auch schon versagt, als er gegen den Vampir vom Leicester Square ermittelte?

Im Computer-Raum zündete Hargreave sich eine Zigarette an und ließ ein letztes Mal alle Seiten der *Icarus*-Akte über den Bildschirm laufen. Alle Tatsachen hatten ihm zur Verfügung gestanden. Die Ergebnisse seiner Ermittlungen hatten alle Fragen beantwortet. Bis auf eine. Er nahm sich die letzte Seite seiner Notizen vor.

NAME DES VERDÄCHTIGEN / W. W. CHYMES

ANGABEN ZUR PERSON
KÖRPERGRÖSSE 190 ZENTIMETER WEISSER HAARFARBE
SCHWARZ AUGENFARBE
GRAU LINKE HAND FEHLT URSACHE DER BEHINDERUNG
UNBEKANNT
ANGABEN LONDONER ADRESSBUCH
26 LILLIE GARDENS WEST HAMPSTEAD
ZUR ZEIT VERMISST
GESUCHT ALS TATVERDÄCHTIGER IM ZUSAMMENHANG MIT
BETRUG 6/2/83
BRANDSTIFTUNG 9/5/84
SCHWERER KÖRPERVERLETZUNG 26/3/86
MORD 11/9/87
VERWENDET UNTER ANDEREM FOLGENDE NAMEN
J. BOEHME, 35, PRITCHARD AVENUE,
EDINBURGH
R. BACHMAN, 14, NETTLEFIELD TERRACE,
ISLINGTON, LONDON
G. HERBERT, DELACOURT SQUARE, NORWICH
S. PARTRIDGE, 35, WESTERDALE ROAD,
GREENWICH, LONDON
(weitere folgen)

Hargreave nahm einen kräftigen Zug aus seiner Zigarette. Auf die Frage ›Wer‹, ›Wo‹, ›Wann‹ und ›Wie‹ fand er befriedigende Antworten. Aber das ›Warum‹ war ihm immer noch nicht klar. Er hatte die Spur seines verbrecherischen Alchimisten von einem Decknamen zum anderen verfolgt. Er hatte von jeder Person auf der Liste ein Profil erstellt und alle Ähnlichkeiten festgehalten. Alle Genannten waren Mitte Dreißig, hatten erfolgreiche Karrieren hinter sich und waren eingeschriebene Mitglieder derselben Geheimgesellschaften. Hargreave vermutete, daß sie außerdem alle Freimaurer waren. Es war allerdings unmöglich, auch nur einen von ihnen zu verhören, denn sie waren alle spätestens kurz nach der Jahrhundertwende gestorben. Mit Hilfe des Computers hatte er alles noch einmal überprüft, und tatsächlich war Chymes im Laufe der Jahre unter verschiedenen Pseudonymen immer wieder aufgetaucht.

Das Ganze ergab keinen Sinn. Nach seinen Berechnungen müßte Chymes inzwischen annähernd hundertzwanzig Jahre alt sein. Womit hatte er es also zu tun gehabt? Mit einem übernatürlichen Wesen, das über Generationen hinweg wie ein Rachegeist immer wieder auftauchte?

Hargreave fand Gefallen an guten konspirativen Theorien, und natürlich hatte er seine eigene. Er stellte sich die Existenz einer jahrhundertealten Gesellschaft vor, deren Anführer abwechselnd die Rolle des als Chymes bekannten Alchimisten aus alter Zeit übernommen hatten. Aber zu welchem Zweck? Vielleicht sollte er sich weiter um die Sache kümmern und mit der letzten Adresse anfangen . . . Aber dann überlegte er es sich schnell anders. Wenn die Presse von diesem Ding erfuhr, würde sie seinen schon angeschlagenen Ruf endlich ruinieren.

Nein, das Risiko konnte er nicht auf sich nehmen.

Widerwillig drückte er mit seinem nikotingelben Zeigefinger die Löschtaste, sah die Buchstaben vom Bildschirm verschwinden und versiegelte damit den Inhalt der Akte, wahrscheinlich für immer. Er fiel in tiefe Depression. Es gab nur eine Möglichkeit, sie abzuschütteln. Er beschloß, etwas zu Ende zu bringen, was er vor einiger Zeit begonnen hatte. Er schaltete das Gerät ab, stand von seinem Schreibtisch auf und suchte Janice.

Als er leise die Bürotür schloß, waren die unergründlichen Geheimnisse, die eben noch über den Schirm liefen, in ein ebenso geheimnisvolles Labyrinth von Mikroschaltungen gebannt.

Es war nicht Sergeant Longbrights Art, ihre Pflichten längere Zeit zu vernachlässigen. Ihre betont sachliche Art hatte eine sexuelle Komponente, um die Margaret Thatcher sie beneiden würde. Selbst jetzt, ein paar Stunden vor dem Weihnachtstag, war sie bei Finch im Leichenschauhaus, um ein paar falsch ausgefüllte Formulare zu bemängeln.

Das gefiel Hargreave. »Hallo«, rief er und winkte fröhlich über ein paar wachsfarbene geöffnete Leichen hinweg. »Ich dachte, ich könnte zur Feier des Tages einen Drink ausgeben.«

»Das ist sehr nett von Ihnen«, sagte Finch, wischte seine Knochensäge ab und legte sie weg. »Ich nehme ein Bitter.«

»Sie doch nicht, Sie alter Grabräuber. Ich meinte Janice.« Er schaute sich um. »Nicht gerade sehr weihnachtlich hier. Könnten Sie nicht eine Leiche in die Ecke stellen, ihre Nase rot anstreichen und ihr etwas Lametta umhängen?«

Die Polizistin schaute von ihrer Akte hoch und lächelte. Selbst ihre Zähne waren sexy.

»Bei den Leichenfächern liegen ein paar Mistelzweige«, sagte Finch, »aber von diesen Leuten dürfen wir kaum Festtagsstimmung erwarten. Den meisten wurden die Innereien entfernt. Wie dem auch sei«, fügte er mürrisch hinzu, »Sie haben es gut da oben bei Ihren Computern, während ich bis an die Ellenbogen im Magen einer Leiche stecke und für Sie die Dreckarbeit machen muß.«

»Du kannst wenigstens auch für ihn einen Drink ausgeben, Ian«, sagte Janice. »Schließlich war er eine große Hilfe für dich.«

Alle Hilfe der Welt wird nicht verhindern, daß ich bei den bevorstehenden Untersuchungen geopfert werde, dachte Hargreave und schaute zu dem schlaksigen Gerichtsmediziner hinüber, der, wie gewöhnlich, so roch, als hätte er sich mit einem Lifer billigen Aftershaves übergossen. »Okay«, sagte er widerwillig. »Sie können mitkommen. Aber nur, wenn Sie sich erst die Hände waschen.«

Während Finch aufräumte, lehnte Hargreave sich über ein Biopsie-Becken und küßte sie leicht auf die Wange. »Ich habe mir überlegt«, sagte er, »ob du vielleicht etwas so Altmodisches in Betracht ziehen würdest, wie dich mit mir zu verloben.«

»Vielleicht«, sagte die hübsche Polizistin. »Wenn du mir eins versprichst.«

»Du brauchst es mir nur zu sagen.«

»Bitte, mach mir hier unten nicht auch noch einen Heiratsantrag.«

»Abgemacht.« Er grinste und nahm sie ein wenig verlegen in die Arme, als erwartete er, die versammelten Leichen würden sich aufrichten und applaudieren. Weihnachten würde doch nicht so übel werden.

50 Zur Erde zurück

Die Gruppe hatte sich in einer kleinen, überdachten Station auf dem Dach des Greater London House versammelt, von dem man ein nebelverhangenes Teilstück der Themse überblicken konnte. Vorher war dieser Schlupfwinkel von Chymes' Männern geplündert und zerstört worden, aber wenigstens bot er Schutz vor dem Wind. Die übrigen noch verbliebenen Mitglieder der Dachwelt behandelten ihre Wunden in schnell eingerichteten besonderen Quartieren auf dem Dach des Capital Building an der Straße, die im Norden aus der City hinausführte.

»Jedenfalls hat Nathaniel jetzt seine Ruhe«, sagte Sarah. »Lee und ich haben ihn an einer ruhigen Stelle im Friedhof von Highgate begraben.« Sie trat an die Tür und sah, wie ein Polizeiboot auf dem trägen grauen Wasser flußaufwärts fuhr. »Es sieht so aus, als würde es wieder anfangen zu schneien. Und heute ist Weihnachtsabend.«

»Laßt uns zum Exchange zurückkehren«, sagte Spice und stand auf. »Dort ist es wärmer. Außerdem bin ich am Verhungern.«

Lee trat zu Sarah an die Tür. »Was immer wir auf dem Turm gesehen haben — oder gesehen zu haben glauben«, sagte er. »Es steht fest, daß Chymes' Leiche verschwand, als der Morgen dämmerte.«

»Vielleicht haben seine Leute sie mitgenommen«, sagte Simon.

»Nein — ich habe das Gefühl, daß es in diesem Kampf um sehr viel mehr ging, als wir wissen konnten. Wir können es uns nicht erlauben, in unserer Aufmerksamkeit nachzulassen — niemals.« Er lächelte. »Hüter der Londoner City. Es ist Dreckarbeit, aber irgend jemand muß sie tun, nicht wahr?« Er wühlte in einem der unbeschädigten Kartons und zog eine Flasche Wein hervor. Jemand fand ein paar Plastikbecher und verteilte sie.

»Rose sagt, daß du heute abend wieder nach unten gehst, Robert.«

»Das stimmt«, sagte Robert ein wenig verlegen. »Ich habe unten zu arbeiten. Sarah hat mir freundlicherweise die Rechte an dem Buch ihrer Mutter überlassen.« Er schaute zu Rose hinüber. »Ich habe gehört, daß dein Polizist sich der Dachwelt anschließen will.«

»Als ich ihn wiedersah, wußte ich sofort, daß ich ihn dazu überreden könnte«, sagte Rose.

»Was meinst du damit? Das einzige Mal, daß du ihn sahst, war doch, als er mir auf dem Turm das Leben rettete.«

»Nein, ich hatte ihn schon vorher kennengelernt. Er war der Beamte, der mich nach Charlotte Endsleighs Tod als erster vernahm.«

Vor Erstaunen vergaß Robert, den Mund wieder zu schließen.

»Rose hat ihn sofort wiedererkannt«, sagte Spice. »Glücklicherweise konnten wir ihn schnell überreden. Wir hatten ihn am Centrepoint nur ein paar Minuten alleingelassen, als er auch schon beschloß, uns zur Hilfe zu kommen.«

»Hat er vom Centrepoint aus ganz allein das Kabel benutzt?« fragte Robert ungläubig.

»Nein, er hat vom Parkplatz einen Motorroller gestohlen. Aber den Gedanken hatte er schon.«

»Er kommt im nächsten Monat nach oben«, sagte Lee, »und das bedeutet, daß Charlottes Verbindung zur Dachwelt wahrscheinlich für immer ein Geheimnis bleiben wird. Er bringt natürlich brauchbare Kenntnisse mit, was die Polizeiarbeit in der City betrifft, und das wird uns sehr von Nutzen sein. Die Dachwelt kann bleiben, wie sie war. Die Skandalblätter werden sehr schnell etwas anderes finden, mit dem sie ihre Leser schockieren können. Und wir halten uns versteckt.« Er schenkte sich noch ein wenig Wein ein und hob den Becher. »Wir trinken auf das neue Projekt.«

»Was für ein neues Projekt?« fragte Robert.

»Die erste Bahn über den Fluß hinweg«, sagte Spice. »Wir gehen nach Süd-London. Vielleicht fangen wir später in irgendeiner anderen Stadt an. Lee und ich würden es ganz gern in New York versuchen. Wir könnten zwischen den Türmen des World Trade Center wahrscheinlich eine stationäre Bahn anlegen.«

»Natürlich wird die Logistik längere Zeit in Anspruch nehmen. Wir müssen die Windverhältnisse und anderes berücksichtigen. Um das Gerät zu bezahlen, werden wir wohl eine größere Summe Bargeld von MacDonald's abrufen müssen . . .«

Als sie ihre Plastikbecher hoben, setzte wieder heftiger Schneefall ein und legte einen dichten Teppich auf die Straßen der City.

»Schon gleich als ich heraufkam, hatte ich das Gefühl, daß ich hier vielleicht bleiben würde«, sagte Rose. Sie hatte ihren gefütterten Overall bis zum Kinn geschlossen, und winzige braune Locken kräuselten sich über dem hochgeschlagenen Kragen. Sie hatte sich ganz dicht an Robert geschmiegt und die Hände in seine Taschen gesteckt. Sie hockten in einer Ecke des Notausgangs hinter der National Gallery, und ihr Atem bildete eine einzige Wolke. Weihnachtssänger bevölkerten den Platz unter ihnen und warteten in der eisigen Luft auf den nächsten Gottesdienst, der bei Einbruch der Dämmerung stattfinden sollte. »Zalian hat dich verführt, nicht wahr?« fragte Robert. »Ich meine natürlich nicht sexuell, ich meine, daß er dir das Leben hier oben schmackhaft gemacht hat. Ich wußte von Anfang an, daß mir das Leben auf den Dächern nicht behagen würde. Ich möchte nicht gern auf die Annehmlichkeiten verzichten, die mir das Leben unten bietet. Darauf wirst du auch noch kommen.«

»Das glaube ich nicht.«

»Hier oben gibt es viel zu reparieren.«

»Ich habe Lee, Sarah und die anderen. Sie werden mir beibringen, was ich noch nicht weiß.«

»Ich kann dich ja jederzeit besuchen.« Robert ging zum Notausgang und zog sich dabei den Overall fest zu. »Ich bin allerdings nicht ganz sicher, ob ich die Höhe wieder vertragen kann.«

»Du warst gar nicht so schlecht«, rief Rose, als er die Sprossenleiter hinunterstieg. »Du mußt versprechen, mit mir in Verbindung zu bleiben. Ich will wissen, wie es mit dem Drehbuch weitergeht. Wohin fährst du jetzt?«

»Nach Hause, aber zuerst zum Leicester Square. Ich habe immer noch diese hier.« Er faßte in die Tasche und zog ein paar zerrissene Geldscheine heraus. »Ich muß sie diesem Kerl im Spielsalon geben. Er hat seinen Teil des Vertrages eingehalten, und jetzt bin ich an der Reihe.« Keiner von ihnen kannte das Schicksal, das den jungen Informanten ereilt hatte.

Rose stützte sich mit den Ellenbogen auf das Geländer vor dem Notausgang und fing an zu lachen. »Du hast vielleicht Probleme«, rief sie. »Ich habe gerade das Maskottchen der Dachwelt geerbt. Einen dumm aussehenden Hund. Er ist ungefähr hundert Jahre alt und muß die meiste Zeit getragen werden, aber sein Besitzer wurde getötet.

»Ich werde nach einem Mädchen und einem Hund ausschauen, die über die Dächer der Regent Street toben. Wie heißt er denn?«

»Ganz einfach Hund.«

»Paß auf dich auf. Du bist zu wertvoll, als daß du durch einen Sturz vom Dach enden dürftest.« Robert blieb eine Weile auf der Leiter stehen und beobachtete ihr Gesicht. »Weißt du, wenn wir uns in einer anderen Situation kennengelernt hätten . . .«

»Raus hier«, sagte Rose. »Ich bin nicht dein Typ. Das war ich nie.«

Rasch kletterte er die Feuerleiter hinunter, daß die Sprossen klangen, und Rose beugte sich über das Geländer und schaute ihm nach, bis er zwischen dem schneebedeckten Metallgerüst verschwunden war.

Der Traum störte ihn nicht mehr in einem unruhigen Schlaf, als hätte seine letzte Begegnung mit Chymes ihn ausgetrieben, als sei er nur Teil einer Erinnerung an Dunkelheit und Schrecken, die aus ferner Vergangenheit in das Licht einer neuen Zeit aufgestiegen war. Robert schlief gut. Er hatte nichts mehr zu befürchten. Jetzt, während aus einem klaren blauen Himmel die ersten Strahlen der Morgensonne in sein Büro fielen, mußte er an das Mädchen denken, das in der Bibliothek arbeitete. Er hatte sie inzwischen mehrere Male gesehen, und tagsüber wurde er den Gedanken an sie kaum noch los.

Als er aus dem Fenster zu den Gebäuden auf der anderen Straßenseite hinüberschaute, sah er, daß einer der Wasserspeier ein rotes Herz aus Papier um den Hals trug. Er schaute auf seinen Tischkalender und mußte lachen. Es war der vierzehnte Februar. Es gab nur eine Person, die das Herz dort hingehängt haben konnte. An diesem Tag suchte er immer wieder die Dächer ab, aber ohne Erfolg. Er sah nur ihre schwarzen Konturen gegen die kalte Wintersonne. Keine Bewegung war zu erkennen.

Während der nächsten Zeit schaute er oft zu den Dächern hoch, und oft verbrachte er einen Frühlingsabend auf dem Dach seines eigenen Hauses und beobachtete den Verkehr, der wie vielfarbige Körperchen im Blutstrom der City kreiste.

Inzwischen arbeitete er am *Newgate-Vermächtnis*, und Anfang Mai brachte er Paul Ashcroft den ersten Entwurf des Drehbuchs. Der Agent begrüßte ihn herzlich und nahm das Manuskript mit kaum verhüllter Ungeduld entgegen. »Ich bin so froh, daß Sie Sarah gefunden haben«, rief er. »Es wäre ein großer Verlust gewesen, wenn das Buch verlorengegangen wäre.«

»Darf ich Sie etwas fragen?« sagte Robert und setzte sich dem alten Mann gegenüber, der ihm ein riesiges Glas voll Whisky über den Tisch schob. »Wußten Sie eigentlich, wo Sarah sich aufhielt?«

»Nun«, sagte der alte Mann und zwinkerte Robert auf irritierende Weise zu. »Nachdem Sie sich solche Mühe gegeben haben, sollten wir wohl ehrlich miteinander sein. Wissen Sie, ich wußte schon, wo sie war, aber ich bin leider zu alt, um mich herumzutreiben . . . mittlerweile.« Er lächelte Robert wissend an, als er seinen Whisky schluckte.

Das war genau das richtige Stichwort, dachte Robert, als er durch die dunklen Straßen nach Hause ging. Von Anfang an hatte er den Klub der Ehemaligen nicht genügend berücksichtigt. Er schüttelte nachdenklich den Kopf und versuchte sich vorzustellen, wie viele Geheimgesellschaften es in der City wohl geben mochte, die ein unsichtbares Geflecht von wechselseitigen Begünstigungen bildeten, aber auch eines von Groll und Rache, ein Geflecht, das den geachteten Geschäftsmann mit dem verachteten Verbrecher verband. Zwei Seiten derselben Münze, Licht und Dunkelheit. Er überquerte gerade beim alten Scala-Kino in King's Cross die Straße, als er eine Frauengestalt sah, die hoch über dem Verkehr auf einer Granitbrüstung sah und ihn beobachtete.

Er wußte sofort, daß sie es war.

Er empfand ein leises Bedauern. Einen Augenblick lang wünschte er, hoch über der Stadt bei ihr zu sein, aber er hätte zu viele neugeknüpfte Bande zerschneiden müssen. Er hatte jetzt Freunde, er hatte Verpflichtungen, die er einhalten mußte. Aber das hielt ihn nicht davon ab, sie um die Freiheit zu beneiden, mit der sie kommen und gehen konnte, wie es ihr paßte, und mit der sie die Regeln durchbrach, denen er sein Leben unterordnen mußte. Nur einen Augenblick lang blieb sie reglos dort sitzen und hob sich als Silhouette vor einem mit auffälligen roten Streifen gezeichneten Himmel ab.

Eines Tages werden wir uns auf gleicher Ebene treffen, dachte er, dann werden wir weitersehen. Als er wieder hinaufschaute, war sie zwischen den bizarr geformten Türmen aus Stein verschwunden, die wie verrückte Wächter hoch über den Straßen der City standen.

ENDE

Die Meister des Unheimlichen

– Eine Auswahl spannender Horror-Romane –

JASON DARK
Hexenküsse
Das große John-Sinclair-Buch mit 16 Farbtafeln, das Geschenk für alle Fans des Geisterjägers.
(Band 73 500, DM 19,80, Großformat)

Voodoo-Land
Das größte Abenteuer des Geisterjägers John Sinclair.
(Band 73 501, DM 19,80, Großformat)

50 mal Gänsehaut
In diesem Band hat Jason Dark eine Reihe der spannendsten und schönsten Gruselgeschichten aus zwei Jahrhunderten zusammengestellt. Mit den Klassikern der Literatur wie Johann Wolfgang von Goethe oder Friedrich Schiller und den modernen Meistern des Horrors, an ihrer Spitze H. P. Lovecraft, Tanith Lee, Marion Zimmer Bradley und natürlich Stephen King.
(Band 13 052, DM 10,–, Sonderband)

DAN GREENBURG
Satans Frau
Ein intelligenter Psycho-Horror-Thriller um eine junge amerikanische Familie, die teuflische Überaschungen mit ihrem neuen Kindermädchen erlebt. Das Grauen kriecht buchstäblich bis unter die Bettdecke . . .
(Band 13 207, DM 7,80)

JAMES HERBERT
Moon
– Der Roman, der Sie nicht schlafen läßt
Frieden, endlich Frieden . . . Jonathan hat die Insel seiner Zuflucht gefunden. Hier werden ihn die Schrecken der Vergangenheit nicht einholen.
Frieden, endlich Frieden – bis die Visionen kommen.
Schreckensvisionen, die Jonathans Gehirn grausame Bilder vorgaukeln. Und er weiß, daß diese Dinge wirklich geschehen; denn sein Bewußtsein verbindet sich mit dem Geist von jemand – von Etwas –, das sich im Licht des Mondes auf krankhafte Weise an Mord und Verstümmelung erfreut.
Sehr bald spürt dieses Etwas die Anwesenheit des unsichtbaren Zeugen und macht sich auf die Suche nach ihm . . .
(Band 28 155, DM 19.80, Großformat)

Magic Cottage
Dies ist – bei Gott – keine Gute-Nacht-Geschichte
Midge und ich waren überglücklich: wir hatten unser Traumhaus gefunden. Es lag mitten im Wald, zauberhaft romantisch, und es strahlte eine Ruhe aus, die wir beide für unsere Arbeit als Künstler so dringend brauchten.

Die erste Zeit in unserem Liebesnest erlebten wir wie im siebten Himmel. Es war, als läge über diesem Haus ein ganz eigenartiger Zauber, als hätte es magische Kräfte.
Aber dieser erste Eindruck war gefährlich trügerisch. Es geschahen Dinge, die einfach unglaublich waren und die mir bis heute unbegreiflich geblieben sind. Es geschahen Wunder, Wunderheilungen.
Und dann diese Sekte, die unser Haus für sich allein haben wollte, die abscheulichen Kreaturen, die aus den unteren Regionen heraufgekrochen kamen, und die Fledermäuse, ja, die Fledermäuse, die werde ich wohl niemals in meinem Leben vergessen. Bis heute will ich das, was damals geschehen ist, nicht glauben. Aber es ist die Wahrheit. Die grausame Wahrheit. (Band 28 163, DM 19.80, Großformat)

WOLFGANG HOHLBEIN
– Der große deutsche Erzähler phantastischer Geschichten –
Kreuzfahrt – Eine Reise in den Horror
Es soll eine verspätete Hochzeitsreise für das junge Paar werden. Aber es wird eine Fahrt in die Hölle.
Auf der MS Ocean Queen, tief unten im Labyrinth des Maschinenraums, geschehen entsetzliche Dinge, die völlig unerklärlich und absolut irreal sind. Es ist die junge Angie, die dem Grauen auf die Spur kommt, und sie weiß, daß sie von niemandem – auch nicht von ihrem Ehemann – die geringste Hilfe erwarten kann . . .
(Band 13 156, DM 7.80)

Als Chronist des Hexers Robert Craven, der vor einhundert Jahren in London lebte, begann Hohlbein eines der ungewöhnlichsten Projekte der Phantastischen Literatur. Mit seinen HEXER-Abenteuern nahm er sich des legendären Cthulhu-Mythos H. P. Lovecrafts an – einem der Urväter der Phantastik – und führte ihn einfallsreich und einfühlsam weiter. Dabei entstanden atmosphärisch dichte, unheimliche Erzählungen von dunklen Gottheiten, alptraumhaften Prophezeiungen und Büchern, die den Wahnsinn bringen.
Der Hexer von Salem (Band 13 101, DM 10.–, Sonderband)
Neues vom Hexer von Salem (Band 13 182, DM 10.–, Sonderband)
Auf der Spur des Hexers (Band 13 228, DM 6.80, erscheint im Januar 1990)

STEPHEN KING
Seine Bestseller bei Bastei-Lübbe:
Feuerkind (Band 13 001, DM 7,80)
Shining (Band 13 008, DM 7.80)
Cujo (Band 13 035, DM 7.80)
Trucks (Band 13 043, DM 7.80)
Christine (Band 13 054, DM 9.80)
Katzenauge (Band 13 088, DM 6.80)
Jahreszeiten Herbst & Winter – mit der Vorlage zum Erfolgsfilm „Das Geheimnis eines Sommers“ (Band 13 114, DM 7.80)
Carrie (Band 13 121, DM 9.80)
Nachtschicht (Band 13 160, DM 9.80)
Das letzte Gefecht Band 13 213, DM 12.80)

Popsy
Horror vom Feinsten, mit Geschichten von Stephen King, James Herbert und andere. (Band 13150, DM 7.80)

STEPHEN MARLOWE
Die Stadt und der Fluch
Ein Psycho-Horror-Thriller, der unter die Haut geht.
(Band 13146, DM 6.80)

DAVID SHOBIN
Dr. med. Shobin hat seine Spezialität entdeckt: Medizin-Thriller in der Tradition von ›Koma‹.

Das Ungeborene
„Der beste Roman seiner Art seit Rosemary's Baby."
(Band 13070, DM 8.80)

Die Besessene
Ein ungewöhnlicher Thriller um den Schlankheitskult, der teuflische Dimensionen annehmen kann ...
(Band 13096, DM 8.80)

Die Auserwählte
Ein unheimlicher Thriller um moderne Medizin und aztekische Mystik.
(Band 13136, DM 8.80)

PETER STRAUB
Straub ist in Deutschland bekannt geworden als Ko–Autor von Stephen King bei dem Roman ›Der Talisman‹. King über Straub: ›Er ist einer der besten von uns Horror-Schriftstellern‹.

Der Hauch des Drachen
Durch ein defektes Ventil tritt chemischer Kampfstoff aus einer Fabrik und treibt als todbringende Wolke auf das kleine Städtchen Hampstead zu ...
(Band 13210, DM 9.80)

Anthologien

ALPTRAUMLAND
Die erste Anthologie mit Horror-Stories von jungen Nachwuchsautoren. Jason Dark hat in diesem Band die phantasievollsten und besten Kurzgeschichten seiner Fans zusammengestellt – ein überraschendes und gruseliges Lesevergnügen.
(Band 13222, DM 7.80)

VAMPIRE
Eine außergewöhnliche Anthologie mit 16 schaurig-schönen Vampirgeschichten von Autoren wie Stephen King, Tanith Lee und Robert Bloch. Herausgegeben von Martin Greenberg und Charles G. Waugh.
(Band 13134, DM 10.–, Sonderband)